낯익은 남자와의 낯선 연애

낯익은 남자와의 낯선 연애

정이준 장편 소설

DAHYANG ROMANCE STORY

목차

프롤로그
훔친 여자와 도둑맞은 남자

"367367. 눌러."

현관문 옆의 벽에 기대어 주저앉은 여자가 우물거리면서도 명령하는 투로 말했다. 문 앞에 선 남자는 기가 찼지만 술에 잔뜩 취한 여자에게 잠시 눈길을 주자 밀려 나오는 한숨을 막을 도리가 없었다.

남자가 도어록 비밀번호를 누르자 짧고 간단한 기계음 소리가 정확히 여섯 번 들리고, 곧 그의 손에 의해 문이 활짝 열렸다. 여자를 부축하기 위해 그녀의 어깨와 허리를 팔로 감싸자 여자는 그의 가슴에 고개를 묻으며 제대로 걷기 위해 애를 썼다. 그는 10년이 넘도록 단한 번도 그녀와 이렇게 가까이 마주해 본 적 없다는 것을 깨달았다.

"쉬어라. 간다."

여자의 집 안, 현관까지 부축해 준 남자는 조금 굳어진 얼굴로 밖으로 나가려 했다. 하지만 그녀는 그를 놓아주지 않았다. 그가 여전히 자신의 가슴께에 얼굴을 문대고 있는 여자를 보자 그녀가 갑작스럽게 고개를 위로 해 그와 눈을 마주쳤다. 지나치다 싶을 정도로 가까운 거리였다.

"마음에 안 들어."

술에 취한 여자가 남자를 보며 중얼거렸다.

"십 년을 넘게 알았는데도 넌 참…… 마음에 드는 구석이 하나도 없어."

작은 목소리로 혼잣말을 하는 것도 같았지만 최소한 남자가 알아들을 수 있을 정도로 분명했다.

"다 마음에 안 드는데……."

웬만한 일에는 동요하지 않는 남자가 어느 정도 당황한 기색을 숨기지 못하고 인상을 찌푸렸다. 면전에 대고 이런 박대는 단언하건대 31년을 살아오면서 처음이었다. 그는 여자가 어느새 그의 입술만을 뚫어져라 노려보고 있다는 것을 알아차렸다.

"이거."

여자가 남자의 입술을 엄지손가락으로 쓸었다. 예상했던 부드럽고 촉촉한 감촉에 만족스러운 얼굴로 고개를 끄덕인다. 실크를 볼 때 직접 만지지 않아도 부드러울 거라고 예상 가능한 것처럼 그의 입술도 생각했던 것 이상으로 부드럽고 감촉이 좋았다.

그녀가 무방비할 정도로 풀어진 웃음을 지었다. 11년을 알아 왔지만 그녀의 이런 미소를, 이렇게 가까이에서 보는 것 또한 처음이었다. 정확히는 그녀가 다른 사람이 아닌 그를 향한 웃음을 지어 주는 것은 지금 이 순간이 처음이자 유일했다. 방금 전, 부축하기 위해 그녀를 안은 이후 어둡게 가라앉았던 그의 눈빛이 그 미소를 본 순간

처참히 일그러졌다.

그가 서늘하게 그늘진 눈으로 여자만을 오롯이 응시하는 동안 그녀는 까치발을 들고 입술을 살짝 내밀었다. 그리고 남자의 입술을 훔쳤다. 이것이 여자가 생각하기에 이 상황을 묘사할 수 있는 가장 정확한 표현이었다. 남자다운 얼굴이지만 보통 남자 같지 않은 깔끔하고 깨끗한 피부를 가진 그의 볼을 쓰다듬으며 입술 사이로 그의 아랫입술을 머금었다.

그녀의 갑작스러운 행동에 그는 태어나서 처음으로 아무것도 하지 못한 채 무력할 정도로 가만히 있었다. 그의 입술을 혀로 할짝거리던 그녀는 굳어져 있는 그를 아예 바닥에 앉히기 위해 쓰러트렸다. 신발을 벗지도 않고 있었던 둘은 신발장 바로 앞 마룻바닥에 본의 아니게 그가 그녀를 안은 자세로 앉게 되었다.

까치발을 들 필요가 없게 된 그녀는 편한 자세로 그의 입술을 탐했다. 합의하에 키스를 나누는 것으로 보기 어려웠다. 그녀는 일방적으로 그의 입술을 빼앗는 것처럼 빨고 문질렀다. 야릇하지만 천박하지 않은 신음까지 흘려 가면서. 그의 목에 두 팔을 두른 그녀가 그의 아랫입술을 살며시 깨물며 달은 숨을 섞어 내쉬었다.

거리를 두고 있을 때는 술 냄새가 강하게 풍겨 왔는데, 이렇게 온몸이 맞닿은 상태로 가까이 있자 그녀 특유의 향기가 그의 코끝에 퍼졌다. 향긋하고 달고, 무엇보다 맛있을 것 같은.

밤이 되었지만 더운 날씨였다. 여자의 집의 창문들은 다 닫혀 있었고, 끌어안고 있는 두 사람의 온도는 빠르게 올라갔다. 여자의 일방적인 키스를 받으며 그저 그 상태로 딱딱하게 굳어 있던 남자는 마침내 그녀의 혀가 자신의 입안으로 침입하려 하자 더 이상은 한계라는 것을 인지했다. 그는 그녀의 허리를 거칠게 잡아당겨 자신의 품에 더 깊숙이 들어오도록 끌어안았다. 그녀의 작고 가녀린 몸이 그의 가슴에 숨겨질 정도로 담겼다.

남자는 여자가 정신을 차리기 힘들 정도로 진하고 거칠게 그녀의 입술을 정복하려 들었다. 그는 그녀의 입안 구석구석을 혀로 핥고 빨았다. 입술이 강렬하게 부딪히고 타액이 엉켜들었다. 가벼운 결벽증이 있다는 소리를 종종 들어 왔던 그는 그들의 말을 비웃듯, 단맛이 나는 그녀의 타액을 모조리 받아 삼켰다.

그의 몰아붙임에 그녀는 입술이 떨어지는 순간마다 작게 신음했다. 상황이 처음 시작과 다르게 역전되었지만 두 사람은 그것을 신경 쓸 여력이 없었다. 키스는 달콤하면서도 끈적끈적했고, 몸은 더우면서도 시원했다.

"안 돼!"

시계를 확인한 센은 크게 소리를 질렀다. 알람이 울리지 않았다. 서둘러 준비하면 아슬아슬하게 지각을 면할 수 있다는 희망을 가지고 그녀는 초인적인 스피드를 발휘했다. 씻는 건 최대한 간단히. 화장은 패스. 옷도 빨래 건조대에 늘어져 있는 것을 아무거나 집어 입은 후 낮은 구두에 발을 쑤셔 넣었다.

준비를 완벽히(?) 마치고 아파트를 나서면서 손목에 매달려 있는 시계를 확인했다. 스스로의 준비 속도에 박수를 쳐 주고 싶다. 그녀는 자신의 자랑스러운 스피드를 홀로 칭찬하며 입매를 늘렸다. 늘 그렇듯이 출근할 때마다 이용하는 버스 정류장으로 향하던 그녀의 걸음이 뚝 멈췄다. 오늘부터는 건너서 버스를 타야 한다는 사실을 뒤늦게 깨달았다.

오늘부터 그녀가 일할 곳은 본사가 아니라 제2공장이었다. 눈에 빤히 보이는 좌천 인사였다. 별로 억울하다거나 분노가 치민다거나 하진 않았다. 물론 어제 그녀가 주인공이었던 작별 회식에서는 술을 미친 듯이 퍼마시는 등의 약간의 폭주는 있었다.

센은 이미 만원인 버스에 올라탔다. 움직이기도 힘든 비좁은 공간으로 몸을 집어넣었다. 그녀는 힘들게 버스 손잡이를 잡으며 잘 떠오르지 않는 어제 저녁부터의 기억을 머릿속으로 추적했다.

회식에서는, 불쌍하다는 시선과 출세 코스에서 알아서 한 명 떨어져 나갔다는 안심의 시선이 섞여 자꾸 그녀의 손이 절로 술잔을 들게 만들었다. 옆에 앉아 그녀를 위로하던 파릇파릇하고 예쁘장한 신입사원이 옆 동기의 소곤거림에 놀라서 되물었다.

"어머! 기획1팀 신 팀장님?"

같은 가게에서 다른 팀 회식도 이루어지고 있다는 말이 어렴풋이 들려왔지만 알 바 아니었다. 그녀는 안주 먹을 배도 아까워 오로지 술만 연거푸 퍼마셨다.

회식이 마무리되고, 데려다 주겠다는 주위 동료들의 권유에도 불구하고 센은 다 꼬인 혀로 고집불통처럼 끝까지 혼자 가겠다는 주장을 굽히지 않았다. 쇠고집을 부려 모두를 떨궈 낸 뒤, 집에 가기 위해 본능적으로 길을 걸었다. 그리 높지도 않은 구두로 휘청거리며 걷다가 결국 균형을 잃었지만 추하게 넘어지지는 않았다. 그녀의 팔을 잡아 준 누군가 덕분이었다. 그녀는 풀린 눈으로 자신의 몸을 부축하고 있는 남자를 보았다.

신도준이었다. 그녀와는 대학 동기이자 입사 동기. 스무 살부터 알아 온, 친구라 하기는 너무 멀고 남보다는 미적지근한 11년의 관계.

"제2공장 발령 났다며. 얘기 들었어."

도준이 무난한 동정의 표정을 지으며 적당히 안타깝다는 말투로 말했다. 왠지 모르게 속이 뒤틀렸다.

그는 불안하게 휘청거리는 그녀의 팔을 부드럽게 잡으며 데려다주겠다는 호의를 베풀었다. 그녀는 술에 취했지만 자신이 지금 상태로는 혼자 집까지 갈 수 없다는 것 정도는 느낄 수 있었다. 그에게 도움을 받으니 차라리 팀 동료들이 데려다 주겠다고 했을 때 고집을 꺾었어야 했다고 뒤늦은 후회를 해 봐야 소용없는 일이었다. 그녀가 힘없이 고개를 끄덕였다.

그리고 그녀의 집에 도착한 후에는 당연한 일을 하는 것처럼 키스를 했다.

"헙."

버스 안, 옆에 서 있는 사람들이 이상한 감탄사를 내뱉은 센에게 눈길을 주었다. 그녀는 이상한 소리가 더 나올 것 같아 남은 손으로 입을 꽉 막았다. 꿈일지도 모른다고 자위했지만 오래 가지 못했다. 한 장면이 기억나니 모든 기억들이 컬러 사진처럼 선명해졌다. 분명 어제 그를 덮쳤다. 먼저 키스를 한 그녀는 나중에는 아예 도준을 쓰러트리고 작정한 여자처럼 달려들었다.

그녀는 처음으로 제2공장 발령이 하늘의 뜻이라 여겨져 감사했다. 그런 추태를 부린 바로 다음 날인 오늘부터, 이제 그를 볼 일은 전혀 없다고 봐도 무방했다. 질기고도 질겼던 그와의 인연이 드디어 깔끔하게 끊어졌기 때문이다. 자신은 이제 승진 코스에서 벗어났지만 그는 여전히 승승장구하며 앞으로도 출세 가도를 신나게 달릴 일만 남았다는 것이 조금 쓰라리고 아프긴 하지만 말이다.

같은 해에 대학에 입학했을 때, 신도준은 과 수석에 학교 전체 수석이었고 그와 같은 과였던 그녀는 그의 뒤를 이은 과 차석이었다. 신도준은 명석한 두뇌에 수려한 외모와 큰 키, 뛰어난 운동신경, 집안의 재력, 심지어 친절하고 젠틀한 성격까지 모든 걸 가졌다는 뜻으로 주위 사람들에게 '신(神)'이라고 불리었다. 그는 아마 간단하게 성만 따서 부르는 것이라고 생각했겠지만.

그리고 이센, 그녀는 힘만 무지막지하게 세다고 해서 '쎈'이라고 불리었다. 물론 그녀는 된소리 발음을 즐겨 하는 주변 사람들이 자신의 이름을 조금 세게 발음하는 것이라고 생각했지만, 힘이 '쎈'이 정확한 의미였다.

도준이 모든 이들의 관심과 스포트라이트를 독차지하며 정도(正道)를 걷는 남자라면, 센은 제멋대로일 정도로 자유분방한 여자였다. 친해지기엔 본질부터 달라도 너무 달랐다.

서로 친해지고 싶다는 생각도, 친해질 이유도 없는 그저 같은 과 동기일 뿐이었다. 그런 그와 그녀가 처음 말을 나누게 된 것은 1학년 2학기, 그녀가 그를 제치고 과 수석을 차지했을 때였다.

물론 그녀는 그때, 학교 근처에 자취방을 얻느냐 마느냐로 아버지와 담판을 짓고 1등을 하면 허락하겠다는 조건이 걸려 공부에만 혈안이 되어 있을 때였다. 그리고 그는 체육대회, 축제 등 각종 학교 행사로 인해 그의 도움을 찾는 사람들에게 친절을 베푸느라 공부할 시간도 없었는데 엎친 데 덮친 격으로 시험 기간에는 컨디션도 놓친 탓에 평소보다 시험을 못 봤다는 이러저러한 뒷얘기가 있을지언정, 중요한 사실은 센이 1등을 하고 도준이 2등을 했다는 것이었다.

도준은 우연히 만난 센에게 다가와서 축하한다고 말했고 그녀는 고맙다고 대답했다. 별로 고마움이 느껴지지 않는 그녀의 무심하게 뜬 눈을 지켜보는 그의 눈동자에 흥미로움이 서렸다. 그는 그날 이후로 종종 그녀를 관찰하듯 시선을 주는 경우가 생겼다. 가끔 마주치는 표정이 아주 묘한 얼굴이었다. 그녀는 태어나서 일 등을 놓쳐 본 적 없는 녀석이 이까짓 것 가지고 치기를 부린다고 속으로 투덜거렸다.

그 이후로 그녀는 아무 의미도 없었던 그를 약간 재수 없는 사람 쪽으로 분류했다. 안 그래도 너무 철저하게 완벽해서 거부감이 들었는데 그의 반응을 보자 더욱더 마음이 꼬였다. 그를 신으로 추앙하는 과내 분위기상 대놓고 싫어하는 티를 내지는 못했지만 속으로 적당히 거리를 두고 꺼리는 마음이 생겨난 것은 어쩔 수 없는 일이었다.

그 또한 묘하게 그녀를 쳐다보는 것을 제외하고 다가오거나 친하게 지내려는 의도는 보이지 않았으므로 그들의 관계는 11년이 흐르도록 지속되어 왔다. 절대 겹쳐질 수 없는 평행선과 같은 관계로.

센은 뜬금없이 그에게 키스했던 자신의 주둥이를 때리며 버스에서 내렸다.

앞으로 일할 곳에서의 첫날은 공장 환경을 꼼꼼히 둘러보고 관리 업무를 배우는 것으로 정리되어 가고 있었다. 공장 사무실 안, 그녀가 자신의 책상으로 향했다.

"아가씨, 볼수록 미인이네."

이곳에서 공장 일을 오래해서 아까부터 은근한 텃세를 부리던 최씨가 음흉하게 웃으며 말했다. 아가씨란 호칭에 퍽 기분이 상했지만 그녀는 아무렇지 않게 싱긋 웃음으로 답했다. 그는 그녀를 만만한 상대라고 입력을 끝마쳤는지 성희롱적 발언도 서슴지 않았다.

"몸매도 장난 아니네? 탄력이 어우…… 보는 것만으로도 죽이네. 아가씨 애인이 부럽다. 내가 애인 하고 싶구만."

최씨가 다 알지 않느냐는 얼굴로 껄껄거리며 주위의 동의를 구했다.

"어? 안 그래?"

주변에 있는 동료들은 썰렁할 정도로 대답이 없었지만 개의치 않은 그가 다시 말을 이었다.

"요즘 애들 하는 말로 진짜 착한 몸매라니까. 들어갈 데 들어가고 나올 데 나오고. 아주 그냥. 허허. 운동 좀 했나 봐?"

"운동 좀 했죠."

"뭐? 헬스? 요가? 어떻게 하면 그렇게 돼? 마누라한테 좀 알려주게. 우리 집 여편네도 좀 배우라고 해야겠어."

그녀가 어깨를 돌리며 여유로운 표정으로 말했다.

"권투요. 아버지가 권투 선수셨거든요. 어렸을 때부터 징글징글하게 했죠. 사람 얼굴 때리는 건."

최씨와 사무실 안의 모든 남자들이 멍한 얼굴이 되어 그녀를 바라보았다.

"어머니는 검도를 하셔서 그것도 좀 배웠고요. 그래도 전 손보다는 발쪽이 더 예민하다고 할까, 맞는달까? 발차기 하는 걸 좋아하죠. 결론적으로 가장 잘하는 건 킥복싱이에요."

그녀가 여전히 싱그럽고 산뜻한 미소를 유지했다. 굽이 높지 않은 구두를 앞뒤로 까딱까딱하자 모든 시선이 그녀의 발로 쏠렸다. 최씨의 안색이 점차 흐려졌다.

"와이프분께 복싱 추천해 주세요. 혹시 원하시면 제가 직접 가르쳐 드릴 수도 있어요."

최씨는 애꿎은 목을 큼큼 가다듬고 담배를 태우러 가야겠다고 중얼거리며 나갔다. 사무실 내 직원들은 슬금슬금 그녀의 눈치를 살폈다. 환영회는 내일 할 예정이란 말을 들은 그녀는 제일 먼저 공장을 나왔다.

밖으로 나온 그녀는 큰 키에 건장한 남자가 옆문에 기대어 있는 것을 슬쩍 보았다가 그가 누구인지를 확인하고 눈이 동그랗게 커졌다.

"너……!"

"지금 퇴근해?"

도준이 다정한 말투로 그녀에게 말을 건넸다. 그녀는 다시 아로새겨지는 어제의 기억에 창피함으로 몸이 달아올랐다. 그는 그녀의 감정을 읽었는지 엷게 웃었다. 화를 돋울 만큼 언제나 그렇듯 여유로운 모습.

그녀는 순발력을 발휘해 표정을 갈아엎었다. 기가 막힐 정도로 뻔뻔하다고 생각해도 변명할 수 없을 정도로.

"오랜만이다? 여기서 누구 기다려?"

"누구 기다려."

정말 운도 지지리도 없다. 이제 드디어 끊어진 인연이라 생각했더니 이렇게 다시 만날 거라고는 상상도 못 했다. 것도 추태를 부린 바로 다음 날.

"그래? 그럼 난 먼저……."

"널 기다리고 있었어."

"날?"

그녀가 놀라서 미간을 찌푸렸다. 그는 눈을 날카롭게 뜨며 그녀를 관찰하듯 보았다.

"기억 안 나? 어제."

"기억 안 나!"

어머니는 거짓말은 하지 말고 살라고 가르쳤고 아버지는 비겁하게 도망가는 짓은 해선 안 된다고 교육했다. 하지만 그녀는 지금 이 순간, 거짓말을 해서라도 이 상황에서 도망치고 싶었다. 번개같이 빠른 대답에 그의 입술이 부드러운 호선을 그렸다.

"키스했어. 우리."

"……."

"엄청 진하고 격하고 길게."

"……."

"그리고 넌 키스가 끝나고 나한테 사귀어 달라고 매달렸어."

"말도 안 되는 소리! 내가 언제……."

그녀가 그의 거짓말에 반기를 들었다가 곧 제 입을 막았다.

걸려들었다. 그는 딱 그 표정으로 그녀를 응시했다.

"네가 기억할 수 있도록 어제 있었던 일을 약간 바꿔 말했는데, 이제 좀 기억나나 봐?"

"아……. 이제 좀 기억이 나네. 그래."

그래서 그게 뭐, 라고 소리치고 싶었다. 그 사실을 전하기 위해 여기까지 온 건 아닐 것이다. 그녀는 이해할 수 없는 얼굴로 그를 보았다.

"할 말이 뭐야?"

"키스했잖아."

"그래서 그게 어쨌는데?"

"그러니까 만나야지."

도준이 눈까지 휘어 보이며 웃자 선한 눈매가 드러났다.

"아, 참고로 여기서 만난다는 말은 사귄다는 의미야."

"뭐, 뭐?"

"키스했으니까 사귀어야지."

진정성을 담아 말하는 그가 순수하면서도 퇴폐적이게 느껴졌다. 센은 그의 말에 소년의 동정이라도 훔치고 안면을 몰수한 파렴치한 여자가 된 기분이 들어 몸을 얕게 떨었다.

"너…… 진심이야?"

도준의 연애 경력은 지나치게 화려하지도, 너무 수수하지도 않았다. 딱 '신' 도준의 명성에 걸맞는 양보단 질의 선택이었다. 그의 앞에 무너지고, 그의 뒤를 하염없이 쫓는 여자들은 셀 수 없이 많았지만 그는 여자를 막 만나는 바람둥이 한량 스타일은 아니었다.

여성스럽고 참하고 인형같이 예쁜 여자들을 몇몇 간택하듯 골라서 적당히 만났다고 센은 익히 들어 알고 있었다. 벌써 '여성스럽다' 부터 그녀와는 맞지 않는 덕목이다. 것보다 서로의 과거사를 뻔히 다 아는 마당에 지금 저 순수한 척, 순진한 척은 무엇이란 말인가.

"넌 키스하면 무조건 사귀니?"

그녀가 답답해하며 묻자 그는 잠시 의아해하다가 답을 내놓았다.

"사귄 후에 키스한 경험은 있어도 사귀기 전에…… 이런 경험은 없는데. 사귄 여자들하고는 다 키스를 했으니까 네 말에 그렇다고 대답해도 되지 않나?"

그가 답지 않게 능청을 부리니 기가 막힐 따름이었다. 그녀가 말도 제대로 못 하고 머뭇거렸다. 그는 치명적일 정도로 깔끔한 웃음을 선보이며 그녀에게 다시 한 번 자신의 말을 새겼다.

"나는 너와 연애하기로 결정했어."

그녀의 동의도 합의도 구하지 않은 채.

"나는 네가 정말……."

10년을 넘게 묵혀 온, 평행선처럼 절대 닿을 수 없을 거라 장담했던 인연이 어제부로 끊어지자마자 다시 붙으려 하고 있었다.

"정말 궁금하거든."

잠자는 숲속의 남자의 입술을 훔친 대가는 원치 않았던 인연의 시작이었다.

Round 1

맛있는 여자와 맛보는 남자

센은 보폭을 늘리고 걸음을 빨리했다. 뒤를 살짝 돌아보니 도준이 여유 있는 걸음으로 뒤따라오고 있다.

왜 나는 걸음을 빨리하고 잰 똑같이 걷는데 간격은 벌어지지 않는 거야?

그녀는 속으로 욕을 구시렁대며 빨리, 더 빨리 걸었다.

"이센."

도준이 그녀의 이름을 불렀다. 가족을 제외한 사람들은 모두 그녀를 쎈이라고 불렀다. 그렇게 부르는 게 더 입에 딱 달라붙는다는 이유로. 하지만 그는 높낮이 없는 목소리로 항상 그녀를 '이센'이라고 불렀다.

그녀가 뒤를 휙 돌았다.

"왜!"

"설마 천하의 이센이 지금 도망가는 건 아니지?"

"도망가긴 누가?"

도준의 표정이 점점 여유로워질수록 센의 얼굴에는 초조함이 번졌다. 남 시선에 별로 신경 쓰지 않는 타입이지만 주위의 수군거리는 말들이 귀에 콕 박혔다.

"너 사람 괜히 욕먹게 하지 말고 가, 얼른."

"욕?"

"지금 다들 여자가 주제도 모르고 너 같은 남자한테 튕긴다, 어쩐다! 떠들고 있는 거 안 들려?"

"안 들렸는데……."

도준이 의아한 얼굴로 거리를 둘러보았다. 걸어가는 사람들이 그들을 한 번씩 곁눈질로 최대한 길게 보고 갔다.

"됐어, 그럼! 것보다 왜 자꾸 따라와?"

"내가 아까 한 말에 대답해야지."

"사귀자는 거? 싫어!"

그녀가 단호하게 소리쳤다.

"너 갑자기 나한테 왜 이래? 뭐 잘못 먹었어? 키스했으니까 연애? 허! 조선시대에서 타임 슬립 했냐? 자다가 봉창 두드리는 소리 하지 말고 집에 가서 잠이나 자!"

"키스했으니까 책임을 져야지."

책임?

대화를 나눌수록 가관이다.

"내가 왜 널 책임져? 너 자꾸 사람 놀릴래? 가, 제발 가! 꺼져, 좀!"

그녀가 흥분해서 소리치는 동안, 중학교 교복을 입은 여중생 세 명이 걸어가다가 멈춰 서서 두 남녀의 말다툼을 구경했다. 세 명 중 가운데에 있던 여자애가 가장 먼저 물꼬를 텄다.

"대박. 지금 저 오빠 까임당하는 거야? 헐…… 저 언니 미쳤나 봐."

"진짜 쩐다. 학교 다닐 때 국어 공부 안 하셨나? 주제 파악을 못 하네. 나 같으면 감사합니다 하고 냅다 달려들겠다."

"내 말이……. 무슨 근자감이래? 패기 쩌네."

수군거림을 가장한 온 동네방네 떠들기 식의 대화였다. 센은 참지 못하고 건널목의 여중생들에게 무서운 눈길을 던졌다.

"얘들아, 다 들려! 뭐가 그렇게 쩔어?"

"헐, 다 들었대. 대박."

"쩔어."

"개무서워. 가자!"

여중생들이 소란스러웠던 등장과 비슷하게 요란하게 사라졌다. 도준이 웃음을 참는 게 보이자 그녀가 언성을 높였다.

"봤지! 다 들었지? 쟤네 하는 말!"

"무슨 말?"

또 모른다는 얼굴이다. 그녀는 혈압이 오르는 것이 느껴져 고개를 다시 홱 돌리고 앞으로 걸었다. 뒤에서 그의 장난스러운 목소리가 들렸다.

"근거 없는 자신감은 가상하지만 날 까는 패기는 좀 넣어 두지 그래?"

그녀의 얼굴이 한순간에 험악해졌다.

"다 들었잖아!"

길거리에서 밑도 끝도 없이 싸우는 것은 자신에게 백 퍼센트 손해라는 것을 깨우친 센은 도준을 데리고 바로 앞 카페에 들어왔다. 자리를 잡고 앉은 그녀는 절대 흥분하지 말자고 스스로에게 다짐하고 입을 열었다.

"야, 신. 아니 신도준 씨. 도대체 나한테 왜 그러세요? 지구가 너무 네 중심으로 돌아서 심심하세요?"

"아까 말했잖아. 네가 궁금하다고."

"그러니까 도대체 왜! 하…… 10년을 넘게 알았는데 도대체 왜 갑자기 내가 궁금하냐고요."

그녀가 올라오는 흥분을 가라앉히며 냉정함을 연기했다. 하지만 그가 입을 열자 냉정한 연기조차 물거품이 되었다.

"네가 어제 나한테 키스했잖아."

"그건!"

이유를 명쾌하게 설명해 주고 싶은데 딱히 할 말이 없다. 키스한 이유는 그녀 자신도 모른다. 그냥 예전부터 부드러울 것 같다고 몇 번 생각했었고 술김에 만졌다. 만졌더니 입으로도 느끼고 싶어졌다. 그래서 그렇게 했다. 이렇게 생각한 그대로 말한다면 변태 취급을 받을 것 같아 고민되었다.

그녀가 우물쭈물하는 사이 그가 말했다.

"네가 어제 내 모든 게 마음에 안 든다고 했어. 마음에 안 드는데……."

그가 잠시 말을 멈추고 그의 입술에 검지를 가져갔다. 곧게 뻗은

긴 손가락이 입술 아래에서 멈췄다.

"이거."

그녀는 흠칫 놀랐다.

"이거, 라고 하고 다음 말을 못 들었어. 무슨 말을 하려고 했어? 다 마음에 안 드는데 이게 특히 더 마음에 안 든다? 아니면, 다 마음에 안 드는데 이게 유일하게 마음에 든다?"

그가 짓궂은 얼굴로 그녀의 대답을 기다렸다. 그녀는 답을 알면서 저런 질문으로 자신을 곤란하게 하는 저 악마 같은 동창이자 동기를 발로 뻥 차 주고 싶었다.

"다, 당연히 더 마음에 안 드는 거지. 당연한 거 아냐?"

"아……. 넌 마음에 안 드는 부분에 그렇게 키스하는구나? 넌 내 모든 게 다 마음에 안 든다니까 그러면……."

그가 비밀 얘기를 하듯 목소리를 점점 낮췄다. 선명하고 올곧아 보였던 그의 눈빛도 어느새 짙어졌다. 바르고 점잖은 이미지의 그가 왠지 모르게 외설스럽게 느껴졌다.

"야!"

그녀가 참지 못하고 벌떡 일어났다.

"술김에 키스……한 건 내가 잘못했어. 내 과실이야. 미안. 하지만 그게 이렇게까지 너한테 괴롭힘을 당할 정도로 중죄는 아니잖아? 그렇게 입술 뺏긴 게 억울하면 고소해!"

'술김에 했는데 어쩔래? 배 째.' 라는 말과 다름없었다. 그가 그렇게 나올 줄 알았다는 듯 가볍게 웃었다. 그녀는 씩씩거리며 나가려다가 다시 뒤를 돌아 그를 보았다.

"참고로, 이거 도망치는 거 아니다? 나 도망치는 취미 없는 사람이야!"

도준은 그녀의 뒷모습을 보면서 일주일 전 있었던 일에 대한 회상에 잠겼다.

도준은 그 시간, 갈증 나는 목을 풀어 주기 위해 자판기 음료수를 뽑고 있었다. 복도에서 누군가가 빠르게 걸어오는 소리가 들렸다. 잔뜩 화가 난 걸음을 옮기고 있는 여자는 센이었다. 그녀는 지금 회의실에서 중요한 프레젠테이션 발표를 한창 하고 있어야 할 시간이었다. 그의 눈가가 옅게 찌푸려졌다.

"이센."

그녀가 걸음을 멈춰 그와 시선을 마주했다. 그는 경계하는 눈빛을 빛내고 있는 그녀에게 천천히 다가갔다.

"너 지금 회의실에 있어야 하지 않아?"

그녀는 고집스러운 얼굴로 대답하지 않았다. 그녀의 반응에 그가 한숨을 내쉬었다.

"이번 프로젝트 잘되면 팀장 승진 확정일 텐데, 계산 못 해?"

막역한 사이도 아닌 그가 대학 동기이자 입사 동기로서 적당하게 거리감 있는 걱정과 관심을 표했다.

"계산?"

"그래. 계산. 왜 그랬는지는 알겠는데 지금 뛰쳐나온 거면 너 이제 간부들한테 미운 털 단단히……."

"엿 먹으라 그래! 난 계산 다 끝내고 나왔어. 간부들한테 미운 털

박힐 일 없어. 오늘부로 저 인간들 내 윗대가리 아니거든."

센이 목에 걸린 사원증을 빼서 바닥에 내쳤다. 그녀의 행동에 그의 인상이 날카로워졌다.

"그만두겠다?"

"그래. 더러워서 못 해! 이렇게 썩어 빠진 회사에서 일 못 한다고. 여기 아니어도……."

"영웅 놀이라도 하고 싶어? 비리? 회사 다 똑같아. 여긴 우리나라 최고 기업이라고 불리는 데고. 여기서 찍혀서 뭘 할 수 있을 것 같은데?"

"잘난 척 그만해! 너야 금수저 물고 태어나서 상사들조차 무시 못하고 존중해 주고 있으니 당연하게 생각하겠지. 네 집안이 그렇게 잘났다며? 회사 오너도 오냐 오냐 할 정도로. 다 똑같다고? 개소리하지 마. 넌 썩어 빠진 더러운 것들은 아예 걸러진 길만 걷고 있으니까 다 똑같다 소리가 나오는 거야. 우리 같은 평범한 인간들이 손에 오물 묻히는 동안 넌 네 발은커녕 신발 하나 젖지 않을 수 있다고. 열등감이라고 하고 싶어? 맞아! 열등감이야. 지금 열등감 폭발, 열폭하는 거라고."

말을 쏟아 내듯 내뱉은 그녀가 자리를 떠나려 하자 그가 그녀의 손목을 잡았다. 그녀는 사납게 손목을 털며 그의 손아귀에서 벗어나려 했지만 거센 힘에 빠져나올 수 없었다. 예상치 못한 상황에 당황한 그녀가 입술을 깨물며 그를 노려보았다.

"네가 예전에 그랬어. 넌 주먹도 곧은 펀치밖에 날릴 수 없다고. 그래서 복잡하게 이리저리 재는 건 불가능하다고."

그녀는 대학 시절, 그런 말을 한 기억은 있지만 그의 앞에서 그런 말을 한 기억은 없었다.

"여전히 네 눈빛은 참 곧아. 변함없이 직선이야. 그런데 넌 한 가지 변했어."

그가 바닥에 떨어진 사원증을 주워 그녀의 손에 쥐여 주었다.

"도망치는 것."

그가 그녀의 팔목을 놓았다. 그의 말을 들은 그녀는 멍한 표정이 되어 제자리에 섰다.

"별로 어울리지는 않는 것 같다."

싸늘할 정도로 단호하게 말한 그는 자리를 떠났다. 그의 마지막 말이 끝나고 겨우 정신을 차린 그녀는 멀어져 가는 그의 뒷모습에 대고 소리쳤다.

"이게 어떻게 도망치는 거야?"

그녀가 소리를 질렀지만 그는 뒤돌아보지 않고 그대로 걸어갔다. 그녀는 손에 들린 사원증을 부서지도록 꽉 쥐며 주저앉았다.

"이게 왜 도망치는 거야……."

말하면서도 분했다. 도망치는 것을 죽기보다 싫어한다. 그런데 처음으로 비겁하게 도망치는 모습을 하필이면 신도준, 그가 목격했다.

체육관에 가기 위해 버스를 탄 지호는 내리는 문 옆의 봉에 생각 없이 기대고 있었다.

"대박 훈남이다."

"번호 딸까?"

"대학생 같은데……."

스물한 살의 탱탱한 피부를 가진 꽤 준수한 외모, 거기다가 큰 키에 운동으로 다져진 훌륭한 몸까지. 같은 버스에 탄 여고생들이 얼굴을 붉히며 자꾸 그를 힐끔거렸다.

그는 이어폰에서 흘러나오는 음악 비트를 발로 까딱이며 즐기다가 별 뜻 없이 버스 중간 위치에 시선을 던졌다.

"누나?"

사람으로 미어터지는 버스에서 피곤한 기색을 내뿜으며 서 있는 여자는 분명 센이었다. 거리상으로는 멀지 않았지만 중간에 사람이 너무 많았다. 어차피 그녀도 같이 체육관에서 내릴 테니 기다리면 될 것을 반가운 마음에 굳이 그녀가 있는 쪽으로 다가갔다.

한 명 한 명 양해를 구하면서 제치고 갈수록 이상한 낌새를 느꼈다. 센의 뒤에 서 있는 젊은 남자가 그녀의 엉덩이에 손을 가져다 대고 있었다. 그 모습을 목격한 지호의 인상이 단번에 험악해졌다.

남자는 앞에 있는 뛰어난 몸매의 여자의 뒤태에 군침을 흘렸다. 그녀의 뒤에 서 있어서 얼굴은 보이지 않지만 아까 버스에 오를 때 보니 외모 또한 빼어난 미인이었다. 만원 버스인 덕에 사람들에 치이고 치여 그녀의 뒤에 위치하게 된 것은 정말 행운이었다.

남자는 스스로 이런 일의 베테랑이라고 자부하고 있었다. 그만큼 만지고 싶은 여자를 고를 때 초보적인 실수를 하는 일이 거의 없었다. 기가 세 보이거나 딱 봐도 한 성격 할 것 같은 여자는 아무리 예쁘고 몸매가 좋아도 건드리지 않는 주의였다.

지금 제 앞에 서 있는 여자는 자기주장도 제대로 못 할 것 같은 가녀리고 순한 느낌을 주는 천생 여자였다. 치한 행위를 당해도 눈물만 찔끔거리며 그대로 당하고만 있을 것 같은 표적 1순위가 그의 앞에 서 있었다. 그는 음흉한 미소를 지으며 그녀의 엉덩이에 손을 가져갔다.

그의 행동에 여자의 몸이 눈에 띄게 굳어졌다. 당황해서 어쩔 줄 모르고 있겠지. 여자의 몸을 만지는 것보다 저렇게 아무것도 못 하고 벌벌 떠는 모습을 어쩌면 더 즐기는 것일지도 모른다. 그가 소리 없이 그녀를 조롱하고 있는 동안, 그녀가 손을 뒤로 해 그의 손목을 꽉 잡았다. 그는 깜짝 놀라 눈을 크게 떴다. 그녀가 하도 꽉 잡는 바람에 그의 손바닥이 그녀의 엉덩이를 더 지그시 누르게 되었다.

아아, 너도 원하는구나.

적극적인 여자의 손힘에 남자가 속으로 낄낄거렸다. 부드러운 엉덩이 감촉을 더 강하게 느끼게 되자 본능으로 똘똘 뭉친 남성이 터질 것처럼 위를 향해 솟구쳤다. 그러나 그것도 잠시, 그녀는 믿을 수 없을 정도로 그의 손을 꽉 쥐더니 뒤로 꺾어 버렸다.

"아악!"

한순간에 손이 반대편으로 꺾인 남자가 커다랗게 비명을 질렀다. 그녀가 남자의 손을 잡은 채로 뒤를 돌았다.

"야, 이 개년아! 이거 안 놔? 아악!"

천박한 욕설이 들리자 그녀는 더욱 힘을 주었다.

"손이 제 자리에 못 있는 것 같아서 친절하게 접어 드린 건데 왜 욕을 하실까?"

"누나! 괜찮아?"

"한지호? 너도 이 버스 탔었어?"

센이 놀란 얼굴로 지호를 보았다. 벌써 버스 안은 난장판이 되었다. 버스 기사가 목소리를 높였다.

"아가씨! 차 세워 줘?"

"네. 부탁드려요!"

그리고 그녀는 변태를 향해 과분할 정도로 달콤한 미소를 지어 주었다.

"우리 잠깐…… 같이 내려야겠죠?"

버스에서 내린 변태는 우람한 체격의 지호에게 단단히 결박되어 센과 함께 경찰서로 향했다.

만만치 않게 시끌벅적한 경찰서 안에서 남자가 억울한 얼굴로 무죄를 주장했다.

"난 안 만졌어요!"

"만졌잖아!"

"만졌잖아요!"

센과 지호가 소리를 빽 질렀다.

"감히 우린 쎈이 누나를 만져 놓고…… 감히."

지호가 살기 어린 눈으로 분에 못 이겨 씩씩거렸다. 그녀보다 더 열 받은 얼굴의 지호는 경찰과 남자가 볼 수 있게 센의 몸을 돌려 그녀의 엉덩이에 자신의 손을 올려놓았다.

"여기! 내가 두 눈으로 똑똑히 봤어요! 경찰 아저씨, 바로 여기를 저 새끼가!"

지호는 남자가 만진 부위를 정확히 짚었다. 치한은 당사자보다 화가 난 목격자의 증언에 입을 다물었고 경찰은 큼큼거리며 민망해 고개를 돌렸다. 센은 자신의 엉덩이를 이용해 아까 상황을 다시 재연

한 그에게 발차기를 날리고 싶었지만, 너무나도 순수하게 죄를 명명
백백 밝히고 싶은 마음이라는 것을 알기에 꾹 눌러 참고 말없이 그
의 손을 거칠게 쳐 냈다.

"이제 가셔도 됩니다."

시간이 흐르고, 경찰이 사람 좋게 허허 웃으며 말했다. 아직도 얼
굴이 약간 달아오른 센은 빠른 걸음으로 경찰서를 나섰다. 지호는
건장한 체격과 맞지 않게 끝까지 치한에게 깐족거렸다.

"이봐, 당신 버스였으니까 망정이지. 밖에서 걸렸으면 누나 발차
기에 골로 갔어! 앞으로 그딴 짓 하지 마!"

경찰서 밖으로 나오자 센이 그를 기다리고 있었다.

"가자. 아악!"

그녀가 그의 뒤통수를 격파에 가까울 만큼 강하게 가격했다. 자비
없는 손놀림에 소리조차 못 내고 아픔을 호소하던 지호는 억울하다
는 듯이 웅얼거렸다.

"누나 왜 그래? 내가 도와줬는데……."

"이 자식아. 남들 다 있는 데서 남의 엉덩이에 손을 왜 대? 너도
치한으로 넘겨 버리려다 참았다."

"어?"

"한 번만 더 그래 봐."

그녀가 으드득거리며 경고했다. 그녀는 그 말을 끝으로 다시는 오
고 싶지 않다고 생각하며 경찰서를 빠르게 빠져나갔다. 지호는 그제
야 자신이 한 짓을 인식했는지 멍한 얼굴로 센의 엉덩이를 만졌던
왼손을 보았다.

"대박. 누나 엉덩이 만졌어."

결코 변태는 아니다. 하지만 바라보기만 했던 좋아하는 여자의 몸을, 그것도 엉덩이를 만졌다고 생각하니 실실 웃음이 새어 나왔다.

"누나, 같이 가!"

'강한 복싱 체육관'에 도착한 두 사람은 운동복으로 갈아입기 위해 각자 탈의실로 향했다. 센은 어깨 밑까지 부드럽게 타고 내려오는 머리를 위로 질끈 묶고 옷을 갈아입었다. 가슴보호대를 착용한 뒤, 몸에 딱 달라붙고 탄탄한 배를 훤히 드러내는 민소매를 입었다.

탈의실을 나오자 체육관 한가운데의 링 위에서 스파링을 하고 있는 선수들과 각자 윗몸일으키기, 줄넘기 등 체력 단련을 하고 있는 회원들이 보였다. 소란스러운 체육관 안은 그녀를 제외하고 모두 남자들이었다.

센이 조용히 구석에서 스트레칭을 하는 동안 그녀의 아버지이자 체육관 관장인 호호가 다가왔다.

"센아, 회사 잘 다니고 있지?"

"네? ……네, 네. 그럼요."

거짓말은 쥐약이지만 명확히 따지면 회사 잘 다니고 있냐는 물음에 그렇다고 대답하는 것은 거짓말이 아니다. 아버지는 본사를 잘 다니고 있냐고 물으신 것이겠지만.

그녀는 어색한 미소를 지었고, 호호의 얼굴에는 자신의 딸이 우리나라 최고의 기업에 다닌다는 자부심의 미소가 흘렀다.

그녀의 아버지의 이름은 호호(虎虎)였다. 호랑이와 호랑이. 쌍 호랑이처럼 용맹하고 대범하게 살라는 뜻으로 지어진 이름이었지만 그가 어렸을 때에는, 친구들에게 이름이 웃음소리라는 놀림을 당하고 살았다.

그는 이름으로 놀림을 받는 것에 지쳐 동네 체육관에 찾아가 각종 격투기를 배우며 이를 갈았고, 마침내 자신을 가장 심하게 놀렸던 학교 우두머리를 맨주먹으로 때려눕히는 쾌거를 이루었다. 그것을 본보기로 그의 이름을 놀리는 사람은 지구상에서 사라졌다.

자신의 이름을 놀리는 녀석들을 힘껏 패 주기 위해 배운 운동이었지만 그는 뛰어난 소질을 보였다. 타고난 체력과 동체시력을 지닌 천재 프로 복서. 쌍 호랑이라는 별명까지 얻으면서 엄청난 기량을 발휘하던 그는 활발하게 활동하던 중 부상으로 프로 권투 선수를 포기해야 했었다.

그리고 그는 센의 어머니, 선주와 연애로 시작해 결혼에 골인, 세 명의 자식들을 낳았다. 첫째 아들, 강하게 살라는 뜻의 이강한. 둘째 아들, 힘차게 살라는 뜻의 이힘. 막내딸, 남자 못지않게 센 여자가 되라는 뜻의 이센.

아내는 자식들한테까지 이름으로 놀림당하는 인생을 살게 할 거냐고 거세게 반대했다. 하지만 그는 아이들이 태어나기도 전에 정해 놓은 이름이라고 고집을 부리며 주장을 굽히지 않았다.

아내의 예상대로 아이들은 어렸을 때, 엄청난 이름 스트레스에 시달려야 했다. 오빠들에 이어 센 또한 유치원에서 이름이 특이하고 이상하다고 잔뜩 놀림을 받고 와서 엉엉 울었다. 그녀는 아버지에게 이름을 바꿔 달라고 울먹이며 요청했지만 그는 고개를 단호하게 저으며 다른 방법을 찾아 주었다.

"센이란 이름이 얼마나 예쁘니. 게다가 하나밖에 없는 이름인데, 감히 누가 놀려? 센아, 억울하면 네 이름을 놀릴 수 없게 만들면 되는 거야."

"힝. 어떻게 못 놀리게 해?"

"우선 체력을 단련해서 너 놀리는 사람을 때려 줄 정도는 될 만큼 힘을 키워야지. 그렇게 노력해서 힘이 생기면, 너희 반에서 제일 심하게 널 놀리는 녀석한테 다가가서 네 이름의 뜻이 얼마나 좋은 뜻이고 소중한 이름인지 알려 줘. 그래도 못 알아듣고 놀리면 본보기를 보여 주는 거야."

"보…… 본보기?"

체력. 단련. 본보기.

유치원생이 알아듣기엔 어려운 단어다. 센이 또렷하고 동그란 눈을 더욱 크게 하며 고개를 갸웃했다.

"그 한 녀석만, 본보기를 보여서 제대로 혼쭐을 내 주는 거지. 다시는 못 놀리게!"

"지금 애한테 뭘 가르치는 거예요! 미쳤어요?"

아버지의 말이 끝나자 어머니가 놀라서 소리쳤지만 센의 머릿속은 온통 아버지가 가르쳐 준 방법으로 가득 찼다. 그리고 그녀는 아버지의 말대로 했다.

그 나이에 맞게 체력을 단련하면서 때를 기다렸다. 깐족깐족 놀리는 걸로 으뜸인 아이가 또 센에게 다가와 이름을 놀렸다. 본보기를 보일 때다. 그녀의 눈이 아이답지 않게 날카로워졌다.

그녀는 우선 참으며 놀리지 말라고 말했다. 그런데도 또 이름을 놀리자 그녀는 마지막으로 경고했다. 그래도 놀리자 적당히 한 대 쥐어박았다. 물론 선생님이 없을 때를 노려서. 생애 최초의 폭력을 본 유치원 친구들은 그 날 이후로 센을 선생님보다 어렵게 여겼다.

"지호 저 녀석…… 볼수록 탐난단 말이야."

호호가 몸을 푸는 지호를 보며 입맛을 다셨다. 체대생인 지호는 재작년 수능이 끝나고 취미 삼아 시작한 복싱에 타고난 재능을 보였다. 호호는 제대로 권투를 시작해 보라고 지호를 한창 구슬리는 중이었지만 그는 체육관은 하루도 빠짐없이 열심히 다니면서 대답은 계속 회피 중이었다.

"센아. 아빠 좀 도와줘라. 저 녀석, 네 말이라면 껌벅 죽잖아."

"아빠가 알아서 하세요."

그녀의 시큰둥한 반응에 그는 그럴 줄 알았다는 표정을 지었다. 애교 하나 없는 무심한 딸을 만든 것은 그가 자초한 일이니 어쩔 도리가 없었다. 호호가 다른 선수들을 코치하기 위해 링으로 향하고 그녀는 구석에서 늘 하던 대로 운동을 시작했다.

유치원 시절부터 계산하면 20년 넘게 복싱과 검도, 수영 등 운동을 꾸준히 해 온 그녀는 프로 운동선수들 못지않을 정도로 집중력이 상당했다. 아마추어 회원들은 몇 시간 땀을 흘리며 운동을 하다가 떠났고 선수들도 아침부터 내내 연습으로 진이 빠져 그녀에게 먼저 간다는 인사를 하고 체육관을 나갔다. 하지만 시간이 한참 흐르고, 그녀는 땀을 미친 듯이 흘리면서도 움직임을 멈추지 않았다.

그녀는 아버지에게 자신이 체육관 문을 닫겠다고 말했다. 그녀가 가끔 심장이 터질 만큼 강하게 체력 단련을 하고 싶을 때, 체육관에 맨 마지막까지 남아서 운동한다는 것을 아는 아버지는 고개를 끄덕였다. 아버지도 나가고 넓은 체육관에 혼자 남은 그녀는 링 위에 스탠딩 샌드백을 올려놓고 호흡을 가다듬으며 펀치 연습을 했다.

도준은 센의 아버지가 운영한다는 체육관 앞에 섰다. 대학 동기인 종수에게 들은 정보였다. 꽤 늦은 시간인데 아직 불이 켜져 있었다. 그는 혹시 하는 마음에 계단을 올라갔다. 복도를 더 걷자 문틈으로 불빛이 보였다. 조용히 문을 열자 링 위에서 홀로 샌드백을 치고 있는 여자가 보였다.

이센.

그는 벽에 기대어 잠시 그녀를 응시했다. 머리를 대충 묶은 채, 아슬아슬하게 가슴만 가려지는 체육복을 입고 땀을 흘리며 운동하는 모습이 화가 날 정도로 고혹적이고 관능적이다. 그녀를 바라보는 그의 눈빛이 점점 짙어졌다.

얼마 지나지 않아 그녀의 펀치 속도가 조금씩 줄어들더니 순간 멈췄다. 그녀는 문 옆의 벽에 시선을 가져갔다.

벽에 기대어 자신을 바라보고 있는 남자. 객관적으로 봐도 잘나고 완벽한 동창생. 10년을 알아 온 동기. 도준의 존재를 확인한 그녀의 눈이 사나워졌다.

"너…… 언제 왔어?"

"10분 전쯤?"

도준이 시계를 확인하며 친절하게 대답했다. 그의 자연스럽고 여유로운 모습에 그녀가 미간을 모았다.

"여길 어떻게 알았어?"

"우린 같은 대학을 나왔고 같은 회사에 다녀. 전화 한 통이면 알 수 있는 간단한 정보지."

센이 입술을 꾹 모았다. 10년. 그동안 같은 학교에 소속되고 같은 회사를 다녔으니 맞는 말이었다.

"그래. 근데 너 진짜 스토커라도 할 거야? 내가 아까 한 말 못 들었어?"

그녀의 말에 그가 대답하지 않고 링이 있는 한가운데로 걸어왔다. 탑 로프를 손으로 말아 쥔 그가 링 위에 선 그녀를 올려 보았다. 그녀도 그의 눈빛을 피하지 않고 말했다.

"너 같은 도련님이 왜 갑자기 나한테 필이 꽂혔는지는 모르겠지만, 난 아니야. 난 네 상대 아니라고. 넌 여성스럽고 참한 여자 만나. 난 여성스러움은 개뿔…… 말보다 욕이, 아니 발이 먼저 나가는 여자야."

그는 묵묵히 그녀의 말을 들어 주었다. 그녀가 조금 더 언성을 높였다.

"그런 여자가 취향이야? 그럴 리가 없잖아, 신도준이. 안 그래? 당연히 싫잖아."

도준은 여전히 대답이 없었다. 센은 좀만 더 회유하면 포기시킬 수 있겠다 싶어 그가 백기를 들게끔 옛날 일을 회상했다.

"기억나? 2학년 축제 때……. 우리 부스에서 전이나 먹고 갈 것이지, 서빙 하는 애들 다리 주무르던 놈 내가 발차기로 응급실 보냈던 거."

"아……. 기억나, 아주 잘."

그가 갑자기 떠오른 기억에 웃음을 보였다.

"그래. 나 그런 애잖아. 네가 나이가 들어서 그런 기억을 싹 잊은……."

"지금 다시 생각해 보니까 그때 너 참 섹시했어. 왜 그때는 몰랐을까?"

그가 정말 아쉽다는 얼굴을 했다. 그녀는 입이 떡 벌어졌다.

"너 진짜 한 대 맞기 전에 가!"

백기를 들게 하려다 오히려 상대 선수가 건넨 의외의 펀치에 당황한 그녀는 작전을 변경하기로 했다.

무시하자! 무시.

그녀는 그에게 향해 있던 몸을 돌려 다시 스탠딩 샌드백으로 향했다. 그녀가 백 글러브를 낀 주먹으로 샌드백 때리는 소리가 규칙적으로 들렸다. 이제 아무것도 먹히지 않으니, 너는 짖어라 나는 때릴 테니 전법을 사용할 때였다.

"날 때리고 싶었던 거야? 키스하고 싶었던 게 아니라?"

그가 낮게 웃었다. 짓궂게 말하는 투가 자신을 조롱하는 것 같아 잠시 욱했지만 그녀는 여전히 그를 무시했다.

"왜 10년이 지난 지금에서야 네가 궁금하냐고?"

그녀는 본능적으로 귀를 쫑긋 세웠다.

"어제 키스했을 때, 네 입술……."

내 입술?

"되게 맛있었거든."

주먹을 내지르던 센의 손길이 멈췄다. 그녀의 얼굴이 걷잡을 수 없을 정도로 달아올랐다.

저 미친 자식이 뭐라는 거야? 마, 맛이 있어?

입술이 맛있다니. B급 에로영화의 대사로나 쓰일 법한 말이었다. 하지만 그는 그런 말조차 유명 영화제에서 상을 받을 정도로 작품성이 인정된 예술 영화로 바꿔 버리는 탁월한 능력을 지녔다는 것을 인정하지 않을 수 없었다.

욕이 나와야 하는 게 정상인데 얼굴이 달아오르고 심장이 조금씩 빠르게 뛰었다.

"이센."

무시 전법을 사용해야 한다. 하지만 그가 저렇게 자신의 이름을 부르자 그녀는 자신도 모르게 뒤를 돌아 그를 보았다. 그가 탑 로프를 위로 젖히고 여유 있는 동작과 자세로 링 안으로 들어왔다. 간단한 움직임에서도 귀티가 흘렀다.

링 안에 들어와 똑바로 선 도준은 흐트러짐 하나 없는 모습이었다. 흰 와이셔츠에 먼지 하나 없는 온실 속의 도련님 그 자체로 보였다. 반면 그녀는 땀으로 샤워를 한 것처럼 온몸이 젖어 있었다. 옷도 먼지로 가득했고 운동을 쉬지 않고 하느라 숨도 거칠었다. 본질로 갈 것도 없이 겉모습부터 차이가 상당했다.

달라도 180도 다른데 연애라.

도준의 돌발 행동에 센이 경계 태세를 갖추며 눈을 빛냈다.

"왜 올라와?"

"계속 보고 있으니까, 다시 맛보고 싶어졌어."

그가 엷게 웃었다. 그의 말뜻을 알아차린 그녀가 헛웃음을 지으며 백 글러브를 낀 주먹을 그의 가슴으로 갖다 댔다. 겁이나 조금 주기 위해 밀 생각이었지만 오히려 그녀의 손목이 그의 손에 잡혔다. 그녀는 팔을 빼내려 했지만 그는 놓아주지 않고 그녀를 자신의 품으로 끌어당겼다.

자존심이 상한 그녀가 팔을 풀기 위해 힘을 주었지만 다시 실패했다. 곧 그의 목소리가 들렸다.

"도망치지 마."

웬만한 체격의 남자와 힘을 겨뤄도 밀리지 않았던 그녀는 얕보고 있었던 그에게서 빠져나올 수 없자 당황스러웠다.

도망치고 싶다.

센은 스스로 믿을 수 없는 생각을 하며 그의 눈을 응시했다. 그가 다시 한 번 말했다.

"이센, 나한테서 도망치지 마."

앞으로 그를 밀어내는 것은 불가능해 뒷걸음치려 했지만 그가 그녀의 맨 허리를 감싸는 탓에 앞으로도 뒤로도 갈 수 없는 상황이 되었다. 그가 얼굴을 그녀에게 가까이 했다.

"비겁하게 도망치는 건…… 취미 없다며?"

그는 이 말이 가장 그녀에게 영향을 끼치는 말이라는 것을 파악한 모양이었다. 의지로조차 도망칠 수 없게 만든 그가 단번에 그녀의 입술을 뺏었다. 한순간이지만 강하게 그녀의 입술을 탐한 그가 잠시 입술을 떼고 말했다.

"역시 맛있어."

그리고 다시 입술을 붙였다. 어제처럼 혀로 그녀를 결박했다가 놓아주고 또다시 몰아붙이듯 괴롭혔다. 그녀가 본능에 져서 결국 그의 허리를 감싸려고 하는 순간, 그녀의 귀에 익숙한 발걸음 소리가 들렸다. 그녀는 화들짝 놀라서 눈을 떴다. 그녀가 그의 가슴을 세게 밀자 그가 인상을 찌푸렸다.

"왜?"

"야. 떨어져. 당장!"

명령하는 말투와는 달리 센의 표정이 너무도 간절해서 도준은 순순히 그녀를 풀어 주었다. 그녀는 공포가 가득한 얼굴로 체육관 문을 향해 시선을 던졌다. 곧 걸음 소리가 확연히 커지며 문 앞에 큰 그림자가 생겼다. 막 들어온 중년의 남자가 링 위에 가깝게 서 있는 두 남녀를 보더니 눈이 커졌다.

"센아."

"아빠……."

"아빠?"

청 코너, 센의 '아빠'라는 말을 듣고 놀란 표정을 짓는 도준이 보였다.

"누구냐?"

도준은 사납게 묻는 남자의 목소리가 마치 호랑이 울음소리 같다고 느꼈다. 물론 홍 코너, 복싱계의 쌍 호랑이, '강한 체육관' 이호호 관장의 입장 되시겠다.

Round 2
'쎈' 여자와 '신'인 남자

"음, 아빠……. 그러니까 얘는……."

"얘? 아는 사람이었냐? 난 또 입회하러 온 사람인 줄 알았더니?"

동체시력을 가진 아버지는 그녀의 당황스러운 얼굴 표정을 놓치지 않으면서, 동시에 그녀의 옆에 있는 의문의 남자를 날카롭게 탐색했다.

쎈은 마른침을 꿀꺽 삼켰다. 아는 사람이라고 하면 벌써부터 김칫국을 한 사발 들이마시며 어떤 사이냐고 추궁할 것이 뻔하고, 입회자라고 하면 안 그래도 요즘 결혼 적령기의 남자 회원들을 눈여겨보고 있는 마당에 쌍수를 들고 환영하는 모습이 눈에 훤했다.

쎈이 두 명의 공격형 선수들 앞에서 가드도 올리지 못하고 어찌할 바를 모르고 있는 상황에서 도준이 먼저 입을 열었다.

"아는 사람입니다."

그래. 차라리 이게 나아. 솔직하게 아는 사람이라고 말하고 아빠가 김칫국 못 마시게 단단히 일러두면…….

"그리고 체육관 입회도 하려고 합니다."

도준이 정상적인 시력을 가진 사람이라면 호감을 주지 않을 수 없는 깔끔한 미소를 지었다. 호호가 그의 말에 숨겨지지도 않는 엄청난 기대감을 예의상 감추며 안으로 걸어 들어왔다. 그 또한 링 밖으로 나가서 호호에게 정식으로 인사했다. 호호는 철저하게 예의가 배어 있는 그의 행동이 마음에 들었지만 성격상 경계를 풀지 않고 투박하게 말했다.

"강한 체육관 관장, 범 호 자 두 개 써서 이호호요."

호호가 이름을 말하며 손을 내밀자 도준이 그 손을 정중하게 맞잡으며 중얼거렸다.

"이, 호, 호……."

링 위에 허망한 얼굴로 서 있던 센은 다 끝났다고 포기했던 싸움이 아직 끝나지 않았다는 것을 깨닫고 기대감에 부풀었다.

아버지는 자신의 이름을 놀리는 것을 죽기보다 싫어하시는 분이다. 하지만 저 이름을 처음 듣고 안 웃을 수 있는 사람이 세상에 존재할 리가 없다. 센이 도준을 뚫어져라 쳐다보며 주문을 걸었다.

웃어, 신. 웃어. 웃기잖아? 나도 우리 아빠 이름 웃긴데, 너라고 안 웃길 리가…….

"정말 훌륭한 존함입니다."

웃음기 하나 없는 진정성 어린 얼굴에 호호가 찢어지려는 입을 겨우 붙였다.

잊고 있었다. 상대 선수는 머리가 매우 좋다는 것을. 저 악마 같은 녀석은 대번에 아버지가 이름에 대해 민감하다는 것을 파악한 것이 분명했다. 아버지는 이름을 놀리는 것을 죽기보다 싫어하는 만큼, 이름을 칭찬해 주는 것에 매우 약했다.

빈말 잘 하는 사람들에 의해 10년에 한 번 들을까 말까 한 희소성 있는 이름 칭찬을 오랜만에 들은 아버지는 이미 빠르게 경계 태세를 푸는 것처럼 보였다. 날카롭게 빛나던 아버지의 눈빛이 조금씩 흐물흐물해지고 있었다.

"우리 딸하고는 어떻게 아는 사입니까?"

"대학 동기입니다."

센과 대학 동기라면 우리나라 최고 명문 대학인 한국대를 나왔다는 뜻이 된다. 그녀와 같은 대학을 나왔다는 말에 아버지가 속으로 플러스 점수 주는 소리가 멀리까지 들렸다. 그녀는 쓰린 한숨을 내쉬었다.

"입사 동기이기도 합니다."

"인성 다녀요?"

"네."

카지노 게임 기계에서 잭 팟이라도 터진 것처럼 플러스 점수가 요란하게 올라가는 소리가 들려왔다. 아버지는 이제 그의 위팔을 가볍게 두드리며 물었다.

"보니까 운동 조금 한 사람이 아닌데……. 유단자요?"

"네. 유도, 합기도, 검도 조금 할 줄 압니다."

믿지 않은 겸손을 부리는 그를 보던 호호가 고개를 끄덕였다. 호호는 딱 봐도 실력자의 냄새를 풍기는 그가 점점 더 마음에 들었다.

"사무실로 따라 오십시오. 입회 원서 씁시다."

"네."

앞서 가는 아버지를 도준이 따랐다.

"몇 달 정도 배울 겁니까?"

"혹시 평생회원 그런 것도 있습니까? 제가 하나에 빠지면 끝을 보는 성격이라서요."

그의 말을 가벼운 농담으로 여긴 호호가 시원스럽게 웃으며 농담으로 대응했다.

"아, 있지. 단 일시불입니다. 허허. 그런데 왜 갑자기 복싱에 빠졌습니까? 보니까 다른 무술 유단자로 오래 단련해 온 것 같은데……."

"그러게 말입니다. 좀 어렸을 때부터 배울 걸 싶어서 아쉽습니다. 복싱이 이렇게 매력 있는 스포츠라는 걸 왜 이제야 알았는지……."

"그럼. 매력 넘치지. 근데 복싱은 지금까지 배워 온 운동이랑 많이 다를 텐데…… 할 수 있겠습니까?"

문 앞을 지나며 호호가 대수롭지 않게 물었다. 도준은 잠시 뒤를 돌아 센과 눈을 맞추며 말했다.

"네. 자신 있습니다."

"대답도 남자답고 시원시원하네. 내일부터 다닐 겁니까?"

이제 호호와 도준의 뒷모습은 보이지 않고 사무실로 향하는 두 사람의 걸음 소리만 들렸다. 복도에서 둘의 대화가 희미한 울림이 되어 들려왔다.

"앞으로 계속 뵐 텐데, 말 편하게 하시죠."

"그럼 말 놓겠네. 센이 친구라는데, 나한테도 아들이나 다름없지."

센은 도준의 러시(맹렬한 공격)가 계속되자 결국 다리에 힘이 풀려 그 자리에 털썩 주저앉았다.

대전 상대는 체급, 체력, 지능, 자본을 넘어서 앞을 먼저 내다보는 능력까지 그녀와는 상대가 되지 않는다. 그의 트리플 블로우(Triple blow, 3단 치기의 펀치를 말하며, 제1타는 가볍게 치고, 제2타는 강하게, 제3타는 아주 강하게 치는 타법)로 인해 그녀는 이미 일어설 수조차 없는 녹다운 상태였다.

"퇴근하고 애인 만나러 가?"

최씨가 퇴근하기 위해 가방을 챙기고 있는 센에게 대뜸 물었다. 첫날, 공장 직원들 앞에서 기선을 제압한 이후 최씨는 그녀에게 정말 얼굴을 때려 맞을까 봐 걱정이 되었는지 성희롱 발언들을 목구멍 밖으로 일절 내뱉지 않았다.

지켜보니, 그는 원래 조금 가벼운 성격이라는 것을 파악할 수 있었다. 악의가 있는 것도 아니었고, 먼저 민망한 듯 껄껄대며 다가오는 최씨에게 그녀도 표정을 풀고 똑같이 대해 주었다. 물론 특유의 야한 농담은 여전했지만 그녀도 받아칠 수 있는 정도의 선을 유지했다.

"아니요. 저 애인 없다니까요."

"진짜 없어?"

최씨가 의뭉스럽다는 듯이 그녀를 보았다. 그녀는 단호히 대답한 후 사무실을 나왔다. 복도를 걷던 그녀는 갑작스럽게 울리는 전화벨 소리에 급히 가방을 뒤적거렸다.

"어, 연주야."

—쎈아! 어떻게 된 거야? 신이 왜 너희 아버지 체육관을 찾아?

소문 한번 빠르다. 아니면…….

"네가 알려 줬어?"

—종수가 물어봐서 왜 그러냐고 캐물으니까 신이 알려 달라고 부탁했다는 거야. 체육관 찾아왔다? 왜 왔대? 너한테 관심 있는 건 아닐 테고.

연주가 우스운 농담을 하는 말투로 마지막 말을 덧붙였다. 센의 이마가 가볍게 구겨졌다. 연주는 센이 대꾸가 없는 것은 신경도 쓰지 않고 계속해서 말을 이었다.

—진짜 단순하게 갑자기 복싱이 배우고 싶어졌나? 걔 아직 장가 안 가지 않나? 왜 안 간대. 괜히 사람 기대되게. 애인 있겠지? 걘 대학 때도 완전 공주님 같은 애들만 골라서…….

"그 자식이 나한테 사귀자는데, 어떡해?"

한 번 시동을 걸면 멈추지 않고 달리는 연주의 입을 막기 위한 것도 있었지만, 그것보다 더 큰 마음은 혼자서는 그의 불도저식 연애 제안을 떨쳐 낼 방법을 도저히 찾을 수 없다는 것에 대한 걱정이었다. 진심으로 앞으로가 막막한 센이 고민을 털어놓았다.

"여보세요? 공연주?"

수화기 너머로 아무 소리도 들리지 않자 그녀는 혹시 전화가 끊어졌나 액정을 보았다. 통화가 아직 이어지고 있는 것을 확인한 센이 다시 귀에 휴대폰을 가져갔다. 곧 우렁찬 연주의 목소리가 들렸다.

—뭐!

"아…… 귀 아프게. 야. 조용히 좀 말해."

—거짓말!

"너 내가 거짓말하는 거 봤어? 난 만우절 아니면 거짓말 안 하……."

—오늘 만우절 아닌데. 혹시 음력 만우절이니?

"죽을래. 슬슬 기분 나쁘다? 난 걔한테 고백 받으면 안 돼?"

―'걔'가 아니라 '신'! 신이야. 신이 몰빵한 남자. 정말 진심 뻥 아니고?

연주는 연신 어머, 세상에, 하며 호흡을 가다듬었다. 그녀의 반응에 골이 난 셴이 입을 다물었다.

―근데 너 말이 이상하다? 사귀자는데 어떻게 하냐고 왜 물어? 당연히 알았다고 대답한 거 아니야? 너…… 설마 찼니? 신을?

만약 찼다고 말한다면 등신, 머저리부터 갖가지 욕을 퍼부어 줄 준비가 되어 있는 것 같았다. 셴이 어울리지 않게 풀이 죽어 대답했다.

"일단 보류."

허락은 받지 않았지만 셴과 함께 체육관에 가기 위해 마음대로 제2공장으로 차를 몰고 온 도준은 그녀를 기다리다가 나오지 않자 직접 공장으로 들어갔다. 복도를 걷는데 사무실 바깥 복도 의자에 앉아 통화중인 그녀가 보였다.

보류?

들리는 대화를 추론해 보니 그녀가 자신에 대해 이야기하고 있다는 것을 알 수 있었다.

―미친 것. 보류는 무슨 보류야?

"너 내 스타일 알잖아. 신하고 스타일 비슷한 거."

나 같은 스타일? 나 같은 스타일이 좋다는 뜻인가?

도준이 갑자기 큰 선물이라도 받은 아이처럼 환하게 웃으려는 순간, 그녀의 말이 이어졌다.

"신이 사귀어 온 애들처럼······ 나도 참하고 순둥이 같은 스타일 좋아하잖아."

그의 미간이 찌푸려졌다. 도대체 그녀가 하고 있는 말이 무슨 뜻인지 이해가 잘 되지 않았다.

"난 신처럼 내가 못 다루는 녀석은 취향 아니야. 좀 남자가······ 착하고 순수하고 약간 순진한 맛이 있어야 끌린단 말이야."

─네년도 참 스타일 한결같다. 십 년 전이나, 지금이나. 그 그지 같은 취향 때문에 신을 놓쳐?

"그리고 무엇보다 난 그 녀석 속을 도통 모르겠어. 대학 다닐 때는 하도 추종자가 많아서, 뭐 지금도 많지만······. 아무튼 몰매 맞을까 봐 나만 생각하고 있었는데 걘 약간 가식적이야. 친절하고 자상해 보이고 성격 좋아 보이지만 속으로 계산기 두드리는 스타일 같다고 할까? 비겁한 거하고는 좀 다른데 모든 사람들을 제 손바닥 위에 올려놓고 움직이고 조종하려는······. 허업."

센은 갑자기 기도가 막힌 듯 이상한 소리를 내며 귀에 대고 있던 휴대폰을 떨어트렸다.

─여보세요? 야. 쎈!

도준이 센이 떨어트린 휴대폰을 친절하게 주워서 그녀에게 건네주었다. 그녀는 재빨리 통화 종료 버튼을 누르고 휴대폰을 허둥지둥 가방에 챙겨 넣었다.

"이센."

"어······ 어?"

"갈까?"

그가 그녀로서는 뜻을 알 수 없는 웃음을 지으며 말했고 그녀는 지은 죄가 있어 고개만 끄덕이며 그를 따라나섰다.

두 사람이 탄 차가 공장을 빠르게 벗어났다. 그는 아무 말도 없이 운전만 하고 있을 뿐이다. 그녀는 힐끔힐끔 그의 눈치를 살피면서도 어찌할 바를 몰라 머리를 굴리기에 조급했다.

"이센."

"어?"

"심심해? 라디오 켤까?"

그녀가 고개를 세차게 끄덕이자 그는 웃으며 라디오를 켰다.

빠바바밤!

"엄마! 깜짝이야."

베토벤의 운명 교향곡이었다. 웅장한 음악 소리에 놀란 그녀가 두근거리는 심장을 가다듬듯이 가슴을 쓸어내렸다. 마침 신호가 걸려 차를 세운 그가 웃으며 그녀를 보았다.

"우린 참 여러 가지로 운명인가 봐. 라디오까지 이렇게 도와주네."

그는 손가락으로 운전대를 가볍게 톡톡 치며 기분 좋다는 듯이 가볍게 리듬을 탔다. 그녀는 그 모습에 왠지 모를 한기를 느꼈다.

체육관에 도착해 센은 김 코치에게 도준을 소개시키고 먼저 탈의실에 들어갔다. 옷을 체육복으로 갈아입고 나온 그녀는 지호의 펀치 연습을 도우며 자세를 봐 주었다.

"누나. 오늘은 치한 안 붙었어?"

"안 붙었어. 집중해."

"걱정돼서 그래."

"걱정은 무슨. 신경 꺼."

센의 심드렁한 말투에도 지호는 실실거리며 그녀를 보았다. 들어온 지 얼마 안 된 남자 회원들이 지호와 투닥거리는 그녀에게 은근슬쩍 야릇한 시선을 주었다.

여성스럽고 청순한 외모를 가져 놓고 선수를 코치할 정도로 복싱 전문가라는 것도 시선을 끌었지만 무엇보다 가녀리면서도 글래머러스한 몸매를 다 드러내고 있는 모습에 군침이 돌았다. 몇몇 남자들이 운동하는 것은 뒷전이고, 그녀에게 시선을 떼지 못하고 있다는 것을 알아차린 도준이 서늘하게 중얼거렸다.

"마음에 안 들어."

"네?"

도준의 말을 듣지 못한 김 코치가 되물었다.

"아닙니다."

"그런데 체력이 정말 좋으시네요. 진짜 프로 운동선수나 다름없는 몸에…… 금방 배우시겠어요."

도준은 약간 멀리 떨어져 있는 센을 보았다. 땀을 많이 흘리기 때문에 저렇게 배를 훤히 드러내는 체육복을 입는 게 편하다는 것은 이해하지만 그래도 기분이 저조해졌다. 역시 마음에 안 든다.

그녀는 옆에 있는 젊은 녀석이 무슨 짓궂은 농담이라도 했는지 녀석을 가볍게 발로 차다가 그의 목을 팔로 걸어 헤드록 하는 자세를 취했다. 굉장히 친밀해 보이는 모습에 도준의 인상이 일그러졌다. 젊은 녀석은 아까 그녀가 전화로 말했던 착하고 순하고 순진한 남자의 표본처럼 보였다.

저런 남자가 좋다고? 스타일이라고?

정말이지 마음에 안 들었다. 싸늘하다 못해 어두운 분위기를 내뿜는 도준 때문에 당황한 김 코치가 그에게 물었다.

"좀 힘드시죠? 잠깐 쉽시다."

얼굴이 굳어진 이유가 체력 테스트와 훈련을 받느라 그런 거라고 예상한 모양이었다.

"누나. 좀만 쉬자."

지호의 사정에 센이 고개를 끄덕거렸다. 그녀는 잠시 체육관 전체를 둘러보다가 아버지와 웃으며 대화 중인 도준을 보고 놀라서 눈이 커졌다.

무슨 얘기 하는 거야? 설마 그날 일을 말하진 않겠지?

아버지는 강간범들은 다 사형시켜야 한다고 거세게 주장하는 사람이었다. 강제로 누군가의 몸을 취하려 하는 것은 사람의 영혼을 뺏는 일이라고 하시면서.

그가 센을 혹독하게 훈련시켜 온 이유는 이름에 대한 것도 있었지만, 사실 진짜 목적은 그녀가 커서 불상사를 겪게 되었을 때 자신의 몸을 지킬 수 있게 하기 위함이 가장 컸다. 덕분에 몸을 지키는 것을 넘어서 남자를 제압하는 지경에 이르렀지만.

그렇게 딸을 가르쳤는데, 만약 그 딸이 술에 찌들어서 키스뿐이지만 남자를 강제로 덮쳤다는 것을 아시게 된다면 주저 없이 그녀의 머리를 깎고 깊은 산속에 있는 절에 보내 버릴지도 모른다.

불안하다. 미치도록 불안하다.

설마 말하진 않겠지만 혹시 모르는 일이었다. 그녀는 앞으로 그가 체육관에 다니는 내내, 계속 이런 불안함과 초조함에 떨어야 한다는 생각에 머릿속이 새하얘졌다. 그녀는 아버지가 다른 선수를 봐주러

간 사이에 재빨리 도준에게 다가갔다.

"신도준."

"어?"

"너…… 말할 건 아니지?"

"뭘?"

"너도 중간부터는 좋다고 달려들었잖아. 이건 쌍방과실이야. 내 말 이해하지?"

그녀의 말을 들은 도준의 표정이 오묘해졌다. 그녀는 말해 놓고도 아차 싶었다. 이건 꼭, '난 여기가 약점이니까 여기만 피해서 공격해 줘.'라고 하는 것과 다름없었다. 멘탈 붕괴가 이뤄 낸 비극이었다. 저 머리 좋은 녀석이 이 기회를 그냥 넘길 리가 없었다.

센이 입술을 깨물고 도준의 눈치를 보느라 정신이 없는 동안, 김 코치가 도준과 센이 있는 곳으로 다가왔다.

"쎈아. 도준 씨랑 아는 사이라며. 어떻게 알아? 혹시 사귀는 사이?"

"아니요!"

선수를 봐주면서도 이쪽으로 시선을 떼지 않는 아버지를 의식해 그녀가 단호하게 부정했다.

"그래? 난 또 되게 친해 보여서 오해했네."

"치, 친해 보이긴요. 그냥 오래된 사이라서……."

"안지는 오래되었지만 사실 친해진 건 얼마 안 돼요. 그렇지?"

도준이 그녀에게 동의를 구했다. 그녀가 떨리는 눈동자로 그를 보았다.

"그날 되게 많이 친해졌잖아, 우리……. 근데 나 너 때문에 엄청

곤란했던 거 알아?"

아버지가 따가운 시선으로 그들의 대화를 지켜보고 있었다. 도준은 목소리를 약간 죽여서 속삭이듯이 말했다.

"네가 그날, 그러고 잠드는 바람에……."

"야, 한지호! 너 배고프다 그랬지?"

속삭이는 그의 말이 귓가에 닿자마자 그녀가 멀리 있는 지호를 향해 소리쳤다. 덕분에 그의 말을 들은 사람은 그녀뿐이었다.

"코치님도 출출하시죠? 편의점에서 간식 좀 사 올게요."

그녀가 얇은 겉옷을 챙겨 들고 도준에게 이를 갈며 말했다.

"야. 밖으로 나와."

겉옷을 거칠게 입으며 밖으로 나가는 그녀를 그가 여유 있게 따라나갔다. 체육관에서 밑으로 내려오자 도로에 차 지나다니는 소리가 시끄럽게 퍼졌다.

"너 진짜 왜 그래? 내가 부탁했잖아."

언성은 높았지만 비굴하게 사정하는 것이나 다름없었다. 그가 웃으며 물었다.

"내가 뭘?"

"너 진짜! 너는 친구가, 아니 친구는 그렇고, 네 동기가 머리 빡빡 깎여서 산으로 들어가길 원하는 거야? 내가 너한테 한 짓 알면 우리 아버지 진짜 그렇게 하실지도 모른단 말이야."

"그렇게 엄하셔?"

그녀가 애절하게 고개를 끄덕였다. 그의 입술이 부드러운 호선을 그렸다.

"그럼 방법은 하나네."

"하나?"

"내 입을 다물게 하는 것."

그의 말에서 숨은 뜻을 파악한 그녀의 얼굴이 삽시간에 굳어졌다. 대학 때부터 모두가 추앙하며 떠받들던 동기. 그녀가 객관적으로 생각하기에도, 자신이 아는 모든 사람들 중 저렇게 모든 것에서 완벽한 사람은 신도준이 유일했다. 그런 그의 얼굴이 부드러우면서도 단호했다. 그는 한다면 하는 성격이다.

코너에 몰린 그녀는 이미 전의 상실 직전이었다.

"너 정말…… 진심이야?"

"내가 진심이 아니라고 생각했던 거야? 가식적이란 말보다 기분 나쁜데?"

그가 눈을 찡그리며 그녀를 보았다. 저런 인간적인 표정을 거의 보이지 않았던 그가 감정을 훤히 드러내며 불만을 표시하는 것이 낯설었다. 그녀는 서서히 이 게임이 이미 진 승부란 사실을 인정해 가고 있었다.

스포츠인으로서, 패배를 빠르게 인정하는 것이 도리다. 이미 게임 끝인 싸움에서 울며 떼를 쓴다 해도 승패는 달라질 리 없으니까. 그녀가 고개를 숙이고 작게 말했다.

"……알았어. 네 말대로 해."

"내 말대로? 뭘?"

저게 끝까지.

모른 척하는 그에게 그녀가 결국 분에 못 이겨 소리쳤다.

"좋다고! 사귀자고. 네 말대로 사귀어! 그래, 제발 사귀어! 어?"

그녀의 포효에 거리를 지나가던 사람들이 두 사람을 힐끗거렸다.

주변의 시선을 느낀 그녀의 얼굴이 얼음처럼 굳어 갔다. 이건 마치…… 그에게 자신이 사귀어 달라고 애원하다 못해 구걸하는 꼴로 보이기에 충분했다.

둘의 옆을 느릿느릿 지나가던 할머니가 작지 않은 목소리로 중얼거렸다.

"아무리 세상이 변했어도 그렇지. 여자가……."

할머니의 말에 그녀는 정신을 놓고 싶은 기분이 들었다. 현 상황에 조용하고 점잖게 웃고 있던 그가 그녀에게 다가왔다.

"네가 그렇게 원한다면……."

내가 원한다고?

그녀의 바로 앞까지 다가온 그가 다정한 손길로 그녀의 겉옷 지퍼를 끼워 끝까지 올려 주었다. 덕분에 겉옷 사이로 드러났던 그녀의 몸매가 숨겨졌다. 이제야 만족스럽다. 그가 고개를 끄덕이다가 천천히 그녀의 눈으로 시선을 올렸다.

"좋아. 사귀자, 우리."

그의 대답이 도도할 정도로 기품이 흘렀다.

모든 것은 '신'의 뜻대로 되었다. 마지막 결정타, 피니쉬 블로우를 얻어맞은 그녀의 어깨에 부드럽게 팔을 두른 그가 그녀의 귀에 속삭였다.

"센아. 우리 이제 편의점 갈까?"

그는 그녀를 안고 걸으며 혼잣말하듯 중얼거렸다.

"그런데 기념일 같은 건 어떻게 하지? 우린 언제부터 사귀었다고 쳐야 돼? 네가 나한테 먼저 키스한 날? 아니면 내가 너한테 사귀자고 한 날? 아니면……."

이미 패배를 인정하고 쓰러진 상대를 약 올리듯이.

"네가 나한테 사귀어 달라고 떼쓴 오늘?"

'신'을 거스르고자 하는 것부터 말이 안 되는 일이었다. 체급부터 열이면 열, 모든 게 우월한 선수를 이기려한 것이 어리석었다. 하지만 아무리 생각해도 역시 억울한 그녀는 속으로 미친 듯이 소리쳤다.

이런, 빌어먹을!

'신'의 뜻대로, 빌어먹을 연애라는 것이 시작되었다.

Round 3

지고 싶지 않은 여자와
이길 수 없는 남자

점심을 먹고 온 센은 사무실 문을 열려던 손을 잠시 멈췄다. 문고리를 잡아당기기도 전에 사무실 안에서 그녀에 대한 얘기가 들렸기 때문이다.

"저래 봬도 우리 회사 차석으로 입사한 여자예요. 들어오려면 시험을 몇 개 봐야 하는지 셀 수 없을 정도로 깐깐한 게 인성이잖아요. 인성고시란 말이 있을 정도로……. 거기다가 학벌도 좋고. 얼마 전까지만 해도 본사에서 남자들 다 제치고 팀장 승진까지 할 뻔했던 엘리트였죠."

"근데 그렇게 잘나가다가 왜 이런 데를 와?"

최씨의 의문스러운 물음이 계속되었다.

"좀 이거 기질이 있나 보죠."

'이거'라고 말하며 머리를 향해 손가락을 돌리고 있을 모습이 안 봐도 눈에 훤했다.

"이센 씨랑 같은 해에 입사한 수석은 예전에 팀장 자리 따내고 아주 탄탄대로가 따로 없는데. 점수 한 점 차인데 인생이 이렇게도 달라지……."

최씨의 맞장구가 흥에 겨워 신나서 이야기를 풀어 놓던 상민은 갑자기 최씨의 목소리가 전혀 들리지 않자 책상에서 고개를 들었다. 그리고 바로 정면에 서 있는 센과 눈이 마주친 상민의 얼굴이 새파랗게 질렸다. 그녀는 문 앞에서 그를 향해 다정한 미소를 건넸지만 오히려 그것이 더 무섭고 소름이 돋았다.

최씨는 안면을 몰수한 채, 신문을 읽으며 '요즘 세상 참 말세여.'라는 말로 자신에겐 죄가 없음을 피력했다. 상민이 그녀의 눈치를 보며 마냥 실실거렸다. 그녀는 그것을 무시한 채 목을 스트레칭 하듯 양옆으로 꺾으며 자리에 앉았다.

점심을 먹으러 가면서 두고 나간 휴대폰이 책상 위에 외롭게 놓여 있었다. 휴대폰을 친구마냥 알뜰살뜰 챙기고 다니는 스타일은커녕 아침에 집에다가 놓고 오지만 않으면 다행일 정도였다. 무심히 휴대폰을 옆으로 치우려던 그녀는 문자가 도착해 있는 것을 보고 그것을 손에 들었다.

그녀가 패턴을 해지하고 건성으로 문자를 확인했다.

[퇴근하고 영화 보자^^]

도준에게서 온 문자였다.

이 전혀 어울리지 않는 웃음 표시는 뭐지?

누구나 다 사용하는 이모티콘이었지만 그가 사용하니 왠지 낯선 느낌이 들었다. 그녀는 귀찮은 얼굴로 빠르게 키패드를 눌렀다.

[보고 싶은 영화 없음!]

[데리러 갈게^^]

혹시 내가 보낸 문자가 송신이 안 됐나?

그녀는 '그럴 리가 없는데…….' 하고 중얼거리며 문자 발신 내역을 확인했다. 물론 성공적으로 발신된 상태였다. 그녀는 저 웃음 표시가 점점 얄미워지기 시작했다.

[^^ 이거 좀 떼. 안 어울려-.-]

[처음 써 봤는데……. 안 어울려?]

이것도 '신'의 능력 중 하나인지, 신기하게도 문자에서 우울한 감정이 느껴졌다.

이모티콘 하나 가지고 너무 까칠했나?

센은 괜스레 미안한 마음이 들었다. 그냥 써도 된다고 보내려는 찰나에 다시 그에게서 짧고 간결한 문자가 도착했다.

[*^^*]

"이 자식이! 진짜 해 보자는 거야? 이 여우 같은 자식을 그냥!"

그녀가 휴대폰을 책상으로 집어 던지며 자리에서 일어났다. 아까부터 그녀의 눈치를 살피느라 여념이 없던 상민은 그녀의 행동에 너무 놀라 딸꾹질을 하기 시작했다. 최씨도 그녀의 우렁찬 포효에 움찔해서 읽고 있던 신문을 떨어트렸다.

시계로 점심시간이 거의 끝나 가는 것을 확인한 도준이 다시 휴대폰을 열었다. 그녀에게서 온 문자 답장은 없었다. 단순한 그녀는 아마 열이 잔뜩 올라서 그가 그녀를 놀려 먹는 게 분명하다고 소리치고 있을 것이다. 그 모습을 상상하니 슬그머니 미소가 지어졌다.

31년을 살아오면서 그가 가장 재밌다고 느꼈던 여자가 자꾸 그의 머릿속을 지배한다. 그저 특이한 녀석이라고 생각했던 대학 시절, 그리고 조금씩 그녀가 눈에 밟히기 시작했던 인성에 입사한 후의 일들.

10년. 결코 짧지 않은 세월 안에 그와 그녀가 함께 있었다.

♧　　　　♣　　　　♧

센은 자신이 아무리 칠칠맞고 털털해도 오늘만큼은 늦지 않을 거라고 스스로 확신하고 있었다.

특이한 인성 입사시험의 마지막 관문인 '마의 인성고시' 라 불리는 자체 시험이 있는 날이었다. 피가 터지도록 쌓아 온 스펙이 담겨 있는 서류로 걸러지고, 적성검사, 1차 면접, 2차 면접까지 겨우 합격했는데 마지막 자체 시험에서 성적으로 떨어지는 것도 아니고 지각으로 불합격이 된다면, 억울한 것도 억울한 것이지만 억울함을 느끼기도 전에 아버지의 펀치와 어머니의 죽도가 그녀를 향할 것이 뻔했다.

센은 여유롭게 집에서 나와 어머니에게 두둑이 받은 돈으로 택시를 타고 가면서 총정리를 할 생각이었다. 하지만 택시를 잡으려는 순간 바로 옆에서 나무를 잡고 통증을 호소하는 할머니가 눈에 들어왔다. 깜짝 놀란 그녀는 망설이지 않고 죽겠다, 죽겠다 신음을 연발하시는 할머니를 택시에 태웠다.

가장 가까운 병원으로 할머니를 모셔다 드리고 병원 밖으로 나오니 많았던 시간은 다 어디로 가고 시험이 시작되기 10분 전이었다. 잠시 멍했던 그녀는 서서히 공포감에 휩싸였다.

"쓰러질 것 같은 할머니를 병원에 모셔다 드리고 오느라 늦었다고 말하면…… 젠장. 나 같아도 안 믿지!"

그녀는 그 말을 끝으로 무릎까지 오는 단정한 정장 치마가 바람에 휘날리도록 뛰기 시작했다. 오늘따라 잘 잡히지 않는 택시를 겨우 잡고 기사 아저씨를 재촉해서 빠르게 시험장 앞에 도착했다. 하지만 벌써 시험이 시작한 지 삼십 분이나 흘러 있었다. 그녀는 온 에너지를 다해 엄청난 스피드로 시험장 안으로 달려갔다.

"저, 저 시험, 헉, 보러, 왔는데……."

그녀가 숨을 헐떡이며 말하자 시험장 앞 테이블에서 안내를 돕던 여직원이 고개를 끄덕이고 누군가를 호출했다. 곧 정장을 깔끔하게 차려입은 깐깐해 보이는 여자와 덩치 좋은 남자가 그녀에게 다가왔다.

"수험번호 12811036, 이센 씨?"

"네."

"이미 첫 시험 시작했으니 여기서는 못 보시고, 혼자 따로 보셔야 합니다. 따라오세요."

따로라도 시험을 보게 해 준다는 사실에 한시름 던 그녀가 가슴을 쓸어내렸다.

"감사합니다."

"해에 한두 명 꼭 학생 같은 사람이 있죠."

인상 좋은 남자가 웃으며 덧붙였다. 센은 두 남녀와 함께 시험장 바로 옆에 있는 작은 회의실로 들어왔다. 그녀가 혼자 시험을 치를 장소였다.

그녀는 호흡을 가다듬었다. 거의 삼십 분을 까먹었지만 미친 듯이 집중해서 풀면 못 할 것도 없을 것 같았다.

센은 책상 앞 의자에 앉고 여자가 시험지와 OMR카드를 나누어 주었다. 6년 만에 다시 수능이라도 보는 기분이었다. 그녀가 다시 한 번 심호흡을 하고 시험지를 펼쳤다.

무서운 속도로 집중한 그녀는 눈도 깜박거리지 않고 문제를 하나 하나 풀어 나갔다. 시계를 확인할 정신도 없었다. 곧 여자가 정확한 목소리로 말했다.

"3분 남았습니다. 마킹 하세요."

3분? 빌어먹을.

센은 조급한 손길로 마지막 문제를 풀었다.

"30초 남았습니다. 시간 정확히 맞춰서 시험지 회수할 예정이니 까 얼른 쓰세요."

그녀는 빛의 속도로 마킹을 시작했다. 드디어 마지막 문제에 3번 을 색칠하려는 순간 눈앞에 있던 OMR카드가 쏙 사라졌다. 센은 처 연한 얼굴로 고개를 들어 앞을 바라보았다. 시험 감독관 여자가 입 꼬리만 살짝 올리며 말했다.

"시간 다 됐습니다."

"잠깐만요. 마지막 문제만 마킹하면 되는데……."

센이 최대한 가련하고 불쌍한 표정을 만들어 내며 여자에게 부탁했 다. 여자는 입꼬리만 올렸던 미소를 눈까지 가져가며 환하게 웃었다. 그리고,

"안 됩니다."

여자는 칼같이 단호하게 거절했다. 센은 두 시험 감독관을 뒤로하 고 터벅터벅, 우울한 발걸음 소리를 들려주며 회의실을 빠져나갔다.

"이름 특이하네. 이센."

시험지를 확인하는 남자가 중얼거렸다. 그는 센의 시험지를 계속

보고 있었다.

"이 아가씨 올해 신입사원 수석 입사하겠는데?"

"네?"

"시험지 보니까 다 맞았어."

교수들과 문제 출제를 맡았던 남자의 말에 OMR카드에 사인을 하던 여자의 손이 멈췄다. 여자가 미간을 살며시 찌푸리며 물었다.

"마지막 답이 혹시 3번이에요?"

"어. 3번."

여자는 마지막 문제만 마킹되어 있지 않은 카드를 보았다. 그녀가 고개를 약간 까딱하며 중얼거렸다.

"쓰게 해 줄 걸 그랬나."

센은 두 번째 시험을 위해 빠른 걸음으로 시험장에 들어가 자신의 자리를 찾았다. 맨 바깥 줄 다섯 번째 자리로 가서 가방을 던지고 앉았다. 아침에 있었던 일 때문인지 몇 시간 만에 피로가 온몸에 누적된 것 같았다. 그녀는 책상에 얼굴을 묻고 엎드렸다.

뒤에서 나는 투박한 소음에 네 번째 자리에 앉아 있던 남자가 뒤를 돌아 그녀를 보았다.

"시험…… 보긴 봤어?"

어느 정도 걱정이 어린 도준의 목소리였다.

"봤어."

그녀가 귀찮다는 듯이 중얼거리며 얼굴을 옆으로 돌렸다. 벽 옆에 잔뜩 쌓여서 늘어진 아기자기한 쇼핑백들을 발견한 그녀가 엎드려 있던 몸을 일으켰다.

"저게 다 뭐야?"

"1, 2학년 후배들이 시험 잘 보라고 가져다줬어."

도준이 처리하기 피곤한 짐덩이 보듯 벽 옆으로 시선을 주며 설명하자 센이 미간을 모았다.

팬클럽이 따로 없네.

"우리 과 선후배 사이가 이렇게 돈독하지 않은 걸로 아는데?"

"그러게."

그가 어깨를 으쓱하고 앞을 향해 몸을 돌렸다. 그녀는 도준의 자리 바로 옆 쇼핑백 사이로 삐져나와 있는 음료수를 뚫을 듯이 쳐다보았다. 아침부터 인정사정없이 달린 탓에 갈증이 느껴진 탓이었다.

마시고 싶어.

그때, 그가 고개도 돌리지 않고 쇼핑백에서 음료수를 꺼내 뒤에 있는 그녀에게 넘겼다.

"마셔."

그녀가 깜짝 놀라서 그의 손에 들린 음료수를 받았다.

"고, 고맙다."

귀신같은 녀석.

센이 눈을 가늘게 뜨고 그의 뒤통수를 관찰하고 있는데, 그가 뒤를 돌았다.

"이센. 시험 잘 봐라."

그녀와 그의 눈이 잠시 마주쳤다. 그녀를 응시한 채, 엷게 웃는 그의 모습에 그녀는 이유 없는 헛기침을 하며 음료수를 마셨다.

"진짜 미쳤어!"

신입사원 설명회에도 지각을 할 줄은 꿈에도 몰랐다. 그녀는 엘리베이터 안의 거울을 보면서 매무새를 단장했다.

지난번에 지각한 이유는 선행을 베푼 것이었기 때문에 마음이라도 떳떳했지만 이번엔 변명할 수조차 없는 늦잠이었다. 층수를 확인하던 그녀의 입에서 저절로 한숨이 나왔다. 그녀는 엘리베이터 문이 열리자마자 잽싸게 밖으로 튀어나갔다. 표시판이 가리키는 회의장을 향해 뛰어가 문을 살포시 열었다.

"올해 많은 인재들로 채워진 인성의 신입사원을 대표할 신도준 군 단상 앞으로 서 주십시오."

도준이 단상으로 올라가자 자리에 착석한 모든 신입사원들이 웅성거리기 시작했다. 특히 여성들의 기대와 흥분은 극에 달했다.

감탄을 자아낼 정도로 훌륭한 외모였다. 그냥 잘생긴 것이 아닌 귀티가 흐르는 고급스러운 외관에다가 수석 입사라는 것은 머리까지 받쳐 준다는 증거이니, 그의 등장에 설레지 않을 여자가 있다면 더 이상한 일이다.

도준은 많은 사람들 앞에 서는 것이 전혀 긴장되지 않는 듯 아주 자연스러운 얼굴로 단상 위에 올라섰다. 가운데에 선 그는 저 멀리 있는 문 앞에 작게 보이는 여자를 응시했다. 센과 제대로 눈이 마주친 그가 작게 미소를 띠었다.

그의 눈빛이 자신에게 향해 있다는 것을 깨달은 그녀는 또 한 번 의미 모를 불쾌감이 서리는 것을 느꼈다. 26년을 살면서 단 한 명, 신도준에게서만 느끼는 여러 가지가 얼기설기 섞인 이상하고도 묘한 감정이었다.

어렸을 때부터 규칙적인 운동을 해 온 그녀는 운동뿐만 아니라 공부에 대한 집중력도 상당했다. 체력이 뒷받침을 해 주었기 때문에 엉덩이를 오래 붙이고 앉아 있어야 하는 체력 싸움이라고도 할 수 있는 공부를 곧잘 하는 편이었다. 또 공부를 잘 하면 지옥 훈련을 빼 주겠다고 선포한 아버지의 계략에 의해 삼남매는 모두 독하게 학업에 매진했다.

기 센 이씨 집안에서 그녀는 그나마 가장 온순한 성격에 속했다. 부모님과 오빠들에게 모든 면에서 밀리는 그녀였지만 26년을 넘게 살아오며 적응된 일이기 때문인지 작은오빠, 힘을 제외한 가족들에게 지는 것은 그리 분하지 않았다. 무엇보다 그녀는 운동이든, 싸움이든, 공부든, 가족을 제외하면 져 본 적이 거의 없다고 봐도 무방했다.

복싱은 스스로 노력한 만큼 실력이 나온다. 요령을 피울 수 없는 깔끔한 스포츠가 바로 복싱이다. 그녀에겐 복싱뿐만 아니라 모든 것이 그랬다. 노력한 만큼 모든 게 결과로 연결되었기 때문에 결과에 억울해하거나 승복하지 못한 적은 없었다. 신도준을 만나기 전까지만 해도.

이기려고, 이기려고 미친 듯이 노력하고 애써도 이길 수 없는 사람은 대학에 들어와서 처음 만난 신도준이란 녀석뿐이었다. 물론 1학년 2학기 때, 그를 제치고 수석을 차지해서 한 번 이긴 적이 있지만 부상당한 선수랑 싸워서 이겼다고 좋아할 만큼 바보는 아니었다.

그녀는 그를 만나기 전까지는 자신이 승부욕이 강하다는 사실을 인지하지 못하고 있었다. 누군가에게 완벽하게 패배했을 때, 지고 싶지 않다는 승부욕을 느끼게 되는데 그녀는 가족을 제외하고 그 누구에게도 져 본 적이 없었기 때문이다.

그저 무엇이든 이겼을 때 기분이 좋았고 점점 그것이 당연해지고 있었다. 물론 스스로 생각하기에 자신은 누군가에게 진다고 할지언정 기분 나빠 할 타입은 아니라고 생각했다. 스포츠 정신으로 똘똘 뭉쳤기 때문에 그런 비겁한 마음은 가지지 않는다고 자부하고 있었다. 그러나 아무리 노력해도 이길 수 없는 도준을 보면 자꾸 이상한 감정이 들면서 묘하게 기분이 더러웠다.

센이 도착하고 얼마 지나지 않아 설명회가 끝이 났다. 신입사원들을 포함한 수많은 관계자들이 회장을 우르르 빠져나왔다. 사람들이 오가느라 정신이 없는 곳에서 그녀는 정장으로 잘 차려입은 자신의 모습을 훑어보았다. 타이트한 H라인 치마가 불편했고 재킷은 덥고 답답했다.

센은 답답하게 조이는 와이셔츠 가장 위 단추를 하나 풀고 복도를 걸어갔다. 그녀가 있는 복도 반대쪽에서 회사 간부로 보이는 남자와 걸어오고 있는 도준이 보였다. 아까 단상에서 눈이 마주쳤던 순간처럼 허공에서 다시 한 번 그와 눈이 마주쳤다. 그의 표정을 본 센의 눈살이 찌푸려졌다.

왜 또 저렇게 보는 거야?

신기하고 흥미로운 장난감을 발견한 아이처럼 그녀를 보는 그의 눈빛. 기분이 썩 좋지 않았다. 그녀는 그를 사납게 쏘아보고 걸어갔다. 상반된 눈길의 두 사람이 서로를 스쳐 지나갔다.

도준은 남자를 따라 걷다가 잠시 걸음을 멈춰 세웠다. 그는 뒤를 돌아 그녀의 뒷모습을 응시했다.

많이 더웠는지 투박하게 재킷을 벗고 손으로 부채질을 하며 씩씩하게 걸어가는 센의 뒷모습이 도준의 눈에 가득 담겼다. 걱정될 정도로 자유롭고, 보고만 있어도 시원함이 느껴지는 여자.

그녀의 모습에 자연스럽게 웃음이 퍼졌다. 참 이상한 녀석이다. 자신과는 정반대의 사람. 어쩌면 자신과는 달라서 녀석을 자꾸 지켜보게 된 걸지도 모른다. 너무 다른 것을 보면 신기해서 계속 보게 되고 눈길을 끊을 수 없게 되는 것처럼.

앞서 걷던 남자가 점잖은 목소리로 물었다.

"아버님은 건강하시지? 한번 찾아뵙겠다고 말씀 건네주게."

"네."

남자에게 간단하게 대답한 후, 도준은 다시 뒤를 돌아보았다. 그녀의 뒷모습은 이미 사라져서 더 이상 보이지 않았다.

가끔 그녀를 보고 있으면, 모두가 부러워하고 동경해 마지않는 자신의 인생이 우스울 정도로 시시하고 따분하게 느껴진다. 그는 여태까지 살아온 인생처럼 복도를 다시 일직선으로 똑바로 걷기 시작했다. 그녀의 모습은 이제 보이지 않는데도 계속 뒤돌아보고 싶은 이유를 알 수 없었다.

자신과 달라도 너무 다른 이상하고 신기한 녀석. 그래서 자꾸 신경 쓰이고 눈길이 가는……. 그것뿐이었다. 그때까지만 해도 정말로 그것뿐이라고, 스스로도 그렇게 믿고 있었다.

"어떤 거 볼래?"

"자, 이거."

팸플릿 진열대 앞에서 도준이 다정하고도 끈질기게 물었다. 센은 귀찮다는 표정을 숨기지 않으며 확인하지도 않고 팸플릿을 집어서 그에게 건넸다. 그는 그녀가 건넨 종이를 확인하더니 의외라는 얼굴로 소개 글을 읽었다.

"가족 간의 사랑과 화합을 그린 휴먼 드라마?"

그의 설명에 그녀가 멈칫했다. 팸플릿을 힐끗 확인하니 굉장히 슬플 것 같은 냄새가 폴폴 풍겼다. 그녀는 잠시 주저하다가 망설임을 지우고 쿨하게 말했다.

"그런 얘기야? 난 아무거나 상관없어."

그녀가 대기 의자에 앉자 그가 예매를 하러 갔다. 그녀는 오랜만에 오는 영화관 주위를 둘러보다가 한 곳에 시선이 꽂혔다.

얼마 지나지 않아 그가 다가왔다.

"삼십 분 정도 남았어. 팝콘 살까?"

"삼십 분이나 남았어? 잘됐다. 신, 나 따라와."

센은 그 말을 끝으로 먼저 게임센터로 향했다. 도준은 의아한 얼굴로 그녀의 뒤를 천천히 따라갔다.

그녀는 많은 게임기계 사이에서 두리번거리다가 기어코 목표물을 발견했다. 그녀의 입가에 의미심장한 미소가 나타났다. 뒤에서 그 모습을 바라보던 그가 피식 웃었다.

"이거 하면서 시간 때우자."

"좀비 게임?"

"어. 둘이 같이 좀비 죽이는 거야. 나 영화 기다리는 시간 남으면 가끔 해."

그녀가 권총의 그립감을 느끼기 위해 그것을 바로 잡았다.

"휴먼 드라마를 보러 가기 전에 죽이는 게임을 하자고?"

"좀비를 죽이는 건데 뭐가 문제야. 너 동전 있니?"

"동전 안 가지고 다니는데."

그의 말에 그녀는 혀를 차면서 주머니를 뒤적거렸다. 동전을 찾아낸 그녀가 동전 입구에 오백 원을 넣으며 말했다.

"총 들어. 이거 딱! 두 판만 하고 나가자."

이미 승부욕으로 눈이 반짝반짝한 센이 도준과 눈도 마주치지 않고 모니터에만 집중한 채 말했다. 도준은 모니터만 응시하는 그녀를 물끄러미 바라보다가 총을 들었다. 영어로 게임 설명이 시작되자 그녀가 스킵 버튼을 연달아 눌러 댔다.

도대체 얼마나 좀비를 죽이고 싶으면 저렇게 급하게 굴지?

그녀가 신기하고도 재밌어서 저절로 웃음이 터져 나왔다.

"집중."

게임이 시작되었다. 징그럽게 입체적인 좀비들이 떼로 몰려와 그들에게 달려들었다. 그녀는 총을 미친 듯이 쏴 대며 좀비들을 차례차례 죽여 나갔다. 그는 처음 하는 게임이라 총알이 다 떨어지면 어떻게 해야 하는지 몰라 그녀를 보았다. 말을 걸면 가만있지 않을 것 같은 오라가 풍기고 있다. 그녀가 하는 모양새를 대충 보니 손이 터지도록 총을 흔들어 대고 있다.

"아……. 흔들어야 다시 장전돼."

그녀는 이제서야 생각났는지 친절하게 일러 주었다. 개구쟁이 초등학생이 따로 없다. 그는 자꾸만 터져 나오려는 웃음을 애써 막았다. 못 말린다는 듯 고개를 저으며 손목을 몇 번 흔들어 총을 장전시켰다.

아무것도 모르고 시작한 탓에 그녀보다 일찍 캐릭터가 죽은 그는 그녀가 하는 것을 지켜보았다. 곧이어 그녀의 모니터도 게임 오버를 알렸다. 그녀가 비죽 웃으며 그를 놀렸다.

"넌 남자가 게임도 안 하고 살아?"

"이렇게 단순한 게임은 별로 안 좋아해."

단순한 게임!

잠시 욱했지만 단순한 게임이 아니라고 딱히 부정할 수도 없는 센이 입술을 앙 물었다. 같이 팀을 이루어 적을 무찌르는 게임이지만 도준보다 늦게 죽었으니 그를 이긴 것과 마찬가지라는 사실에 들떠 있었던 기분이 작게 오그라들었다.

"이제 대충 파악했어."

그가 조용히 중얼거렸다. 그의 말에 그녀는 흥 하고 콧방귀를 뀌었다.

내가 이 게임을 얼마나 많이 했는데 처음 한 녀석보다 못하겠어?

그녀는 이번에도 그보다 늦게 죽을 자신이 있었다. 그녀가 만면에 미소를 지으며 게임을 시작했다.

시간이 얼마 지나지 않아, 하나의 모니터에서 게임 오버라는 문구가 떠올랐다. 미친 듯이 팔을 흔들며 좀비들과 싸우던 그녀의 손이 처절하고 아련하게 정지되었다.

센은 아직도 게임 중인 그를 보았다. 그는 자신처럼 무식하게 팔을 마구 흔들지도 않고, 손목을 가볍게 몇 번 흔들 뿐인데도 바로 장전이 되었다. 그녀가 이를 갈고 그를 지켜보았다.

이 자식, 정말 처음 하는 거 맞아?

그는 자신을 노려보는 그녀를 힐끗 보더니 게임을 대충 해 금세 종료시켰다.

"너 왜 죽어!"

"혼자 하니까 재미없어서."

도준은 말 그대로 둘이 같이 하는 게 재밌다는 뜻이었지만 그녀에게는 '너 참 빨리도 죽는다.'는 비꼼으로 들렸다. 한동안 가만히 있던 승부욕이 제대로 발동 신호를 보냈다. 그녀는 내려놓았던 가방을 뒤적거려 지갑을 꺼냈다.

"더 하자고?"

"당연하지. 너 게임기 지키고 있어. 절대 뺏기면 안 돼. 돈 바꿔 올게."

"도대체 누가 뺏는다고 그래?"

게임센터 안에는 사람이 거의 없었다. 그런데도 그녀는 혼자 열을 내며 서둘러 지폐를 동전으로 바꿔 왔다. 그는 오백 원 동전을 열댓 개 손에 쥐고 오는 그녀를 보며 황당하다는 듯 말했다.

"곧 영화 시작할 텐데?"

"5분 후에 들어가도 돼. 광고도 있고, 시간은 많아. 너 얼른 총 잡아!"

말없이 열띤 총격전이 계속되었다. 그녀는 그보다 늦게 죽겠다는 일념으로 팔이 부러지도록 장전을 하며 징그럽게 달려드는 좀비들을 처리해 나갔다. 그녀의 요란한 움직임에 비해 그의 움직임은 거의 없었다.

오백 원 동전이 모두 사라질 때쯤 두 사람에 의해 좀비들이 모두 죽어 나가고 마지막 단계인 마왕까지 죽이는 위엄을 드높일 수 있었다. 언제 다가왔는지도 모를 초등학생 남자아이 두 명이 감탄사를 연발했다.

"나 마왕 나온 거 처음 봐. 누나랑 형 짱이다."

"진짜. 형! 누나! 저희도 하면 안 돼요?"

그녀는 진이 빠진 얼굴로 옆으로 비켜섰다. 좀비 게임을 완벽하게 클리어 하고 제자리에 주저앉은 그녀를 그가 친절하게 일으켜 세웠다. 그는 센을 부축하듯 그녀의 어깨를 안아 게임센터를 나왔다.

"도대체 영화를 보러 온 거야, 좀비를 죽이러 온 거야?"

그가 믿을 수 없다는 얼굴로 중얼거렸다.

"나도 몰라."

"팔 안 아파?"

"……안 아파."

물론 거짓말이었다. 부러진 게 아닐까? 의심이 들 정도로 아팠다. 그녀는 그의 품에서 빠져나와 앞서 걸으며 눈을 아주 세게, 꽉 감았다. 또 지나치게 달린 스스로를 한 대 때려 주고 싶었다.

'좋게 말하면 쿨, 나쁘게 말하면 생각이 없다.' 라고 누군가가 그녀를 한 줄로 표현했다. 그녀는 그 말을 듣고 그 누군가에게 거센 응징을 가했었지만 지금 순간만큼은 왜 자신에게 그런 말을 했는지 알 것도 같았다.

불이 꺼져 있는 어두운 상영관 안으로 입장한 두 사람은 거의 맨 뒷자리인 커플석으로 가서 앉았다.

커플석?

태어나서 처음 앉아 보는 커플석에 그녀가 당황스러운 기색을 내비쳤다. 전 남자 친구들과 영화를 보러 와도 커플석에 앉은 적은 없었다. 도준은 당연하게 그녀를 앉히고 자신도 그 옆자리에 앉았다.

이제 막 광고가 끝나고 영화의 첫 장면이 상영되고 있었다. 커플석이 별거야? 마인드 컨트롤을 하며 자리에 앉았지만 막상 앉으니 커플석은 확실히 별거였다. 어둡고 깜깜한 공간에서 마치 도준과 단둘만 있는 기분이 들었다. 옆에 있는 그가 자꾸 신경 쓰이고 의식하게 되는 것을 보니 정말 연애를 시작하긴 한 모양이었다.

센은 인성에 입사한 이후로는 일에 파묻혀 사느라 제대로 연애를 한 적이 없었다. 물론 도준도 마찬가지겠지만. 대학을 졸업하고 이십 대를 넘길 때까지 일에만 몰두하며 살았다는 것을 새삼 떠올리니 스스로가 처량하면서도 한심했다.

외간 남자와 어두컴컴한 곳에서 가까이 붙어 앉는 것은 정말 오랜만이었다. 센은 왠지 모르게 부끄러운 마음이 들어 고개를 돌려 옆을 볼 수 없었다. 오로지 스크린에만 시선을 향한 채 영화에 몰두하는 척하고 있는데 도준의 커다란 손이 그녀의 팔을 잡았다.

그녀가 화들짝 놀라 그를 보았다.

"너 뭐하는 거야?"

그녀가 소곤거리며 물었다. 그는 말없이 그녀의 팔을 안마하는 것처럼 부드럽게 주무르기 시작했다.

"아……."

아직도 저린 느낌이 드는 팔을 그가 손으로 가볍게 감싸 눌렀다가 풀었다를 반복했다. 다정한 손길로 인해 그녀는 제 얼굴이 달아오르고 있다는 것을 느꼈다. 고개를 옆으로 해 그를 보던 눈을 얼른 스크린으로 다시 옮겼다. 그나마 어두워서 다행이라는 생각이 들었다.

그녀는 민망해서 스크린에서 시선을 못 떼고 있는데 그는 손의 움직임을 멈추지 않았다. 몇 분이 지나도록 주물러 주는 그 덕분에 쑤셨던 팔이 서서히 풀어지는 게 느껴졌다.

안마가 계속되자 아까의 긴장은 풀리고 그녀는 이제 당연하게 안마를 받고 있었다. 긴장했던 아까와는 달리 편안한 마음으로 그의 안마 봉사를 받으며 영화를 감상하고 있을 무렵, 그가 손을 내려 그녀의 여린 손목을 잡았다. 얇은 손목을 거쳐 그녀의 가늘고 긴 손이 그의 손에 의해 가둬졌다.

갑자기 손에서 단단하고 따뜻한 기운이 느껴지자 그녀의 풀어졌던 마음에 다시금 긴장이 찾아들었다. 그가 그녀의 손을 꽉 잡았다가 풀어 주며 부드럽게 만졌다. 아까 그가 팔을 주물렀을 때보다 기분이 묘했다. 괜히 야시시한 기분이 들어 손을 빼내려 하자 그가 단호하게 그녀의 손을 결박하며 놓아주지 않았다.

연애란 게 원래 이런 마음이 드는 건가?

그녀는 자신이 너무 오랫동안 남자를 만나지 않아서 많이 굶주렸다는 사실을 머리에 새겼다. 눈은 스크린에서 떠나지 않았지만 전혀 머릿속으로 들어오지 않는 영화 내용을 파악하기 위해 갖은 애를 쓰는 중이었다.

도준은 무감한 시선으로 영화를 보면서 오로지 옆에 앉은 여자에게만 온 신경을 집중하고 있었다. 팔을 주무르고 손을 잡는 정도의 스킨십으로도 놀라서 움찔하는 센의 반응이 사랑스러워서 이 자리에서 당장 그녀를 끌어안고 키스하고 싶다는 충동까지 느꼈다. 그리고 곧 자신이 그런 생각을 하고 있다는 사실에 놀라고 웃음이 나왔다.

이제 영화는 거의 막바지로 향해 가고 있었다. 애초부터 울리겠다고 공언한 영화답게 상영관 안은 작게 흐느끼며 우는 소리가 간간이 들려왔다. 도준은 영화를 보면서 우는 타입도 아니었지만 그녀와 함께인 탓에 더 영화에 집중할 수 없었다.

조용히 그녀의 손을 만지작거리는 것에만 열중하고 있던 그는 옆에서 들리는 훌쩍거리는 소리에 고개를 돌렸다.

"센아?"

도준이 놀라서 센을 보았다. 2시간 전만 해도 좀비를 무자비하게 죽이던 그녀가 울음이 터져 나오려는 것을 아득바득 참으며 영화를 감상하고 있었다. 그 모습에 잠시 멍해 있던 그가 낮게 웃었다.

"센아. 울지 마."

그는 그녀의 어깨를 끌어안으며 다정하게 속삭였다. 당황한 그녀의 몸이 천천히 굳어졌다.

"누, 누가 울어? 얘가 말도 안 되는……."

센은 도준의 품에 안기다시피 한 상태에서 버벅대며 애써 부정했다. 그가 손을 내려 그녀의 눈가를 부드럽게 닦았다. 그의 젖어 있는 손가락을 본 그녀가 얼굴이 붉게 달아올라 입술을 깨물었다.

"너…… 소문내기만 해 봐."

말은 그렇게 해도 약점을 잡혀 풀이 죽은 목소리다. 도준은 그녀를 더 강하게 품으로 안으며 그녀의 이마에 자신의 입술을 내렸다.

"당연히……."

그의 품에서 힘으로는 빠져나올 수 없다는 것을 이미 알고 있는 그녀는 그의 짧은 입맞춤에 눈을 크게 떴다 감으며 가만히 있을 뿐이었다.

도준의 목소리가 낮게 그녀의 귓가를 파고들었다.

"이센의 이런 모습은 나만 알아야지."

도준은 이번에 새로 다니게 된 검도장에 들러서 운동을 한 후, 집에서 잠시 쉬면서 시간을 보내고 다시 복싱 체육관으로 나갔다. 녀석 덕분에 공휴일에도 하루 종일 운동만 하고 있다는 사실을 깨달았다. 그는 그 생각에 피식 웃으며 체육관 안으로 들어왔다. 퇴근하는 길인지 밖으로 나오고 있는 김 코치가 보였다.

"오늘도 운동하러 나왔어요? 대단하네. 쉬는 날에다가 너무 더워서 그런지 저녁 되니까 회원들이 아무도 없더라고요. 몇몇은 아까 오후에 운동하고 가고…… . 선수들도 더위 먹을까 봐 일찍 보냈어요."

"그럼 아무도 없습니까?"

"센이랑 지호 녀석밖에 없을걸요?"

둘이 있다고?

그 말에 급속도로 기분이 저조해진 도준은 김 코치에게 인사하고 긴 다리로 성큼성큼 체육관으로 올라왔다. 넓은 체육관을 둘러봐도 그녀의 모습은 보이지 않았다. 그의 시선이 문이 살짝 열려 있는 체력 단련실로 향했다.

문을 열고 들어가자 서로 장난을 치며 웃고 떠드는 센과 지호가 보였다. 도준의 눈빛이 서늘하게 너울졌다.

"이센."

그의 목소리에 그녀가 고개를 돌렸다.

"어? 너 언제 왔어?"

반항 어린 눈으로 자신을 보고 있는 지호는 없는 사람 취급한 채, 그가 그녀를 데리고 단련실을 나왔다.

"지금 막."

도준은 화를 애써 눌러 담으며 대답했다.

"김 코치님 먼저 퇴근하셨어. 따라와. 뭐야? 몸이 왜 이렇게 차가워? 열부터 내야겠다."

그녀는 체육관 빈 공간에 매트를 깔고 그와 함께 스트레칭과 기초 훈련을 시작했다. 그는 복싱을 시작한 지도 얼마 안 된 주제에 자세도 훌륭하다 못해 완벽했고 가르치는 것마다 웬만한 선수들보다 잘 소화했다.

두 사람은 기초훈련을 마치고 줄넘기를 시작했다. 그녀는 남이 운동하고 있는 것을 보면 좀이 쑤셔서 가만히 있지 못하는 타입이었다. 오늘만 해도 지호의 훈련을 봐주기만 하려던 것이 같이 운동하게 되고 스파링도 직접 같이 뛰게 되어 버렸다.

아까 지호와 함께 스트레칭과 기초훈련을 하고 또 따로 섀도우 복싱까지 했던 탓에 강철 같았던 체력에 한계점이 다가오는 것을 느꼈다. 하지만 도준이 옆에서 완벽한 자세로 가볍게 운동하는 모습을 보니 다시금 쓸데없는 승부욕이 불타올랐다.

그녀는 줄넘기를 빠르게 넘기며 중얼거렸다.

"안 져. 절대 안 져."

체력으로라도 절대 밀리지 않겠다고 속으로 다짐하면서 외친 탓에 그녀는 자신도 모르게 바깥으로까지 지지 않겠다는 말을 내뱉었다. 그가 연신 중얼거리는 그녀를 보다가 줄넘기를 멈췄다.

"나 힘들어서 못 하겠다. 좀 쉬자."

"웃기지 마! 힘들다는 애가 그렇게 피부가 보송보송해?"

보송보송까지는 아니지만 이미 먼저 운동하고 있었던 그녀와 달리 땀이 적게 나는 것이 어쩌면 당연했다. 그녀의 눈이 '봐주면 가만 안 둔다.'고 말하고 있었다. 그가 옅은 한숨을 쉬며 다시 줄넘기를 들었다.

"누나! 나 먼저 갈게."

센은 지호의 인사를 받아 줄 여유가 없었다. 지호는 센의 옆에 있는 도준을 경계하는 눈빛으로 잠시 보다가 체육관을 빠져나갔다.

지호가 가고 얼마 지나지 않아, 그녀는 결국 진이 다 빠져서 흐물흐물거리는 줄넘기를 바닥으로 내팽개쳤다.

"나 물 좀 마시고 올게."

그녀는 복도를 지나 사무실로 향했다. 정수기에 있는 물을 모두 바닥낼 것처럼 꿀꺽꿀꺽 마시고 나서야 조금 살 것 같았다. 의자에 앉아 잠시 휴식을 취한 그녀가 다시 체육실로 들어갔다. 도준의 모습이 보이지 않았다.

뭐야? 집에 갔나?

센은 그를 찾아 두리번거리다가 한계를 알리는 몸을 인지했다. 그녀는 벽에 등을 기대고 매트에 편히 앉았다.

계속하자는 그녀를 말리기 위해 아예 샤워실에서 샤워를 하고 나온 도준이 옷을 입은 후, 머리를 수건으로 털었다. 체육실로 들어온 그는 매트에 앉아서 벽에 기대어 졸고 있는 그녀를 발견했다.

그는 조심스럽게 그녀의 앞으로 다가갔다. 눈빛을 빛내며 승부욕을 불태우던 녀석이 자는 모습만큼은 유순하고 온순해 보였다. 이런 큰 괴리감조차 그녀다워서 웃음이 나왔다.

"이센. 여기서 자면……."

"으음, 안 져…… 절대."

그녀가 몸을 웅크리며 잠꼬대를 중얼거렸다. 도대체 지기 싫은 열망이 얼마나 대단하면 자면서도 저럴까 싶었다. 귀여운 그녀의 모습을 웃으며 바라보던 그의 표정이 다시 진지하게 변했다.

왜 자신과 연애하려는 거냐고 그녀가 물었을 때 네 입술이 맛있었다느니, 네가 궁금하다느니 이유를 떠들어 댔지만 진짜 이유는 우스

울 만치 단순하고 간단했다. 십 년 동안 모르고 살아왔던 감정을 깨
달았기 때문에……. 그저 달라서 흥미가 동했을 뿐이라고 애써 치부
한 감정이 결국, 한순간에 터져 버렸기 때문에…….

10년이 지나도록, 마치 평행선처럼 닿을 수 없는 인생을 각자 살
아오면서 자꾸 그녀를 제 시선 속에 가두고 있는 이유 또한 흥미도,
신기함도 아니었다. 그녀를 집에 바래다주었던 날 처음 보았던, 자신
을 향한 웃음을 보고 나서야 알았다. 녀석이 다른 사람들에게는 자
주 지어 주는 그 미소가 자신에게 향하는 것을 보고 싶었다는 것을.

키스하기 전에 그만을 향해 처음으로 보인 고혹적일 정도로 천진
한 미소는 아무리 멍청하게 제 감정을 십 년 동안 정의 내리지 못했
던 자신일지라도 그 감정이 무언지, 계속 녀석이 궁금했던 이유가
무언지 깨달을 수밖에 없게 만들었다.

스스로가 머저리같이 느껴질 정도로 한순간에 깨어난 감정은 십
년 동안 숨겨지고 외면당한 것에 분노하고 화내는 것처럼 폭발해서
그의 머릿속, 심장, 몸 전부를 타고 흘러 뒤엉켰다.

"처음부터 이길 생각 같은 건 안 했어."

그가 그녀의 볼을 어루만지며 말했다.

이길 수 있을 리가 없다고…….

"승패 같은 건 없어. 이건 게임이 아니니까."

도준의 눈빛이 처음으로 무언가를 간절하게 원하고 갖고 싶다는
열망으로 너울졌다.

"셴아……."

Round 4

'센' 척하는 여자와
'신' 이 아닌 남자

"날 신이라고 부르는 게 그런 '신' 을 뜻한 거였어?"

도준이 인상을 살짝 찌푸리며 되묻자 센이 고개를 끄덕였다.

"그렇다니까. 여태 몰랐어?"

"너도 날 신이라고 부르잖아."

"그건 애들이 하도 그렇게 부르니까 입에 달라붙어서 그렇고."

'확실히 너 운은 기가 막히게 좋잖아.' 하고 불만스럽게 덧붙인다.

그녀와 나란히 걷고 있었던 그가 불쑥 그녀의 앞을 가로막고 섰다.

"센아."

"어?"

녹아내릴 만치 다정한 부름에 당황한 센은 눈을 크게 뜨고 아무렇지 않은 척 대답했다. 도준은 보는 사람까지 시원해지는 웃음을 지었다.

"이름으로 불러 봐."

"이, 이름?"

"도준아, 하고."

도준아, 라니.

그의 고집스러운 눈빛에 결국 그녀는 입술을 벌렸다. 하지만 차마 목소리가 나오지 않는다. 결국 포기하고 허둥지둥대며 그의 옆을 지나쳤다.

"그렇게 친한 척하는 거 닭살 돋아!"

"뭐가 닭살 돋아? 난 너한테 센아, 라고 하잖아?"

"하지 마. 그것도 닭살 돋아."

"대학 때, 다른 녀석들은 다 힘쎈이라고 하는데 난 끝까지 널 센이라고 불렀……."

"잠깐!"

무언가 이상함을 느낀 그녀가 그의 말을 끊었다.

"응?"

"힘쎈이라니?"

"몰랐어? 애들이 이쎈은 무식하게 힘이 쎈의 줄임말이라고 뒤에서 수군댔는데……."

"뭐? 이것들을 그냥!"

센의 눈빛이 사납게 이글거렸다. 나중에 마주치면 혼쭐을 내 줘야겠다고 굳게 다짐하는 그녀에게, 그가 장난스럽게 말했다.

"나중에 동창회 가서 애들 만나면 항의하자. 커플 놀리지 말라고."

"커, 커플?"

"우리, 커플이잖아."

"비밀로 하기로 했잖아. 말하면 안 된다니까?"

그녀는 그의 몰아붙이기식 연애 제안에 결국 패잔병처럼 항복하면서도, 쥐도 궁지에 몰리면 고양이를 물어 버린다는 얼굴로 한 가지 조건을 제시했었다.

사귄다는 것을 주변 사람들, 특히 그녀의 가족들에게 비밀로 할 것. 도준이 이제 와 자신에게 무슨 호기심이 생겨서 사귀자 하며 꾀어내려는지 아직은 파악하지 못했다. 하지만 아버지가 그와 그녀의 교제 사실을 알게 되신다면, 그가 자신을 향한 흥미가 떨어져 헤어지게 되었을 경우 문제가 심각해진다.

아버지는 앞으로 체육관에 입관하는 모든 남성들을 의심의 눈초리로 딸과 교제 중인 남자가 아닌가 살필 것이다. 그런 오해만큼은 정말 사양하고 싶었다.

도준은 그녀의 생각을 알 만했다. 누가 생각해도 10년 동안 남보다 못 했던 친구가 갑자기 연애하자고 쫓아다니는 것이 얼떨떨하고 이해가 안 가는 것이 당연했다. 하지만 그녀를 재촉하며 조급하게 제 감정을 강요할 생각은 없었다.

그의 마음은 지금 당장이라도 그녀를 안고 싶을 정도로 터지기 직전이었지만 참아야 한다고 스스로를 다스렸다. 그녀가 그의 마음이 진지하다는 것을 알아주고 천천히, 조금씩이라도 마음을 열어 준다면 백 번이고 천 번이고 참을 수 있다고 생각했다.

두 사람은 체육관을 나와서 도준의 차로 향하는 길이었다. 늦은 밤이어서 그런지 바람이 선선하게 불어왔다. 운동을 마치고 샤워를 한 센의 완전히 마르지 않은 머리칼에서 나는 산뜻한 샴푸 냄새가 그의 후각을 자극했다. 그는 죄 없는 주먹을 움켜쥐었다.

"역시 백 번이나 참는 건 무리다."

"뭐?"

"아니야."

도준이 센의 머리를 장난스럽게 헤집었다.

"제대로 말려야지. 감기 걸리려고."

그가 가까이 다가와 머리카락을 헝클어트리자 센은 움찔거리며 자신도 모르게 떨려 오는 입술을 말았다. 그는 그에 의해 흐트러진 그녀의 머릿결을 다시 정돈해 준 후, 그녀를 차에 태웠다.

도준의 차는 먼저 센의 집으로 향하고 있었다. 그가 운전을 하다가 옆 좌석에 앉은 그녀를 슬쩍 보면서 입을 열었다.

"나 내일부터 출장이야."

"어디?"

"중국."

"얼마나?"

"한 5일?"

그녀가 알겠다는 표시로 고개를 끄덕였다. 그는 그녀의 무미건조한 반응을 지켜보았다.

"안 서운해?"

"뭐가?"

"5일이나 못 보는 거."

그의 말에 그녀는 대답할 가치도 없다는 듯이 창가로 고개를 돌렸다. 그런 그녀의 모습에 그가 웃을 듯 말 듯 한 미소를 보였다.

"5일 동안 사고 치지 말고 얌전히 있어. 나 없는 동안, 다른 남자한테 눈길 주지 말고."

도준과 음주 키스를 했던 날이 어느새 보름을 지나 삼 주를 향해 가고 있었다. 보름 동안 그의 의지로 인해 하루도 빠짐없이 그를 만났다. 데이트를 명분으로 밥을 먹고 영화를 보고 그것도 모자라 매일 밤마다 체육관에서 함께 운동을 했다.

아무리 쌀쌀맞게 굴어도 굴하지 않고 오히려 그녀의 속을 박박 긁어 놓는 그의 지독함에 그녀는 슬슬 전의를 잃어 가고 있었다. 그에게 동화되고 적응이 되어 가는지 이젠 그녀조차 그와 만나고 데이트하는 게 당연하게 느껴졌다. 그리고 그런 생각을 하는 스스로에게 경악하곤 했다. 절대 그에게 익숙해져서는 안 된다.

도준이 출장을 떠난 첫째 날, 오늘부터 5일 간은 정말 오랜만에 통제되지 않는 자유를 만끽할 수 있다고 생각하니 기분이 들떴다.

센은 만나자는 연주의 제안을 흔쾌히 수락했다. 그리고 오늘만큼은 제대로 놀고 싶다는 욕망에 불타 그녀답지 않게 체육관도 빠졌다.

"쎈아, 얼른 여기 앉아 봐."

만나기로 약속했던 술집에 도착하자 연주가 인사도 없이 급하게 그녀를 앉혔다.

"왜, 왜?"

"신, 아직도 너희 체육관 다녀?"

"어? 아…… 어어."

센이 어물쩍거리며 대답했다. 연주에게도 그와 사귄다는 사실은 숨긴 상태였다. 지난번, 그가 자신에게 사귀자고 한 것이 알고 보니 그의 장난이었다고 둘러대자 연주는 훨씬 더 납득이 간다는 얼굴을 했었다.

"혹시 여자 친구 있대?"

"이……있을걸."

센이 차마 거짓말을 하지 못하고 있다고 대답했다. 질문하며 잔뜩 기대에 부풀었던 연주의 얼굴이 한순간에 쪼그라들었다.

"제길, 역시 그럴 줄 알았어. 알았지만……."

연주의 격한 반응에 센이 잠시 긴장한 얼굴로 물었다.

"너, 설마 신 좋아했어?"

"이건 단순히 이성을 좋아하는 거랑은 다른 거야. 굳이 예를 들자면……. 아, 고딩 때 순정을 다 바쳤던 아이돌이 스캔들 터진 것 같은 느낌이라고 해야 하나."

도통 뭔 소린지…….

센은 고개를 갸웃거렸다. 술을 마시면서도 대학 다닐 때 이야기, 특히 도준에 관한 이야기를 자꾸 화제에 올리는 연주 때문에 센은 진땀을 빼야 했다.

그녀들이 대화하는 동안 주변 테이블에 앉은 남자들이 다가와 몇 번 합석을 요구했다. 하지만 센은 어젯밤 도준이 남기고 간 말에 세뇌라도 되었는지 왠지 모르게 마음에 걸렸다. 벌써 세 번째 들어온 합석 제안을 거절하자 연주의 눈이 사납게 치켜 올라갔다.

"야, 쎈! 이럴 거면 뭐 하러 와?"

"음."

센은 어깨를 으쓱하며 술잔을 들었다. 마지막으로 접근해 온 남자 두 명은 꽤 타입이었던 연주가 억울하다는 듯이 그들의 뒷모습을 지켜보았다.

첫째 날은 도준이 없는 자유를 나름 만끽했다면 둘째 날은 그가 그녀의 인생에 끼어들기 전인 보름 전 평소 생활을 보낼 수 있었다. 물론 아주 여유롭고 만족스러운 시간이었다. 그리고 그가 없는 세 번째 날이 되었다.

여느 때와 같이 퇴근 후 곧장 체육관으로 가던 도중 센은 지호를 만났다. 체육관에 들어와 각자 남녀 탈의실로 향하려는데, 사무실에서 나온 호호가 그녀를 호출했다. 그녀가 사무실로 들어가자 지호도 호기심이 잔뜩 어린 얼굴로 그녀를 따라 들어왔다.

"인마, 넌 가."

"왜요!"

자신을 내쫓고 싶어 하는 호호의 말에도 지호는 아랑곳 않고 고집스러운 얼굴로 소파에 엉덩이를 뭉갰다. 호호가 쯧쯧 혀를 찼다.

"무슨 일이세요?"

"힘이 말이다."

아버지의 표정이 평소와 다르게 어둡고 진지하게 변했다. 그 변화에 그녀의 심장이 덜컥 내려앉았다.

설마…….

"죽었대요?"

아버지가 고개를 설레설레 저었다. 그녀는 그제야 안도의 한숨을 토했다. 그리고 자신을 놀래킨 아버지를 원망스러운 눈초리로 보았다.

그러자 호호는 뜬금없이 사무실 안에 배치되어 있는 TV를 틀어 채널을 CNN으로 돌렸다.

"웬 꼬부랑 뉴스를 틀어요, 관장님?"

소파에 앉아 스마트폰을 만지작거리던 지호가 대뜸 물어 왔다. 센은 TV로 시선을 돌렸다. 시리아 내전 상황에 대한 뉴스가 이어지고 있었다. 한국인 종군기자가 반군 지도층과의 인터뷰에 성공했다는 뉴스를 전하고 있는 미국인 앵커를 물끄러미 응시하다가 고개를 아버지 쪽으로 돌렸다.

"설마 저 한국인 기자가……"

"둘째다. 저 못난 녀석. 부모 간 떨어지게 하는 것도 정도가 있지."

그렇게 말하면서도 호호의 얼굴에는 뿌듯함과 흐뭇함이 잔뜩 서려 있었다. 센은 지끈거리는 이마를 짚었다.

센이 어릴 적, 호호는 '강한 힘', '힘 센' 하고 자녀들을 불렀다. 이름이 호명된 아이들이 쪼르르 달려오는 것을 본 사람들은 아버지와 아이들 사이에 만들어진 구호나 장난 같은 것이라고 여겼지만 호호는 얼마나 효율적이고 뜻 깊은 이름이냐고 자랑스러워했다.

이름 복 없는 이씨 집안, 불우한 남매 중 가장 이름으로 놀림 당하면서 자란 피해자를 고른다면 망설일 것도 없이 둘째 힘이었다. 첫째 강한은 동생들에 비하면 특이한 이름은 아니었고 센도 약간의 아부는 들어갔겠지만 친구들에게 가끔 이름이 특이하면서 예쁘다는 소리 정도는 듣고 살아왔다.

힘은 아버지와 판박이였다. 아니, 오히려 아버지보다 더했다. 외모, 머리, 체격 모든 면에서 이씨 집안의 가장 우월한 유전자를 자랑하는 힘이 한 가지 잘못 타고난 것이 있다면 그것은 센이 증오해 마지않는 더러운 성질머리였다. 그녀는 아버지와 둘째 오빠를 보면서, 이름의 중요성에 대해 깨달은 적이 많았다.

힘은 세 살 터울의 여동생을 자신과 같은 괴물 체력으로 만들고 싶은 욕심이 있는 사람같이 굴었다. 어릴 적, 아버지가 그에게 여동생을 제대로 훈련시키라는 지시를 내린 이후로 그는 그녀를 스파르타식으로 가르쳤다. 스파링이나 대련을 할 때도 동생이라고, 여자라고 봐주지 않는 그로 인해 그녀는 현실의 냉혹함을 일찍이 깨달았다. 어쩌면 운동을 이 악물고 열심히 하게 된 데에는 둘째 오빠의 공이 컸다.

힘은 아프가니스탄, 이라크, 현재 시리아에 이르기까지 자원해서 종군기자로서 활약하고 있었다. 부모님은 당신의 자식들이 남들과 같은 평범한 삶을 살기를 바랐지만 둘째만큼은 예외였다. 그에게서 무심하게 한 달에 한 번 생존을 알리는 전화가 오면 가족들은 '아, 이번 달은 살았구나.' 하고 안심하며 만족할 정도로 그에게 바라는 것은 없었다.

말린다 해서 말릴 수 있는 인간이 아니었다. 그의 고집은 그 누구도 꺾을 수 없는 고집이었고 그가 한 번 무언가를 결정하면 아무리 불만스러워도 가족들은 체념할 수밖에 없었다. 그나마 다행스러운 것은 수치로 계산할 수 있다면 보통 사람들의 몇 배를 뛰어넘을 그의 생존능력이었다. 체력적으로 그는 괴물에 가까웠고 도준에 대적할 만큼 운이 좋은 것도 한몫했다.

태어나서 단 한 번도 힘을 이겨 본 적이 없는 그녀였다. 가족을 제외하고 처음으로 절대 이길 수 없을 것이란 예감이 강하게 드는 상대인 도준을 보았을 때 언뜻 느꼈던 거부감도 거기에 있었다. 풍기는 분위기나 외모, 성격은 전혀 달랐지만 잘나고 모든 면에서 완벽하고 거기다가 불공평할 정도로 운까지 트여 있다는 공통점이 있었다.

그녀가 남자를 사귈 때 순하고 착한 남자만 고집하며 만나는 이유도 지금 생각해 보면 그의 샌드백 생활을 오래 해서였는지도 모른다. 눈빛만으로도 상대를 제압하는 카리스마에, 이름을 뛰어넘는 무지막지한 체력에, 틀에 박힌 것을 혐오하는 고집스럽고 제멋대로인 성격까지 모든 면에서 남다른 힘의 동생으로 살면서 그녀는 자신을 압도하는 남자보다는 자신이 압도할 수 있는 남자가 편하고 좋았다.

"힘이, 조만간 한국 들어온단다."

셴은 질긴 생명력을 가진 힘을 그다지 걱정하지 않았다. 오늘처럼 아버지가 짓궂은 뉘앙스를 풍기는 것이 아니라면.

"그래요?"

그녀가 심드렁하게 대꾸했다. 아버지는 힘에 대한 얘기를 끝내고도 헛기침을 하며 말을 질질 끌었다. 답답한 그녀가 먼저 물었다.

"또 무슨 할 말 있으세요?"

"음, 맞다. 그…… 네 대학 친구, 신도준?"

그의 이름을 정확히 알고 있으면서 모르는 척 잠시 뜸을 들인 후 묻는 아버지의 속이 훤히 보였다. 그녀가 옅은 한숨을 내쉬었다.

"네. 걔 왜요?"

"매일 출석하던 놈이 요즘 안 보이는 것 같아서……. 그 녀석 무슨 일 있냐?"

"출장 갔어요."

곧바로 날아오는 대답에 호호의 눈빛이 날카롭게 변했다. 마치 상대의 약점을 공략하기 직전의 복서처럼.

"너희 그런 것도 보고하는 사이냐?"

뜨끔.

그녀가 움찔하여 대답을 못 하고 있자 호호는 '걸렸구나!' 하는 마음으로 공격을 계속했다.

"아니, 그렇잖아. 체육관을 며칠 못 오면 못 오는 건데 굳이 그걸 친절하게 알려 줘? 보통 친구라고 해도 그러나?"

아버지의 계속되는 러쉬에 소파에서 스마트폰으로 한창 게임 중이던 지호의 눈에도 불길이 붙었다.

"일 때문에 아는 거예요. 일!"

"다른 부서잖아."

"다른 부서라도 눈에 훤하죠, 뭐."

아버지에게 아직 좌천되었다는 사실을 고하지 못했기 때문에 그는 센이 도준과 부서만 다르고 여전히 같은 본사에 다니는 걸로 알고 있었다. 그녀의 등에서 경기할 때도 흐르지 않던 식은땀이 흘러내렸다.

"정말 아무 사이 아니라고?"

"정말! 아무 사이 아니에요."

뚜렷하고 확고한 대답에 호호의 얼굴에 금세 실망이 번졌다. 호호는 진짜 목적이 별 소득 없이 돌아가자 손을 대충 휘저으며 센과 지호에게 나가라고 지시했다.

복도를 함께 걸으며 지호가 센을 의심 어린 표정으로 훑어보았다. 건방진 그의 표정에 그녀가 찌릿 눈빛을 쏘았다.

"그 표정은 뭐야? 기분 나쁘게."

"신도준. 그 사람이랑 좀 거리를 둬."

"뭐?"

왜 이 녀석까지 신도준 얘기야?

연주, 아버지, 지호 녀석까지. 좋은 쪽이든 나쁜 쪽이든 도준이 주변 사람들에 의해 계속 거론되며 그가 없는 순간조차 그녀의 일상에 깊숙이 파고들려 하고 있었다. 싱숭생숭한 마음이 드는 와중에 지호가 흥분해서 말을 이었다.

"내가 보기엔 그 사람이 누나한테 마음 있어. 백퍼. 그러니까……."

"진짜?"

"어?"

"걔가 나한테 마음이 있다고?"

인생이 너무 자기 위주로 돌아가서 심심했던 남자의 장난으로 치부하고 있었던 그녀는 그가 자신에게 마음이 있다는 지호의 말에 눈이 휘둥그레졌다. 그 모습에 지호의 입가가 굳어졌다. 펄쩍 뛰며 아니라고 할 줄 알았던 예상 반응이 나오지 않자 지호는 당황스럽다 못해 절망스러웠다.

"설마 누나도 관심 있는…… 거야?"

"다, 당연히 아니지!"

이제야 센이 펄쩍 뛰며 부정했다. 하지만 이미 의심이 싹튼 지호는 훈련을 하면서도 눈을 가늘게 뜨며 그녀를 세세하게 살폈다.

센은 운동을 마치고 집에 돌아왔을 때, 평소보다 운동을 많이 한 것도 아닌데도 온몸이 녹초가 된 이유를 찾았다. 호호와 지호의 의심스러운 눈초리와 따가운 탐색으로 인해 몸과 정신이 한꺼번에 긴장한 탓이었다.

그녀는 체육관에서 운동 직후 샤워를 하고 왔기 때문에 옷만 실내복으로 갈아입고 침대에 철퍼덕 누웠다. 노곤해서 이 상태로 금방 잠에 빠질 수 있을 것 같은데 의외로 쉽게 잠들지는 않았다. 무언가가 허전했다.

무엇이 허전한지 고민하고 있을 무렵, 침대 협탁 위에 놓여진 휴대폰이 시끄럽게 울어 댔다. 그녀가 팔을 쫙 뻗어 휴대폰을 손에 쥐었다.

"여보세요."

—나야.

도준의 목소리가 귀에 닿는 동시에 침대에 축 처져서 누워 있던 그녀의 상체가 벌떡 일어났다.

—첫날부터 전화하고 싶었는데 이제야 시간이 났어.

"아…… 그래?"

—보고 싶다.

그 한마디에 온몸에 열이 피어오르는 것 같았다. 그녀는 얼굴이 붉어져 떨리는 손길로 리모컨을 찾아 에어컨을 틀었다. 갑자기 너무 더웠다.

—대답은?

"어?"

침대 옆 활짝 열어 놓은 베란다 문을 닫고 있는데 그의 낮고 부드러운 목소리가 이어졌다.

—넌 안 보고 싶어?

"보고 싶을 리가 있어?"

그녀가 민망한 마음에 퉁명스럽게 대꾸하자 그의 목소리가 들리지 않았다.

설마 삐쳤나?

그녀가 우물쭈물하며 말했다.

"뭐…… 좀 심심하긴 하더라. 아주 조금."

그녀의 말에 수화기 너머로 참지 못한 웃음소리가 퍼져 나왔다.

"왜 웃어?"

—이센. 너 때문에 미치겠다.

그가 계속 웃고 있자 뺨에 손을 갖다 대어 얼굴을 식히고 있던 그녀가 항의했다.

"뭐야! 왜 자꾸 웃어?"

—알았어. 이제 그만 웃을게. 그나저나 너 안 심심하게 얼른 한국 가야겠다.

그의 말에 왠지 지금 기분을 들킨 것 같아서 부끄러운 마음이 송송 솟았다. 그는 안 웃겠다는 말을 해 놓고도 여전히 목소리에 웃음기가 있었다. 그녀가 그에게 끊겠다고 협박을 하고 나서야 그는 웃음을 멈췄다.

"아무튼 뭘 보고 싶기까지 하니? 본사에 있을 때는 같은 부서도 아니었고 몇 달 못 본 적도 있었는데……."

—그러게. 그런 적도 있었는데 지금은…….

그의 낮고도 깊은 목소리만이 에어컨 소리만 들리는 어두운 집 안을 울리고 있었다.

—며칠 안 본 게 참을 수 없을 정도로 보고 싶어. 왜 그럴까?

모르는 것을 묻는 질문이 아니라, 저는 알고 있는 답을 그녀에게 맞춰 보라는 듯이 내는 문제였다.

연주는 이불을 뒤집어쓰고 스마트폰으로 즐겨 보는 웹툰을 보며 낄낄거리고 있었다. 다 보고 나서도 잠이 안 와 자주 들어가는 유머 카페를 뒤적이던 그녀의 행동이 서늘하게 멈췄다.

부스럭부스럭.

무슨 소리지?

불안한 기운이 머리끝부터 발끝까지 타고 흘렀다. 잘못 들은 거라고 스스로를 세뇌시켰다. 침을 꿀꺽 삼키고 떨리는 마음을 진정시키려고 했지만 거실에서 다시 한 번 소리가 들렸다. 그녀가 숨소리마저 죽인 채 귀를 쫑긋 세웠다.

뚜벅뚜벅, 남자의 무거운 발자국 소리. 끼익, 조심스럽게 거실에 있는 서랍이 열리는 소리. 뒤적뒤적, 서랍 안을 파헤치는 소리. 온몸에 쫙 소름이 돋았다. 머릿속이 새하얘졌다. 그녀는 아까와는 달리 덜덜 떨리는 손으로 어두워진 휴대폰 액정을 바라보았다.

"마시자니까?"

"안 된다니까."

체육관에서 나와 포장마차에서 술을 마시자는 지호와 싫다는 센의 실랑이가 계속되었다. 결국 아이같이 고집을 부리는 지호에게 져 주며 딱 한 잔만 하자는 합의로 포장마차에 들어갔다.

"누나."

포크로 어묵을 찔러 입으로 가져가는 센을 지호가 진지한 눈으로 응시했다.

"왜?"

그는 어제부터 그녀에게 고백하겠다는 마음을 굳게 먹은 상태였다. 안 그래도 굴러 온 돌 때문에 요즘 신경 쓰이는 것이 한두 가지가 아닌데 어제 보니 그녀도 그 굴러 온 돌에게 마음을 준 것 같은 낌새가 들어서 더 이상은 도저히 참을 수 없었다. 지호가 앞에 놓여 있는 술잔을 들이켜고 다시 소주를 따랐다.

"한지호. 너 이제 그만 마셔."

"누나."

지호가 심각한 얼굴이 되어 그녀를 불렀다.

"그러니까 아까부터 왜!"

아까부터 뜸을 들이는 지호가 답답한 그녀는 그를 재촉했다.

"연상연하 커플에 대해 어떻게 생각해?"

"아, 연상연하 커플이구나."

그녀와 어울리는 심플한 대답이다. 지호가 한숨을 쉬었다.

"너 목들에서는 이보영이랑 이종석 나이 차이가 열 살 나는데도 서로 좋아해."

"뭐, 무슨 목들? 이보영, 지성이랑 사귀지 않나? 내가 보기엔 걔네 둘 곧 결혼할걸."

"드라마 안 봐?"

지호가 석기시대인을 발견한 얼굴로 그녀를 노려보았다. 그녀는 머쓱해져서 투덜댔다.

"안 볼 수도 있지. 그리고 열 살? 그건 드라마니까 그러지."

"기성용이랑 한혜진도 여덟 살 차이 나는데 결혼 골인했잖아!"

"사실 나 요즘 축구랑 연예계 관심 없어."

"내가 지금 축구랑 연예계 얘기하는 거야!"

"아니야?"

센은 뜬금없이 이상한 주제만 골라 얘기하는 지호가 이해가 가지 않았다. 그의 말에 대충 대답하며 휴대폰을 만지작거리고 있는데 갑자기 한 통의 문자가 도착했다.

"있잖아. 누나. 나 사실⋯⋯."

연주에게서 온 문자였다. 문자 내용을 확인하는 셴의 얼굴이 급속도로 어둡게 변했다.

"처음 봤을 때부터 누나 좋아했어. 이셴, 나랑 사귀⋯⋯."

"미안한데 급한 일 생겼어. 먼저 들어간다."

그녀는 112를 누른 휴대폰을 귀에 댄 채로 그에게 통보했다. 그의 멍한 얼굴에는 눈길도 주지 않은 그녀가 포장마차를 나서며 말했다.

"112죠? 여자 혼자 사는 집에 지금 도둑이 들었는데, 네. 주소가⋯⋯."

경찰에 신고해서 대충 상황과 주소를 알려 준 그녀는 재빨리 택시를 잡고 연주의 집으로 향했다. 그녀가 연주에게서 온 문자를 다시 확인했다.

[도둑 든 거 같아. 전화할 수 없으니까 대신 신고 좀 해 줘]

셴은 초조한 손길로 차 시트를 툭툭 치며 어서 도착하기를 기다렸다. 다행히 방금 있었던 포장마차에서 연주의 집까지는 택시로 기본요금이 나올 정도의 썩 가까운 거리였다. 급박하게 택시에서 내린 그녀가 단번에 오피스텔 1층에서 연주가 사는 3층으로 뛰어 올라갔다.

연주의 집 현관 앞에 도착한 그녀는 잠시 주춤했다. 도둑이라면 흉기를 소지했을 가능성도 있었다. 괜히 지금 들어갔다가 둘 다 위험해질 수도 있다는 생각에 복도 창밖으로 경찰차가 오고 있는지를 확인했다. 멀리서 사이렌 울리는 소리가 어렴풋이 들렸다.

긴장된 상황에서 그나마 다행이라고 생각하고 있는데 여자의 비명 소리가 들려왔다. 연주의 목소리였다.

안절부절못하던 센은 결국 참지 못하고 비밀번호를 빠르게 눌러 집 안으로 들어갔다. 거실을 가로질러 살짝 열려 있는 방문을 세게 발로 차고 들어가자 복면을 쓰고 칼을 든 채로 연주를 위협하고 있던 남자가 깜짝 놀라서 뒤를 돌았다. 남자가 센을 노려보며 칼을 위로 치켜들었다.

그녀는 막상 칼을 마주하자 싸한 기분에 옅게 몸을 떨었다. 글러브를 낀 주먹으로, 혹은 죽도로 대련을 하거나 맨주먹으로 누군가를 손봐 준 적은 있어도 이런 위협적인 흉기를 들이대는 남자를 상대해야 하는 상황은 처음이었다. 심장이 두려움으로 터질 듯 뛰었다.

"씨발, 너 뭐야!"

흥분한 남자가 칼을 이리저리 휘둘렀다. 허공을 가로지르던 칼이 센의 눈 아래쪽 광대를 살짝 스쳤다. 날카로운 것에 찔린 하얀 피부가 붉은 선혈을 뚝뚝 흘려 댔다.

원래라면 남자의 손목을 세게 때려서 칼을 놓치게 했겠지만 그녀도 이런 상황을 직면하게 된 것은 처음인 데다가 남자에게 칼로 찔리기까지 해서 상당히 당황하고 나름 겁먹은 상태였다.

겁을 먹을수록 생각이 짧아지는 그녀는 칼을 들이대는 남자를 노려보았다. 그리고 자신의 눈빛이 맹수 같은 둘째 오빠처럼 변한 줄도 모르고 남자가 가진 칼의 칼날 부분을 세게 잡았다.

맨손으로 날이 선 부분을 잡고 힘까지 주었으니 피가 철철 쏟아지는 것은 당연했다. 그녀 또한 궁지에 몰린 상황에 당황하고 흥분했지만 그녀의 감정은 겉으로는 전혀 드러나지 않았다. 남자는 그 모습에 이런 미친년 처음 본다는 얼굴로 덜덜 떨며 그녀에게 칼을 빼앗겼다.

센이 칼을 방 끝으로 멀리 던지자 소리를 지르며 지켜보고 있었던 연주가 엄청난 속도로 칼이 있는 곳으로 다가갔다. 덜덜 떨리는 손으로 칼을 쥔 연주를 확인한 그녀는 다시 남자를 보며 활짝 웃었다.

이제 자신과 같이 남자는 아무것도 없었다. 흉기가 없이 똑같은 맨몸이라면 자신 있다. 남자는 마지막 발악을 하듯 포효하며 그녀에게 달려들었다. 그리고 그녀는 방 안까지 신고 들어온 구두를 높이 들어 날렵하면서도 우아하게 그의 급소를 찼다.

"허억!"

남자가 숨도 쉬지 못하고 그 자리에서 주저앉았다.

"연주야. 끈 갖고 와."

"끈?"

그녀는 피가 범벅된 제 손바닥을 확인하자 다시금 열이 뻗쳤다. 울컥해서 남자를 몇 대 더 때려 주고 질긴 끈으로 바비큐 모양처럼 그의 손과 발을 함께 꽉 묶었다. 연주는 거친 손길로 남자를 포박 중인 그녀를 동경 어린 시선으로 보았다.

"역시 쎈. 너 진짜 최고야. 방금 너 미녀를 구한 히어로 같았어."

"……미녀?"

"경찰은 오고 있어?"

연주의 물음과 동시에 기다렸다는 듯이 경찰들이 현관문을 열고 들어오는 소리가 들렸다. 센이 집 안에 들어오면서 연주의 구두를 문 사이에 끼워 놓은 상태였다. 방문이 황급히 열리고 경찰들이 뛰어 들어왔다.

"괜찮으십……"

우르르 들어온 경찰들이 잠시 할 말을 잃고 눈앞에 펼쳐진 광경을 확인했다. 손에 칼을 쥐고 있는 여자와 그 옆에 얼굴과 손에 피를 철철 흘리며 침대에 앉아 있는 여자, 그리고 침대 밑에 짐승처럼 묶여 헐떡거리고 있는 도둑으로 추정되는 남자. 흔치 않은 광경에 경찰들의 입이 떡 벌어졌다.

센과 연주는 경찰차에 타고 우선 병원으로 향했다. 응급실에서 센의 다친 손을 치료하고 있는데 미녀와 히어로 타령을 하며 나름 농담을 하기도 했던 연주는 그제야 긴장이 풀렸는지 울음을 터트렸다. 센이 투박한 손길로 연주의 등을 쓸어 주자 연주가 울먹거리며 그녀를 책망했다.

"무식하게 왜 그랬니?"

"놀라서."

"세상에 놀라서 칼날을 잡는 애는 너밖에 없을 거야."

연주가 여전히 훌쩍거리며 웅얼거렸다. 치료가 끝나고 경찰서로 가기 위해 다시 차에 올랐다.

"아……"

붕대를 감은 손을 아주 살짝 굽혔다 펴는 센에게 연주가 걱정스럽다는 듯이 물었다.

"많이 아파?"

"괜찮아."

칼에 찔렸는데 괜찮을 리가 없지만 어릴 적부터 제 상처에 무뎌진 그녀는 버릇처럼 괜찮다는 말을 중얼거렸다.

진술서를 쓰기 위해 경찰서로 온 그녀들과 눈이 마주친 도둑이 몸을 웅크렸다. 특히 도둑은 센이 눈길을 줄 때마다 사시나무처럼 벌벌 떨었다. 그녀는 경찰서 내부를 둘러보았다. 왠지 모르게 친근하다 싶었더니 저번에 치한을 잡아끌고 왔던 경찰서였다.

그때 담당했던 경찰이 센에게 알은척을 해 왔다.

"이걸 말 그대로 도둑놈 때려잡았다고 하는 거군요. 치한에 이어 대단하십니다. 칼도 소지했었다던데."

센이 어색하게 웃음으로 대답하자 원래 성격으로 살아난 연주가 신이 나서 떠들었다.

"얘가 원래 유명해요. 진짜 장정들이랑 삼 대 일로 싸워도 이길걸요? 그치, 쎈아? 얘네 집안 설명하면 깜짝 놀라실 거예요. 복싱에 검도에……. 전 칼만 봐도 움찔하는데 얜 눈 하나 깜짝 안 하고 칼을 손으로 팍! 잡는 거 보고 어찌나 놀랍던지. 너 안 무서웠니?"

저렇게 영웅담을 늘어놓듯이 휘황찬란하게 설명을 죽 해 놓고 안 무서웠냐고 물어보면 아무리 무서워도 무서웠다고 대답할 수 있을 리가 없다. 센이 고개를 살래살래 저었다.

"중학교 때 어떤 운 나쁜 도둑놈 두 명이 쎈이네 집을 털러 갔었는데요. 어떻게 됐는지 아세요? 두 놈 다 죽이 되게 패 주고 경찰서에 신고해서 도둑놈 잡아 놨으니 데려가라 통보한 집안이에요. 아주 대단하죠?"

경찰이 고개를 끄덕였다. 연주가 떠드는 동안 센은 주머니에서 울리는 진동을 느끼고 시끄러운 경찰서 안에서 잠시 밖으로 나왔다.

"왜?"

─어디야?

"어, 그냥, 좀……. 왜?"

—그냥 좀?

센의 어물쩍거리는 대답에 도준의 의심스러운 목소리가 들려왔다. 그녀가 일부러 말을 돌렸다.

"그것보다 왜 전화했어?"

—나 공항이야.

"이제 오는 거야?"

—인천공항.

"뭐? 내일 아침에나 온다며."

—보고 싶어서 빨리 왔지.

그녀가 어색한 웃음으로 대답했다. 그때, 경찰서 문이 갑자기 확 열리고 연주가 그녀에게 소리쳤다.

"쎈! 너도 진술서 써야 된대!"

연주가 다시 경찰서 안으로 들어가고 수화기 너머로 싸늘한 침묵이 감돌았다. 밤바람이 싸하게 센의 몸을 스쳐 지나갔다. 그녀는 왠지 모를 한기에 몸을 떨었다. 곧 그의 차가운 목소리가 침묵을 갈랐다.

—너……. 지금 어디야.

시간이 꽤 흐르고서야 상황이 전부 정리되고 센과 연주는 경찰서를 나올 수 있었다. 택시를 잡자는 연주의 말에 센이 물었다.

"오피스텔 가려고?"

"아니! 무서워서 싫어. 좀 멀어도 당분간은 엄마 집에서 출퇴근할래."

"그래. 그게 낫겠다."

"쎈! 뭐 해? 안 가고. 가는 방향도 얼추 비슷한데 택시 같이 타자."

"어, 난 좀……."

그녀가 곤란해하며 말을 이어 가려는데 경찰서 앞에 택시가 빠르게 멈춰 섰다. 연주는 운이 좋다며 택시 문 앞으로 다가가는데 문이 거칠게 열리고 도준이 택시에서 내렸다.

"어머! 신. 웬일이야? 어라? 여기 경찰선데……."

연주의 반가운 인사를 본체만체 무시한 도준이 화난 걸음을 옮겨 쎈에게 다가갔다. 며칠 만에 보는 그가 몸을 낮춰 쎈의 얼굴을 확인했다. 눈 밑에 반창고가 붙어 있는 것을 발견하자마자 그의 인상이 싸늘하다 못해 처참하게 굳어졌다.

시선을 좀 더 내리자 붕대로 감겨진 그녀의 손이 보였다. 그는 도저히 화를 참을 수 없을 것 같은 기분에 눈을 감고 무거운 한숨을 내쉬었다. 그리고 그녀의 다치지 않은 손을 낚아채 택시로 다가갔다. 도준과 쎈의 범상치 않은 분위기를 지켜보느라 가만히 있는 연주를 도준이 밀어냈다.

"미안한데 다른 거 타고 가."

도준은 쎈을 뒷좌석에 태우고 자신도 옆에 탔다. 택시가 빠르게 경찰서를 떠나는 모습을 눈도 깜빡거리지 않고 지켜본 연주가 멍한 얼굴로 중얼거렸다.

"신하고 쎈하고…… 그렇고 그런 거야?"

두 사람을 태운 택시 뒷자리에는 무겁고 매서운 침묵만이 감돌고 있었다. 쎈이 옆에 앉은 도준의 눈치를 보다가 입을 열었다.

"올 필요 없었는데……. 그렇게 심각한 일도 아니고."

"뭐?"

그가 기가 막힌다는 얼굴로 그녀를 노려보았다. 택시 기사는 곧 터질 것 같은 두 사람의 분위기에 룸미러로 뒷좌석을 살피며 눈치를 보았다.

"너 지금 그게 할 소리야? 네가 경찰이야? 네가 무슨 영웅이라도 된 줄 알아?"

"누가 나 영웅이래? 그리고 잡았으면 됐지. 뭘 그렇게……."

"잡았으면 돼? 너 진짜……."

그는 다시 입을 닫았다. 심장을 터트릴 듯이 끓어오르는 화를 억누르기 위해 모든 힘을 쏟아부어야 했다. 두 사람의 대화를 듣고 상황을 대강 파악한 택시 기사가 센에게 도둑을 잡았냐며 대단하다고 칭찬했다.

"칼도 들고 있었을 텐데 안 무서웠소?"

"무섭긴요. 아무것도 아니죠. 저희 집에서 이런 좀도둑 잡은 걸로는 주름도 못 잡아요."

실제로 시리아에서 무장괴한에게 납치당했다가 탈출하고도 다시 그 나라에 들어가 끝내 취재를 성공해 전 세계적인 특종을 따낸 남자가 있는 한, 가족 신문에서 좀도둑 때려잡은 사건은 아주 구석에 조그마하게 자리 잡을 게 분명했다.

그녀가 택시 기사와 떠드는 중간에, 도둑이 칼을 소지하고 있었다는 사실을 처음 접한 도준의 표정이 걷잡을 수 없을 정도로 어두워졌다.

센의 집에 도착하고 두 사람은 차에서 내렸다. 그가 평소와 다르게 성큼성큼 그녀보다 앞서 걷자 그녀는 그를 따라잡으려고 애썼다. 그녀의 집 앞에 도착하고 그가 어둡게 낮아진 목소리로 말했다.

"앞으로 다시는 그런 짓 하지 마."

그녀가 대답하지 않고 딴청을 피우자 그의 눈빛이 짙어졌다.

"이센. 너 여자야."

"여자면 뭐? 지금 무시하는 거야?"

"자각 정도는 하고 살라는 소리야."

그의 말에 그녀가 항변했다.

"네가 무슨 생각하는지 알겠어. 그리고 그게 얼마나 쓸데없는 생각인지도. 날 걱정할 시간에 차라리 도둑놈을 걱정해 줘. 이 상처? 내가 이 상처가 있다는 뜻은 상대방은 아주 죽다 살아났다는 뜻이야."

그의 분위기가 너무도 차갑고 어두워서 살짝 겁이 난 그녀가 일부러 장난스럽게 말했지만 그는 여전히 싸늘한 눈빛을 풀 생각이 없어 보였다.

"그게 뭐."

"그러니까 누누이 말하지만 난 네가 만나 온 여자들하고 다르다니까. 지켜 줄 필요 없어. 지켜 줘야 할 만큼 약하지도 않고 남자들한테 져 본 적 없어, 나."

그녀의 말이 끝나자마자 그는 그녀의 두 팔을 결박하듯 잡고 벽으로 거칠게 밀어붙였다. 그녀는 놀라서 그를 보았다. 푸른 기가 맴도는 서늘한 눈이 오롯이 그녀만을 향해 있었다. 그녀는 긴장으로 떨려 오는 입술을 달싹였다.

"너…… 지금 뭐하는 거야?"

그녀가 그에게서 빠져나오기 위해 아등바등 몸을 움직이려 했지만 그의 힘에 눌려 조금도 움직일 수 없었다.

"그럼 빠져나와 봐."

"뭐?"

"나한테서 빠져나와 보라고."

섬뜩하게 느껴질 정도로 사나운 어조였다. 그녀는 처음 보는 그의 모습에 두려움을 느꼈다. 입술을 깨물며 힘을 주어 억세게 뿌리치려 해도 소용없었다. 자존심이 상했지만 결국 그를 노려보며 사실을 인정했다.

"넌 예외지. 넌 나보다 훨씬 세니까."

그가 그늘진 미소를 지었다.

"이센. 예외는 없어."

"뭐?"

"그 도둑이 나만큼 힘이 있었을 가능성은? 한 명이 아니라 그 이상이었을 가능성은?"

아무런 대답도 할 수 없었다. 그의 말을 들으니 아찔하고 섬뜩했다. 그런 가능성은 생각하지 않았다. 30년을 넘게 살아오면서 어떤 것에서도 비겁하게 도망가지 않는다는 게 모토였을 뿐이다. 제 본질이 다른 사람이 보기에는 기가 막힐 정도로 단순할 뿐이다.

또 살아오기를 이렇게 살아왔다. 가족은 그녀가 누구에게도 당하지 않고 굴복하지 않도록 강하게 키웠고 그럴수록 주변 사람들은 그녀에게 강한 모습만을 기대했다. 그러자 커 가면서 정말 약해져서 기대고 싶을 때조차 민망하고 창피해서 기댈 수 없는 자신만이 남았다.

아까 도둑과 대면했던 순간이 머릿속을 빠르게 스쳤다. 무서웠다.

손이 떨리는 걸 감추기 위해 칼날을 더욱 세게 쥐었을 뿐이지 겁나지 않을 리가 없었다. 30년을 살면서 그녀에게 강한 척하지 말라고, 여린 모습을 보여 달라고 하는 사람은 단 한 명도 없었다.

없었는데…….

"세상 사람들 모두를 제압할 능력이 있는 게 아니면 앞으로 다시는 이런 무모한 짓 하지 마. 알겠어?"

그녀는 울컥한 마음이 들어 고개를 끄덕였다. 그녀의 온순한 반응에 그의 표정이 미세하게 풀어졌다.

"약속할 거야?"

"으음…… 응."

그녀가 목을 가다듬으며 대답하자 그가 거친 한숨을 토하며 그녀의 어깨에 이마를 기대었다.

"안 무서웠어?"

펄쩍 뛰면서 안 무섭다고 대답해야 했지만 이 귀신같은 녀석이 그런 거짓말을 간파하지 못할 리가 없어 그녀는 침묵을 유지했다. 그녀의 조용한 반응에 그가 낮게 웃었다.

"안 무서울 리가 없지. 나도 무서운데……."

그가 다시 고개를 들어 그녀를 풀어 주었다. 그녀는 괜히 어색해진 분위기를 참을 수가 없어서 그에게 농담하듯 가볍게 말했다.

"너도 도둑 만나면 무서울 것 같니? 애들이 신이라고 떠받드는 녀석도 별거 없네."

"난……."

그가 쓰게 웃으며 말을 이어 나갔다.

"네가 다치는 게 무서워."

짓궂게 그를 놀리려 했던 그녀가 입을 다물었다. 한순간에 심장이 덜컥 내려앉았다. 잘 뛰고 있던 건강한 심장이 멈춘 것 같은 느낌도 들었다. 진짜로 멈췄다면 이렇게 멀쩡할 리가 없는데 그의 말 한마디로 모든 것이 멈춘 것처럼 가슴속이 고요해졌다.

"신이 아니라 발에 치이고 치일 정도로 흔해 빠진 보통 남자야."

그가 크고 단단한 손을 들어 반창고가 붙여진 그녀의 볼을 안타깝다는 듯이 쓸었다.

"내 여자 친구가 조금이라도 다치는 게 무섭고 화가 나서 견딜 수 없는……."

그의 손이 볼에서 그녀의 머리로 옮겨졌다. 그리고 그녀의 머리칼을 다정하게 쓰다듬으며 말을 이었다.

"……평범한 남자야."

그는 힘없는 얼굴로 웃으며 들어가란 말을 끝으로 복도로 걸어 나갔다.

그를 신이라고 불렀던 이유는 어쩌면 그녀도 다른 사람들과 마찬가지로 그는 보통 사람들과는 다르다고 은연중에 생각하고 있었기 때문일지도 모른다. 그는 가만히 있어도 모든 사람들에게 시선을 받는 빛나는 남자였고 그 누구와도 다른 특별한 사람이었다.

그녀는 그의 손이 닿았던 머리에 손을 얹고 그의 뒷모습을 보았다. 거짓말 같게도 그의 뒷모습은 정말로 그냥 보통 남자 같았다.

"야!"

그녀는 자신도 모르게 그를 불러 세웠다. 그의 걸음이 멈췄다. 그는 의아함이 서린 얼굴로 뒤를 돌아 그녀를 보았다. 그에게 딱히 무슨 할 말이 있었던 것도 아니다. 그를 왜 불렀는지 스스로도 이유를 알 수 없는 그녀는 할 말이 없어 잠시 멈칫하다가 겨우 입술을 열었다.

"자, 잘 가라고. 신, 아니⋯⋯."

그녀가 멀찍이 떨어진 그를 똑바로 응시하며 말했다.

"⋯⋯도준아."

그는 잠시 멍한 얼굴로 가만히 있었다. 그리고 곧 저절로 미소가 지어졌다. 이샌은 언제나 자유롭고 솔직하다. 자신을 밀어내는 것조차 원망스러우면서도 사랑스러운 녀석이 저렇게 작게라도 자신의 마음에 대답해 주는 것이 예뻐서, 도저히 사랑하지 않을 수 없어서 새어 나오는 웃음을 막을 수가 없었다.

그녀는 기분 좋게 복도를 울리는 그의 낮은 웃음소리에 툭 멈췄던 심장이 엄청난 속도로 뛰기 시작한다는 것을 온몸으로 느꼈다. 잠시 멈춰 있었던 이유가 이렇게 빨리 뛰기 위해서였다고 말하는 것처럼 감당할 수 없을 정도로 거세게 가슴이 뛰었다.

그녀는 서둘러 비밀번호를 누르고 집 안으로 들어갔다. 현관문을 닫은 그녀는 움직이지 못한 채 문에 몸을 기대었다.

몇 달 동안 안 봐도 아무렇지 않았던 그를 며칠 안 봤다고 보고 싶어 하고 있었다는 것을 깨달았다. 그녀는 그가 보고 싶었다. 스스로 신기할 정도로 저 녀석을 그리워하고 있었다.

Round 5

여자와 남자

차가운 현관문에 등을 기대서서 아무것도 못 하고 있던 센은 갑자기 주머니에서 울리는 벨소리에 화들짝 놀라 그것을 받았다.

"여, 여보세요."

─쎈!

연주의 높은 목소리가 귀를 타고 흘렀다. 센은 한숨을 내쉬며 그제야 신발을 벗고 집 안으로 들어왔다.

"도착했지? 부모님한테 말씀 드렸어? 도둑 얘기."

─했지. 말도 없이 엄마 집으로 갑자기 쳐들어왔는데 딱히 변명거리가 있어야 말이지. 지금까지 거실에서 붙잡혀 있다 왔어. 당장 집에 들어오란 말부터 결혼하라는 말까지. 어이구.

"그래?"

─근데 나도 이젠 혼자 사는 거 무섭다. 너 따라서 뭐라도 배울

걸 그랬어. 손은 이제 괜찮니?

연주의 목소리가 이상스러울 정도로 다정했다. 경찰에 신고해 달라는 문자만 했지, 연주의 비명 소리에 놀라서 무작정 집 안으로 쳐들어간 것은 자신인데 그녀는 상당히 미안해했었다. 그것이 아직도 걱정되어서 그런가 보다 싶어 대수롭지 않게 대답했다.

"괜찮아."

—다행이다. 근데 신 말이야.

"아……."

잊고 있었던 기억에 가벼운 탄식이 흘러나왔다. 아까 도준과 택시에 타는 것을 연주가 봤다는 것이 막 떠올랐다. 저게 궁금해서 계속 무브 어라운드(Move around, 풋워크의 일종으로, 상대의 주위를 빙빙 돌며 공격의 기회를 엿보는 것)를 펼쳤던 모양이다. 센이 침대에 대자로 누웠다.

연주한테 뭘 숨기고 감추는 건 애초에 불가능하다고 봐야 하는데…….

저번엔 그녀와 도준이 사귄다는 게 말이 안 된다는 편견을 갖고 있었던 덕분에 이래저래 넘어갔다지만 아까의 장면을 목격했으니 귀신같은 그녀가 그냥 넘어갈 리 없었다.

—사귀는 거, 맞지?

"흠."

더 이상 취미도 없는 속이기를 하는 것도 싫고 귀찮아서 헛기침으로 대답을 대신했다. 그러자 연주의 방정맞은 추임새가 시작됐다.

—웬일이야. 진짜 경사 났네, 쎈! 너 진짜 땡잡았다.

"야! 왜 자꾸 나보고 땡잡았대? 땡은 걔가 잡았지."

―내가 아무리 친구여도 확실하게 하자. 신이야, 신! 신도준이라고. 걔가 너 좋대? 어떻게 사귀었어? 결혼은?

그녀는 입에 모터를 달고 시동을 거는 연주에게 간절히 부탁했다.

"나 피곤해. 오늘은 이만 끊자. 응?"

침대에 누운 센은 이만 쉬게 달라고 애원하며 내려가는 눈꺼풀을 느꼈다. 그녀의 손에 들린 휴대폰이 잠기운 때문에 스르르 빠져나가고 있었다.

―그래, 얼른 자. 손 조심하고! 너 아까 무슨 킬 빌 같았어. 호호. 멋있었단 소리야. 근데 아까 신 표정 봤어? 진짜 대박이더라. 열 받은 걸로도 부족해. 아주 제대로 빡친 표정으로 택시에서 내리던데……. 너 걱정돼서 그런 거 맞지? 완전 멋있다! 어떡해. 걔가 그런 표정도 지을 줄 아는구나. 자기 감정 완벽하게 조절하는 남자인 줄 알았는데 그렇게 말없이 화내니까 오히려 더 섹시하다고 해야 하나? 너랑 둘이 있을 때도 막 화내디? 화내는 것도 얼마나 멋있을지. 진짜……. 쎈, 소문내도 되니? 곧 동창회인데 특종을 내가 터트려도 될까? 아! 특종 하니까 하는 말인데, 너희 작은오빠 말이야. 언제 한번 소개팅 좀……. 쎈? 여보세요? 자니? 자냐?

링 위에서 펼쳐지는 스파링을 꼼꼼한 눈길로 지켜보던 센은 근처에서 느껴지는 강렬한 시선에 고개를 확 돌렸다. 도준이 영문을 모르겠다는 듯이 웃음을 보인다.

신경 쓰이게 왜 자꾸 봐?

새침한 눈으로 그를 쏘아 준 후 다시 고개를 원위치로 돌린 그녀는 시선을 링에 고정시켰다.

"지호야, 다리 더 내리고! 좌우로 움직여야지!"

지호를 코치하는 것에 집중해야 하는데 조금 떨어진 곳에서 시끄럽게 치러지는 경기는 안중에도 없고 오로지 그녀만을 바라보는 도준이 신경 쓰여서 제대로 집중할 수가 없었다. 링 위의 길고 긴 마지막 2분이 지나고 지호가 헉헉대며 링 끄트머리에 털썩 주저앉았다. 센은 재빨리 링 안으로 들어가 지호의 헤드기어를 벗기고 물을 뿌려 주며 말했다.

"잘했어."

"잘하긴. 계속 맞기만 했는데……."

"이제 시작하는 너랑 선수랑 같니? 지금은 이게 당연한 거야. 그리고 내가 저번에 뭐랬어?"

"맞는 것도 경험이라고. 많이 맞아 봐야 때릴 수 있다고."

센이 뿌듯한 얼굴로 고개를 끄덕이더니, 물을 쏟아서 젖어 버린 지호의 머리를 투박하게 쓰다듬어 주었다. 지호가 고개를 갸우뚱하며 물었다.

"누난 누구한테 얼마나 많이 맞았으면 그렇게 잘 때려?"

"……있어. 악마 같은 인간."

생각나기 싫은 사람이 머릿속에 차오르자 센은 진저리를 치며 고개를 홱홱 휘저었다. 고개를 젓다가 불편한 심기가 드러난 차가운 얼굴로 이쪽을 주시하고 있는 도준과 눈이 마주쳤다.

"쟤도 또 다른 악마야."

그녀가 무의식적으로 중얼거렸다. 그리고 먼저 링 밖으로 나가 샤워를 하기 위해 탈의실로 향했다.

도준은 아까부터 화가 끓어오르는 얼굴을 겨우 숨기며 링을 주시하고 있었다. 링 안에서 센이 지호에게 하는 스킨십 때문에 마음속에 거센 불길이 일었다.

센은 지호에게 숨이 막힐 정도로 거칠게 물을 뿌리고 머리를 쓰다듬는 것도 쓰다듬는다기보다는 아플 정도로 세게 짓누르는 것이어서 체육관 안의 대부분의 사람들은 센의 손길을 받는 지호를 가엾게 보았지만.

오늘 밤, 그녀를 데려다 주면서 확실히 주의를 줘야겠다고 생각했다. 그도 뒤따라 샤워를 하러 가려는데 바로 등 뒤에서 지호가 그를 불렀다.

"이봐요."

반항기 어린 목소리에 도준이 뒤를 돌았다.

"누나 좋아해요?"

열 살도 더 어린 녀석의 장단에 맞춰 줘야 하나 잠시 고민하다가 피식 웃으며 무시하기로 결정했다. 그가 다시 걸음을 옮기자 지호가 당황한 얼굴로 그를 쫓아왔다.

"어디 가요! 대답하고 가!"

"씻으러 간다. 비켜."

풋내 나는 녀석이라는 것을 인지하고 있는데도 날이 선 목소리가 나왔다. 저 새카맣게 어린 녀석은 그녀와 필요 이상으로 친했다.

탈의실에 들어온 도준이 위에 딱 하나 걸치고 있던 가벼운 러닝 티셔츠를 벗었다. 티셔츠 하나 벗는 동작조차 무슨 영화가 따로 없다. 지호가 자신의 옷을 벗으려다가 잠시 주춤했다.

왜 저렇게 몸이 좋아? 어떻게 십 년 어린 나보다 더 좋아?

그는 남자들 사이에서 자존심이나 다름없는 넓은 등짝에, 오버스럽지 않으면서도 탄탄하게 균형 잡힌 근육들을 가지고 있었다. 모르는 사람이 봐도 몇 달 속성으로 만든 몸이 아닌 아주 오랫동안 습관처럼 운동을 해 온 사람이라는 것을 알게 해 주었다.

적당히 그을린 구릿빛 몸에 키와 비율까지, 몸만 대충 훑어봐도 완벽 그 자체인데 얼굴은 더 완벽하다. 라이벌이고 뭐고, 객관적으로 따져도 철저하게 잘생기고 잘났다.

그를 몰래 흘깃거리던 지호가 결국 절망스러운 표정을 감추지 못하고 드러냈다. 자신도 체대 훈남 소리 꽤 듣고 동기 애들, 여자 선배들에게서 인기는 자부할 정도로 많았다. 살아오면서 열등감 같은 건 가져 본 적이 없는데 이 한 달간, 쎈의 대학 친구이자 회사 동기인 신도준이란 남자 때문에 열등감이 폭발하기 일보 직전이었다.

지호도 곧 탄탄한 몸을 자랑하듯 천천히 옷을 벗었다. 물론 도준은 그에게 눈길도 주지 않았다. 혼자만 펼치는 기 싸움이었다.

"난 좋아해요. 쎈이 누나."

그 말에 긴 트레이닝 바지를 벗던 도준이 잠시 지호를 보았다. 근육 잡힌 강인하고 탄탄한 그의 하체가 여실히 드러났다. 지호가 속으로 갈등했다.

젠장, 어떻게 관리한 거야? 무슨 운동했냐고 물어볼까?

"네가……."

도준이 여유롭게 입을 열었다.

"이쎈을 감당할 수 있을 것 같아?"

"뭐?"

"너한텐 무리야. 이쎈을 감당할 수 있는 남자는 나 말고는 없어."

도준은 그 말을 끝으로 더 이상 말하고 싶지 않다는 듯 입을 다물었다. 그는 마지막 남은 속옷을 벗고 수건을 손에 든 채로 샤워실에 들어갔다. 그에게 화를 내며 따지려고 했던 지호는 언뜻 스쳐 가는 눈으로 남자의 진짜 자존심을 확인하고 너무 놀라서 멍한 눈으로 닫힌 샤워실 문을 쳐다보았다.

"뭐, 뭐야. 어떻게 거기까지 저래? 어떻게 한 사람한테 저렇게 몰빵을 해 준 거야?"

지호는 잠시 망설이다가 수건을 굳이 하체에 두르고 샤워실로 향했다.

"신도 무심하시지."

지호의 한탄이 아주 희미하게 들려왔다.

아마추어 복싱 대회가 열리는 체육관 앞, 흙먼지가 가득인 낡은 검은 셔츠에 청바지를 입고 거적때기 같은 가방을 든 남자가 섰다. 체육관 이름을 확인한 남자가 큰 키의 긴 다리를 이용해 그곳으로 성큼성큼 걸어 들어갔다.

"저 남자, 배우 같지? 카리스마 장난 아니다. 후광이……."

복싱을 관람하러 온 여자가 옆에 있는 남자 친구를 쿡 찌르며 물었다. 남자 친구는 그 남자를 경계하는 눈으로 보았지만 결국 솔직히 인정했다.

"남자답게 잘생기긴 했네. 근데 차림이 좀…… 배우는 아닌 것 같은데?"

"원래 패션의 완성은 얼굴이야. 패완얼! 근데 자기는 음……."

여자는 말을 잠시 멈추고 방금 지나간 남자보다 훨씬 비싸 보이는 옷을 입고 있는 남자 친구의 얼굴을 안타깝게 바라보았다.

센은 침대 속에 갇힌 사람처럼 빠져나오지 못하고 있었다. 머리는 이제 시간이 얼마 없다고 그녀를 재촉했지만 그녀의 몸은 잠의 유혹에서 벗어나기 힘들어했다.

아, 일어나야 하는데…….

속으로 생각만 반복하고 있는데, 현관문 비밀번호가 눌리고 도어록이 열리는 소리가 들렸다. 이불을 뒤집어쓰고 있던 센의 눈이 번쩍 뜨였다. 잠에 취해 있던 정신이 단번에 말끔해졌다. 집 비밀번호는 가족도 모르고 자신 이외에는 아무도 모른다.

도둑?

집 안으로 들어온 발자국 소리. 곧이어 신발을 벗는 소리가 들리고 실내화를 신는 소리가 들렸다.

실내화를 신다니……. 뭐 저렇게 여유로운 도둑이 다 있어? 것보다 이렇게 밝은 아침에 도둑질? 간이 배 밖에 나왔나.

센은 도둑의 대담함에 미간을 찌푸렸다. 터덕터덕, 걸음 소리가 묵직한 걸 보니 분명히 성인 남성이다. 원룸인 집에서 센은 도둑으로 추정되는 남자가 현관에서 바로 침대로 다가오는 움직임을 알아챘다. 센이 타이밍을 기다리다가 이불을 잡아당기는 손짓에 날카로운 눈을 빛내며 손을 번쩍 들었다. 머리라도 후려칠 심산이었다.

"아! 어?"

도준은 자신을 공격하려는 센의 팔을 한 손으로 막고 자연스럽게 그녀의 허리를 안았다.

"너 뭐야!"

"나 네 애인인데?"

도준이 씩 웃으며 가당치도 않은 농담을 하고 있다. 센이 화가 나 소리쳤다.

"비밀번호 어떻게 알았어?"

"367367. 네가 네 입으로 알려 줬는데, 기억 안 나? 우리가 처음 키스했던 날……."

"아……. 맞다. 하, 아무리 그래도 너 이럼 안 되지! 이거 주거침입죄야!"

"왜? 네가 먼저 나한테 번호도 알려 줬고 우린 사귀는 사인데?"

도준은 제 허벅지에 앉힌 그녀의 허리를 더 세게 안아 가까이 당기며 능청스럽게 물었다. 덕분에 할 말이 없어진 센이 씩씩거렸다. 그녀를 품에 안고 있자 그녀 특유의 향기가 퍼져 나왔다. 그 향에 취한 그가 그녀를 더 가깝게 밀착시켜 안았다.

"왜 아침부터 여길 와? 오늘 대회 있어."

"알아. 너 손 다쳤잖아. 내가 도와주려……."

여유롭게 말을 이어 가던 그의 말이 끊겼다. 그는 팔을 풀어 그녀의 몸을 살짝 떨어트리고 긴장된 얼굴로 물었다.

"……너 속옷 안 입었어?"

"집에서 그딴 걸 왜 입어?"

그녀의 몸을 꽉 안았을 때 느껴진 부드러운 가슴의 감촉에 놀라서 굳어진 얼굴로 묻는 그에게 그녀는 아무렇지 않은 표정으로 대답했다. 그의 눈빛이 한층 더 짙어지고 깊어졌다.

몸의 곡선이 여실히 드러나는 얇은 민소매티를 하나 걸치고 팬티에 가까운 짧은 바지만 입고 있는 그녀의 몸이 그의 눈을 가득히 채웠다. 얇은 티 밑으로 솟아오른 가슴과 그 가운데 은근하게 위를 향하는 정점을 확인한 그는 그녀의 알몸이라도 본 것 같은 기분에 몸이 걷잡을 수 없이 뜨거워지는 것을 느끼고 눈을 세게 감았다.

도준이 눈을 감자 센은 잠시 의아해하다가 그의 시선이 닿았던 자신의 몸을 내려다보았다. 그녀는 곧 얼굴이 달아올라서 그의 품에서 재빨리 빠져나왔다. 그리고 식탁 의자에 걸쳐진 트레이닝복을 입고 지퍼까지 채웠다.

"누, 눈 떠도 돼."

도준은 그녀의 말이 들리지 않는 사람처럼 눈을 감은 채 침대에 누웠다.

"왜 남의 침대에 누워?"

"……너 얼른 씻어."

"너 설마 이상한 생각해?"

완벽해 보이지만 그도 어쩔 수 없는 남자인가 보다. 그녀는 자신의 몸을 보고 흥분을 가라앉히기 위해 노력 중인 그를 보고 이유 모를 쾌감을 느꼈다. 매사에 무서울 정도로 철저하고 언제나 부드러운 냉정함을 지닌 도준이 아마 그 누구도 본 적 없을 흐트러진 모습을 보여 주자 괜히 신이 나는 것도 사실이었다.

팔로 눈을 가리고 있던 그가 잠시 침묵하다가 입을 열었다.

"이상한 생각이 뭔데?"

도준의 반격에 센이 입을 꾹 다물었다. 말을 꺼내 놓고 당황한 그녀에게 그가 곧바로 다음 펀치를 날렸다.

"너 계속 거기 있으면 이상한 생각이 아니라 진짜로 이상한 짓 할 거니까 얼른 숨어."

참고 있는 것이 그녀에게까지 느껴질 정도로 낮게 억눌린 목소리였다. 그녀는 헛기침을 내뱉었다.

"드, 들어가려고 했어. 그러게 누가 오랬나……. 부탁하지도 않았는데……."

센이 수건을 들고 화장실로 들어갔다. 도준은 짙은 한숨을 쉬며 중얼거렸다.

"내가 내 무덤 팠다."

그녀는 샤워를 서둘러 마치고, 트레이닝 복에 화장 하나 안 한 맨 얼굴로 야구 모자를 뒤집어썼다. 씻는 것부터 모든 준비를 마치는 데까지 채 삼십 분도 걸리지 않았다. 원룸이라 그를 내쫓고 옷을 입었던 그녀는 편한 운동화에 발을 집어넣고 밖으로 나갔다.

"가자."

벽에 기대고 서 있었던 도준이 다가와 당연하게 그녀의 손을 꽉 잡고 걸어갔다. 그녀는 자신의 손과 맞닿은 크고 딱딱한 손을 보았다.

쿵쿵쿵, 심장이 또 가볍고 빠르게 뛴다. 불편할 정도로.

도준은 오른손을 다쳤다고 문을 못 여는 것도 아닌데 문까지 열어주면서 매너를 자랑했다. 그녀를 조수석에 태우고 그도 운전석에 올라탔다.

"배고프지? 아침 먹고 갈까?"

센은 정식 코치도 아니고 시간 날 때마다 봐주는 식이었기 때문에 이번 대회는 관람차 가는 것이었기 때문에 조금 늦는다 해도 상관없었다. 그녀가 고개를 끄덕이자 그가 마음에 든다는 얼굴로 차를 출발시켰다.

두 사람은 체육관 안 주차장에 차를 대고 근처에 있는 브런치 카페로 향했다.

센은 그에게 아침을 먹겠다고 대답했던 방금 전이나 다름없는 과거를 후회했다. 오른손을 다쳐서 왼손으로 헛손질을 했지만 그래도 많이 불편하지 않게 잘 먹고 있는데 앞에 앉아 있던 도준이 친절하게 옆자리까지 옮겨 오더니 정성스러운 손길로 밥을 먹여 주었다.

그의 바르고 정확한 포크질이 그녀의 앞에 왔다 갔다 했다. 약간 떨떠름한 표정으로 음식을 받아먹던 센은 결국 주변의 따가운 시선들을 무시하지 못하고 그를 제지했다.

"야, 그만해. 다 보잖아."

"괜찮아. 부러워서 그래."

"부러워서 그러긴 무슨……."

헛웃음을 지으며 부정하려던 센은 다시 주위를 둘러보다가 조용히 입을 다물었다. 시선의 대부분이 여자들이었는데, 그녀들의 얼굴에서 부러워서 미치겠다는 표정을 읽었기 때문이다.

불편하게 아침을 먹은 그녀와 그녀를 먹이느라 별로 먹은 게 없는데도 배부르다는 듯 만족한 표정의 그가 복싱 대회가 열리는 체육관으로 다시 들어갔다.

좌석에 앉은 도준에게 잠시 기다리라고 하고 센은 선수 대기실로 향했다. 지호가 긴장된 몸을 풀고 있었다.

"한지호."

"누나!"

지호가 센을 보자마자 달려들어서 그녀를 껴안았다. 몸집이 큰 지호에게 거의 가려진 센은 그의 복부에 주먹을 꽂아 주려다가 시합이 있다는 생각에 가까스로 참아야 했다.

"시합 잘 해라. 이건 좀 놓고."

"누나."

"왜?"

여전히 그녀를 안고 놓아줄 생각이 없는 지호가 긴장된 얼굴로 그녀를 불렀다. 그녀의 얼굴이 보이지 않아 더 용기 내어 말할 수 있을 것 같았다.

"만약에 우승하면 나랑 사귀자."

"뭐?"

"약속해. 어?"

"너 지금……."

"고백하는 거야. 나, 누나 좋아해."

지호의 고백을 들은 센의 미간이 살며시 찌푸려졌다.

날 좋아해? 아, 그러고 보니 포장마차에서 너목들이 어쩌고, 기성용이 어쩌고 한 게 이걸 뜻하는 거였나? 그때는 연주의 문자를 보느라 정신이 없었지만.

확실히 지호는 따지고 들자면 그녀의 타입이다. 순진하고 착해 빠지고 귀엽고. 악마인 둘째 오빠와는 정반대의.

하지만 나이가 어려도 너무 어리고 그래서 그런지 남자로서 별로 끌리지 않았다. 동생은 없지만 남동생이 있다면 그와 같지 않을까 싶었다. 냉정할 정도로 아무렇지 않게 그의 고백에 대한 생각을 정리한 그녀가 입을 열었다.

"준우승만 먹어."

"누나!"

"이제 안 풀면 주먹 날아간다."

진심이 담긴 목소리에 지호가 힘없이 팔을 풀었다. 얼굴을 보니 우울해 죽겠다는 표정이다.

"잘 해. 간다."

"설마 신도준 좋아해?"

"뭐?"

"아니지?"

그것만큼은 용납할 수 없다는 단호한 말투였다. 센은 도준을 좋아하냐는 물음에 당황해서 자신도 모르게 지호의 머리를 툭 때렸다.

"아!"

"말 같지 않은 소리 하네. 얘가 자꾸 왜 그래? 도핑테스트라도 해야 하나."

"씨."

"그리고 신도준이 뭐냐. 네 친구냐?"

센은 멍한 얼굴의 지호를 두고 빠른 걸음으로 대기실을 나왔다. 돌아와서 좌석에 앉는 그녀에게 도준이 물었다.

"왜 이렇게 늦었어?"

"어, 그냥. 조언 좀 해 주느라."

센의 상태를 확인한 그의 얼굴이 순간 싸늘해졌다. 그녀의 옷 앞부분에 땀으로 보이는 물기가 있었다.

"화장실 안 다녀왔지?"

"어. 왜?"

"옷에 물이 흥건해서. 조언을 안으면서 했어?"

무, 무슨 탐정이야? 어떻게 알았지?

센은 도준의 날카로운 추리력에 감탄했다. 그녀의 엉뚱한 생각과는 달리 도준은 더 이상 그녀와 사귀는 걸 숨기다간 제 속이 문드러져 뒤집힐지도 모른다고 느꼈다.

복싱 경기가 시작되고 그녀는 경기에 푹 빠져 관람 중이었다. 강한 체육관 아마추어 선수들이 나오기를 기다리면서 초롱초롱한 눈으로 집중하는 그녀의 모습이 개구쟁이 초등학생 같았다. 자신이 아닌, 다른 남자가 그녀를 안았다는 사실이 도저히 잊혀지지 않아 굳은 눈을 풀지 못하던 그는 순수해서 더 사랑스러운 그녀의 모습에 조금 마음이 누그러졌다.

시간이 어느 정도 흐르고 센이 자리에서 벌떡 일어났다.

"어디 가?"

"화장실."

링을 사이에 두고 센과 도준의 반대편에 앉아 있던 남자가 그녀를 보았다. 지저분한 검은색 셔츠를 입은 남자는 경기를 보다가 일어서는 여자가 센인 것을 알아차리고 의미심장한 미소를 지었다. 남자는 자리에서 일어나 그녀가 걸어가는 쪽으로 향했다.

센은 화장실에서 볼일을 보고 손을 씻은 후 나오다가 벽에 기대어 자신을 보고 있는 남자를 발견했다. 화들짝 놀라서 약한 비명이 반사적으로 나왔다.

"어…… 어……."

"왜 그렇게 놀라?"

"어, 언제 왔어?"

"오늘 새벽. 집도 안 들르고 체육관으로 왔다."

"꼴이 그래 보여."

전쟁터를 구르고 온 것치고는 멀쩡한 편이지만. 셴이 남자의 위아래를 훑으며 중얼거리자 그가 씩 웃었다.

"피곤하다."

"그러게 집으로 갈 것이지. 왜 여길 와?"

"오랜만에 경기 보고 싶어서."

"그럼 경기 계속 보세요."

그녀는 악마가 무슨 짓을 할까 무서워 자리를 피하려 했다. 하지만 힘이 손쉽게 그녀의 팔을 잡았다.

"경기 계속 보니까 직접 하고 싶어지던데?"

"그, 그, 그래서?"

"가자."

'싫어!' 라는 말을 내뱉기도 전에 쌀을 들쳐 메는 것처럼 힘이 셴을 들어 어깨에 걸쳤다.

"미쳤어?"

"왜?"

"내가 애야? 지금 내 나이가 몇인 줄 알아? 계란 한 판을 깨고도 남아. 어? 근데 감히 이런 취급을 해!"

"그래. 오늘 보니까 너 좀 늙었더라."

"뭐!"

힘이 낮게 웃으며 재밌다는 듯이 걸음을 계속 옮겼다.

"오히려 감사해야지. 계란 한 판인 동생을 이렇게 다정하게 업어 주는 오빠가 세상에 어디 있어?"

"이게 어떻게 업어 주는 거야! 들쳐 메는 거지! 내가 쌀이냐?"

"오빠랑 스파링 한 판 하자."

"스파링 같은 소리 하네. 샌드백이겠지!"

센은 거의 포기 상태였다. 그나마 다행인 것은 경기가 진행 중이라 복도에 사람이 없어 이 창피한 꼴을 아무도 보지 못했다는 것이었다.

지금은 힘의 힘(energy)에 밀려 빠져나오지 못하고 있지만, 기회를 봐서 어깨를 무릎으로 치고 빠져나올 심산이었다.

제 신세가 가여워 속으로 스스로를 위로하던 그녀는 끌려가는 와중에 도준을 보았다. 화장실에 다녀온다던 그녀가 꽤 오랫동안 자리를 비워 그녀를 찾기 위해 복도로 나온 도준도 그녀를 발견했다. 그는 건장한 남자에게 납치되듯이 메여져 있는 센을 보고 얼굴이 싸늘하게 굳어졌다.

"당신 지금 뭐하는 짓이야."

당장이라도 얼어붙을 정도로 살벌한 목소리였다. 힘이 뒤를 돌아 도준과 눈을 마주했다. 센은 덕분에 도준의 얼굴 대신 힘의 넓은 등짝만 보게 되었다.

힘은 앞에 있는 남자를 보았다. 화가 나다 못해 살기가 어린 표정으로 자신을 노려보고 있는 그가 흥미를 불러 일으켰다. 남들 앞에서 언제나 무감한 표정의 힘이 보기 드문 미소를 지었다.

도준은 평소라면 센을 들쳐 멘 남자가 어렴풋이 그녀와 닮았다는 사실을 인지했을 텐데, 그녀가 납치되는 것처럼 끌려가는 바람에 거의 이성을 잃은 상태였다. 그는 그녀의 몸을 안고 있는 남자의 팔을 당장이라도 부러트리고 싶을 뿐이었다.

센은 거꾸로 보이는 세상 속에서 가자미눈을 뜨고 앞을 보았다. 힘이 입은 검은색 셔츠와 언뜻 보이는 도준의 흰색 셔츠가 대비를 이루는 것 같았다. 마치 흑과 백, 선과 악 이런 구조를 떠올리게 했다. 그러나 곰곰이 잘 생각해 보면 저 두 남자 중 천사는 없었다.

둘 다 똑같이 날 괴롭히는 것들끼리!

센이 인상을 구겼다. 그리고 그녀는 힘의 어깨를 힘껏 후려치기 위해 잠시 호흡을 가다듬었다.

Round 6

곰 같은 여자와 여우 같은 남자

"오, 오빠야! 친오빠."

몸을 움직이기 위해 심호흡을 하던 센은 여기까지 느껴지는 도준의 싸늘하고 음산한 분위기에 일단 힘을 향한 공격을 미루고 냉큼 소리쳤다.

친오빠?

그녀의 말을 듣고 남자의 얼굴을 보니 확실히 그녀와 약간 닮은 구석이 있다. 딱딱하게 굳어 있던 도준의 표정이 안심과 자신의 경솔함에 대한 책망으로 어느 정도 풀어졌다. 평소라면 이런 어이없는 실수는 결코 하지 않았을 텐데 하고 후회하면서 속으로 이 난관을 어떻게 돌파할지에 대해 강구하기 시작했다.

힘은 여유로웠던 미소가 더욱 깊게 파이더니 '이제 어쩔래?' 라고 묻는 듯한 얼굴로 도준을 약 올렸다. 그녀는 힘이 방심한 그 사이를 놓치지 않고 무릎을 날카롭게 굽혀 그의 어깨를 강타했다.

"아."

그녀는 급히 바닥으로 착지했다. 미미하지만 낮은 신음을 호소한 자신의 오빠를 이상한 눈길로 보았다. 힘이 자신의 쇄골 근처를 손으로 누르며 인상을 얕게 찌푸렸다.

웬 엄살이래?

물론 지금의 니킥도 그녀 나름 세게 때린 거긴 하지만 평소에 자신이 아무리 온 힘을 실어 때려도 솜방망이에 맞은 것처럼 꿈쩍도 안 하던 인간이었는데 저런 반응은 생소하다. 어처구니없는 엄살이라고 판단을 끝마친 그녀가 콧방귀를 뀌었다.

"그러게, 빨리 내려 달랬지?"

"누구냐?"

힘이 도준에게 흥미를 보이며 물었다. 센이 우물쭈물하는 사이에 포커페이스를 되찾은 도준이 센과 힘 앞으로 다가왔다.

"실례했습니다. 센이 모르는 사람한테 억지로 끌려가는 줄 알고 실수를 했습니다."

"얘가 누구한테 쉽게 잡히고 끌려갈 녀석은 아닌데……."

힘이 심드렁하게 중얼거리자 그녀의 얼굴이 찬찬히 일그러졌다.

"내 동생이랑 사귑니까?"

"네."

"아니!"

같은 질문에 다른 답변을 내놓은 두 사람을 번갈아 보던 힘이 슬쩍 입꼬리를 올렸다.

"아버지는 아시냐?"

"아실 리가 있어? 아니지…… 안 사귄다니까?"

센은 31년간 힘을 겪어 왔다. 그녀는 자신이 힘에게 무언가를 속일 수 없다는 것은 이미 알고 있으면서도 어리석게 계속 발버둥을 쳤다. 힘은 그녀의 말을 무시하고 도준과 대화를 진행했다.

"이 녀석이 생각보다 귀하게 자란 막내라 아무 놈이나 만나게 할 수는 없지. 교제하려면 내 허락이 필요한데……."

그가 되도 않는 유난 떠는 오라비 연기를 하며 능청을 떨었다. 그녀는 기가 차고 어이가 없어서 그를 귀신 보듯 바라보았다.

그의 목적은 오로지 하나였다. 안 봐도 불 보듯 뻔했다. 것보다 도준도 자신이 잡초같이 자라온 것을 뻔히 아는데 어디서 저런 해괴망측한 망발을 지껄이는 건지……. 그녀는 괜히 낯이 뜨거워져 도준의 팔을 붙잡으며 얼른 자리를 뜨자고 할 생각이었다. 하지만 그녀가 입을 열기도 전에 그가 진지하게 물었다.

"어떻게 하면 허락해 주실 겁니까?"

스스로를 어른스럽고 능력 있는 여성이라고 자부하는 그녀를 감정 조절이 불가능하게 만드는 세상에서 유일한 두 사람이 서로를 보며 의미심장한 미소를 지었다. 그녀는 어디서 전해지는지 알 수 없는 한기에 몸을 떨었다.

센은 여자 탈의실 안에서 홀로 왔다 갔다 하며 초조한 기색을 내보였다. 강한 복싱 체육관에 여자 회원은 매우 드물뿐더러 오늘 같은 주말 아침에 체육관에 오는 여자 회원은 그녀뿐이었다. 그 때문에 여자 탈의실과 샤워실은 거의 그녀의 독차지였다.

살짝 열어 놓은 탈의실 문 사이로 사무실 문이 열리는 소리와 도준의 발걸음으로 추정되는 소리가 들려왔다.

"신도준······!"

그녀가 작게 소곤거리며 그를 불렀다. 그리고 여자 탈의실을 지나려는 그의 팔을 잡고 안으로 끌어당겼다.

도준은 자신을 끌어당기는 손의 주인이 그녀인 것을 알고 쉽게 이끌려 주었다. 그녀가 문을 닫고 그를 탈의실 한가운데 원목 평상에 강제로 앉혔다. 그가 묘한 표정으로 그녀를 보았다.

"나 유혹하는 거야?"

"지금 농담 따먹기 할 때인 줄 알아?"

"지금이 무슨 때인데?"

"너 설마 우리 오빠 술수에 놀아난 건 아니지?"

"술수?"

"복싱은 안 돼! 절대로. 네가 아무리 날고 기어도 넌 아직 초보자고 저 인간은 말도 떼기 전에 주먹부터 날렸다는 전설이 있어. 내가 태어나기 전이라 확실하진 않지만······. 어쩌면 울 오빠는 아마 기자가 안 되었으면 용병이 되었을 거야. 아무튼 이힘은 지금 당장 현직 프로 복서랑 스파링 떠도 압도적으로 이긴다니까? 그냥 괴물이야!"

둘째 오빠에 대한 설명을 하던 그녀가 잠시 몸서리를 쳤다.

"스킬부터가 달라서 이건 힘의 문제가 아니야. 아, 여기서 힘은 이름이 아니라 파워를 뜻하는 거야. 어쨌든 네가 아무리 힘이 좋아도······ 그러니까, 여기서 힘은 저 악마 이름이 아니라 파워······ 이런 젠장, 아빠는 왜 이름을 이렇게 지은 거야?"

센이 인상을 잔뜩 찌푸리고 중얼거렸다. 도준은 그녀의 허리를 끌어안아 그의 단단한 허벅지에 앉혔다. 그녀가 놀란 눈을 뜨고 버벅거렸다.

"너, 너 지금 뭐, 뭐하는 거야?"

"그러니까 지금 나 걱정해 주는 거지? 기분 좋다."

"걱정은 무슨! 이건 인도적인 차원에서 설명해 주는 거야. 저 인간은 전쟁터에서 살다가 지금 환경이 갑작스럽게 바뀌고 평화로운 데로 와서 적응이 안 돼서 일부러 싸움을 붙이는 거야. 동생이 귀하다느니 하는 말도 안 되는 설명을 하면서까지! 그런 걸 지켜보기만 하는 건 비겁한 짓이잖아. 그러니까 이건 더 나쁜 놈과 덜 나쁜 놈이 있을 경우에 덜 나쁜 놈을 편들어 주는 것과 같은 이치라고 해야 하나? 그런 거야. 너 절대 오해하면 안 된다?"

횡설수설하는 그녀의 설명에 그가 낮게 웃었다.

"너 진짜 귀여워서 미치겠다."

"뭐, 뭐, 뭐……."

귀엽다니!

그의 말에 그녀는 얼굴이 달아오른 채 버퍼링에 걸린 것처럼 한 단어만 반복했다.

"걱정하지 마. 복싱은 안 해."

그냥 안 하는 건 아니고 복싱은 안 한다?

"복싱을 안 하면?"

"음……."

그가 넓은 어깨를 으쓱했다.

복싱을 안 하면 뭘 한다는 거지? 그냥 치고 박고 싸우는 건 아닐 테고…….

그녀는 두 남자가 무슨 생각과 계획을 가지고 있는 것인지 머리를 열심히 굴렸다. 곧 그녀는 빠르게 스쳐 지나가는 생각을 잡았다.

검도!

권투 선수인 아버지와 검도 사범인 어머니 밑에서 자란 삼 남매는 어린 시절부터 격투기와 무술을 놀이처럼 배워 왔고 그 실력 또한 뛰어났다.

셋 중 가장 무난하고 깔끔한 성격을 지닌 첫째 강한이 죽도, 목도를 사용하는 검도에 강한 편이라면 막내 센은 아버지를 닮아 맨손이나 직접 발로 후려치는 격투기에 흥미를 보였다. 그리고 둘째 힘은 괴물이라고 부르고 싶을 정도로 두 가지 모두에서 엄청난 실력과 재능을 보였다.

복싱과 검도로 그녀를 키운다는 명목으로 그는 끊임없이 그녀와 스파링을 하고 대련을 했다. 센은 과거가 떠올라 다시 한 번 몸서리가 쳐졌다. 봐주면서 하고 있다는 힘의 말을 불신했었지만 그가 실제 선수와 시합을 할 때는 눈빛부터 살벌하게 변하는 것을 보고 그 말이 사실이었음을 실감할 수 있었다.

그리고 지금 그녀를 안고 있는 이 남자 또한 힘과 마찬가지로 지는 게 불가능해 보이는 녀석이다. 게다가 도준의 검도 실력은 대학 시절, 직접 눈으로 확인한 적도 있었다. 대학교 3학년 때 일이었다.

"내가 뭘 잘못했는지 말해 줘."

수아는 살아오면서 이렇게 비굴해 보일 정도로 사정을 하고 애를 태운 적이 결코 없었다. 잘났다, 예쁘다, 부럽다 소리를 신물이 날 정도로 듣고 살아온 그녀였다.

남부러울 것 없는 부잣집 외동딸에 부모님 사랑을 잔뜩 받으며 자라 왔다. 외모도 빼어나게 예뻤고 머리까지 좋아서 공부도 잘하는 그녀는 여자 친구들에게서는 시기 어린 부러움을 자아냈고 웬만한 남자들은 그녀에게 선택받기를 간절히 바랐다.

그럼에도 그녀는 지금 눈물이 그렁그렁하게 맺힌 눈으로 불안하게 입술을 깨물었다. 그녀는 의자에 바르게 앉아 미동도 않고 하던 공부에 열중하고 있는 도준에게 다시 한 번 사정했다.

"고칠 테니까 말해 줘. 도준아, 제발……."

다른 남자들에게라면 보호 본능을 불러일으키기에 충분한 얼굴과 자태, 목소리였다. 도준이 신경에 거슬린다는 듯 펜을 내려놓았다. 평소와 같이 부드럽고 자상한 표정이었지만 심기가 불편하다는 기색을 숨기지 않았다.

"도준아."

"미안하다. 너도 그렇지만 이제 내년이면 졸업반이야. 공부도 해야 하고 스펙도 쌓아야 돼. 여자 만날 시간이 없을 것 같다."

그가 정중하게 말했지만 그녀는 '너 만날 시간'이 아닌 '여자 만날 시간'이 없다는 말에 울컥했다. 그가 자신을 마음에 담고 있지 않다는 것은 알고 있었지만 저런 어쭙잖은 변명을 들으니 속이 아프게 뻥뻥 뚫리는 것 같았다. 언제나 단아하고 조용했던 그녀가 언성을 높였다.

"1, 2학년 때는 여자 만나면서도 너 성적 탑 유지했어. 스펙도 지금 바로 대기업 지원해도 안 꿀릴 정돈데 왜 그런 말로 사람 더 비참하게 만드니?"

2학년을 마치고 군대에 다녀온 도준의 학교 생활은 이제 3학년 2학기에 접어들었다. 군 제대한 복학생들은 여자를 만나고 싶어 안달복달을 하며 일사불란하게 움직이는 경우가 많은데 도준의 경우, 다른 평범한 남자들과는 전혀 달랐다.

복학하자마자 꽃다운 신입생들부터 동기, 선배들까지 그와의 'Something'을 바라면서 그의 눈에 들기 위해 갖은 애를 썼다. 그가 1, 2학년 때 짤막하게 사귄 두 명의 여성이 모두 엄청난 미인에 모든 것을 갖춘 재원이라는 간단한 통계 결과로 대부분이 낙심하고 눈물로 포기했지만.

수아는 그가 자신의 남자 친구로 손색이 없다고 여겼었다. 오히려 차고 넘칠 정도로 완벽한 그를 갖고 싶다는 생각에 다른 여자들처럼 포기하지 않고 그에게 고백했고 그는 흔쾌히 받아들였다.

그녀는 이렇게 잘나고 멋진 남자가 어쩌면 자신의 고백을 기다리고 있었을지도 모른다는 생각에 기분이 들떴고 스스로에 대한 자만이 속을 채우고 있었다. 그런데 이렇게 허무하게 끝이 난다는 것을 도저히 믿을 수 없었다. 단 한 번도, 그 누구에게도 차여 본 적 없었다. 이렇게 철저하게 거부당하는 것은 난생처음이었다. 자존심이 상하면서도 그녀는 매달릴 수밖에 없었다.

"진짜 이유를 말해 줘."

그녀가 입술을 바르르 떨며 그에게 애원했다. 그가 잠시 고민하다가 그녀를 보았다.

"너와 비슷해."

"뭐? 나와 비슷하다니, 그게 무슨……."

"너 정도면 나쁘지 않으니까. 너도 내 이것저것 따져서 만난 거지 좋아하고 뭐 이런 건 아니잖아. 아, 비난하는 거 아니야. 마찬가지란 뜻이야."

그가 그녀에게 수업에서 어려운 내용을 쉽게 설명하듯이 자상하게 말했지만 오히려 그것이 더 잔인하게 보였다.

수아의 눈가가 옅게 떨렸다. 물론 처음엔 그를 짝사랑하는 다른 여자들처럼 절절하게 좋아한 것은 아니었다. 하지만 웃기게도 그를 만나면 만날수록 그에게 속절없이 빠져들었다. 바쁘다는 핑계로 잘 만나 주지도 않았는데 스스로가 이상할 정도로 그에게 진심이 되어 있었다.

"오, 오해야. 나 너 진심으로……."

"아마 오해가 아닐 거야. 내가 널 만난 이유가 그거였으니까."

그녀가 그에게 진심으로 고백한 게 아니었기 때문에 받아 줬다는 뜻이었다. 그녀가 눈물을 머금은 눈으로 그를 노려보았다.

"왜? 헤어질 때 편하게?"

울음이 터지기 일보 직전의 그녀에게 그가 무감한 얼굴로 말했다.

"정말 대답해?"

그녀는 그의 차가운 말이 끝나자 주먹을 꽉 쥔 채 강의실을 뛰쳐나갔다.

복도로 뛰어나가는 수아는 앞도 제대로 확인하지 않고 가는 바람에 지나가고 있던 센과 충돌했다.

"아!"

갑작스런 상황에 놀라 센이 수아를 보았지만 그녀는 사과도 하지 않고 바닥에 떨어진 핸드백을 주워 다시 달렸다.

"괜찮아?"

"어어."

"무슨 사과도 안 하고 가."

재훈이 수아가 뛰어간 곳을 신경질적으로 보며 중얼거렸다. 그는 현재 센과 사귀고 있는 세 살 연하의 남자 친구였다.

센이 3살 어린 체대생과 사귄다는 것을 알게 된 그녀의 친구들은 과대표 연하 킬러로 임명하겠다며 그녀를 놀렸다. 휴학하기 전 2학년 때 만난 두 명의 남자도 모두 연하였기 때문이다.

그녀는 집에서 하도 에너지 넘치는 가족들에게 잡혀 살아서 사귀는 남자만큼은 잡고 살자는 생각에 착하고 순하고 말 잘 듣는 남자를 물색했고 그 그물망에 걸려드는 남자가 우연히 모두 연하였을 뿐이라고 항변했지만.

그녀는 신나서 조잘거리는 재훈의 말을 건성으로 들으며 걷고 있었다. 복도에는 재훈과 그녀, 그리고 반대편에서 이쪽을 향해 걸어오고 있는 남자뿐이었다. 앞에 보이는 인물이 누구인지 파악한 그녀가 인상을 찌푸렸다.

신도준.

그녀는 2학년을 마치는 동시에 휴학계를 내고 2년여간 유학을 하고 혼자서 해외를 돌아다니며 여행을 다녔다. 그 후 다시 복학을 했을 때 그도 제대해서 그녀와 같은 시기에 복학했다. 그녀는 그와 함께 담당 교수를 뵈러 가면서, 그때 1년만 유학 갔다가 바로 복학했어야 했다고 늦은 후회를 했던 기억이 있었다.

그럼 이렇게 자주 마주칠 일은 없었을 텐데.

센과 재훈, 그리고 전화를 하며 걷고 있는 도준이 복도를 지나며 마주쳤지만 도준에게 인사를 한 것은 같은 과인 그녀가 아니라 검도 동아리 후배인 재훈이었다.

"형, 안녕하세요."

"그래."

도준이 고개를 끄덕이고 걸어갔다. 그는 전화의 상대에게 계속 거절 의사를 표하는 중이었다.

"바빠서 못 해."

―너 어차피 매일 아침 검도장 가서 연습하잖아. 그 실력 좀만 쓰자는 얘기야. 나도 바쁜 너한테 부탁하기 그런데 네가 나가면 우승은 따 놓은 당상이잖냐. 이번만 나가 주라. 어?

바쁜 것을 떠나서 귀찮았다. 그가 다시 단호히 거절을 하려는 찰나, 뒤에서 커플의 투닥거림이 들려왔다.

"죽을래?"

"아, 누나! 어떻게 만난 지 두 달이 됐는데 키스도 못 하게 해?"

"내가 하고 싶을 때 할 거니까."

"그 때가 언젠데?"

"모르지."

"그럼 나 이번에 대학생 검도대회 나가기 전에 동아리에서 출전자 뽑거든? 거기서 1위하면 키스해 줘. 아니, 하자."

패기 넘치는 그의 호기로운 제안에 그녀는 퉁명스럽게 대꾸했다.

"검도대회 우승도 아니고 꼴랑 동아리 1등?"

"검도대회는 한참 남았단 말이야! 누구 피 말라 죽는 꼴 보고 싶어?"

그의 다급한 말에 뾰로통한 얼굴을 유지하려던 그녀는 결국 웃음을 터트렸다.

"웃지만 말고, 어?"

"그래. 뭐…… 봐서."

도준과 반대편으로 걸어가고 있는 센과 재훈의 대화 소리가 점점 작아졌다. 도준은 걸음을 멈추고 뒤를 돌아보았다. 두 사람의 뒷모습이 보이지 않았다.

—도준아? 부탁 좀 하…….

"출전자 뽑는 날이 언제라고 그랬지?"

그가 자신도 모르게 내뱉은 말이었다.

센은 경악한 표정을 감추지 못하고 도장 안에서 시합 중인, 아니 시합이 끝난 두 사람을 보았다. 도준은 바람과 같은 속도로 빠르게, 그리고 불필요한 움직임 없이 가볍게 2점을 따냈다. 같은 유단자인데도 실력 차가 월등하게 났다.

그녀가 이 압도적인 승부의 여운에 입술을 벌리고 멍한 얼굴로 있는데 호면을 벗은 도준이 고개를 돌려 그녀와 시선을 맞췄다. 그는 시원스러울 정도로 환한 미소를 지었고 그 산뜻한 웃음을 마주한 그녀의 얼굴은 차츰 일그러져 갔다.

호면을 벗고 죽도를 내려놓은 재훈이 풀이 죽은 얼굴로 그녀에게 다가왔다.

"저 형만 안 나왔어도 내가 1등인데. 안 나온다더니 왜 갑자기 나오겠다고 그래서……. 누나, 그래도…….."

은근하게 말을 이으려 했지만 그녀에게서 피어오르는 분위기가 심상치 않았다. 재훈의 등에서 경기 때처럼 식은땀이 흘러내렸다.

"누나?"

"져도…… 져도 왜 하필 저 자식이야?"

아까 도준의 웃음이 '네 남자 친구조차 나한테 지는구나'라는 의미로 받아들여졌다. 물론 그런 뜻이 아니겠지만 중요한 것은 그녀에겐 그렇게 느껴졌다는 것이다. 그녀는 끓어오르는 분노를 억눌렀다. 그런 그녀의 심정을 아는지 모르는지 재훈이 귀엽게 투덜거렸다.

"나 그래도 열심히 했는데."

"난 결과론자야. 너 앞으로 손도 잡지 마."

"뭐? 그런 게 어딨어!"

멀리서 그런 센을 지켜보던 도준은 웃으면서 자신을 끌어안으려고 하는 상경을 가볍게 저지했다.

"친구야. 넌 의리의 상징이다."

"미안하지만 역시 본 대회는 못 나가겠다. 이재훈? 저 녀석 시합해 보니까 괜찮더라. 쟤 내보내. 간다."

"방금 그렇게 압도적으로 발라 놓고 괜찮다고? 네가 나가는 게 최선이라니까?"

상경의 외침이 끊이지 않았지만 도준은 뒤도 돌아보지 않고 걸어 나갔다. 쓸데없는 괜한 심술을 부린 것 같아서 당황스러웠지만 기분은 꽤 상쾌했다.

태어나서 이유 모를 적대감을 받아 본 적도 없었지만 모든 사람들에게 호감만 사고 싶다고 바라는 성격은 아니었다. 하지만 그를 볼 때마다 괴롭히는 상대를 바라보는 것처럼 경계하는 그녀 때문에 요 근래 그는 기분이 썩 좋지 않았다.

그런데 그녀의 연애를 방해하는 것이 성공하자 이렇게 기분이 좋은 것을 보면, 그녀의 눈은 정확했을지도 모른다. 제 자신에게 이런 유치한 면이 있다는 것을 오늘 처음 안 그는 헛웃음을 지으며 도장을 빠져나갔다.

♧　　　♣　　　♧

"네가 그때 재훈이한테 완승했었지? 기억난다."

"재훈이?"

"재훈이 기억 안 나? 네 검도부 후배."

도준의 기억력을 비웃으려는 센에게 그가 눈매를 날카롭게 빛내며 다시 물었다.

"매일 보는 나는 신도준이고 만난 지 5, 6년은 지났을 그 녀석은 재훈이?"

"그, 그게 중요한 거야?"

그가 단호하게 고개를 끄덕거렸다. 저번 좀도둑 사건이 있던 날 이후로 그녀는 그를 '신'이라고 부르지 않고 '신도준'이라고 부르기 시작했다. 그는 그때 신에서 인간으로 강등시켜 준 것에 매우 만족한 표정을 지었었다. 그런데 이제는 더한 것을 바라는 얼굴이다.

"신 떼고."

그때는 그의 애잔한 분위기에 휩쓸려 자신도 모르게 다정하게 이름을 불렀지만 왠지 계속 이름을 불러 줄 생각을 하니 닭살이 돋았다. 그녀는 그의 고집스러운 표정을 확인하고 그가 쉽게 포기하지 않을 거라는 것을 파악했다. 그녀가 입술을 모으고 작게 웅얼거림을 시도했다.

"도……."

쑥스러워 차마 이름을 다 부르지 못하고 입술을 동그랗게 내민 채한 음절만 내뱉고 있는 그녀에게 그가 쪽 소리 나게 입을 맞췄다. 그녀의 버퍼링이 다시 시작되려 했다.

"너, 너 뭐 하는……."

"그러게 왜 다 안 불러."

짧게 닿았다 떨어진 입술이 아직 가까이 있었다. 두 사람의 숨소리가 순간 뜨겁게 엉켜들었다. 장난스러웠던 분위기가 그의 눈빛이짙게 변하면서 진지하게 흐르기 시작했다.

그가 그녀의 뺨을 부드럽게 만졌다. 그녀의 입술을 맛보고 싶었다. 그가 맛있는 요리를 음미하듯 그녀의 입술을 제 입술로 가득 머금었다. 부드러운 스침에 가까웠다. 다시 입술을 떼자 그녀의 표정에아쉬움이 스쳤다. 그 모습을 확인한 그의 온몸에 믿을 수 없이 뜨거운 열기가 퍼졌다.

그는 그녀를 강하게 끌어안고, 깊숙이 그녀의 입술을 탐하려 했다. 그러나 그때, 탈의실 문을 발로 차는 소리가 들렸다.

"야, 이센. 네 애인 어디 갔냐? 설마 둘이 이상한 짓 하는 건 아니지? 신성한 체육관에서."

발로 문을 한 대 친 힘이 복도를 유유히 걸어가며 말했다.

"얼른 안 나오면 쌍 호랑이 호출한다."

탈의실 안의 두 남녀가 동시에 힘을 향한 분노를 속으로 삭였다.

오랜만에 본가에 온 센은 자신의 방에서 옷을 갈아입고 계단을 내려왔다. 거실 소파에 앉은 힘이 텔레비전 뉴스 채널을 켜 놓고 여러종의 신문을 확인하고 있었다.

그가 담배를 입에 물고 시선은 계속 신문에 두면서 지포라이터를 집기 위해 손으로 탁자를 더듬었다. 그녀가 재빨리 선수를 쳐서 라이터를 뺏어 들었다.

"여기 금연 구역이거든."

"그랬나."

그가 쿨 하게 라이터를 포기하고 수긍했다.

"도대체 언제까지 엠바고 걸어 놓을 건데? 난 뼛속까지 기자라 일단 터트리고 봐야 직성이 풀린다."

이 달의 기자상, 올해의 기자상, 보도대상까지 휩쓴 경력을 가진 그가 특종에 목이 마르다고 장난스럽게 말했다.

"약속했으면 지켜. 도준이한테 지면 교제 허락 플러스 절대 비밀 지켜 주기로 했으니까 시합 전까지는 입 다물어야지."

"그래서 친절하게 그러고 있잖아. 그리고 내가 이기면 교제 결사 반대인 거 알지? 너 데리고 살려면 적어도 나 정도는 제압할 줄 알아야지."

힘의 말에 그녀가 입을 다물지 못했다.

"지금 시집가지 말고 혼자 늙어 죽으라는 말을 그렇게 하는 거야?"

"이게 왜?"

"명백한 저주잖아!"

"그럴 리가."

그가 뉴스 채널을 돌리며 대꾸하자 그녀는 속이 부글부글 끓었다.

"오빠는 오빠랑 똑! 같은 여자 만나서 장가가."

그래서 아주 속이 끓어 봐야 정신을 차리지.

뉴스 채널에 시선을 두던 그가 잠시 센을 보았다. 그녀가 그의 눈빛에 살짝 기가 죽어서 어깨를 으쓱하며 대응했다.

"왜, 왜? 덕담인데."

저랑 똑같은 여자 만나라는 말에 기분 나쁘면 지 얼굴에 침 뱉기지 뭐.

그녀가 속으로 대응할 말들을 준비하고 있는데 그가 느긋한 목소리로 그녀에게 말했다.

"너도 나 같은 남자 만나서 시집가라."

그의 말에 그녀가 충격적이다 못해 겁을 집어먹은 아이처럼 눈을 크게 떴다 감았다.

저주다.

그가 다시 그녀에게서 시선을 거두었다.

"왜. 덕담인데."

그로기 상태가 된 그녀가 잠시 멍하니 있다가 분노가 가득한 얼굴로 그에게 공격 태세를 갖추었다. 하지만 그는 그녀의 사나운 말에 어떤 데미지도 없다는 것을 보여 주며 일일이 대꾸했다. 그것이 그녀를 더 화나게 한다는 사실을 아주 잘 알고 있었다.

안방에서 찻잔을 들고 나오던 어머니가 거실에서 설전을 벌이는 데 한창인 다 큰 자식들을 힐끗 보다가 그들을 지나쳐 걸으며 말했다.

"힘이랑 센이는 언제 봐도 참 사이가 좋아. 다 커서도 애들처럼 사이좋게 투닥거리고."

선주의 말에 힘과 센이 말다툼을 멈췄다. 선주는 호호가 지은 아이들의 이름에 불만이 있다는 것을 드러내듯이 자식들을 첫째, 둘째, 셋째라고 불렀다. 가끔 화가 나거나 심기가 불편할 때에만 그들의 이름을 불렀다. 지금 저 말의 의미는 시끄러우니까 적당히 조용히 하라는 뜻이었다.

센이 멈칫한 사이, 힘이 그녀의 손에 들려 있는 지포라이터를 뺏어 들며 베란다 문을 열고 나갔다. 그녀는 탁자에 있는 그의 휴대폰을 발견하고 슬쩍 그것을 집었다. 그의 약점을 잡아야 한다.

그 누가 나를 비난할 수 있을까. 프라이버시를 침해한다고 나를 비난하는 자, 저자의 동생으로 삼십 년을 살아 보길 추천해 줄 것이다.

그녀가 스스로를 방어하고 면죄부를 주면서 대화 목록을 살폈다. 온통 남자 이름밖에 없었다. 이제 전쟁터는 그만 떠돌고 방송국으로 들어오라는 문자를 발견한 그녀가 멈칫했다. 물론 핏줄이기 때문에 힘이 직업별 위험등급 1순위의 종군기자를 계속하는 것은 반대였지만 그렇다고 한국에 계속 있어서 자신의 속을 박박 긁길 원하지도 않았다.

미국 이런 데로 특파원으로 가면 좋은데. 오래.

그녀가 별 소득 없이 휴대폰을 내려놓으려는데 단조로운 벨소리와 함께 전화가 울렸다.

[서재영]

혹시 기대를 했지만 중성적인 이름을 보며 남자로 확신한 그녀가 아쉬운 입맛을 다셨다.

저 인간도 여자를 만나야 제대로 놀려 줄 수 있을 텐데⋯⋯.

베란다의 문을 약간 열어 놓았던 그가 벨소리를 들었는지 재빨리 담배를 끄고 거실로 들어왔다. 수습기자 시절부터 걸려오는 전화는 무조건 받아야 한다는 습관이 몸에 배어 있는 그가 그녀에게 손짓

했다.

"줘."

"서재영이 누구야?"

"……기자 후배."

그가 아주 잠시 머뭇거리다가 대답하고 그녀에게서 휴대폰을 낚아 챘다. 그리고 그는 다시 베란다로 나가 이번에는 문을 완전히 닫았 다.

그의 미묘한 변화를 감지하지 못한 그녀는 재미없다고 중얼거리며 소파에 누웠다. 그녀는 보통 여자들보다 몇 배로 뛰어난 체력을 지 녔지만 절망적일 정도로 여자로서의 직감이 부족했다.

"강한이는 일이 너무 바빠서 못 온단다."

식탁에 강한을 제외한 온 가족이 모였다. 선주의 말에 호호가 인 상을 옅게 찌푸렸다.

"동생이 무사귀환 했는데 일을 빼야지."

"무사귀환 못 했으면 일을 뺐겠죠."

힘의 블랙 조크에 세 사람이 그를 노려보았다. 그가 여섯 개의 눈 들을 천천히 살피며 어깨를 으쓱했다. 그들의 식사가 다시 시작되었 다.

"우리 집 애들은 다 미국 스타일이야. 스무 살만 되면 다 집을 나 가 버리니. 유전자가 다 왜 이렇게 독립적인지 원……."

호호가 오랜만인 자식들과의 식사에 서운한 기색을 감추지 못했 다. 호호를 제외한 가족들은 강한 독립심을 키운 근원인 아버지를 보 았다. 호호는 그것도 모르고 계속 살가운 자식이 없다며 투덜거렸다.

"애들 오랜만에 왔는데 그만하세요."

선주가 존댓말로 그를 저지했지만 오히려 더 위압감이 흘러넘쳤다. 이 집안의 권력의 중심을 단번에 알려 주는 장면이었다. 그녀는 자식들 이름을 제외하고 단 한 번도 그와의 기 싸움에서 진 적이 없었다.

집부터 선주가 일하는 검도관 근처에 지었고 호호 또한 체육관에서 시간이 꽤 걸리는 출퇴근을 당연시 여길 정도였다. 선주의 기가 세기도 했지만 대부분은 호호가 어느 정도 한발 물러서는 편이었다. 그는 하나부터 열까지 선주에게 져 주는 것을 오히려 즐기는 애처가 중 애처가였다.

단란했던 가족 식사가 끝나고 선주가 식탁 의자에서 일어나려는 셴을 붙잡았다.

"셋째야, 앉아 봐."

"왜요?"

호호와 힘은 이미 일어나 식당에는 그녀들밖에 없었다.

"너 애인 있니?"

"네? 아, 그게……."

"있을 리가 없지. 일하고 운동만 하는 애가……."

눈알을 굴리며 당황하는 그녀의 말을 선주가 가로채며 알 만하다는 얼굴로 말했다. 직접 거짓말을 할 필요가 없어지자 그녀는 한시름 놓은 듯 옅은 한숨을 쉬었다.

"선볼래?"

"서, 선이요?"

"소개팅 같은 거라고 생각하면 돼. 저번 달부터 우리 도관에 다니는 준수한 청년이 있는데 볼 때마다 마음에 들어. 사람이 정말 괜찮아. 주말이고 공휴일이고 꾸준히 나와서 성실하게 운동하고 가는 거보면 다른 건 안 봐도 될 정도야. 말할수록 됨됨이도 얼마나 괜찮고 속이 깊은지. 생긴 것도 요즘 애들 말로 캡이다, 얘."

"캡, 그거 요즘 애들 말 아닌데……."

"뭐?"

"아니, 그런 사람이 여자 친구도 없대요?"

센의 말에 선주가 끙 하고 약간 앓는 소리를 냈다.

"다음 주 주말에 한번 넌지시 물어봐야겠다. 근데 없는 것 같아. 있으면 애인이랑 노느라 정신없지 않겠니."

"그런 것도 안 물어보고 김칫국부터 들이켜세요?"

"없을 거야. 없어야 돼. 볼 때마다 너랑 옆에 같이 있으면 그림이 될 것 같아서 얼마나 설레는지. 아무튼 없다고 하면 무조건 봐야 된다?"

"저, 그게……."

"됐다. 무조건 보는 거니 그렇게 알아."

"엄마."

선을 보게 되면 왠지 모르게 도준에게 미안한 기분이 들 것 같았다. 그녀는 어머니에게 거절을 표현하려 했지만 선주는 갑자기 화가 치솟는지 조용히 중얼거렸다.

"도대체 너희들이 뭐가 못나서 셋 다 삼십이 넘어가도록 시집 장가를 못 가고 있어, 도대체가……. 다 좋은 직장에 외모도 괜찮아, 성격도 모난 데 없고. 근데 왜……."

선주의 조용한 분노에 센은 아무 말 못 하고 슬그머니 일어나서 2

층으로 올라갔다.

알람 시간을 새벽 네 시 오십 분에 맞춰 놓은 셴은 그녀답지 않게 알람이 울리자마자 벌떡 일어났다. 그리고 잠시 숨을 죽이고 있자 옆방에서 알람 소리가 미세하게 들려왔다. 시간을 확인하자 새벽 다섯 시.

역시 예상했던 대로다.

힘이 준비를 대충 다 했는지 고요하기만 했던 집 안에서 옆 방문이 조용히 열리는 소리가 들렸다. 그녀는 도둑고양이처럼 조심스러운 몸짓으로 소리를 죽이며 옷을 갈아입었다. 이 역사적인 순간에 결코 자신이 빠질 수 없다.

두 사람 중 누가 이길지 예상조차 되지 않는다. 상대적으로 더 악마인 힘보다 덜 악마인 도준이 이기기를 바라지만 그 반대라 해도 특이한 경험을 하는 것이다. 아마 그녀의 예상으로는 두 악마 모두 살면서 누군가에게 져 본 적 없는 재수 없는 종족들이기 때문이다. 그리고 그녀는 30여 년을 지고 있는 더 악마와 10여 년을 패배하고 있는 덜 악마의 싸움을 관람할 자격이 있었다.

2층에서 숨을 죽이고 기다리던 그녀는 힘이 현관문을 열고 나가는 소리를 확인했다. 슬그머니 1층으로 내려와 잠시 기다렸다가 문을 열었다.

"헉!"

떡하니 문 앞에 서 있는 힘을 본 그녀는 마치 저승사자라도 목격한 사람처럼 놀라서 주저앉았다. 그가 예상했다는 얼굴로 그녀의 모자 쓴 머리 위에 차 키를 얹어 놓았다.

"뭐하냐. 얼른 시동 걸어."

부려 먹기 위해 태어났어. 저 인간은 사람을 부리기 위해 태어났을 거야! 분명히……

리모컨 키로 문을 열어 놓은 그가 벌써 조수석에 타고 머리를 의자에 기대더니 눈을 감았다. 그녀는 이를 갈며 차로 다가갔다.

검도관으로 향한 힘센 남매를 기다리고 있는 것은 이런 새벽에도 흐트러지지 않고 정갈한 모습의 도준이었다.

"센아?"

그가 어리둥절한 표정으로 의아함을 드러냈지만 그녀는 어색한 웃음으로 답변할 뿐이었다. 힘이 씩 웃으며 소개했다.

"이 녀석이 심판할 겁니다. 이센, 할 일도 없을 텐데 심판이나 봐라."

"말 놓으셔도 됩니다. 센이한테 오빠면 저한테도 형님이시죠."

"그러지, 그럼."

도준의 말에 고민도 안 하고 말을 놓는 힘을 그녀가 노려보았지만 역시 신경도 쓰지 않는다. 그녀는 스톱워치로 4분을 맞추었다. 곧이어 도복과 호구를 완벽히 갖춰 입은, 각자 인생을 살면서 압도적인 승리만 해 온 두 남자의 진검승부가 시작되었다.

하얀 도복과 검은 도복을 입은 도준과 힘은 원을 돌며 득점 타이밍을 노렸다. 두 개의 죽도가 겹쳐졌다가 떨어지는 동시에 힘의 거센 공격이 들어갔다. 평소의 여유로운 대련이 아닌 일격을 노리는 깔끔하고도 무시무시한 공격이 계속되었지만 도준 또한 치밀하게 노련한 방어를 이어 나갔다.

"허리!"

힘이 정확하고 빠르게 틈을 노려 1점을 따냈다. 그와 동시에 센의 표정이 울상이 되었다.

지면 안 돼. 제발 악마한테 지지 마.

그녀가 속으로 외친 것이 들렸는지 곧 순식간에 도준이 거친 공격으로 힘의 손목을 찔렀다. 4분이 다 되어 가도록 팽팽한 접전에 의해 승부가 나지 않다가 결국 첫 승은 다시 한 번 득점을 따낸 힘에게 돌아갔다.

바로 두 번째 판이 이어졌고 마찬가지로 한 치 앞을 내다볼 수 없을 정도로 우열을 가리기 힘든 상황에서 경기는 결국 도준의 승리로 결정 났다.

이제 가장 중요한 마지막 승부였다. 도준과 힘은 서로의 역량을 모두 파악하고 쉽지 않은 상대라는 것을 인정하고 있었다. 둘의 죽도 끝이 팽팽하게 상대를 겨누며 맞닿았다 떨어졌다.

죽도가 다시 가까이 맞붙으며 힘겨루기가 진행되었다. 승부가 결정되는 만큼 긴장된 상태로 접전이 펼쳐졌다. 프로가 울고 갈 두 실력자의 명 경기였지만 그녀는 오랜만에 너무 일찍 일어난 바람에 꾸벅꾸벅 졸고 있었다.

"이센!"

힘이 그녀를 불렀다. 흠칫 놀라 어깨를 들썩인 센이 고개를 들어 그를 보았다.

"심판이 왜 그렇게 병든 닭 새끼마냥 졸아? 방금 내가 1점 얻었어."

"그래? 심판이 못 봤으니까 무효야."

뻔뻔할 정도로 편파 판정을 하는 그녀에게 힘이 '어쭈' 하고 헛웃음을 쳤다. 도준이 그녀를 향해 자상하게 말했다.

"센아. 1점 얻으신 거 맞아."

저 자식은 굿이나 보고 떡이나 먹을 것이지, 웬 양심 있는 척이야? 저러다 지면 어쩌려고. 지면 헤어져야 되는데!

그녀는 도준을 샐쭉 흘기며 알았다고 대답했다. 다시 시간을 재고 경기가 시작되었다. 각자 1점씩 따낸 상황이었다. 시간을 보니 30초도 채 남지 않았다. 여기서 승부가 안 나면 첫 판을 이긴 힘의 승리다. 그녀가 초조하게 그들을 지켜보았다.

시간이 빠르게 흐르고 5초도 남지 않은 순간, 도준이 힘의 틈새를 찾아 노렸다. 머리를 향하는 도준의 공격을 막으려는 힘의 팔이 느슨했다. 순간, 도준은 타격을 바로 앞에서 멈추었다. 시간이 종료되었다.

"야, 신도준!"

다 이긴 게임에서 죽을 쑨 도준에게 그녀가 화가 나서 소리를 지르려는데 힘이 거칠게 호면을 벗었다.

"뭐지? 왜 멈췄지?"

그의 표정에 평소와는 비교가 안 될 정도로 냉기가 흘렀다. 도준도 호면을 벗었다.

"왜 말씀 안 하셨습니까? 어깨를 부상당하신 것 같은데. 시리아에서 다치셨습니까?"

뭐야 저것들? 왜 갑자기 둘이 영화를 찍어?

그녀가 영혼이 빠져나갈 것 같은 얼굴로 두 남자를 지켜보았다.

"거의 다 나았어."

"거의 나았다는 건 아직 완전히 나은 게 아니라는 뜻이죠."

그러고 보니 어제 복싱 경기가 열린 체육관에서 그의 어깨를 타격했을 때 그가 낮게 신음을 내뱉었던 것이 기억에 둥둥 떠올랐다. 그녀는 그때의 일이 이제야 수긍이 가면서 더 세게 때려 줄걸, 하는 잔인한 마음이 솟아났다.

힘과 같은 핏줄답게 자신에게도 악마성이 있다는 것을 여실히 느꼈다. 그녀가 여전히 영화를 찍고 있는 두 악마를 보았다.

"제가 봐드린 게 화나십니까? 저도 부상당한 사람을 상대로 승리를 거머쥐고 싶은 생각 추호도 없습니다."

십여 년을 도준을 알아 온 결과, 그가 힘의 어깨 부상을 경기 전에 알아챘을 확률은 99.9%다. 저 여우 같은 놈이 몰랐을 리가 없다. 그녀가 혀를 차며 생각했다.

저 녀석은 왜 회사원을 해? 정치인이나 할 것이지. 하, 저 쇼맨십 봐라?

그녀는 혼절할 것 같은 표정으로 서서히 몸을 일으켰다.

"이센. 이쪽이 이겼다."

힘이 그녀를 향해 말했지만 그녀는 대꾸는커녕 시선도 주지 않고 문으로 다가갔다. 힘이 그녀를 불렀다.

"너 어디 가?"

"집에 간다, 왜! 아주 영화들을 찍으세요. 뭐, 웰컴 투 동막골? 라스트 사무라이? 뭘 리메이크 했는지 모르겠지만 아주 재밌었어!"

그녀가 정말로 영화 속에서 튀어나온 것 같은 외모의 두 남자들에게 사납게 소리쳤다. 힘이 도준에게 말했다.

"저 자식 성격이 좀 잔인하고 포악해. 화합이나 화해, 이런 걸 질색하지."

힘이 벗어 놓은 도구들을 정리하고 먼저 샤워실로 향했다.

"센아! 씻고 올 테니까 십 분만 기다려. 같이 아침 먹자."

"화합한 두 연맹군끼리 맛있게 드세요."

남자들이 시작을 했으면 끝을 봐야지. 나한테는 그렇게 무자비하게 승리를 갈취해 놓고 지들끼리는 멋진 척 다 하면서 서로 폼 재고 있어. 이게 말이 돼?

그녀가 한탄하며 도장을 나갔다.

말은 그렇게 해 놓고 그를 기다리고 있었던 센은 샤워실에서 힘보다 먼저 씻고 나온 도준의 팔을 잡았다.

"너 뭐야? 다 된 밥에 코 빠트리면 어떡해? 내가 이 역사적인 순간을 얼마나 기다려 왔는데!"

그를 매섭게 추궁하고 도관을 나가려는 그녀를 도준이 뒤에서 안았다. 방금 샤워를 한 도준에게서 나오는 시원하고 상쾌한 냄새가 그녀의 몸 전체에 퍼졌다. 그가 그녀를 강하게 끌어안았다.

"이게 최선이었어. 한 번 보고 말 사이도 아니잖아."

"피를 나눈 나도 저 악마랑 두 번 보기 싫은데 네가 왜 우리 오빠랑 한 번 보고 말 사이가 아니야?"

"나중에 너희 집에 인사 드리러 가거나 상견례나, 아니면 식 후에도……."

"잠깐!"

능글능글한 그의 말에 그녀가 당황해서 말을 잘랐다.

"누, 누, 누가 너랑 결혼한대? 웃겨."

"그런데 말을 왜 그렇게 더듬어?"

"더, 더듬긴 누가! 아무튼 떡 줄 사람은 생각도 안 하는데 결혼은 무슨……."

"그럼. 당연히 결혼은 꿈도 꾸지 말아야지."

마지막 말을 한 주인공이 서로를 안고 걷는 닭살 커플의 진수를 보여 주는 두 사람을 스쳐 지나갔다. 그녀가 먼저 앞서 나가는 힘을 보고 도준의 팔을 풀고 힘의 뒤를 따라붙었다.

"약속 지켜! 이거 누가 봐도 신도준의 승리니까. 부모님한테 절대 말하지 마. 알았어?"

"알았어. 그런데 결혼은 반대다."

힘이 약간 멀리 떨어진 도준을 슬쩍 보더니 바로 뒤의 셴에게 말했다. 그의 어이없는 참견에 그녀의 얼굴이 구겨졌다.

"뭐?"

"교제는 허락하는데 결혼은 하지 마. 저 녀석, 별로야. 그냥 혼자 살아라."

단순 무식한 동생을 다뤄 온 지 30여 년. 그가 처음으로 자신에게 패배를 맛보게 한 도준에게 부상을 주기 위해 그녀를 도발시켰다. 청개구리 심보가 가장 기본 구조로 깔려 있는 그녀의 얼굴에서 점점 열이 오르는 것이 보였다.

그가 씩 웃으며 다시 앞을 보고 성큼성큼 걸었다. 그녀가 멀어져 가는 그의 뒷모습을 향해 소리쳤다.

"야! 얘가 뭐가 어때서? 신도준 정도면 완전 잘났거든? 그리고 네가 내 부모님이야? 무슨 상관이야?"

도준을 욕하는 게 왜 이렇게 성질이 나는지 알 수 없었다.

"내가 좋다는데!"

그녀는 저가 무슨 소리를 하고 있는지도 모른 채 흥분해서 떠들었다.

"너 결혼할 여자 데려오기만 해 봐! 내가 막장 시어머니보다 더 굴릴 거야! 아, 아니지. 불쌍해서 그것만은 못 하겠다. 저 인간을 데리고 살아 준다는데 감사하게 생각해야겠지?"

중얼거리는 그녀의 어깨를 어느새 다가온 도준이 억세게 잡았다.

"너……! 지금 뭐라고 그랬어?"

"내가 뭐랬는데? 것보다 저 인간 결혼할 수 있겠냐. 내가 보기엔 무리야."

도준은 폭주하는 비디오를 역재생시키기 위해 애타는 마음으로 그녀의 어깨를 흔들었다. 아까 한 말을 다시 해 보라고 강요해 보지만 그녀는 힘의 도발에 온 정신이 쏠려 있었다. 그는 자신이 들은 말이 진짜인지 아직 알 수 없어서 제대로 확인해야만 한다는 생각에 계속해서 그녀에게 재촉했다.

힘은 주차해 두었던 차에 열쇠를 꽂으며 고개를 가볍게 저었다.

"여전히 바보네."

처음으로 누군가에게 패배했지만 기분은 나쁘지 않았다. 새벽바람을 만끽하기 위해 창문을 연 그가 시동을 걸었다. 창문 밖으로 눈길을 주니 바보 커플이 여전히 설전을 벌이고 있다. 그 모습에 그는 새벽바람만큼이나 시원한 웃음을 지었다.

Round 7

모르는 여자와 아는 남자

초등부 아이들의 검도 자세를 봐주던 선주는 멀찍이 떨어진 곳을 응시했다. 웬만한 검도 사범들보다 더 완벽한 자세로 연습을 하고 있는 남자의 모습이 선주의 눈동자에 담겼다.

흠을 잡고 싶어도 도저히 잡을 수가 없어.

선주가 만족스럽게 혼자 고개를 끄덕였다. 아이들에게 잠시 휴식 시간을 준 그녀는 남자에게 다가갔다. 도관에 온 지 2시간이 훌쩍 넘었는데도 남자는 여전히 흐트러지지 않고 정갈해 보였다. 사람인 이상 분명 땀을 흘렸을 텐데도 찌든 땀 냄새는커녕 시원하고 산뜻한 살냄새를 풍겼다.

"이것 좀 해 줄 수 있어요?"

선주가 남자에게 스마트폰을 살며시 들이밀며 말했다.

"늙어서 그런가? 이런 걸 잘 못 다루겠네요."

"주세요. 그리고 사범님, 말 놓으세요."

남자는 난감하다는 듯 엷게 웃었다. 그가 아무리 말을 놓으라고 해도 그때뿐이고 다음에 만나면 다시 존댓말을 쓰는 선주 때문이었다. 남자다운 얼굴과 체격이었지만 미소를 보이자 훨씬 부드러워 보였다. 그녀는 그 웃음을 보자 그의 옆에서 함께 웃는 딸의 모습이 저절로 그려졌다.

두 사람이 만난다면 그들만큼 잘 어울리는 연인은 없을 것 같다는 생각이 들었다. 그래서 그가 더 탐이 났다. 그를 자신의 사위로 만들지 못하면 평생 후회하고 안타까워할 것이 분명했다.

"그런 사람이 여자 친구도 없대요?"

저번 주에 센이 했던 의심에 가까운 물음이 떠올라 더 이상 시간을 지체할 수 없었다. 선주는 이제 속 보이는 것 따위 안중에도 없었다.

"이 사진 크게 보려면 어떻게 해야 하나?"

"보세요. 여기를 이렇게……."

"이렇게?"

"네. 금세 배우시네요."

선주는 이제 방법을 알겠다는 듯이 고개를 끄덕였다. 그리고 손가락을 밀어 옆 사진을 띄웠다.

"이 사진도 똑같이 하면 되겠어. 그렇죠?"

회심의 미소를 지으며 그녀가 사진을 남자에게 보여 주었다. 선주의 스마트폰을 받은 그가 사진에 시선을 주었다. 정적일 정도로 고요했던 그의 눈빛이 그 순간 한없이 따뜻하게 변했다.

"따님이신가 봅니다."

남자가 사진에서 눈을 떼지 않은 채로 물었다. 그런 남자의 얼굴을 슬며시 관찰하던 선주가 눈을 크게 깜박였다. 그녀는 남자가 사진 속 센을 보고 반했다는 것을 알아차렸다.

남자는 그냥 보기에는 만인에게 친절하고 부드러운 사람처럼 느껴진다. 하지만 관심을 갖고 자세히 지켜보았을 때, 그는 인간관계에 적당한 거리를 두고 그 선을 넘기는 것을 극도로 꺼리는, 차갑고 어려운 남자라는 것을 파악할 수 있었다. 날카로운 관찰력이 있지 않는 한 짧은 시간 안에는 알아차리기 힘든 사실들이었다.

그것이 딸에게 그를 연결시켜 주려고 한 많은 이유 중에 한 부분, 그것도 꽤 큰 부분을 차지했다. 센의 남편이 될 남자는 너무 착해도 센의 막대기 같은 성격을 못 버티고 나가떨어질 것이 분명했고, 호호처럼 너무 괴팍하고 거칠어도 싸우면 불길이 거세져 골치 아파질 것이 눈에 훤하다. 결과적으로 보았을 때, 센의 남편이 되려면 그만큼 제격인 사윗감은 없었다.

선주는 자신의 감정에 방어적인 남자가 표정을 가감 없이 드러내며 사진을 응시하고 있는 모습을 보자 상상했던 것 이상으로 일이 잘 돌아가고 있다는 것을 깨달았다.

"요즘 애들이 좋아하는 스타일인지는 모르겠지만 내 또래들은 다 며느리 삼고 싶다고 난리예요. 어른들이 좋아하는 상인가? 근데 우리 딸 또래 남자들이 좋아해야 연애도 좀 하고 결혼도 할 수 있을 텐데 영 남자도 안 사귀고 일만 해서 속상하네요. 결혼 적령기 남자들은 이런 스타일 어떤가 모르겠어."

선주가 반말과 존댓말을 섞어 가며 남자의 심중을 떠보았다.

"따님이 정말 미인입니다. 저뿐만 아니라 모든 남자들이 그렇게 생각할 겁니다."

그는 생각하기도 싫다는 듯 자신도 모르게 마지막 말에 힘을 실었다. 선주는 입꼬리가 찢어지는 것을 막기 위해 온 힘을 다했다. 저 완벽한 수련생이 이토록 감정을 제대로 숨기지 못하는 모습을 처음 보는 까닭이었다.

남자는 분명 센에게 반했다. 평상시와 같은 얼굴로 차분하게 얘기하려 했지만 아직도 사진에서 눈을 떼지 못하고 시선을 고정시킨 남자의 눈빛은 숨기려 해도 숨길 수 없었다. 사랑에 빠진 남자의 얼굴. 마치 자신의 여자를 보는 듯한…….

자신의 여자?

방금 남자를 보며 떠오른 생각에 선주는 머릿속으로 자제하라고 스스로에게 명령했다. 남자는 이제 막 센을 봤을 뿐이다. 얼마나 그를 사위 삼고 싶으면 제 성격과 어울리지 않게 이다지도 앞서가나 싶었다. 선주의 머릿속에서는 벌써 두 사람의 결혼식이 진행되려 하고 있었다.

"그래요?"

"네. 무엇보다 따님이 어머니를 정말 많이 닮았습니다."

일타이피. 단 한 마디로 그녀와 딸을 동시에 칭찬하며 추켜세우는 남자의 실력에 선주는 감탄하지 않을 수 없었다. 방정맞게 아부를 떠는 것이 아니었다. 확고하고 신뢰가 가는 어조에 여자로서 기분이 들뜨는 것은 어쩔 도리가 없었다. 선주는 이 모든 대화들의 목표나 다름없었던 이야기를 슬그머니 꺼내 들었다.

"그런데 혹시 여자 친구 있나 모르겠네?"

눈을 감고 있는 셴의 미간이 서서히 좁혀졌다. 그녀는 잠에 빠져 무의식 상태에서 고개를 짧게 저으며 침대 시트를 움켜쥐었다. 침대 안에서 꿈틀거리며 괴롭게 몸을 뒤척이던 그녀가 순간 눈을 번쩍 떴다.

"하아……."

누워 있던 몸이 평소보다 무겁게 느껴졌다. 상체를 일으킨 셴은 손을 뒤로해 자신의 등을 매만졌다. 기분 나쁠 정도로 축축하게 땀에 젖어 있다.

호흡을 가다듬던 셴은 숨소리가 다시 고르게 되돌아올 때까지 멍한 얼굴로 있었다. 그녀는 방금 꾼 뒤숭숭한 꿈자리에 대해 생각했다. 꿈에 그가 나왔다.

꿈을 자주 꾸는 편이 아닌데 왜 이런 꿈을 꾼 거지? 매일 보고 또 보는데 왜 꿈까지 찾아와? 아니, 매일 봐서 그런가? 것보다 이 자식, 꿈까지 조종하는 능력이 있는 건…….

"설마 아니겠지?"

스스로 한 생각이 금세 우스워져 실소가 터져 나왔다. 그녀는 출근 준비를 하기 위해 침대에서 몸을 일으켰다. 일어난 지 한 시간도 채 지나지 않아 준비를 모두 마친 그녀는 빵을 대충 입에 욱여넣고 집을 나섰다.

"무슨 상관이야? 내가 좋다는데!"

갑작스럽게 떠오른 그날의 기억에 씩씩하게 걸음을 옮기던 셴의 다리가 멈춰 섰다.

힘과 도준의 검도 대련이 있었던 그날, 도준이 당장 기억해 내라며 닦달하고 몰아붙인 탓에 그녀는 자신이 무슨 말을 했는지 깨달았다. 도준에게는 둘째 오빠에게 반박하기 위해 꺼낸 말이었다고 박박 우겨 댔다. 그리고 스스로에게조차 그 말로 납득시켰다.

좋다니? 미친 것이 분명하다. 도준과 그녀는 분명 남보다 못한 사이였다. 친구라기엔 너무 멀었고, 그렇다고 서로 스파크가 튈 정도로 불타는 라이벌도 아니었다. 동기이자 동료. 이 두 단어로 설명되는 말 그대로 아무것도 아닌 사이. 분명 두 달 전까지만 해도 그랬다.

키스만 안 했어도…….

센은 자신의 미친 술버릇을 저주하며 한숨을 내쉬었다. 다 제 잘못이라고 속으로 자책하던 그녀가 고개를 휘휘 저었다.

"아니지."

모든 게 다 갑작스럽게 변덕을 부리듯 자신에게 흥미를 느끼게 된 도준의 탓이다. 얌전하고 청순한 여자들만 만나다가 갑자기 자신 같은 여자가 눈에 들어와 호기심이 생긴 게 분명했다.

머릿속에 적색경보가 울렸다. 뭐 하나 부족한 것 없이 모든 것을 손에 쥔 채 살아온 도준의 장난에 계속 장단을 맞추며 함께 어울리는 것은 위험하다고. 보통 여자들보다 훨씬 무덤덤하고 털털한 그녀 조차 그것을 서서히 느끼고 있었다.

"뭐야. 이 자식은 왜 연락이 없어?"

복도를 걸어 나오는 센이 휴대폰을 노려보며 중얼거렸다. 아침부터 퇴근하기 전까지 시시때때로 일 잘하고 있냐느니, 체육관 가지 말고 진짜 데이트를 하자느니 하는 시답잖은 전화와 문자로 자신을 두 달 내내 괴롭히던 도준이 오늘은 전화 한 통, 문자 한 통이 없었다. 그러고 보니 어제 밤에는 보고 싶다 어쩐다 하며 항상 오던 전화가 없었다.

"뭐지?"

그녀는 속으로 다른 사람들보다 유난히 적은 연애세포를 돌돌 굴려 가며 고민했다. 설마? 그녀가 작은 주먹을 꽉 쥐었다.

조련이다! 분명 이 녀석은 나를 무릎 꿇게 만들려고 거대하고 촘촘한 그물망을 치고 있었던 것이 분명하다.

빌어먹을……. 그녀가 잇새로 자주 하던 욕설을 나지막하게 내뱉었다. 왜 그 생각을 못 했을까? 하마터면 속수무책으로 그에게 온 마음을 뺏길 뻔했다. 이제 상대의 전략을 파악했으니 가드를 올리고 제대로 반격 시작이다. 그녀가 결연하게 고개를 끄덕였다.

하지만 행동과는 다르게 마음은 한없이 우울해져 곤두박질치고 있었다. '조련'이라는 단어를 떠올린 그 순간부터 그가 왜 두 달 동안 자신에게 그런 행동을 했는지 한순간에 정리되고 납득이 되었다.

이유를 깨닫는 순간, 심장이 욱신거렸다. 한 번 욕하고 털어 주는 걸로 끝나야 하는 일인데 가슴이 아픈 것이 제 스스로 기가 막혔다. 30년을 넘게 살면서 단 한 번도 이런 감정을 느껴 본 적은 없었다.

남자 때문에 가슴이 아프다고? 그것도 신도준 때문에?

말도 안 되는 일이다. 이건 괘씸해서 그런 거다. 그녀가 참담해진 얼굴로 문을 열고 공장을 빠져나오는데 누군가가 뒤에서 그녀를 끌어안았다.

"너……."

뒤에서 오는 시원하고 산뜻한 향기가 그녀의 코끝까지 다가왔다. 그 익숙한 냄새에 그녀는 자신이 당황스러울 정도로 안심하고 있다는 사실을 깨달았다.

"보고 싶어서 죽는 줄 알았네."

도준이 셴의 몸을 돌려서 그녀와 얼굴을 마주하며 말했다. 그녀가 고개를 들어 그의 얼굴을 잠시 보다가 시선을 홱 돌렸다. 그의 얼굴을 볼 때마다 심장이 요동치는 건 이제 예사로운 일이 되어 버렸다.

"왜 나 안 봐?"

"뭐…… 꼭 봐야 되니?"

"나 안 보고 싶었어?"

"그놈의 보고 싶단 말은. 그 말 못 해서 죽은 귀신이 붙었나. 누가 보면 너랑 나랑 10년 만에 재회한 줄 알겠다!"

밀려드는 감정이 요상하고 적응이 안 되어서 일부러 더 퉁명스럽게 대꾸하는데도 그는 빙그레 웃으며 그녀의 손을 자신의 손안에 가뒀다.

"이거 놔."

그녀가 거칠게 손을 뿌리쳤다. 그가 그녀의 손이 빠져나간 자신의 손을 잠시 보다가 그녀를 응시했다. 그의 얼굴에 의아함이 가득했다.

"손잡으면 안 돼? 사귀는 사이인데?"

"사귀는 사이 아냐."

여유롭기만 했던 그의 얼굴이 그제야 차츰 일그러졌다. 그 역시 차가워진 목소리를 애써 숨기지 않으며 물었다.

"그럼 뭔데?"

"너 경고하는데 앞으로 나 조련하지 마."

"하! 뭐?"

그가 헛웃음을 지으며 되물었다. 조련이라니, 도대체 이 녀석은 또 무슨 엉뚱한 생각을 시작한 건가 싶어서 기가 막혔다.

"내가 아무리 대학 졸업하고 연애를 쉬었다지만 그런 것도 간파 못 할 줄 알았어? 너 나 조련하고 있어!"

"내가 널 조련해? 왜?"

'왜?' 라는 질문에 말문이 막혔다. 그녀가 머뭇거리며 확신이 없는 대답을 돌려주었다.

"그, 그거야 내가 널 안 좋아하니까. 그래! 넌 지금 승부욕에 불타 있는 거야. 맞지? 미안하지만 난 절대 너한테 안 넘어간다."

그녀의 말에 그의 눈빛이 어두워졌다.

"날 안 좋아해?"

"다, 당연히 안 좋아하지!"

"큰일이네."

그의 서늘한 중얼거림에 그녀는 움찔했지만 겉으로는 태연을 가장했다. 그가 표정을 살짝 풀고 물었다.

"내가 널 어떻게 조련했는데?"

"몰라서 물어? 매일 연락하다가 오늘 딱 끊었잖아! 엄청 부자연스럽거든? 넌 밀당이랍시고 그런 거겠지만 다 나한테 간파당했어. 그런 허접한 밀당으로 날 조련할 생각이었다면 넌 날 아주 하수로 본 거야."

자신의 말이 백 퍼센트 맞는다는 듯 주절주절 떠드는 그녀의 모습이 그의 눈동자를 모조리 채웠다. 방금 전처럼 그를 안 좋아한다고 사납게 소리칠 때는 미워서 잔뜩 괴롭혀 주고 싶다가도 1분도 채 지나지 않아 그가 정신을 못 차릴 정도로 사랑스러움으로 무장해서 저런 말을 하니, 조련은 도통 누가 하고 있는 건지 모르겠다.

"오늘 연락 안 해서 서운했어?"

"서운하긴 개뿔!"

그의 말이 끝나기도 전에 그녀가 소리쳤다.

"휴대폰 고장 났어."

"……뭐?"

목청을 높여 부정하던 그녀가 아까와는 다르게 아주 미세한 목소리로 물었다. 그는 그녀의 머리카락을 다정하게 쓸어 넘겨 주었다.

"어쩌다가 떨어트렸는데 어제부터 걸려 오는 전화만 받아지고 다른 건 다 먹통이야."

"흠, 흠. 아, 그래?"

파도처럼 밀려오는 민망함에 그녀가 연신 헛기침을 했다.

"내가 널 조련할 수 있는 남자로 보여? 날 너무 과대평가하지 마. 어제도 밤마다 매일 듣던 목소리 못 들어서 달려가고 싶은 걸 꾹 참았는데."

"너, 넌 그게 문제야! 무슨 그런 낯간지러운 말을 아무렇지도 않게!"

"다른 전화로라도 전화하고 싶었는데 참았어. 내가 안 하면 네가 한 번은 전화하겠지 하고. 근데 문자 한 통 없더라. 난 네가 먼저 연락해 주기만 기다렸는데, 혹시 이것도 네가 말하는 조련인 거야?"

젠장.

몇 마디로 단숨에 묘한 죄책감이 들도록 만드는 능력까지. 두 달 동안 머리를 싸매고 녀석을 이길 수 있는 방법을 고안했지만 역시 평범한 인간인 자신에게는 무리다.

"센이 예쁘네."

그가 그윽한 시선으로 그녀를 바라보았다.

"뭐, 뭐?"

"전화 안 했다고 투정도 부릴 줄 알고."

"투우정?"

그녀가 과장된 몸짓으로 자신의 기가 막힘을 기가 막히게 표현해냈다.

"투정을 부렸다고? 내가? 얘가 더위를 먹었나."

그가 꿋꿋하게 그녀의 손을 꽉 잡았다. 아까만 해도 잡기 싫었던 그의 손이었다. 그러나 지금은 그 손에 닿은 것이 평상시처럼 다시 심장을 건드리며 자신을 설레게 하고 있었다.

그에게 손이 잡혀 함께 걸으며 그녀는 스스로에게 물었다.

정말 투정 부린 거니, 너?

아침에 일어난 그 순간부터 해가 진 저녁이 될 때까지 쉴 틈 없이 그에 대해 생각하고 있었다는 것을 믿을 수 없었다. 분명 조련당하고 있다.

"진짜 오늘 꿈부터 시작해서……."

"꿈? 무슨 꿈꿨어?"

"네 꿈꿨다. 왜!"

그가 순간 걸음을 멈추고 고개를 돌려 그녀를 보았다.

"내 꿈꿨어?"

"착각하지 마. 아주아주 이상한 꿈이었으니까!"

"어떤 내용인데?"

"내가 어딘가에 갇혀서 손도 발도 묶이고 눈도 가려진 채로 있었는데 누가 안대를 탁 풀어 주는 거야. 눈을 떠 보니까 네가 내 앞에 있었어. 여섯 개 문이 있는 육각형으로 되어 있는 방 안에서 네가 나를 내려다보면서……."

"잠깐."

"왜?"

"꿈이 너무……."

그가 곤란하다는 얼굴로 그녀의 말을 막았다. 그는 주변을 휘휘 둘러보다가 고개를 낮춰 그녀에게 소곤거렸다.

"꿈이 너무 야한데?"

그러고는 그답지 않게 개구쟁이처럼 씩 웃었다. 그녀의 얼굴이 화끈 달아올랐다.

"그런 이상한 꿈이 아니야! 물론 내용 자체는 충분히 이상하지만 네가 생각하는 쪽의 그런 이상한 꿈은 아니란 소리야!"

"그래?"

"도대체 무슨 상상을 하는 거야?"

"그런 쪽에 취미는 없지만 한 번쯤 손발이 묶여 있는 널 보는 것도 괜찮겠는데? 귀여울 것 같아."

"이, 이런 여우 같은……."

"남자 친구한테 여우라니."

그가 그녀의 손을 고쳐 잡고 다시 앞을 향했다.

"늑대지."

그를 만나고 30분도 되지 않아 이미 오늘의 전투력을 모두 소진했다. 그녀가 이미 길들여진 패턴에 한숨을 쉬고 그를 따랐다.

"근데 그 다음엔 어떻게 되는데?"

"뭐가."

"꿈 말이야."

"이상한 생각만 하면서 궁금하긴 해? 흥! 열려 있던 여섯 개의 방문이 하나씩 쿵, 쿵, 쿵 닫히더니 네가 '도망가지 마, 이센.' 이 빌어먹을 소리를 또 했다. 왜!"

그와 처음으로 키스한 다음 날, 그가 체육관으로 찾아와서 했던 말이었다. 도망가지 말라니. 도망가는 것에 취미 없다는데도 저 녀석은 틈만 나면 도망치지 말란다. 꿈에서까지!

"내 무의식이 네 꿈으로 들어갔나 보네."

"뭐? 그게 무슨 소리야?"

"아니야. 아무것도."

"궁금하게 해 놓고 왜 말을 안 해?"

"궁금해?"

"궁금하지! 네 속을 전혀 모르겠는데 안 궁금해?"

"말해 주고 싶은데……."

그가 그녀의 손을 아플 정도로 세게 잡으며 낮게 말했다.

"너 도망갈 것 같아서 말 못 하겠다."

"얼른 안 와?"

선주가 매서운 눈으로 센을 쏘아보았다. 그 눈빛에 움찔한 센이 터벅터벅 느긋하게 걷던 걸음을 조금 빠르게 해서 선주의 뒤를 따랐다.

건물 1층의 헤어샵에 들어가자 직원들이 모녀를 반겼다. 선주는 헤어 디자이너에게 센의 머리가 어떤 스타일이 되기를 원하는지 설명했다. 곧 자리에 앉은 센은 정신을 못 차릴 정도로 바빠졌다. 뒤에선 그녀의 머리를 괴롭히고, 앞에선 그녀의 얼굴에 색칠을 해 댔다.

"셋째야. 일어나."

머리에서 지속적으로 느껴지는 열 때문에 꾸벅꾸벅 졸던 셴이 선주의 부름에 눈을 떴다.

"거울 한번 봐 봐."

"됐어요."

화장을 하고 머리를 대충 몇 번 말았을 뿐, 어차피 30년을 넘게 보아 온 자신의 얼굴인데 뭐 하러 거울을 볼까 싶었다. 아직 잠에 취해 있는 셴이 앉은 자리에서 일어나며 무심하게 머리를 긁적이려 했지만 선주가 그녀의 팔을 빠르게 잡았다.

"이게 얼마짜리 머린데 벌써 망가트려. 너 오늘 집에 올 때까지 이 머리, 이 화장 그대로 아니면 엄마한테 혼날 줄 알아."

"네?"

선주는 황당해하는 셴을 이끌고 2층에 있는 드레스샵으로 올라갔다.

"엄마. 주말엔 좀 쉬게 해 주면 안 돼요?"

"네가 지금 쉬고 있을 때니? 서른이 넘어서 시집 언제 가게? 네가 애초에 똑소리 나게 행동했으면 나도 이 귀찮은 짓 안 한다."

샵을 부지런하게 걸으며 선주가 조용하게 그녀를 꾸짖었다.

"잠깐! 시집 얘기가 여기서 왜 나와요? 오늘 도대체 나 어디 가는 건데."

여자라면 직감이라는 것이 조금은 있을 법도 한데 딸은 직감은커녕 눈치조차 안타까울 정도로 제로에 가까운 수치였다. 지금은 저 눈치 없음이 도움이 되지만.

선주는 한눈에 봐도 여성스러움이 철철 흐르는 얌전한 옷들을 골라 센에게 넘겨주었다.

"입어 보렴."

"나 이런 거 안 어울려요."

"안 입어 버릇해서 그렇지, 어울려. 네가 누굴 닮았는데 이런 옷이 안 어울려."

선주의 외모를 쏙 빼닮은 센이 자신의 어머니를 대단하다는 눈길로 쳐다보았다. 저렇게 눈 하나 깜짝하지 않고 본인을 치켜세우는 능력. 스스로 생각하기에도 자신의 집안 식구들은 보통 사람들이 아니다.

센이 고개를 절레절레 젓는 동안 선주가 그녀를 탈의실로 밀어 넣었다.

"시간 없으니까 어서 입어 봐."

그녀가 꾸역꾸역 옷을 입고 탈의실을 나오자 선주의 표정이 환해졌다.

"역시 내 딸이구나. 진즉에 이렇게 입고 꾸미고 다녔어 봐. 남자들이 한 트럭으로 달려들지."

"엄마. 아까부터 나를 엄청난 무능력자라는 듯이 말하는데 나 바빠서, 내가 시간이 안 돼서 일부러 안 만난 거예요. 못 만나는 거랑 안 만나는 건 달라요. 이건 확실히 해야지."

"알았으니까……."

"근데 돈 너무 많이 쓰는 거 아니에요? 오늘 무슨 날이에요? 누구 결혼식 가나."

누구 결혼식 간다고 돈을 이렇게 퍼붓는다는 생각을 할 수 있는 자체가 어떻게 보면 대단하다. 선주는 딸의 지나친 소탈함에 머리가 지끈거렸다.

"저번에 말했던 우리 도관 다니는 청년이랑 선보는 날이다."

선주는 선을 부담스러워하는 센이 혹시라도 도망갈까 싶어 호텔로 향하는 택시에 탑승하고 나서야 선볼 예정이란 사실을 알려 주었다. 택시 뒷좌석에 자리 잡은 센은 눈이 두 배로 커져 옆에 있는 선주를 보았다.

"엄마!"

"그래."

"말도 안 돼. 그, 그런 게 어디 있어요."

"뭐가 말이 안 되니? 나한테 말이 안 되는 일은, 내 자식들 셋이 다 서른을 넘겨서 결혼도 못 하고 일에만 미쳐서 살고 있는 현재 상황이란다. 그나마 셋 중 셋째, 네가 가장 희망이 보이니까 잘해야 한다."

"엄마, 제발요. 나 진짜 싫어요!"

사실을 깨달은 그녀가 초조하게 발을 동동 구르며 선주를 설득하려고 노력했다. 앞만 주시하던 선주는 시선을 센에게 돌렸다.

"네 엄마 모르니? 엄마 믿고 들어가서 한번 만나 봐. 나한테 평생 효도하겠다는 마음 들 거다. 그 정도로 괜찮은 청년이야. 흠을 잡고 싶어도 잡을 수가 없는 그런 완벽한 사람은 살면서 처음 봤다. 너도 보면 생각이 달라질 거야. 그러니까 오늘은 잔말 말고 엄마 말 들어."

왠지 선주의 설명을 들을수록 자신이 잘 아는 남자와 겹쳐지는 것 같은 오묘한 느낌이 들었다. 센이 고개를 갸웃하다가 다시 정신을 차리고 선주를 설득했다.

"아니, 그런 대단한 남자가 날 좋다고 하겠어요?"

"네가 뭐가 어때서? 난 널 자존감 있는 여자로 키우려고 노력했는데 헛수고였구나."

선주는 그 말을 끝으로 더 이상의 말대꾸는 허용하지 않겠다는 듯이 꼿꼿한 자세로 눈을 감았다. 이씨 집안에서 최약체를 자랑하는 센은 이씨 집안의 핵심 권력인 선주의 계획을 꺾을 수 있는 방법은 어디에도 없다는 것을 깨달았다.

"가기 싫은데……."

센이 힘없이 중얼거렸지만 허공에 아스라이 묻힐 뿐이었다. 선 같은 건 정말 보고 싶지 않다. 다른 남자한테는 일말의 관심도 없을뿐더러 도준이 알면 골치 아파질 것이 불에 보이듯 뻔하다. 아무리 눈치가 없어도 그 정도는 알 수 있다. 지끈거리는 머리를 감싸던 그녀는 잠시 멈칫했다.

다른 남자? 남자한테 관심 없는 것도 아니고 다른 남자한테 관심 없다고 생각하다니…….

"길들여진 게 분명해."

택시에서 내린 센이 멍한 눈으로 그녀의 앞에 버티고 서 있는 호텔을 바라보았다. 선주는 센에게 절대 도망가지 말라는 협박에 가까운 약속을 받아 내고 타고 왔던 택시에 다시 올랐다.

어머니가 떠나고 혼자 남게 되니 더욱 막막했다. 그가 알면 분명 화낼 것이다. 그 생각에 도저히 발길이 떨어지지 않는데 때마침 전화가 울렸다. 휴대폰을 꺼내 든 그녀의 표정이 천천히 굳어졌다.

[신도준]

미치겠다. 하필 이런 순간에…….

그녀는 검지를 허공에서 멈췄다 움직였다를 반복하며 뜸을 들였다. 차라리 알아서 끊어졌으면 하고 바라 보지만 전화는 고집스럽게 울리며 그녀를 재촉했다. 그녀는 결국 약한 한숨을 내리쉬며 통화 버튼을 눌렀다.

"여보세요?"

—센아.

다정한 부름에 벌써부터 마음이 간질거렸다. 자신을 묘하게 관찰 하듯 지켜보는 그의 눈빛이 싫었던 때가 있었는데 참 이상했다. 10 년을 껄끄럽게만 생각해 온 그라는 존재가 세월이 덧없다고 느껴질 정도로 빠르게 그녀 속으로 침투하고 있었다. 막을 생각은 하지도 못할 정도로 빠르고 깊숙이.

요즘 들어 그를 생각하면 머릿속이 혼란스러워졌다. 그녀가 잠시 대답을 하지 않고 침묵을 지키자 그가 다시 한 번 그녀를 불렀다.

—센아.

"어? 어어. 왜 전화했어?"

—어디야?

"어? 그, 그게……."

—우리 영화 볼까?

"영화?"

—응. 좀비 게임도 하고, 저녁도 먹고. 어때?

"음…… 아무래도 오늘은 좀……."

그녀가 우물쭈물하며 거절의 대답을 내놓자 수화기 너머로 그의 침묵이 이어졌다. 데이트를 거절해서 그가 서운해한다고 판단한 그 녀는 먼저 말을 꺼냈다.

"나중에 보자. 내일 보자, 내일."

죄책감이 가득한 그녀가 평소라면 절대 안 했을 데이트 약속을 다시 잡으며 그를 위로했다. 아무리 도준의 강제성이 담겨 있는 연애라지만 양심상 그를 놔두고 선을 본다는 것이 영 껄끄럽고 미안했다.

—그래. 내일.

"응! 그럼 끊는다?"

—센아.

"왜?"

잠시 말이 없던 그가 입을 열었다.

—정말 영화 안 봐?

애도 아니고…….

평소 그의 이미지와는 어울리지 않는 투정에 가까운 말에 그녀가 헛웃음을 지으며 끊겠다고 말했다. 전화를 끊은 센은 호텔 레스토랑으로 향하며 결연한 표정으로 다짐했다.

"딱 밥만 먹고 잽싸게 나오는 거야. 그럼 엄마 말도 들으면서 신도준한테 덜 미안할 수 있어."

비싼 밥 한 끼 먹는 것뿐이라고 마인드 컨트롤을 끝마친 그녀는 웨이터에게 자신의 이름을 말했다. 예약된 곳으로 가자 물컵이 하나 놓여 있는 텅 빈 자리가 보였다. 선을 보기로 한 남자는 잠시 나간 모양이었다.

그녀는 의자에 앉아 얼른 속전속결로 일을 끝내고 싶다고 생각하며 손가락으로 테이블을 툭툭 쳤다.

"이센."

아까 전화로 들었던 익숙한 목소리가 휴대폰 속이 아닌 바로 옆에서 들려왔다. 센은 귀신을 옆에 둔 공포 영화 여주인공처럼 아주 천천히 고개를 돌렸다.

자신을 부른 남자와 눈이 마주친 순간, 그녀는 공포 영화 여주인공이 귀신을 본 것보다 훨씬 더 놀랐다고 자부할 만큼 낯빛이 하얗게 질렸다. 그녀가 눈을 껌뻑거리며 이 기막힌 우연에 말도 안 된다고 중얼거렸다.

"신도준……."

"예쁘게 입고 나왔네."

도준은 센의 모습을 느릿한 시선으로 훑어보다가 아무렇지 않은 얼굴로 그녀의 앞자리에 앉았다. 그녀는 당황해서 문 쪽으로 시선을 돌렸다가 자신의 앞에 앉은 그를 보았다.

"미안한데 내가 지금 일이 있거든? 우리 나중에……."

도준이 선볼 남자와 만나면 뭔가 분명 큰일이 날지도 모른다는 생각이 그녀를 덮쳤다. 그녀의 말에 그의 인상이 한층 차가워졌다.

"나도 일이 있는데. 너랑."

"야."

"이센이랑 선보는 일. 그게 내가 여기 온 용건이야."

"……뭐?"

"캔슬되기를 가장 바랐던 용건이기도 하고."

도준이 센과 눈도 마주치지 않고 메뉴판으로 시선을 주었다. 레스토랑이 급속도로 냉각되어 가고 있는 것을 느끼며 그녀는 어쩔 줄 몰라 했다.

차례차례 음식이 나오고 처음만 해도 냉기를 풀풀 풍겼던 그는 아무렇지 않게 평소처럼 말을 건넸다. 금세 화가 풀렸나 보다. 그녀는 다행스럽게 여기며 궁금했던 것을 물었다.

"도대체 어떻게 된 거야?"

"뭐가?"

"왜 네가 나랑 선을 보는 거냐고. 네가 그 도관의 새로 다니는 준수한 청년이야? 언제 우리 엄마 도관으로 옮긴 거야?"

"왜일 것 같은데?"

질문을 쏟아 내던 그녀는 그의 단순한 질문에 말문이 턱 막혔다.

"나, 나야 모르지."

"정말 모르겠어?"

"흠, 우리 이거 다 먹고 영화나 보러 가자. 내일로 미룰 필요 없으니까 잘됐네. 그치?"

진지한 얘기를 꺼내려는 그를 그녀가 막아 세우며 다른 주제로 돌렸다. 그의 눈이 날카롭게 변했다. 하지만 그녀의 마음을 전혀 이해할 수 없는 건 아니었다.

10년 동안 평행선 같았던 관계가 단 두 달 만에 믿기지 않을 만큼 가까워졌다. 갑자기 예고도 없이 뒤바뀐 변화에 당황하고 있을 것도 알고 있었다. 혼란스러운 그녀의 마음이 조금씩 그의 존재를 받아들여 주기를 원해서 기다리겠다고 결심했었다.

하지만 더 이상은 참을 수 없을지도 모른다. 그가 자신의 마음을 한순간에 깨달은 속도만큼, 지금까지도 아쉽고 안타까운 10년의 시간을 돌아볼 수 없을 만큼 그녀에게 조금이라도 더 빨리, 더 깊이 다가가고 싶어서 안달 나고 조급해 있던 것을 인정하지 못하는 것 또한 아니다.

그녀는 그 변화조차 급하다고 생각하고 당황했겠지만 자신에게는 일말의 거짓도 없는 최선이었다. 억지로 참고 계속해서 기다렸다. 욕심대로 자신의 감정만 다그치다가 그녀를 잃을지도 모른다는 생각에 당장이라도 터질 것 같은 감정을 최대한 억누르고 참아 왔다. 그가 서늘하게 그늘진 눈으로 앞에 앉은 그녀를 응시했다.

"이센?"

두 사람의 테이블을 지나려던 한 여자가 센을 불렀다. 센은 고개를 위로 해 여자의 얼굴을 확인했다.

"어? 재은아."

"쎈이 맞구나! 오랜만이다. 어머, 안녕하세요?"

재은이 도준에게 고개를 숙여 인사했다. 도준의 얼굴에서 시선을 떼지 못하던 재은이 센에게 눈을 초롱초롱 빛내며 누구인지 소개시키라는 듯이 쳐다보았다. 센이 머뭇거리는 동안 재은의 일행이 그녀를 채근했다. 재은은 아쉽다는 얼굴로 레스토랑을 먼저 빠져나갔다.

"고등학교 동창이야."

"그래."

그녀가 다시 포크를 드는데 진동이 울렸다. 휴대폰을 귀에 대자 통화음이 최대치로 켜져 있던 전화기 속에서 재은의 목소리가 우렁차게 터져 나왔다.

—이센! 대박! 누구야? 보는 순간 숨이 탁 막히더라! 배우야? 그렇게 생긴 남자가 세상에 존재한다는 걸 오늘 확인했다, 정말. 이센 너 진짜 대박이야. 너랑 무슨 사이니?

입에 모터가 달린 사람처럼 재은이 저 말을 다 하기까지 10초도 채 걸리지 않았다. 센은 휴대폰을 잡은 손에서 엄지손가락으로 음량을 줄이기 위해 빠르게 옆 버튼을 눌렀지만 이미 마지막 말마저 도준의 귀까지 울려 퍼진 후였다.

"야. 나중에 통화해."

—아, 아직 저녁 식사 중이지? 너무 감동스러워서 어쩔 수 없었어. 미안! 근데 나 깨달았어. 진짜 잘생긴 남자는 어떤 수식어도 생각날 수 없게 한다는 걸. 그냥 그 자체로 완벽해서 수식어를 붙이는 게 더 조잡해 보이는…….

재은이 찬사에 가까운 도준의 외모 감상평을 계속해서 늘어놓으려 하자 센이 한숨을 쉬며 단호하게 전화를 끊었다.

"이센."

그가 나지막하게 그녀를 불렀다.

"어?"

"나도 궁금하다."

"뭐가?"

"나랑 넌 도대체 무슨 사이지?"

휴대폰을 내려놓던 그녀의 손이 그 자리에서 멈췄다.

"대학 동기?"

"……."

"회사 동료?"

"……."

"오늘 선보는 남자?"

미세하게 차가워지는 목소리에 그녀가 흔들리는 눈빛으로 그를 바라보았다. 그녀만을 오롯이 바라보고 있는 흔들림 없는 그의 눈동자가 제일 먼저 눈에 들어왔다.

"도대체 뭘까?"

그녀는 그제야 그가 자신이 상상할 수도 없을 만큼 화가 났음을 깨달았다. 그녀가 생각했던 것처럼 간단하게 넘어갈 수 없는 상황이 되어 가고 있다는 것도.

"너 오해하는 것 같은데 나도 어쩔 수 없이 나온 거야."

"내가 너한테 전화했을 땐?"

그는 자신을 두고 선을 본다고 나온 그녀를 조용하고 차갑게 꾸짖고 있었다.

"정말 영화 안 봐?"

아까 전 그의 목소리가 그녀의 귀를 다시 스쳤다. 그녀는 그의 위압감에 괜한 저항심이 일었다.

"그, 그건⋯⋯. 아무튼 어쩔 수 없는 선택이었어. 우리 엄마 말 거역했다가는 난 바로 끝이야. 근데 너도 참, 너다. 엄마한테 대충 거절하고 나한테 언질을 줬으면 됐잖아."

"거절한다고?"

"그래."

"내가 거절했다가 네가 다른 남자랑 선보면?"

"뭐? 너 무슨 소리⋯⋯."

"너 지금도 나한테 말 안 하고 선보러 나왔잖아."

"그건⋯⋯."

그건 확실히 자신의 잘못이기에 변명할 여지가 없었다. 그녀가 아무 말도 못 하고 입술을 깨물었다.

"내가 너희 어머니 제안을 거절하고 어머니가 다른 남자를 물색해서 너와 선보게 했다면 달라지는 건 이 자리에 앉은 사람뿐이겠지."

그가 자신이 앉은 자리를 가리키며 말했다.

"무슨 이유가 됐든 넌 나왔으니까. 지금 이 자리에 네가 나온 것만으로도 화가 나서 견딜 수 없는데, 다른 놈이랑 선보는 걸 지켜보라고? 정말 사람 도는 꼴 보고 싶어?"

감정을 누르지 않고 모두 드러내며 화를 내는 그의 모습을 처음 보았다. 아마 그 누구도 본 적 없을 모습이었다. 그것이 너무 낯설고 당황스러웠다.

"그날, 내 속이 궁금하다고 그랬지?"

"뭐?"

"정말 다 말해?"

겨우 억누르고 막아 왔던 것이 터지려 하고 있었다. 그녀도 자신에게 감정이 있다고 어렴풋이나마 느끼고 있었지만 아직 아니라고 스스로를 다잡았다. 자신과 그녀는 아직 감정의 깊이가 확연하게 달랐다.

아마도 그 깊이는 아무리 승부욕 강한 그녀라도 자신을 평생 이길 수 없을 정도일 거란 사실도 알고 있다. 하지만 적어도 그녀가 스스로 그를 좋아한다고 인지할 수 있는 수준까지는 되어야 한다고, 그는 매일 그 자신에게 말하며 참아 냈다.

하지만 안 그래도 조급했던 마음이 한순간에 터져 버렸다. 그녀밖에 존재하지 않는 그의 세계와는 다르게 그녀는 그가 아닌 다른 남자를 만나서 살아갈 수 있다는 것을 여실히 깨달았다. 그리고 그 순간, 돌이킬 수 있는 것은 없었다. 무언가를 차분히 계획하고 기다리는 것은 잘해 왔지만 그녀에게만은 예외라는 것을 지금에서야 느꼈다.

"10년 동안 몰랐다는 사실이, 지금 생각하면 도저히 믿기지 않을 정도야."

자신과 너무도 다른 그녀가 신기했던 게 아니다.

"네 시선이 나 아닌 다른 것에 닿는 것조차 화가 나고 내가 아닌 다른 남자가 널 보게 하니 차라리 가둬 버리고 싶어."

자유롭게 사는 것이 가장 잘 어울리는 녀석을 겁이 날 정도로 자신 품 안에만 가두고 싶었다. 당연히 안 될 일이란 걸 알기에 반대로 그 감정을 가뒀다. 무의식적으로 자신조차 알 수 없는 감정의 깊이를 애써 무시하며 가두는 노력을 하고 있었다. 그도 모르는 아주 예전부터.

"더 말해? 내가 널 보면서 어떤 생각을 하는지 솔직하게 다 말해?"

"도준아."

태어나서 어려운 것이라곤 하나도 없었던 자신의 심장을 하루에도 몇 번씩 갖고 노는, 정반대라고 해도 좋을 만큼 자신과 다른 여자. 그럼에도 불구하고 아주 작은 것 하나까지 알고 싶은 욕망으로 전신을 가득 채우게 만드는 단 하나의 사람…….

"다 말해도 도망가지 않을 자신……."

유일하게 이런 감정을 느끼게 하는 그녀를 놓칠 생각은 없다.

"있냐고 묻고 있는 거야."

하지만 단호한 마음과는 다르게 그는 그녀의 대답이 두려워서 온 힘이 들어간 주먹을 꽉 쥐었다.

Round 8

시작하는 여자와 끝내는 남자

도준의 차가 주차장에 세워졌다. 조수석에서 내린 센이 난처한 얼굴을 하고 걸음을 내디뎠다. 오늘만큼은 그가 내리지 않고 곧장 집으로 향하기를 바랐지만, 역시 그도 차에서 나와 그녀가 걷고 있는 쪽으로 다가왔다.

"이제 가도 돼."

바로 코앞이 그녀의 아파트였다. 그녀는 그와 시선을 마주치지 않고 희미하게 말을 전했다. 약간의 미안함과 죄책감, 갑작스러운 상황에 직면해서인지 당황스러움까지 뒤엉켜 있었다.

그는 옅은 한숨을 쉬며 그녀의 말을 간단히 무시하고 먼저 앞서 걸었다. 땅을 보며 걸음을 옮기던 센이 고개를 들어 앞을 보자 곧은 자세로 걷고 있는 그의 뒷모습이 나타났다.

방금 전 레스토랑에서 그녀가 느끼기에도 터질 것 같았던, 아니면 이미 터졌을지도 모르는 감정을 감추지 않고 드러내던 그가 떠올랐다. 처음 만났던 스무 살부터 이 말도 안 되는 연애를 시작한 서른한 살 현재까지 십여 년을 알아 왔지만 그런 그의 모습은 익숙하지 않았다. 아니, 처음이었다.

모든 일에 있어서 완벽하고 항상 흐트러지지 않는 모습만 알고 있었다. 겉으로 보기에는 부드럽지만 어쩌면 차가울 정도로 인간관계에 철저하고 정확한 그였다.

아직도 그의 낮게 억눌린 목소리가 귓가에 맴돌고, 안개처럼 짙게 깔린 눈동자가 어른거린다. 변해 버린 그가 당황스러울 만치 두려우면서도 믿기지 않을 만큼 가슴을 떨리게 했다.

센은 두 달 동안 애써 무시하고 있었던, 제 귀에까지 들리는 것 같은 심장의 소음이 자꾸 거세지는 것을 느꼈다. 피하고 싶다. 도저히 갈피가 잡히지 않는 자신의 변화가 너무도 생경해서 그의 앞에만 서면 도망치고 싶어진다. 도대체 왜 그런 마음이 자꾸 드는 건지 알 수 없었다.

먼저 앞서 걷던 도준은 센의 아파트 현관문 앞에 도착해 도어록 비밀번호를 대신 누르려다가 그만두고 옆으로 비켜섰다. 그의 옆으로 다가온 그녀가 비밀번호를 누르며 그에게 말했다.

"아깐 미안해."

혼잣말에 가까운 웅얼거림이었지만 그는 그녀의 목소리를 확실히 들은 모양이었다. 그는 문 옆에 기댄 상태로 그녀를 응시했다.

"뭐가 미안해?"

"어쨌든, 너한테 말없이 선본 건 잘못이니까. 일부러 속이려고 한 건 아니야. 아무리 내가 밥만 먹고 나올 생각이었다지만 의리에 안

맞는달까. 내가 확실히 잘못한……."

"의리?"

아마 오늘 만나고 처음으로 그가 웃음을 보이며 되물었다. 헛웃음에 가까운 미소는 신기루처럼 금세 사라졌다.

"너 정말 나쁘다."

그는 굳어진 얼굴을 감추지 않았다.

"어떻게 의리란 말이 나와?"

그와 확실히 선을 긋고 싶었던 것이 아니라 그저 적당한 단어를 선택한 것뿐이었다. 자신의 의도가 단순하다는 것을 그 또한 알고 있을 것이다.

그럼에도 그는 아까 레스토랑에서부터 그녀를 일부러 몰아세우고 있었다. 그녀는 아이처럼 순수하고 깨끗하면서도 잔인했다. 자꾸만 뒷걸음질 치려는 그녀가 미워서 그는 어울리지도 않게 계속해서 감정을 꺼내서 보여 주고 터트렸다.

"나는 너 때문에 내가 욕심이 아주 많은 사람인 걸 알았어."

그는 스스로 자신은 욕심이 없다고 생각하고 있었다. 무언가를 애타게 원해 본 적도, 가슴 깊이 갈망해 본 적도 없었다. 필요하다고 생각하기도 전에 이미 그의 손이 닿는 곳에 모든 것이 주어져 있었다.

그리고 그녀를 만났다. 지루할 정도로 남들이 원하는 정확한 답만을 추구하며 살아가는 자신과는 다르게 오답인 길을 걸어도 그것을 정답으로 만들어 버리는 여자를 만났다. 자신과 비슷하면서도 전혀 다른 인생을 살아가는 그녀를 보는 것이 그저 흥미로운 것이라고, 그뿐이라고 머릿속으로 인지하려고 노력해 왔다.

하지만 항상 시선의 끝에 그녀가 있었다. 습관처럼 그녀의 모습을 좇았다.

나와 너무 다르니까.

시간이 지날수록 점점 효과가 사라져 가는 거짓말을 하면서. 세월이 흐르면서 머리는 인지하지 못했던 무의식이 가늠할 수 없을 정도로 깊어지는 감정을 묵인한 채 그대로 두었다.

"너와 있으면서 단 한 번도 여유로웠던 적 없어. 체육관에서 네가 아무렇지 않게 몸을 드러내는 것도 끔찍하게 싫고, 그런 네 몸을 나 아닌 누가 본다는 생각만 해도 피가 거꾸로 치솟아. 그 어린 녀석이 네 앞에 얼쩡거리는 것도 거슬리고 화가 나서 참을 수 없어. 내가 모르는 네 삶을 알고 있을 모든 사람들이 질투 나고 부러워. 무슨 말인지 알겠어? 이센. 나는 완벽하게 네 전부를 갖고 싶어."

제멋대로일 정도로 자유로운 그녀를 갖고 싶었다. 누구에게서도 찾을 수 없었던, 보지 못했던 모습을 자신만 보고 싶었다.

어불성설이다. 자신의 눈길을 오롯이 빼앗았던 그 자유로움을 가지려는 순간 더 이상 그녀는 자유로울 수 없다.

"왜인지 알아?"

무의식적으로 갖고 싶다는 욕망을 억눌렀다. 제 감정이 위험할 정도로 깊다는 것을 느끼고 감정을 철저하게 가두었다. 처음으로 소중하다고 느낀 것을 제 손으로 부수지 않기 위해 머리를 지배하는 모든 것들이 자신조차 속을 정도로 감정을 감추고 수면 아래로 밀어 넣었다.

그녀를 지켜보면서 그는 자신의 욕심이 얼마나 끝이 없는지를 알았다. 그녀의 전부를 갖고 싶다. 누구에게도 보여 주지 않고 자신만 바라보게 만들고 싶다.

그렇게 십 년이 흘렀다. 이렇게 말도 안 될 만큼 자신의 마음을 속일 수 있었던 것은 그녀가 그의 시야 안에 항상 있었기 때문이다. 십 년 동안 그래 왔기 때문에 견딜 수 있었을 것이다. 적정의 거리를 두고 있었지만 서로를 확인할 수 있는 위치에 항상 있었다.

그렇기 때문에 참을 수 있었다. 그리고 그녀가 자의든 타의든 경계 밖으로 나가려는 순간, 참았던 모든 것들이 속절없이 허물어졌다. 그 욕망은 아무리 고민하고 생각해서 답을 찾아봐도 단 하나의 감정만을 가리킨다.

"사랑하니까."

그 말을 전하는 그의 목소리가 심연처럼 깊고도 낮았다.

"내가."

그녀는 여지없이 심장이 불규칙적으로 뛰는 것을 느끼며 사르르 떨려 오는 눈을 감았다. 지금 이 상황을 피하고 싶어서 눈을 감았는데 오히려 목소리는 더 깊게 가슴에 박혔다.

"너를."

사랑한다. 그가, 자신을.

"그게 여전히 말이 안 되는 일이야?"

덤덤하다 못해 서늘한 목소리는 그녀에게 화를 내고 있었다.

둔하고 무딘 그녀조차 무의식중에 어렴풋이나마 짐작하고 있던 것. 직접 그의 입으로 사랑한다는 말을 듣는 순간, 신기하게도 가슴 속에서 무언가가 변했다. 아니, 변한 것이 아니라 떠올랐다. 깊은 곳에 오래도록 가라앉아 있던 것과 지금의 선연한 감정들이 만났다.

♣   ♣   ♣

　옥상 난간 벽에 등을 기대선 센은 이마를 손으로 감싸며 눈을 감았다. 바람이 이마를 제외한 모든 곳을 스쳐 지나가며 어루만졌다.

　얼마 지나지 않아 문이 열리는 소리가 들렸다. 그녀는 소리의 주인이 자신이 있는 쪽으로 올 거라고는 전혀 생각하지 않고 있었다. 발자국 소리가 점점 선명해졌다. 그녀는 제 곁으로 다가오고 있는 인물을 확인하기 위해 살포시 감고 있던 눈을 위로 향했다.

　"너……."

　"같은 회사 다니는데 꽤 오랜만이지?"

　신도준.

　그의 말대로 오랜만이었다. 썩 반갑지도, 대학 때처럼 괜한 거부감이 샘솟지도 않았다. 그는 그녀와 적당히 떨어진 자리에 서서 옥상 밖으로 시선을 주고 있었다. 그녀가 그를 보는 순간 그도 고개를 돌렸다.

　"너, 너희 팀장한테 또 덤볐다며."

　"보통 덤빈다고 표현하니?"

　센은 기분 나쁘다는 얼굴을 부러 숨기지 않았다. 도준이 슬쩍 미소를 지었다.

　"맞짱 떴다고 표현할까?"

　맞짱이라는 단어가 그의 입에서 나올 거라고는 예상도 못 했다. 바른 말만 쓸 것 같은 그와는 전혀 어울리지 않는 단어였다. 그녀는 어이없다는 듯이 픽 웃었다.

　갓 성인이 된 스무 살에 만나 서른이 된 지금까지 그와 이렇다 할 제대로 된 교류는 한 번도 나눈 적이 없었다. 오늘처럼 둘이서만 이야기하는 것도 일 년에 한두 번 정도라고 봐도 좋을 정도로 손에 꼽았다.

휴대폰에는 서로의 전화번호가 10년 동안 저장되어 있었지만 그 긴 세월 동안 전화를 하거나 간단한 안부 문자 한 번 한 적이 없는 거의 명실상부한 남이다. 어쩌면 그와 그녀는 남보다 못하다.

"이센."

그의 목소리가 들리는 쪽으로 그녀가 대답 없이 시선을 던졌다.

"넌 날 싫어하지?"

"뭐?"

갑작스러우면서도 직접적인 물음에 센은 잠시 당황했다. 도준을 처음 만났던 스무 살 때에는 이름 모를 적대감이 피어올라 이유 없이 혼자 그를 꺼리고 불편해했다는 것을 부정할 수 없었다. 사실 솔직히 하자면, 이유를 모르지는 않는다.

모든 면에서 자신을 압도하고 위에 있는 상대를 향한 시기, 질투, 열등감 같은 밉고 못난 마음들. 가족을 제외하고 태어나서 처음으로 누군가에게 결코 이길 수 없다는 사실을 여실히 느꼈던 그녀는 굴욕감과 박탈감에 한동안 자존심이 크게 상했었다.

스포츠나 공부로 그가 아닌 누군가에게 진 적도 있었지만 이런 감정을 느낀 적은 없었다. 패배해도 깔끔하게 인정하고 쿨하게 납득했다. 자신이 더 노력하면 이길 수 있다고 생각했기 때문이다.

노력하고 애를 써도 이길 수 없는 사람. 그를 만난 후에야 그녀는 처음으로 깨달았다. 자신은 상당히 승부욕이 강한 사람이라는 것을. 아마 그를 만나지 못했다면 평생 느끼지 못했을 감정이었다.

기억도 나지 않는 옛날부터 못되고 어린 마음이라는 것을 알지만 그에게 적의를 품고 못마땅해하는 마음이 확실히 존재했었다. 물론 지금은 그래도 나이를 먹었다고 무작정 싫고 재수 없다는 것은 아니었지만 여전히 별로 친해지고 싶은 생각은 없었다.

모든 게 다르다. 그를 향한 질투가 아니더라도 그와 자신은 물과 기름이라고 표현해도 어울릴 정도로 섞일 수 없는 존재라고 생각했다.

"웬 뚱딴지같은 소리야?"

"넌 분명히 날 싫어해."

책망 어린 말투가 아니라 사실을 확인하는 듯한 굴곡 없는 어조였다. 부정하기 민망할 정도로 피하고 불편해했던 건 사실이었기에 그녀는 변명에 가까운 대답을 내놓았다.

"널 싫어한다기보다는 넌 내가 가장 싫어하는 인간을 닮았어."

"그게 싫어한다는 거 아닌가."

"근본적으로 다르지."

"그래? 뭔가 대놓고 싫다는 말보다 충격인데."

태어난 이후로 세상의 온갖 사랑과 관심, 호의를 한 몸에 받고 자랐을 녀석이라는 것을 보지 않아도 알 수 있었다. 그런 잘난 녀석은 자신에게 적의를 드러내는 사람이 한 명이라도 있다는 사실이 못마땅했을 것이다.

좋은 유전자를 물려받아 잘나고 심지어 운까지 타고난 것은 물론 그의 탓이 아니다. 그녀는 자신에게 이런 못난 열등감을 느끼게 하는 그에게 다시 한 번 확고하게 부정했다.

"아무튼 오해하지 마. 너 안 싫어해."

"그래? 그럼……."

그가 약간 뒷말을 끌다가 말을 이었다. 상대방이 당황할 제안을 아무렇지도 않은 얼굴로.

"나랑 만날래?"

그의 점잖은 권유의 물음이 끝나기도 전에 그녀가 대답했다.

"실없는 소리 하네."

그는 자신의 말이 끝난 지 0.5초도 지나지 않아 칼같이 대답하는 그녀를 웃는 모습으로 응시했다. 그의 제안에 그녀는 당황한 기색조차 없다. 농담 그 이상도, 이하도 아니라고 생각하는, 그럴 여지조차 없는 얼굴이다.

"너야말로 오늘 누구랑 한 판 붙었어? 왜 갑자기 말도 안 되는 소리야."

만나자느니 하는 말을 가볍게 내뱉는 남자가 아니라는 것은 알고 있다. 것보다 저런 말을 할 필요도 없는 잘난 남자다. 그가 만약 부드러운 미소를 지으며 손을 가볍게 한 번 뻗는다면 주변에 있는 모든 여자들이 앓는 소리를 내며 벌 떼처럼 달려들 것이다.

실없는 소리 하는 녀석이 아니란 것을 알면서도 너무 말이 안 되고 기가 막힌 제안이라 장단 맞춰 주고 싶은 마음도 없었다. 그녀가 헛웃음을 지으며 그의 말을 장난으로 넘겼다.

"말이 안 돼?"

"그럼 말이 돼? 너랑 나랑? 일에 치여 사느라 머리가 어떻게 된 거 아냐?"

평소라면 자신을 놀리는 말에는 펄쩍 뛰며 어깃장을 놓았을 그녀는 이번 말을 정말 순수한 농담으로 들었는지 곧 따분하다는 투로 마무리를 지었다.

"그렇게 말이 안 되나."

그가 아무렇지 않은 얼굴로 중얼거렸다. 그녀는 그의 옆모습을 확인하며 그럼 그렇지, 하고 픽 웃었다.

딱히 그와 친한 건 아니지만 10년간 끊어지지 않고 같은 대학에, 같은 회사에 소속되어 있다 보니 서로의 표면적인 삶에 대해서는 대략적으로 파악하고 있었다.

물론 서로의 연애사 또한 알고 싶지 않아도 알게 되어 있었다. 거창하게 연애사라고 하기도 민망할 정도로 맹탕인 것은 그나마 일치했다.

대학 3학년 때까지 한두 달 정도의 짧은 연애 3회. 그 이후로는 취업 준비에 여념이 없다가 입사 이후로는 일에 파묻혀 청춘을 허비한 불쌍한 인생들. 이렇게 통계를 내 보니 그녀 자신도 자신이지만, 동기들한테 '신'이라고 떠받들어지는 그도 별것 없다는 생각이 들었다.

옥상 문이 다시 한 번 열리고 익숙한 얼굴이 들어왔다. 종수가 도준과 센이 있는 곳을 확인하고 짧게 웃으며 터벅터벅 걸어왔다. 센은 난간에 기댔던 몸을 일으키며 도준에게 말했다.

"야, 신. 너 얼른 여자 만나."

그녀가 심각한 얼굴로 충고하자 도준이 옅게 미소를 지었다. 종수는 그녀의 말이 의아하다는 듯이 물었다.

"이쎈, 무슨 소리야? 네가 왜 신한테 여자 만나라는 말을 해?"

"저 자식이 실없는 소릴 하잖아. 나 먼저 간다."

그녀가 이미 저만치 걸어가다가 뒤돌아 종수에게 소리쳤다.

"이쎈이라고 좀 그만 불러, 이 자식아. 저게 남의 이름을 개명하고 있어."

그녀가 성질을 부리며 문을 열고 나갔다. 종수는 그녀가 나가는 것을 보더니 장난스럽게 기가 죽은 표정을 지었다.

"이쎈 무섭다. 무서워."

도준은 그녀가 나가고 다시 닫힌 문을 응시했다. 실없는 소리. 맞는 말이었다. 내뱉고도 자신조차 왜 그랬지, 의문이 생겼다.

그녀는 아마 방금 저 옥상 문을 열고 나간 그 순간 그가 한 '실없는 소리'를 싹 잊었을 것이다. 그가 농담조차 될 수 없는 실언을 했다고 믿은 채…….

하지만 어쩐지 그녀에게 그 말을 하고, 농담으로 치부해 버리는 그녀의 반응을 본 순간부터 가슴속이 답답해졌다. 정말 말하고 싶었던 것은 그게 아니라고 신호를 주는 것처럼 막혀 있는 것 같은 기분이었다.

"그래도 쟤도 성질 많이 죽은 거야. 안 그러냐? 대학 때 기억나? 축제 때 여자애들 성희롱한 나쁜 놈들 발차기로 아작 냈던 거. 나는 그 전까진 성격만 좀 털털하고 시원시원한 줄 알았지. 저렇게 예쁘장하고 여성스럽게 생긴 애가 그렇게! 살벌하게 사람 패는 건 처음 봤다. 적당히, 중간이라는 게 있어야 하는데 아주 죽일 듯이. 애가 그냥 웬만한 남자들 민망할 정도로 기사도 정신이 투철해."

종수가 그날 일을 회상하는지 가볍게 웃으며 고개를 절레절레 저었다.

"솔직히 난 쎈이 어떤 회사를 들어가도 오래 못 버틸 줄 알았다. 워낙에 불의를 못 참아야지. 근데 저 녀석도 늙었나. 불합리한 건 상

194

사한테 따지고 들긴 해도 어느 정도 요령이 생겼는지 예전처럼 뒤집 어엎고 그러진 않더라. 뭔가 당연한 건데 아쉬워. 저 녀석이 변하니 까. 그치?"

센과 같은 팀에서 일하고 있는 종수가 약간 씁쓸하다는 얼굴로 말 하며 도준에게 동의를 구했다. 도준은 여전히 그녀가 지나간 자리를 흔들림 없이 보며 대답했다.

"내가 보기에는……."

도준의 차분한 목소리가 옥상을 메웠다.

"여전해."

십 년이 지났는데도 그녀는 모든 것이 그대로다. 차라리 변했으 면, 하고 바랄 정도로 그녀는 여전하다. 그녀가 변해야 자신도 변할 수 있을 것 같았다. 그 자신조차 인지하지 못했던 무의식이 잠시 그 를 덮쳤다. 그는 아까의 그녀처럼 등을 난간 벽에 기대어 섰다.

그리고 그녀를 생각하며 보일 듯 말 듯 서서히, 아주 조금씩 수면 위로 떠오르는 감각을 느꼈다. 수면 밑에서 상상할 수조차 없을 정 도의 깊은 감정이 나타나기 바로 직전의 조심스러움이었다.

도대체 언제부터였을까.

침대에 쓰러지듯 누운 센이 천장을 눈으로 새기며 중얼거렸다.

"네가 나를……."

그녀는 그가 아까 보여 준 모습을 떠올렸다. 사랑한다고 말하는 그의 눈빛에 오로지 하나만을 원하는 욕망이, 갈망이, 독점욕이 가득 들어차 있었다.

그녀의 마음도, 몸도 그 무엇도 놓치고 싶지 않다고, 단 하나도 빠짐없이 모든 것을 자신에게만 보여 달라고 말하는 그의 집요한 눈동자를 보자 강한 떨림으로 잠시 숨이 멎었다. 모순된 감정이 교차했다.

"도대체 언제부터……."

대학 시절, 그를 제치고 수석을 거머쥔 이후로 그와 그녀는 서로의 존재를 확실하게 인식하게 되었다. 물론 그것으로 끝이었다.

미묘하고 정의 내리기 힘들 만큼 아무것도 아닌 관계. 남보다 못한 사이라고 생각했었다. 앞으로도 이 심플한 관계는 결코 변하지 않을 거라고 믿고 있었다. 적어도 두 달 전까지만 해도.

그의 막무가내식의 연애 제안을 억지로나마 받아들인 이유도 그 믿음을 자신했기 때문이다. 십 년 만에 갑작스럽게 그가 자신에게 흥미를 가졌다고 해도 그의 호기심이 충족될 때까지 그녀는 그에게 반하지 않을 것이라는 확신을 하고 있었다.

예전에도, 지금도 그는 그녀가 봐도 모든 면에서 차고 넘치는 멋있는 남자임에는 분명하다. 하지만 세상 모든 여자들이 그를 좋아해도 적어도 그녀는 그에게 빠지지는 않을 거라고 장담하고 믿었다.

외모나 성격은 전혀 달랐지만, 도준은 어쩐지 자신을 무자비하게 느껴질 만큼 강하고 거칠게 키운 둘째 오빠를 연상시켰다. 그런 그를 좋아하게 된다는 것은 꿈에도 생각한 적 없었고 상상할 수조차 없었다.

그래서 두 달 동안 자신의 심장이 그를 향해 두근거리고 설레는 빈도가 늘어나는데도 그 신호를 무시하고 모른 척했다. 적대감이 들어야 하는 것이 마땅한데 끊임없이 그녀가 연약한 여자라는 것을 인식시켜 주는 그 때문에 기대고 싶어지는 마음이 부끄러웠다.

더 이상 바보처럼, 아무것도 모르는 아이처럼 굴 수 없다는 것도 깊은 곳에서나마 깨닫고 있었다. 언제부터인지는 확실히 알 수 없지만 그는 자신을 사랑한다. 그것을 확실하게 느끼면서 동시에 떠오르는 의문⋯⋯.

도대체 언제부터일까.

"내가⋯⋯ 너를."

사내 알림 게시판에 붙여져 있는 포스터 한쪽 면이 떨어지기 일보 직전이었다. 점심을 먹고 사무실로 향하던 상민이 떨어지려는 모서리 부분을 다시 깔끔하게 붙여 주었다.

"케이프타운?"

센이 팸플릿 안의 사진을 보며 중얼거렸다. 팸플릿을 찬찬히 읽던 상민이 그렇다고 고개를 끄덕였다.

"이센 씨. 가 봤어요?"

"음, 휴학했을 때 잠깐요."

"맞다. 1년 동안 유럽부터 아프리카 오지까지 별의별 곳 다 여행했다 그랬죠? 안 위험했어요? 여자 혼자서."

"위험했겠어요?"

멍청한 질문은 그만하라는 듯이 센이 딱 잘랐다. 그녀의 단호함에 상민은 탄식하며 우매했던 제 자신을 반성했다.

저 여자는 '그냥' 여자가 아니었지.

사실 그녀는 외모만 보면 연약하고 여려 보이는 천생 여자에 요조

숙녀가 따로 없다. 이런 말을 하면 말로만 들어 온 발차기가 날아올까 봐 겁나지만, 여성스럽게 굴곡진 몸매도 많은 남성들의 눈길을 끌지 않을 수 없었다.

거기다가 화려하게 치장하지 않는 모습이 순수함을 더했다. 워낙에 제 나이로 보이지 않는 동안이기도 했다. 그래서 가끔 그녀가 아주 어렸을 때부터 격투기와 무술로 단련된 몸이라는 것을 잊어버리지만.

"또 가고 싶나 봐요?"

사진에서 눈을 떼지 못하는 센에게 상민이 물었다. 여전히 사진을 응시하면서 그녀가 고개를 저었다.

"별로요."

그녀가 사진에서 눈을 떼지 못하는 이유는 가고 싶어서가 아니었다. 그저 다 때려치우고 여행이나 실컷 다니자고 마음먹었던 날, 자신을 붙잡아 줬던 그를 생각했다. 도망가지 말라고 조용하지만 단호하게 꾸짖던 그의 모습에 지금에서야 이질감이 들었다.

그의 고백을 듣고 끼워 맞추는 식이 되었지만 생각해 보면 그는 다른 사람의 인생에 개입하며 방향을 제시해 줄 정도로 다정하지도, 오지랖이 넓지도 않았다. 적어도 그녀가 알고 있는 그는 그랬다.

내가 알고 있는?

꼬리에 꼬리를 무는 것처럼 과거의 것들이 뒤엉켰다. 그를 생각하면 할수록 엉망이었던 퍼즐 조각이 느릿하게 맞춰져 가고 있었다. 여태까지 그에게 관심도 없고 아는 것도 없다고 믿어 의심치 않았다. 하지만 생각보다 자신은 그에 대해 많은 것을 알고 있었다. 남들이 모르는 그의 습성 같은…….

자신을 집요하게 관찰하는 그의 눈빛을 싫다고 생각해 놓고 그녀 또한 그를 알게 모르게 관찰하고 의식하고 있었다는 것을 자각했다. 관심 없는 척을 하면서 그와 자신은 항상 서로를 시선의 끝에 두었다. 마지막에 항상 서로가 있어야 할 자리에 계속 있는지 확인하고 안심하는 것처럼.

센은 퇴근을 하고 체육관이 아닌 집으로 향했다. 휴대폰을 귀에 가져간 그녀의 미간이 좁아졌다.

―왜 안 오는 건데? 나 코치해 줘야지!

"야. 선수들 쉴 때도 난 쉰 적 없었어. 간만에 좀 쉬겠다는데 쪼아 댈래?"

지호의 투정에 그녀가 툭 내질렀다. 잠시 말이 없던 지호가 풀이 죽은 목소리로 물었다.

―선수들 쉴 때도 꼬박꼬박 나오던 누나가 이번 달만 두 번을 쉬니까 이상해서 그러지.

"나도 사람이야. 휴식도 있어야지."

―운동하는 게 휴식이라며?

"계속 그렇게 트집 잡지? 운동이나 해라."

자꾸 체육관에 오라고 칭얼거리는 지호가 귀찮아 그녀는 얼른 전화를 끊고 싶었다. 망설이던 지호는 정말로 그녀가 전화를 끊기 전에 결국 입을 열었다.

―설마 신도준 때문에 안 오는 건 아니지?

소파에 가방을 내려놓고 물을 마시러 냉장고로 다가가던 그녀의 걸음이 우뚝 멈춰 섰다. 휴대폰을 쥐고 있던 그녀의 손에 힘이 들어갔다.

"뭐?"

―누나, 설마 그 사람 좋아하는 거 아니지?

잔뜩 긴장한 지호의 목소리가 수화기를 타고 흘렀다. 아니라고 펄쩍 뛰어야 할 그녀의 대답이 들리지 않았다. 지호가 낮게 중얼거렸다.

―말도 안 돼. 아니지? 아니잖아.

지호가 아니라고 말하라고 사정하는 순간에도 그녀는 아무 대답도 할 수 없었다. 감정을 깨달은 순간, 아니라고 거짓말을 하는 것은 불가능했다. 정확히는 아니라고 말할 수 없었던 그 순간, 자신의 감정이 더 확실하게 드러났다.

오늘은 더 이상 일 때문에 피곤하다는 핑계로 체육관에 가지 않는 것은 무리였다. 매일 체육관에 다니던 딸이 제대로 된 이유도 없이 며칠을 빠졌으니 아버지가 이상하게 생각하며 무슨 일이 있었는지 추리할 것이 눈에 훤했다.

그녀는 체육관 복도에 들어가자마자 가장 보고 싶지 않았던 얼굴과 맞닥뜨리게 되었다. 보고 싶지 않다기보다는 아직은 볼 준비가 되어 있지 않았다. 그녀는 잠시 옅은 한숨을 쉬었다. 헛기침을 하며 지나치려는 그녀의 손목을 도준이 붙잡으려 했다.

그 순간, 그녀가 빠르게 팔을 빼며 그의 손길을 밀쳤다. 완벽하게 거부하는 손짓에 그가 움직임을 멈추고 차갑고 매서운 눈으로 그녀를 노려보았다. 그의 손길을 뿌리치고 제 스스로 당황하고 있었던 그녀는 어둡게 깔린 강렬한 눈빛과 마주하고 놀라서 시선을 돌렸다.

"이게 네 답이야?"

변함없는 그의 목소리인데도 두려움이 느껴질 정도로 낮고 어둡게 들렸다. 그게 아니라고 말하고 싶었다. 자신도 모르게 커진, 심지어 지금조차도 커져 가고 있는 감정이 낯설고 생경해서 머리도 가슴도 터질 것 같다고 말하고 싶었다. 그를 좋아하는 마음을 깨달은 뒤부터, 그것을 인식하면 인식할수록 부끄러워져서 그랬다고 말해야 했다.

하지만 그녀는 자신이 처음으로 누군가로 인해 부끄러움을 느낀다는 사실 그 자체가 얼굴이 달아오를 정도로 부끄럽고 창피했다. 그렇게 만든 본인 앞에서 그 말을 해야 한다고 생각하니 도저히 입이 떨어지지 않았다.

그녀가 주저하고 머뭇거리는 동안 그가 거칠게 그녀의 팔목을 끌어당겼다. 순식간에 그의 품 안에 갇힌 그녀가 놀라서 그를 보았다.

"그날 내가 한 말, 도망갈 수 있게 해 준다는 뜻 아니었어. 내가 너 아니면 어떤 것도 선택할 수도 느낄 수도 없는 것처럼 너한테도 선택의 여지 같은 거 없어. 내가 너 아니면 안 되듯이 너도 내가 아니면 안 돼. 알아들어?"

결국 도준은 모든 것을 폭발시키듯 그녀에게 경고했다.

"네가 선택할 수 있는 건 딱 두 가지야."

더 이상 인내하고 기다리겠다는 마음은 없었다. 그를 피하는 것처럼 그녀가 매일 오던 체육관을 빠진 것을 알았을 때도 불안감과 두려움이 전신을 타고 흘렀지만 아직 대답을 듣지 않았다고 스스로를 다스렸다.

그러나 두 달 동안 적극적이진 않았어도 자신의 손을 매몰차게 밀쳐 낸 적은 없었던 그녀가 오늘 자신의 손을 단호하게 뿌리치는 것을 보자 미치기 직전의 참을 수 없는 충동이 그를 덮쳤다.

"나를 사랑하면서 내 옆에 있거나 나를 사랑하지 않고 내 옆에 있는 것."

기약만 있다면 몇 년이 걸려서라도 그녀가 그를 사랑하게 만들기 위해 참고 노력할 자신이 있었다. 하지만 1년 전, 그가 한 말에 '말도 안 되는 일'이라고 단호하게 대답했던 그녀가 지금의 그녀와 겹쳐졌다.

기대했던 마음들이 그를 비웃듯 모두 산산조각 나서 가슴 깊은 곳이 처절하게 무너져 내렸다. 그는 가슴속을 타고 흐르는 거센 통증을 느끼며 무서울 정도로 집요한 눈으로 그녀만을 응시했다.

그녀가 떨리는 목소리로 대답하려는 순간, 사무실에서 호호가 나오는 소리가 들렸다. 그녀는 이번에도 그의 품에서 빠르게 빠져나왔다. 아버지에게 절대 관계를 알리고 싶지 않아 하는 그녀의 행동이 다시 그에게 상처를 냈다.

"센아! 왔으면 들어와라. 선수 명단 좀 체크해."

"네."

그녀는 그를 놔둔 채 사무실로 향했다.

회원들과 선수들, 코치까지 모두 가고 아버지까지 집으로 향했다. 그녀는 텅 빈 체육관을 잠시 살펴보다가 뒷정리를 시작했다. 제 자신이 바보처럼 꼬아 놓은 일을 어떻게 풀어야 할지 아직 감이 잡히지 않았다. 가만히 있으면 자꾸 고민만 하게 되는 것도 마음에 들지 않았다.

마지막으로 매트를 옮기고 허리를 곧게 편 그녀는 청소를 하느라 흘러내린 머리들을 다시 바로 묶었다. 뒷정리 후 집에 가려 했던 그녀는 어차피 땀을 흘린 김에 훈련이라도 더 해야겠다고 마음을 바꾸고 링으로 다가갔다. 탑 로프를 위로 제치고 링 안으로 들어간 그녀는 혼자 있어야 할 공간에 들리는 낯선 소리에 고개를 돌렸다.

 샤워를 마치고 이제 나오는지 운동복에서 와이셔츠와 정장 바지로 옷을 갈아입은 말끔한 모습의 도준이 보였다. 그녀는 샌드백을 툭툭 건드리며 그를 힐끔 보았다. 그의 눈치를 보면서 말을 걸지도 못 하고 있는 그녀에게 그가 천천히 다가갔다.

 "내가 같이 해 줘?"

 어색한 기운이 감도는 동안, 갑자기 들린 그의 물음에 그녀가 잠시 멍하니 있다가 입꼬리를 올리며 말했다.

 "나랑 스파링이라도 하자고? 그냥 힘 겨루는 쌈박질이면 몰라도 복싱이면 나 쉬운 상대 아닌데."

 그녀의 말에 그가 엷게 웃었다.

 "스파링? 나한테 널 때리는 게 가능한 일이라고 생각해?"

 "스포츠잖아."

 그녀의 말에 대꾸할 가치도 없다는 듯 대답을 생략한 그는 링 안으로 들어왔다. 스파링 미트 안에 손을 집어넣은 그가 그녀를 보았다. 아까 전, 자신을 몰아세우던 그의 모습은 찾아볼 수 없었다. 평소의 신도준이었다.

 "뭐야?"

 그녀는 인상을 찌푸리며 물었다. 그는 어깨를 으쓱하며 덤비라는 듯 미트를 뻗었다. 그녀는 잠시 주저하다가 글러브를 낀 손으로 주먹을 날렸다. 도대체 어떻게 만들어진 몸인지, 온 힘을 다해서 때리는데도 꿈쩍도 않는다.

성질이 나서 더 힘차게 주먹을 그를 향해 던지고 또 던졌다. 그녀는 몇 번이고 미동도 하지 않는 그가 든 스파링 미트를 때리며 자신이 왜 그를 그토록 이기고 싶어 했는지 알 것도 같았다.

땀이 흐를 정도로 연습하던 그녀가 팔을 내리고 에어컨이 있는 방향으로 다가갔다. 사각형의 링 끝에 선 그녀가 그와 시선을 맞추었다. 그의 표정은 여전히 그녀로서는 알기 힘들었다.

"왜 갑자기 태도가 다시 바뀌었어?"

"내가?"

"시치미는. 그래!"

심각해지는 것은 질색인 그녀가 아무렇지 않게 아까 일을 꺼내자 그가 옅게 웃으며 말했다.

"아무리 생각해도 난 네가 날 사랑해 주길 바라니까."

평소와 같은 덤덤한 목소리인데도 마음까지는 덤덤하지 못하다는 것이 크게 느껴졌다. 숨이 차도록 운동을 해서인지, 사랑해 줬으면 좋겠다는 말을 들어서인지 모든 혈관에 피가 빠르게 흐르면서 온몸이 뜨거워지는 것이 느껴졌다.

"이제 참는 건 그만하려고 했는데 별수 있어?"

"신도준……."

"내가 널 많이 사랑하거든. 너를 사랑하는 것조차 감당할 수 없을 정도로 벅찬데 너한테 사랑받는다면 그건 도대체 어떤 기분이 드는 건지……."

그가 어두워진 눈으로 다시 무언가를 억누르며 말했다.

"내가 꼭 알아야겠으니까."

에어컨 바람을 등지고 있던 그녀는 몸을 돌려서 그의 눈을 피했다. 그녀는 눈을 감으며 속으로 욕설을 중얼거렸다.

젠장. 신이라고 불리는 자식이 왜 일개 인간의 마음 하나 못 읽어서 저렇게 참담한 얼굴이야?

그녀는 아까 부끄럽다는 이유로 그의 손을 밀쳐 냈던 자신의 손을 분질러 버리고 싶은 충동이 들었다.

더 이상 못 참겠다면서 참긴, 왜 또 참아? 이런, 빌어먹을.

그녀는 마음을 깨달은 순간, 그것을 숨기는 것은 불가능한 유전자로 이루어져 있다. 밀당이며, 재고 따지는 것 따윈 더더욱 할 줄 모른다. 녀석은 다시 한 번 참고 기다리겠다고 말하지만 모든 감정을 받아들인 지금, 무언가를 숨기고 참는다는 것은 말도 안 되는 소리다.

"야!"

센의 도전적인 음성에 그가 그녀를 보았다. 그녀가 눈을 날카롭게 떴다.

"남의 마음, 함부로 착각하지 마."

"뭐?"

그가 이해가 안 간다는 듯이 되물으며 인상을 찌푸렸다. 그러자 그녀는 결국 답답함을 이기지 못하고 투박하게 백 글러브를 벗어 링 바닥에 패대기쳤다.

"아, 나도 네가 좋다고!"

그녀가 거의 윽박을 지르듯 고백했다. 창피하고 부끄러워서 일순 눈을 감았던 그녀가 다시 눈을 떴다. 그녀의 눈이 커졌다. 또다시 처음 보는 그의 모습이다.

언제나 침착하고 여유로웠던 그의 눈이 거세게 일렁거리고 있었다. 아직 믿을 수 없다는 듯 이를 악물고 있는 그 모습을 보면서 그녀는 그를 향한 자신의 마음이 다시 한 번 확실해지는 것을 느꼈다.

그를 꺾어 주고 싶다는 못된 심보가 항상 제 마음속에 존재했다. 그의 모습을 집요하게 눈동자로 따라붙으며 그를 이기고 싶어 했던 이유……. 자신으로 인해 동요하고 흔들리는 저 모습을 눈에 담고 싶었다. 오로지 자신으로 인해서만.

지금이야말로 만족스러운 그림이다. 그녀가 거세게 뛰는 심장 소리를 무시하며 그에게 다가갔다. 지금 들은 말을 여전히 이해할 수 없다는 얼굴인 그를 보던 그녀는 그의 손에 걸쳐진 스파링 미트를 벗겨 내며 말했다.

"사랑하는 것 같아."

그러고는 발꿈치를 위로 들고도 닿지 않는 그의 얼굴을 셔츠 자락을 끌어당겨 내렸다. 그녀는 하고 싶은 대로 그의 입술을 자신의 입술과 겹쳤다. 아주 잠시 동안 머물러 있던 그녀의 입술이 그에게서 떨어졌다.

"사랑해."

그녀가 그의 고백을 따라하듯 말했다.

"내가 너를……."

이미 패배를 인정하고 쓰러진 상대를 약 올리듯이.

"아마도?"

일렁이던 그의 눈빛이 다시 자리를 되찾아 그녀만을 고요히 응시했다. 강렬한 눈길을 그녀는 더 이상 피하지 않았다. 그가 억눌린 목소리로 말했다.

"너 정말⋯⋯."

그는 제멋대로인 고백에 숨도 쉴 수 없을 정도인데 혼자 아무렇지 않은 얼굴로 씩 웃는 그녀의 모습이 얄밉고 또 미치도록 사랑스러웠다.

"정말 못됐다."

그의 마지막 말에 그녀가 의아하다는 듯이 입을 열려 했지만 묻기도 전에 입술이 그에게 철저하게 갇혔다. 억눌린 모든 것을 터트리며 부딪치는 그의 강한 힘에 그녀의 몸이 잠시 뒤로 밀려났지만 이내 그가 팔로 강하게 그녀의 어깨와 허리를 결박하며 단단히 감싸 안았다. 강렬하게 부딪치고 만나는 입술이 좋아서 그녀가 그의 목에 팔을 두르고 더 그의 품으로 파고들었다.

사랑하지 않을 수 없는 여자. 그는 마침내 잡은 그녀를 절대 어디에도 보내지 않겠다는 듯이 힘을 주어 그녀를 안았다.

쉴 새 없이 젖어 있는 그녀의 입술을 빨았다. 입술로 머금고 혀를 미끄러뜨리자 그녀의 입술이 스르르 자연스럽게 열렸다. 그가 그 얇은 틈을 놓치지 않고 속을 파헤쳤다.

얼기설기 혀가 만나고 액체가 섞였다. 맛있는 사탕을 삼키듯 그녀의 혀를 빨아 올리고 여린 살들을 깨물었다. 그의 어깨를 꽉 쥐는 그녀 때문에 잠시 입술을 살짝 떨어트리자 그녀가 신음에 가까운 한숨을 내쉬었다.

"도준아."

젖은 숨소리와 섞여서 들리는 자신의 이름이 이렇게 듣기 좋을 거라고는 상상해 본 적도 없었다. 그는 자신이 아까 했던 말이 말도 안 되는 소리였다는 것을 깨달았다. 숨을 쉬게 해 주는 이 잠시 동안도 놔주는 것이 아쉽고 참기 힘들었다. 다시 참고 기다릴 수 있을 리가 없었다.

또다시 그녀와 입술을 붙여 비비던 그가 숨을 주듯 그녀의 입안에서 호흡했다. 입술이 닿고 온몸이 닿았다. 키스를 하면서 느꼈다. 갖고 싶었던 게 아니라 서로에게 서로를 주고 싶어서 애가 탔던 심정을.

불가능할 거라고 여겼던 평행선이 완벽하게 겹쳐진 순간, 가장 익숙하고도 가장 낯설었던 감각이 터질 것처럼 깨어났다.

Round 9

방어하는 여자와
공격하는 남자

　도준과 입술을 겹친 지금, 센은 문득 두 달 전 그날의 기억이 떠올랐다. 마치 굶주린 여자처럼 그를 밀어트리고 입술을 훔쳤던 그녀와 예상했던 대로 부드럽고 뜨거웠던 그의 입술이…….

　에어컨의 차가운 바람이 센의 등을 연속적으로 때리며 제 기능을 하고 있었다. 하지만 그녀는 시원하다거나 춥다는 감각을 전혀 느낄 수 없었다. 그 이유를 그녀는 아주 잘 알고 있었다.

　그녀의 어깨와 허리를 결박하듯 감싸 안은 남자의 강인한 팔이 놀라울 정도의 열기로 가득했고, 어떤 방해물 하나 없이 닿은 남자의 부드러운 입술이 움직일 때마다 그 뜨거움에 몸이 떨려 왔다.

　그녀의 몸과 완벽하게 겹쳐져 닿은 남자의 몸 전부가 델 듯이 뜨거웠는데 그중에서도 그녀의 아랫배를 뚫을 것처럼 누르고 있는 남자의 몸의 일부가 으뜸이었다. 서로 옷을 걸치고 있는데도 그녀의 몸을 태울 것 같은 뜨거움이 느껴졌다.

이제 막 마음을 나눈 연인의 열정적인 키스가 시작되고 얼마 지나지 않아 일어난 그의 변화였다. 그녀를 향해 있는 그의 일부가 느껴지자 생경하고도 이상야릇한 감각에 기분이 얼떨떨하면서도 묘했다.

그들의 성격처럼 전혀 정적이지 못한 입맞춤이었다. 도준은 그녀에게 키스를 퍼부으면서 그녀의 몸을 자신 쪽으로 더 당기고 계속해서 자신의 몸을 그녀에게 밀어붙였다.

그답지 않은 거친 '밀고 당기기'에 안 그래도 낯선 이물감이 더 크게 느껴졌다. 그녀는 답지 않게 수줍은 마음이 일어 입술을 떼고 몸을 뒤로 떨어트리려 했다. 그 작은 몸짓에도 그는 용납할 수 없다는 듯 더 거칠게 그녀의 입술을 뒤덮고 몸을 삼킬 것처럼 안았다.

"도준아……."

그를 다시 한 번 제지하기 위해 그의 몸을 밀며 이름을 불렀다. 그녀는 스스로 말해 놓고도 놀라움에 두 뺨이 불그스름하게 변했다. 오랫동안 그의 입술과 혀에 갇혀 있어서인지 희미하게 나온 목소리가 본의 아니게 마치 그에게 더 해 달라는 듯이 앙탈하는 목소리로 들렸던 탓이다.

그런 의미가 아니란 것을 잘 알고 있는 제 자신에게도 그렇게 들리는데 그녀의 몸과 꽉 붙어 떨어질 생각을 못 하고 저돌적인 움직임을 멈추지 않는 그는 오해하고도 남음이다. 언제 놔주겠다는 기약도 없이 그가 또다시 그녀의 입술을 뺏으려는 순간 그녀가 조용히 소리쳤다.

"네가 잊은 것 같아서 상기시켜 주는데, 여기 체육관이야."

"안 잊었어."

도준의 낮게 잠긴 목소리가 텅 빈 체육관을 깊게 울렸다. 하지만 대답과는 다르게 그는 지금에서야 자제를 하기 위해 애쓰는 사람처럼 그녀의 입술을 바로 앞에 두고 거친 숨을 내쉬었다. 센은 그의 대답에 얼이 빠졌다.

안 잊었다고? 말도 안 되는 소리.

잊지 않았는데 이런 거칠고 야한 키스를 퍼부었을 리가 없다.

그녀는 이 이상한 연애를 시작하면서 이성적이고 매사에 완벽한 그가 생각보다 보수적이고 고지식하다는 것을 처음 알았다.

사실 그녀가 알기로는 대학 시절의 그는 '너는 너, 나는 나' 식의 쿨한 연애를 고수해 왔다. 도준의 일거수일투족을 쫓아 데이터로 환산하는 것이 주목적인, 가히 박수를 쳐 주고 싶을 만큼 할 일 없는 그의 추종자들 모임에 의해 알고 싶지 않아도 저절로 알게 된 것들 중 하나였다.

그런 사실들을 알고 있었기 때문에 사귀자는 그의 제안을 울며 겨자 먹기로 받아들였을 때도 가볍게 시작해서 가볍게 끝날 거라고 은연중에 스스로를 안심시켰던 마음도 있었던 것 같다. 심플하고 쿨하게 곧 끝날 거라고 스스로를 위로하면서.

하지만 그는 전혀 쿨한 연애를 하는 남자가 아니었다. 지호나 다른 남자 회원을 지도할 때 잠깐씩 마주친 그의 표정이 그것을 말해 주었다. 다른 남자들과 어떤 가벼운 터치도 없었고 단순히 가르침을 주는 것뿐인데도, 무슨 죄수를 감시하는 교도관처럼 집요하고 무섭게 그들의 모습을 눈으로 쫓았다. 센을 흘긋거리며 은근한 추파를 던지려 하던 남자 회원들이 겁을 집어먹고 훈련에만 충실하게 될 정도로 살기 어린 눈빛으로.

게다가 어느 날은 초고속으로 땀을 흡수시켜 준다는 비싼 운동복이 든 쇼핑백을 건네며 앞으로는 이것을 입으라고 친절하면서도 강압적으로 말했었다. 옷가지들을 확인해 보니 팔다리를 야무지게 가리는, 보기만 해도 답답함이 느껴지는 것들이라 물론 그의 말을 무시하고 단 한 번도 입지 않았다.

그녀는 운동한 만큼 제대로 땀을 흘리는 것을 좋아했다. 미친 듯이 운동을 했는데 흡습성이 너무 뛰어나 산뜻한 느낌을 받는 것은 오히려 기분 나쁘다. 그녀가 자신의 운동 철학을 고집하며 단호하게 말하자 그는 그녀를 꽉 안으며 '너 나중에 보자.' 라는 왠지 모르게 섬뜩한 말을 남겼었다.

이렇게 자잘한 것부터 시작해서 별의별 참견과 집착을 해 왔던 그였다. 그런 그가 여태까지 연애하면서 해 온 것들이 많이 참고 봐준 거라고 하는 순간 그녀는 잘못 걸렸다는 생각이 온 머릿속을 덮쳤다.

"시간도 너무 늦었어."

"알아."

안다는 녀석이 왜 여전히 자신의 허리를 놔주지 않고 자신을 집어삼킬 듯이 응시하고 있는 것인지 그녀는 알 수 없었다. 아니, 사실 전부 알 것 같았다. 그의 고집스러운 눈빛에 담긴 의미를 모르지 않는다.

더더군다나 아직 닿아 있는 하체의 감각이 그의 눈빛의 의미를 뒷받침해 주고 있었다. 그녀는 부끄러움으로 발갛게 물든 두 뺨을 가리고 싶었다. 주도권을 잡는 연애만 해 왔던 그녀가 눈을 내리깔고 떨리는 목소리로 말했다.

"이제 집에 가자."

원체 여성스러운 이목구비라 조용하고 나긋하게 말하는 게 어울리고 사랑스러웠다. 그녀가 몸을 떨어트리려 하자 이번에는 그도 쉽게 그녀를 풀어 주었다. 하지만 그녀가 링 밖으로 나가려고 몸을 돌리는 동시에 그가 뒤에서 그녀를 안았다.

"집에 가자고?"

"지, 집에 가야지. 그럼 안 가?"

"누구 집에?"

남자다운 턱이 그녀의 정수리에 고정되었다. 그의 엉큼한 말에 그녀가 오버스럽게 발끈했다.

"당연히 각자 집에 가야지!"

"큰일이다."

그가 그녀를 자신의 가슴팍으로 더 깊게 안으며 중얼거렸다.

"조금도 떨어지기가 싫어."

"그게 무슨⋯⋯."

화르륵 더 짙은 분홍빛으로 얼굴이 달아오른 그녀는 말을 채 잇지 못했다. 시계를 확인하니 벌써 열두 시가 넘은 시각이다.

더 이상은 이 패턴에 넘어가선 안 된다. 이대로 머무적머무적하면 이곳에서 정말 날 샐지도 모른다는 생각에 그녀가 단호하게 그의 팔을 밀치고 링 밖으로 나갔다. 그가 쫓아올까 빠른 걸음으로 탈의실로 들어온 그녀는 문을 확실히 잠그고 입고 있던 운동복을 하나하나 벗었다.

마지막으로 몸을 감싸고 있던 얇은 속옷까지 벗어 내린 그녀는 샤워실로 향했다. 그녀 외에는 아무도 없는 샤워장에서 샤워기를 틀자 곧바로 시원함을 넘어 차가운 물줄기들이 그녀의 몸으로 쏟아져 내렸다.

그녀는 갑작스럽게 몸에 닿는 차가움에 잠시 미간을 찌푸렸다. 하지만 온수로 돌릴 생각은 하지 않고 물의 온도에 적응되기를 기다리며 그대로 물을 맞았다. 잠시 덜덜 떨렸던 몸이 원위치를 찾아갔다.

차가운 물줄기가 튀어 입술을 타고 흐르자 반대로 그녀는 제 입술에 닿았던 뜨거웠던 감각이 되살아나는 것을 느꼈다. 마음대로 짓누르고 핥고 이겨 댄 탓에 부었을 것이 분명한 자신의 입술을 손가락으로 만지작거렸다. 역시나 부어 있었고 여전히 뜨거웠다.

평정심을 되찾으려 했던 마음이 다시 거세게 울렁거린다. 애초에 그와 있으면서 평정심을 유지한다는 것은 불가능한 일이나 진배없었다.

예전과 다른 점이 있다면 불편할 정도로 빠르게 뛰는 이 심장 소리가 거슬리기보다는 점점 당연해지고 있다는 것이다. 그를 향한 감정이 더 이상 낯설지 않고 그것에 익숙해지고 당연해지는 것이 기분을 묘하게 만들었다.

샤워볼로 몸을 문지르던 그녀는 손을 목에서 가슴으로 내리던 순간 동작을 멈췄다. 그의 단단한 가슴과 맞물리고 부딪치던 그녀의 가슴이 필요 이상으로 예민해져 있었다. 물론 지금은 차갑게 때리는 물 때문에 딱딱하게 솟은 것일 테지만 아까 그와 닿았을 때, 옷을 사이에 두고도 느껴질 정도로 유두가 곤두서 있었다는 것을 그녀도 알고 그도 알았다.

바디워시를 바르기 위해 문지르는 것뿐인데 괜히 찔리고 이상한 기분이 들었다. 그녀는 제대로 된 샤워를 일단 미루고 집으로 가는 것을 택했다. 몸을 닦은 그녀가 샤워실 문을 열고 탈의실로 나왔다.

"다 씻었어?"

헉.

그녀가 숨을 멈추고 제자리에 섰다. 문으로 시선을 던졌다. 복도에서 탈의실 문에 기대어 기다리고 있었다는 무언의 압박을 주는 그의 실루엣이 보였다. 실루엣일 뿐인데도 괜히 낯부끄러워 그녀가 수건으로 몸을 돌돌 감쌌다.

"너, 너 변태야? 왜 거기서 기다리는데?"

"그럼 어디서 기다려?"

가까스로 놀란 마음을 진정시킨 그녀는 로커가 있는 쪽으로 향했다. 그가 낮은 음성으로 물었다.

"센아. 지금 다 벗고 있어?"

우뚝.

다시 한 번 걸음이 멈췄다. 이젠 얼굴뿐만 아니라 몸 전체가 달아오른다.

다 벗고 있냐고 묻다니, 저 자식이 무슨 음란 채팅하는 것도 아니고!

마치 그가 자신의 알몸을 보고 있는 듯한 기분이 들었다. 그녀는 로커를 거칠게 열며 아무렇지 않은 척 대꾸했다.

"그, 그럼 다 벗고 있지! 옷 입고 씻었을까 봐? 내가 변태니!"

자꾸 '변태'란 단어를 자신도 모르게 거론하는 이유는 무의식적으로 자꾸 이상한 상상을 하게 되는 스스로가 변태로 느껴져서일 것이다.

침착해. 침착해라, 이센.

춥지 않은데도 가볍게 떨리는 손으로 속옷을 집었다. 아무것도 입지 않은 몸에 작은 천 조각이나 다름없는 팬티를 걸쳤다.

"변태가 된 기분이야."

"……."

"자꾸 상상돼."

브래지어 후크를 채우려 하는데 평소와 다르게 손이 자꾸 엇나갔다. 등으로 돌린 손을 열심히 움직이는 동안 그가 말을 이었다.

"네 벗은 모습."

툭.

브래지어 양쪽 끝을 잡고 있던 손에서 힘이 슥 풀렸다.

"야. 너 조용히 해. 좀 가만히 기다리라고."

그녀가 사납게 소리치며 허둥지둥 옷을 입었다. 그는 그녀의 말을 잘 듣는 사람처럼 잠시 침묵을 지켰다.

"가만히 기다리라고?"

역시 그녀의 말을 들을 의도 따윈 없었던 모양이다.

"이센."

"왜?"

"앞으로 나한테 기다리라는 말, 안 하는 게 좋을 거야."

"너 나 협박해?"

"비슷해."

"뭐?"

"나 너에 관해선 참을성 없어. 여태까지 기다리고 참아 온 게 스스로 기특할 정도로."

센은 떨림이 겨우 멎은 손으로 티셔츠를 들었다. 물을 맞아 촉촉한 살결 위로 부드러운 옷의 촉감이 느껴졌다.

"이제 참지도 않고……."

문 너머에서 확고한 목소리가 탈의실 안으로 계속해서 들어왔다.

"절대 안 놔주고 내가 다 가질 거야."

무서워야 할 말이 달콤하게 들린다면 그건 비정상이다.

"놔줄 생각 같은 거 한 적도 없었지만. 협박 더 할까?"

옷을 전부 입은 그녀가 가방을 챙겨 문으로 다가갔다.

"네 꿈에서 육각형의 방에 여섯 개의 문이 있다 그랬지? 문이 여섯 개고, 백 개고 천 개여도 상관없어. 도망가려고 몇 번을 시도해도 소용없어. 네가 문을 여는 족족 그 문 앞에는 내가 있을 거니까."

그녀가 잠겨 있던 문고리를 풀고 문을 활짝 열었다. 자신만을 응시하는 곧은 눈빛을 만났다.

"이렇게."

옭아매는 것을 싫어하는 성격에 기분 나쁘고 화가 나야 하는 것이 마땅한데 저 말이 가슴을 두근거리게 한다면 그건 사랑일 것이다. '아마도'란 말이 비집고 들어올 수조차 없을 정도로 분명한…….

"그래서 섹스는 했어?"

아무리 한가롭고 사람이 없다지만 공공장소인 카페에서 눈을 뒤집어 까고 점막을 꼼꼼히 칠하는 연주의 행동에 혀를 내두르던 센은 '섹스'란 단어에 눈이 두 배로 커졌다.

"너!"

"신이라 불리는 남자인데 역시 전지전능하디?"

"제발 그 입 좀 다물자! 응?"

"설마 아직 안 해 봤어?"

젠장. 말이 안 통한다. 연주는 절대 이 화제에서 벗어날 기미를 보이지 않았다. 센이 입을 다물고 있자 알아서 해석했는지 다시 신나게 떠들었다.

"진도 어디까지 나갔는데?"

깐깐한 선생님이 수업 진도를 묻듯 당연하고도 단호한 물음에 센은 금세 연주의 페이스에 말려들었다.

"키스는 했지."

"아, 그건 당연한 거고. 너네 키스도 안 하고 있었으면 내가 둘 다 손 꼭 붙잡고 병원 데려갔어."

"병원은 무슨. 오버 좀 그만해."

"그나저나 진짜 안 잤어?"

"그만 좀 하자니까."

"나도 책임감이 있단 말이야. 네가 서른하나 되도록 처녀인 원인에는 내가 있으니까."

연주의 말에 센이 잠시 말을 멈췄다. 맞는 말이기도 하고 틀린 말이기도 하다. 2학년 때 만났던 두 명의 남자는 2, 3개월 정도, 연애라고도 말하기도 민망할 정도로 짧은 기간 동안 사귀었지만 마지막으로 만났던 재훈과는 1년 동안 그녀치고는 나름 긴 연애를 했다.

그리고 하도 오래되어서 가물가물하지만 그와 섹스의 초입까지는 갔었던 기억이 있다. 굳게 마음을 먹고 그와 관계를 맺으려는 순간 그녀는 며칠 전 연주가 해 준 첫 경험 후기를 떠올렸다.

"넌 상상도 못 할 거야."

"어, 얼마나 아픈데?"

"얼마나 아프냐면, 이건 진짜 사랑하지 않으면 못 할 짓이다."

"……."

"싫을 정도로 아파."

재훈을 좋아하지만 사랑하진 않았다. 사랑이 뭔지 모르는데도 그것만은 확실하게 자각하고 있었다. 그리고 그녀는 자꾸 머릿속에서 윙윙거리는 연주의 목소리 때문에 덜컥 겁이 나서 그를 밀어냈었다.

"하여간 넌 꼭 이상한 데서 겁이 많더라?"

옛날 일을 회상하는 센을 연주가 재빨리 일깨웠다.

"그건 됐고, 화장 좀 빨리 해! 얼른 가야 할 거 아냐!"

"금방 해. 오늘 늦게 일어난 걸 어떡해? 그렇다고 8년 만에 보는 동창들 앞에서 추레한 얼굴 들이밀 순 없잖아."

다행히 화제를 썩 건전한 주제로 돌린 것 같았다. 그녀는 안심하며 다른 말을 꺼내려 입을 달싹였다.

이렇게 동창회에 대한 얘기로 바꾸면…….

"근데 키스하면서 가슴도 안 만지던?"

"너 진짜! 조용히 안 해?"

센의 윽박지름에도 연주가 아랑곳 않고 눈을 가늘게 뜨며 의심했다. 입술을 쭉 내밀고 립글로즈를 바르며 그녀가 말을 계속했다.

"이름값 하네. 진짜 신인가 봐. 이건 뭐, 거의 신 급 자제력인데? 같은 여자가 봐도 탐나는 네 탱탱한 젖가슴을 눈앞에 두고도 그냥 가만히 있었다고?"

참아야 한다. 내 앞의 여자는 일주일 전 오랜만에 나간 소개팅에서 만난 남자가 느낌이 좋다며 상상 속에선 벌써 그와 웨딩마치까지 끝내 놓았지만 그에게서 애프터를 받지 못해 세상을 비뚤게 보고 있는 안타까운 여인이다.

"혹시 걔, 스스로의 자제력이 얼마나 대단한지 시험해 보려고 너랑 사귀는 거 아니니?"

참아야 한다. 반드시 참아야 한다. 내 앞의 여자는 여섯 살 어린 친여동생에게 결혼을 추월당한 걸로도 모자라 올해 조카까지 갖게 되어 마음이 엇나갈 대로 엇나간 안쓰러운 여자다.

센은 부들부들 떨리는 주먹을 세게 쥐고 화를 삭였다. 하지만 연주는 그 주먹을 보지 못한 모양이었다.

"혹시 식스센스보다 더한 반전이 있는 거 아니야?"

"무슨 반전?"

"모든 것에 완벽한 남자로 보이지만 실상은 안 선다거나?"

"야! 네가 무슨 상관이야?"

이것만은 도저히 참을 수 없다. 그녀가 연주에게 꽥 소리를 질렀다. 며칠 전 체육관에서 그와 진한 키스를 나누면서 여실히 닿았던 하체가 떠올라 그 본인보다 억울한 마음에 소리쳤다.

"잘 서니까 신경 꺼!"

빌어먹을……

결국 이 천박한 대화에 숟가락을 얹어 동참하게 되었다. 그녀가 단순한 자신을 속으로 저주하고 있는데 뒤에서 낯익은 목소리가 들렸다.

"뭐가 잘 서?"

뒤를 돌아본 센이 놀란 눈을 떴다.

"차 타고 오는데 네가 보이길래."

도준이 센을 향해 부드럽게 웃었다. 무슨 대화를 하고 있었냐고 궁금해하는 도준에게 센이 허허허 실없이 웃으며 뭉뚱그렸다. 속이 어떻든 겉은 선남선녀의 모습인 커플을 보는 연주의 입가가 인정사정없이 비틀렸다.

셋은 동창 모임이 있을 장소로 향하기 위해 카페를 빠져나왔다. 경영학과 동기 중 한 명이 운영하는 바가 모임 장소였다. 센은 자연스럽게 손을 잡으려던 그를 밀어냈다. 그의 인상이 굳어졌다.

"비밀로 하기로 했잖아."

"도대체 왜."

"그건……."

그의 가라앉은 말투에 그녀가 눈을 피하며 우물쭈물했다.

너랑 사귄다는 거 밝히는 순간부터 오늘 모임의 주인공은 너랑 내가 되는 거야. 그 관심을 어떻게 감당해? 절대 사양이다. 난 회비 안 아까울 정도로 맘껏 먹고 얼른 튀는 게 오늘 목표야.

라고 말하고 싶었지만 겨우 그게 이유냐고 덤빌 그가 눈에 훤했기에 그녀는 나름 혼란스럽고 부끄러운 표정을 연기할 수밖에 없었다.

"아직은 좀 그래. 나중에 천천히 말하자. 응?"

스스로 불가능하다 여겼던 나긋나긋한 어조가 사르르 흘러나왔다. 그가 그녀의 달콤한 목소리에 더운 한숨을 내쉬었다.

"보고만 있어도 손잡고 싶고 안고 싶고 키스하고 싶은데 어떻게 참아?"

"아예 안 밝히자는 게 아니잖아. 조금씩, 조금씩 하자. 제발……. 응?"

그가 불편한 기색을 감추지 않으며 겨우 대답했다.

"노력……해 볼게."

두 남녀의 기막힐 만큼 닭털 날리는 대화를 듣고 있던 연주는 뒤를 돌아 둘을 노려보았다. 잠시 연주가 있었다는 것을 잊고 있었던 센은 창피한 마음에 고개를 돌리고 연신 헛기침을 했다.

바 안으로 들어가자 익숙한 얼굴들이 곳곳에 보였다.

"어? 쎈이랑 신이랑 같이 오네?"

"야! 이종수. 난 안 보여?"

연주가 종수를 흘기며 타박했다. 두 사람이 투덜거리며 서로를 반기는 동안 센은 자신을 향해 손을 흔드는 테이블을 발견하고 환하게 웃으며 다가갔다. 걸음을 내디디며 뒤로 슬쩍 눈길을 주자 역시나 과내, 아니 교내 최고의 인기인이었던 남자는 어느새 동기들에게 휩싸여 보이지도 않을 지경이었다.

"잘 지냈어?"

센이 남아 있는 자리에 털썩 앉으며 안부를 묻자 테이블에 앉은 세 명의 여성이 야유를 보냈다.

"너 외국에 있는 줄 알았다. 야! 뭘 하고 살기에 연락도 없어?"

"일하느라."

"누구는 일 안 해?"

익숙한 잔소리와 타박에 반가운 웃음이 절로 지어졌다.

"됐고! 이쎈, 이거 마셔."

"나 빈속인데?"

"그러니까 더!"

짓궂은 친구들이 벌을 주겠다는 듯이 술잔을 떠밀었다. 술이 센 편도 아닌데 빈속에 술을 마시라니 난처했다. 센이 코끝을 찡그리다가 어쩔 수 없이 유리잔을 입술로 가져다 대는 순간 다른 손이 그것을 빼앗아 갔다.

"어? 신! 오랜만이다."

센의 벌주 잔이 언제 왔는지도 모를 도준의 손에 들려 있었다. 그가 가볍게 인사를 하며 센의 옆자리에 앉았다.

"센이 빈속이라 내가 마실게."

"네가 왜?"

돌직구 날리는 걸로 유명한 현서가 궁금증을 못 참고 곧바로 물었고 센은 초조한 낯빛을 띠었다.

그렇게 단단히 부탁을 해 놨는데 설마 지키겠지?

도준은 옆에 앉은 센을 잠시 보다가 의미심장한 웃음으로 대답을 때우며 술잔을 비웠다. 분위기가 잠시 의아함으로 물들었지만 센이 열심히 화제를 돌린 탓에 겨우 넘어갈 수 있었다.

다른 테이블들의 시선이 계속 그녀들과 그가 있는 곳에 닿았다. 인기인의 특성상 여러 군데 테이블을 돌며 모두와 친분과 교류를 나눠야 할 의무가 있는 그가 붙박이장이라도 된 것처럼 자리를 잡고 있었기 때문이다.

도준은 센이 한마디 할 때마다 풀어진 미소를 지으며 경청했다. 관찰력 좋은 센의 친구들이 저들끼리 시선을 교환했다.

대학 시절 도준과 친한 편은 아니었지만 '신'이라고 불리우고 추종자까지 있을 정도로 유명한 그를 어느 정도 알고 있었다. 잘은 모르지만 적어도 저렇게 부드럽고 편안하게 웃는 남자가 아니라는 것 정도는 알고 있었다. 그녀들이 생각하기에 그는 친절해 보이지만 속을 알 수 없는 어려운 남자였다.

친분도 별로 없었던 도준이 이쪽 테이블로 왔을 때부터 약간 이상했지만, 세월이 흘렀고 분위기나 성격이 많이 바뀐 것이라고 치부하고 넘어갔다. 어쩌면, 그의 행동들로 유추해 낼 수 있는 하나의 진실을 묻어 버리기 위한 마지막 발버둥일지도 몰랐다.

그들의 테이블은 시답잖은 우스갯소리와 대학 시절 추억, 요즘 사는 얘기를 하면서 분위기가 점차 무르익어 갔다. 다른 곳보다 일찍 술기운이 감도는 테이블은 어색함 하나 없이 떠들썩했다.

하지만 센은 불편하고 조마조마해서 신경이 잔뜩 곤두섰다. 도준은 취한 건지 자꾸만 그녀에게 스킨십을 시도했다. 귀 뒤로 넘겼던 머리카락이 앞으로 스르륵 넘어오면 그는 굳이 자신이 정성껏 넘겨주었고, 그것으로도 모자라 그녀의 머리를 다정하게 쓰다듬었다.

격 없이 대화를 나누던 친구들도 조금씩 그것을 인식하기 시작했다. 센이 작위적으로 웃으며 이제는 자신의 볼을 매만지는 그의 손을 꽉 붙잡았다.

"야, 신. 너 취했다?"

"신?"

"어?"

"그렇게 안 부르기로 했잖아."

우수에 찬 눈빛이 그녀를 깊이 응시하고 있었다. 그녀는 움찔하며 주위의 눈치를 살피며 말했다.

"아, 맞다. 얘들아. 얘가 자기 신이라고 부르는 거 싫대. 생각해 보니까 너네가 나한테 센이라고 부르는 것도 다 유래가 있더만? 동기 이름을 그렇게 부르면 안 되지!"

그가 테이블을 옮기든가 그녀가 옮기든가 둘 중 하나다. 아무리 봐도 그녀가 옮기는 게 빠를 것 같다. 그녀가 다른 동기들과 인사를 나누고 오겠다며 일어나려는 순간 강한 힘이 그녀를 붙잡았다.

"어디 가?"

"야, 얘 진짜 맛이 갔네. 하하. 내가 방금 한 말 기억도 못 하는 것 봐."

"여기 있어, 이센."

센은 친구들이 느끼고 있던 의아함이 점차 의심스러움으로 바뀌어 가는 것을 느꼈다. 그녀는 골치가 아파 와 빠르게 술에 취한 도준이 원망스러워지려고 했다. 그때 종수가 테이블로 다가왔다.

"신, 취했어? 이 녀석 이렇게 빨리 취할 리가 없는데……"

종수의 작은 중얼거림에 센이 눈을 번뜩 떴다. 생각해 보니 그가 그녀보다 술이 약하다는 것이 의심스러웠다. 눈을 가늘게 뜨고 도준을 추궁하려는데 그가 테이블 밑으로 잡고 있었던 센의 손을 밖에 보이도록 움켜쥐었다. 당황한 그녀가 테이블 밑으로 내리려 했지만 그의 힘을 막을 수 있을 리가 없었다. 그것을 발견한 종수가 눈살을 찌푸렸다.

"신도준 술버릇도 없고 얌전한데 오늘따라 왜 이래? 뭐야, 너네? 둘이 사귀어?"

놀리는 의도가 다분한 목소리였다. 도준과 마찬가지로 10여 년을 함께해 온 동기 동창인 종수도 센과 도준이 사귄다는 것을 상상도 못 하는 눈치였다. 어떤 때도 흐트러짐 없던 도준이 취했으면 취했지, 감히 둘이 사귀고 있을 것이라는 생각은 못 하고 완벽하게 농담으로 던지는 말이었다.

아니라고 대답하고 어떻게든 둘러대면 그만인 일이었는데 저 말을 기다렸던 사람 같은 도준에 의해 곧 모든 것이 산산조각 났다. 그가 조용하고 차분한 목소리로 그녀에게 속삭였다.

"센아. 나 더 이상 거짓말 못 하겠어."

크게 소리친 말도 아니었고 오히려 평상시 목소리보다 한 단계 작은 목소리였다. 그러나 그의 말의 파장은 상상 그 이상이었다. 테이블에 앉아 있던 그녀들과 종수와 주변에서 귀 기울이고 있던 사람들이 도준의 충격적인 말에 잠시 얼었다.

나, 더 이상, 거짓말 못 하겠어.

사귀냐, 아니냐의 질문에 그렇다는 대답보다 훨씬 더 완벽하게 긍정의 뜻을 나타내는 말이 여기 있었다. 센은 그를 한 대 때려 주고 싶은 욕망이 들끓었지만 술은 죄가 없다고 취한 녀석을 혼내기도 뭐했다. 더군다나 연애 사실을 밝히지 못했던 그 잠깐이 미치도록 힘들었다는 듯이 풀이 죽어 그녀를 응시하고 있는 그가 조금 귀엽기도 했다.

서른이 넘은 건장한 체구의 남자가 귀엽게 느껴진다니. 정말이지 미쳤다.

화가 나야 하는데 도통 화가 나지 않는다. 그녀는 안 그래도 술을 꽤 마셔서 취기가 오른 상태였다. 그런데 자꾸 옆에서 테이블 아래로 손을 정성스럽게 매만지는 그의 손길 때문에 자꾸 더 열이 나는 것 같았다.

잠시 얼어 있던 건너편 테이블의 동기들이 임무를 수행하듯 방금 들은 빅뉴스를 듣지 못한 이들에게 속보로 알렸다.

"말도 안 돼!"

저 멀리에서 하이 톤의 찢어질 듯한 음성이 들렸다. 센은 저 말이 자신이 예상하는 뜻을 담고 있지 않기를 바랐다. 바의 분위기가 마치 국민 애인을 뺏은 여자를 추궁하기 위한 자리로 변질되어 가는 것 같았다.

이럴 줄 알았다고! 내 이래서…….

"어이! 신! 쎈이랑 진짜 사귀어? 야, 이리 와서 썰 좀 풀어."

도준과 어울렸던 녀석들이 오랜만에 재밌는 일을 발견해서 신이 났는지 그를 끌고 옆 테이블로 데려갔다.

"쟤 혹시 안 취했던 거 아니야?"

쎈의 옆에 있을 때만 해도 이마를 짚으며 술을 깨기 위해 노력하던 그였다. 적당히 취한 점잖은 취객으로 보였던 도준이 그를 데려가는 동기들의 짓궂은 농담을 여유롭게 받아치며 취기라고는 전혀 없어 보이는 자세로 똑바로 걸어가고 있었다.

쎈은 얼이 빠진 얼굴로 그의 뒷모습을 보았다. 아무리 보아도 전혀 취한 사람 같지 않아서 더 기가 막혔다. 그가 잠시 뒤를 돌아 입 모양으로 '이따 올게.'라고 말한 뒤 옅게 웃었다. 현서가 기가 막힌 웃음을 지었다.

"연애하면서 무슨 유주얼 서스펙트를 찍어?"

"아, 기운 빠져."

저 자식은 무슨 연애를 죽기 살기로 하는 것도 아니고.

쎈이 멈춘 줄도 몰랐던 숨을 힘껏 몰아쉰 뒤 당했다는 굴욕감에 술잔을 시원하게 들이켰다. 비워도, 비워도 세 명의 여자들에 의해 금세 채워져서 술잔이 술 없이 있는 순간은 말 그대로 순간일 뿐이었다.

"더 마셔."

"왜 이렇게 못 먹여서 안달이야?"

"음, 쎈아. 나 진짜 너 좋아하는데 배 아픈 건 어쩔 수 없나 봐."

"날 좋아하는데 배가 왜 아파?"

"대학 때 결혼 안 하고 여행이나 다니면서 살 거라고 철딱서니 없는 소리나 하던 기집애가 로또를 거머쥐었는데 배가 안 아프고 배겨?"

"나 로또 안 샀는데?"

센의 말에 모두 탄식할 수밖에 없었다.

"신은 네 멍청한 모습에 반한 거라니? 이렇게 멍청하고 둔해 빠진 여자는 네가 처음이야. 뭐, 이런 거?"

"뭐야? 멍청해?"

얌전했던 맹수가 이빨을 드러내듯 센이 눈을 무섭게 뜨며 주먹으로 테이블을 쿵 때렸다. 내리꽂힌 주먹 밑으로 들린 둔탁한 소리에 잠시 움찔한 그녀들이 조련사가 된 것처럼 익숙하게 센을 달랬다.

"지금 우리 다 서른 넘어서 신랑감 물색하느라 초조한데 넌 신이랑 결혼할 거 아냐? 완전 장밋빛……."

"도대체 누가 누구랑 결혼을 해? 말 같지도 않은 소리."

잠시 멍해 있던 지윤이 상황을 파악했다며 고개를 끄덕였다.

"걱정하지 마. 신이 결혼 적령기에 널 선택한 거 보면 모르겠어? 쟤 너랑 결혼할 생각인 게 틀림없어. 쟤 진중하잖아. 여자 그냥 막 만나는 스타일도 아니고. 불안해하지 마."

센이 옅은 콧방귀를 뀌면서 대꾸했다.

"누가 불안해해? 나 쟤랑 결혼 안 해. 그냥 연애하는 거야. 연애가 꼭 결혼으로 이어져야 돼?"

"지금 그 소리는 신이 프러포즈해도 거절하겠다는 소리야?"

거절하겠다고 대답한다면 정말 넌 미친 것이다, 라고 대답해 주려는 친구들 앞에서 센이 고개를 기울이며 잠시 고민했다.

신도준과 결혼해서 평생 함께한다는 상상은 아직 안 해 봤는데. 평생 같이 산다?

"머리에 지진 나겠네."

"뭐?"

"아, 몰라. 생각 안 해 봤어. 만난 지 얼마 안 됐는데 무슨 결혼이야? 진도 그만 나가."

"팔자 좋은 소리 하네. 결혼해 주겠다고 하면 바로 낚아채. 개폼 잡지 말고."

현서가 평소보다 강한 돌직구를 날렸다. 센의 이마가 보기 좋게 구겨졌다. 그녀가 눈을 날카롭게 뜨며 항의했다.

"팔자 좋아? 개폼? 결혼해 주. 겠. 다는 건 또 무슨 말이야? 마치 내가 저 자식보다 꿀린다는 말로 들린다?"

안 그래도 목청 좋은 여자들이 술이 들어가서 더 언성을 높여 가며 대화를 나누었다. 술 마신 양과 비례해서 테이블이 점점 시끄러워졌다.

"센아. 너도 잘났어. 근데 이건 꿀린다기보다는 당연한 거야. 신도준은 신의 실수로 태어났다는 전설이 있어."

"신의 몰빵이 아니라 실수라고?"

"하늘에는 우월한 유전자만 가득 모아 놓은 바구니가 있는데 신이 실수로 그 바구니를 하늘 아래로 떨어트렸대. 그 우월함의 집합체가 쟤라는 거지."

지윤이 술에 취해 우스꽝스러운 소리를 하며 킬킬거렸다.

"평범한 인간한테 무슨 탄생 설화가 있어?"

"아, 그만큼 완벽하다 이거지."

"이것들은 나이를 헛으로 먹나."

여전히 테이블 여론이 지들의 친한 친구보다 객관적으로 저 탄생 설화가 있는 비범한 남자가 솔직히 더 아깝다는 쪽으로 흐르자 센은 테이블을 다시 한 번 쿵 치며 옆 테이블로 시선을 던졌다. 언제부터 보고 있었는지 모르겠지만 그녀 쪽에 시선을 주고 있던 그와 눈이 마주쳤다.

"야, 신도준. 네가 대답해 봐. 내가 아까워, 네가 아까워?"

센은 술에 취해서 친구들의 진심 섞인 농담에 열이 바싹 오른 상태였다. 그녀는 그를 향해 물었다.

"당연히⋯⋯."

그녀의 물음이 의아하다는 듯한 눈빛으로 바라보던 그가 입을 열자 주변 사람들이 시키지도 않았는데 모두 한마음으로 경청했다.

"이센이 훨씬 아깝지."

사람들이 그의 젠틀함에 고개를 끄덕였다. 여기까진 여자 친구의 체면을 세워 주는 거라고 볼 수 있기에 수긍이 되었다.

"내가 사귀자고 떼써서 네가 나 만나 주는 거잖아."

하지만 저 말은 도저히 믿겨지지 않았다. 남자는 만나 달라고 떼를 쓴 사람치곤 무척이나 점잖고 기품이 흘렀으며, '들었지?' 하며 기분 좋다는 듯이 목을 소파에 기대는 여자는 무척이나 없어 보였다. 남자는 그런 여자가 못 견디게 사랑스럽다는 듯이 미소를 지었다.

모든 게 언밸런스한, 전혀 안 어울리는 커플이라고 생각했는데 그 모습에 어쩐지 서로 잘 만났다는 여론이 조성되어 갔다.

도준이 잠시 바에서 나간 사이, 오랜만에 보는 얼굴이 그녀들의 테이블로 얼굴을 들이밀었다.

"이센. 오랜만이다?"

아까 전 '말도 안 돼!'라고 새된 비명을 내질렀던 주인공이었다.

"도준이랑 사귄다며?"

최다희.

다들 그를 신이라고 부를 때, 고집스럽게 도준이라고 부르는 거의 유일한 여자였다. 신도준의 모든 것을 수치화해서 언젠가 반드시 그의 마음을 정복하겠다는 야심을 가졌었던, 머리는 좋으나 생각이 없는 걸로 과에서 유명했던 다희가 지금이라도 테이블을 엎어 버릴 것 같은 눈을 하고선 입으로는 애써 평정을 유지했다.

"정말 의외다. 도준이가 너 같은 타입을 좋아할 거라고는 전혀 예상 못 했어."

종업원들이 가장 많이 왔다 갔다 하고 바의 오늘 매상을 가장 많이 올려 주고 있는 주요 테이블인 데다가 '신'의 여자 친구가 자리하고 있는 핫 플레이스였다. 오랜만에 만난 친구들과 처음부터 술로 달린 센이 피곤함을 느끼며 잠시 쉬고 있는 동안 다가온 다희는 그녀가 대꾸도 없이 가만히 있자 더 신이 나서 떠들었다.

"내가 알아본 결과, 도준인 조용하고 단아하고 천생 여자인 애들이랑 만나 왔거든. 그게 어울리기도 하고. 근데 이센 넌 솔직히 데이터상 전혀 도준이 상대로 불일치한다고 해야 하나? 아무튼 많이 놀랐어."

물론 다희가 보기에도 센은 성격과는 다르게 여성스럽게 예쁜 얼굴이었다. 센과 별로 친하지 않았던 다희는 어쩌면 그녀가 계속 천생 여자에 단아한 스타일이라고 여겼을지도 모른다. 그녀가 격투기 유단자인 것을 몰랐을 때까지는…….

"그래서?"

말을 술술 이어 나가던 다희는 왠지 모르게 협박성이 짙은 센의 대구에 입을 앙 물었다. 노려보는 것도 아니고, 욕을 하는 것도 아니고, 소리를 지르며 화를 내는 것도 아닌데 풍겨 나오는 기가 무서웠다.

꺼진 불도 다시 보자는 마음으로 어디 용 된 동기가 없나 구석구석 찾아 헤매던 연주는 입맛을 다시며 아쉬운 얼굴로 자리에 돌아왔다. 눈치가 빠른 그녀는 그들의 상황을 눈치채고 호호 웃으며 말했다.

"다희야. 적당히 해. 쟤 술 취하면 감당 못 해."

감당 못 한다는 말이 많은 걸 의미하는 듯했고 많은 걸 상상하게 했다. 다희가 꽉 다문 입술을 지그시 깨물으며 센의 기색을 살폈다.

"너무 걱정하진 말고. 쎈이 여자는 안 때려."

"누가 그래?"

속에서 거센 불길이 일어난 그녀가 연주에게 톡 쏘았다.

"내가 알아본 결과, 도준인 조용하고 단아하고 천생 여자인 애들이랑 만나 왔거든. 그게 어울리기도 하고."

방금 다희가 한 말이 센의 어지러운 머릿속을 윙윙 울렸다. 예전만 해도, 아니 예전으로 갈 것도 없이 딱 두 달 전만 해도 분명 아무렇지 않았는데 이제 와서 신도준의 연애사가 거슬리고 자꾸 질투가 났다.

"나 여자도 때려. 나도 같은 여잔데 동등한 입장에서 왜 못 때려?"

다희는 도준과 사귀었던 여자들, 그리고 도준에게 추파를 던지는 수많은 여성들에게 데이터에 의거해 그녀들이 그와 어울리지 않는 이유를 조곤조곤 알려 주곤 했었다. 보통 울 것 같은 눈으로 입술을 깨물며 화를 삭이거나, 네가 무슨 자격으로 그런 말을 하냐며 열이 뻗쳐서 같이 싸우거나 둘 중 하나였다.

저렇게 폭력을 행사하겠다는 뉘앙스로 무식한 협박을 하는 여자는 처음 맞닥뜨린 셈이다. 상처받은 척 내숭을 떨거나 분에 못 이겨 따지는 여우들은 많이 봐 왔지만 저런 맹수는 정말 처음이다. 데이터에 없는 상황이 당황스러웠다.

"경기 말고는 아직 때려 본 적은 없지만……."

센이 취해서 풀리는 눈을 바로잡아 다희를 거의 노려보는 수준으로 올곧게 응시하며 중얼거렸다.

"때릴 수 있는 건 확실해."

"흠, 흠."

다희는 헛기침인지 사례인지 모를 것을 공기 중으로 흘렸다. 센의 기에 눌려 자존심이 상하면서도 섣불리 도발할 수도 없었다. 자신에게는 손에 닿지도 않는 남자를 당연하다는 듯이 손에 쥐고 너무도 당당한 센의 모습에 마음이 아프게 비틀렸다.

"아! 도준이에 대해서 좀 알려 줄까?"

다희가 표정을 바꿔 눈웃음을 살살 쳤다. 센이 손을 휘저었다.

"필요 없어."

"도준인 애교 많은 여자 좋아해."

애교 많은 여자? 그럼 날 왜 만나?

센이 나름 흥미를 끄는 다희의 말에 휘젓던 손을 멈추고 그녀에게 집중했다. 주변에 있던 센의 친구들도 의외라는 듯이 바람을 잡았다.

"신이 애교 많은 여자를 좋아해?"

"다희 쟤가 대학 때 신 스토커처럼 쫓아다녀서 정보를 많이 알긴 할 텐데……."

연주가 당사자 앞에서 스토커라는 말을 아무렇지 않게 내뱉었다. 다희는 발끈해서 소리치려 했지만 겨우 인내하여 마음을 다스렸다.

소기의 목적을 달성하기 위해선 참아야 한다.

"난 데이터 가지고는 거짓말 안 해. 도준이가 사귀었던 애들이 다 나긋나긋하고 조신한 애들이었잖아. 걔네의 또다른 공통점을 분석해 본 결과, 다들 애교가 넘쳤어. 남친 앞에서만."

물론 새빨간 거짓말이다. 도준의 일거수일투족을 감시하고 지켜본 결과 그는 애교가 많고 아양을 떠는 부류를 혐오한다. 그는 완벽하게 표정 관리를 했겠지만 그런 부류의 여자들 앞에서 경멸의 눈빛이 빠르게 스쳐 지나가는 것을 다희는 놓치지 않았다.

어쩌면 센과 사귀는 이유도 그녀가 애교는 전혀 없는 담백한 성격이기 때문인지도 모른다. 다희는 센의 표정을 살폈다. 거짓말이라고 생각하는 것 같진 않았다. 하지만 시도해 봐야겠다는 열정 또한 보이지 않았다.

"쎈아. 애교 세포가 있긴 해?"

지윤이 안쓰럽다는 얼굴로 센을 보았다. 다희는 포기하려고 했던 순간 지윤 덕분에 투지가 불타는 센을 맞닥뜨렸다.

"어떻게 하는 건데? 알려 주기만 하면 잘할 수 있거든!"

"애교가 배운다고 배워지나?"

친구들은 머리를 맞대고 센에게 어떤 애교를 가르쳐야 하는지 고민했다. 한참 머리를 굴리다가 가장 쉬운 1단계를 그녀에게 전파했다.

"다른 고급 기술은 못할 거고, 이 정도는 할 수 있니? 말끝을 살살 끌면서 목소리는 다 죽어 가게 해 봐. 도준아아, 하고."

"도, 도, 도준…… 아, 못 해!"

오랜만에 걸린 버퍼링에 한참을 버벅 거리던 그녀는 결국 시도조차 못 하고 짜증을 내며 술을 들이켰다.

애교 많은 여자가 좋다고? 자신에게만큼은 세상에서 가장 어려운 주문이다.

"기대도 안 했다."

그녀의 친구들이 쯧쯧 혀를 차다가 웨이터를 불렀다. 테이블은 다시 한 번 제대로 술판이 벌어졌다.

휘청거리는 센을 도준이 가볍게 품에 안았다.

"왜 이렇게 많이 마셨어?"

그는 걱정스럽다는 듯이 그녀의 차갑고 보드라운 뺨을 따뜻한 손길로 살살 어루만졌다. 주변인들은 대단한 광경을 목격한 사람들처럼 혀를 내둘렀다. 그는 아랑곳 않고 그녀를 안고 차로 향했다.

"센아."

"음?"

눈이 거의 감겨서 도준의 품에 기대어 있는 센이 웅얼거리자 그의 가슴이 뜨거워져 거세게 위아래로 오르내렸다. 한시도 떨어져 있고 싶지 않고 낮이고 밤이고 같이 있고 싶은 마음은 언제나 변함없었지만 오늘따라 집에 혼자 보내고 싶지 않다는 충동이 더 강하게 들었다.

"셴아, 자?"

"아아니."

셴이 혀가 꼬인 사람처럼 말을 끌었다. 무의식적으로 아까 습득한 애교 1단계를 사용한 것이다. 술에 취해서 힘이 없어서인 건지 도준이 애교를 좋아한다는 말이 뇌리에 박힌 것인지 그녀조차 분간하기 어려웠다.

목소리는 나른하면서도 가냘프게 들렸다. 그 목소리에 도준은 정신이 아찔해지는 것을 느끼며 그녀의 허리를 강하게 안았다.

"우리 집 갈래?"

도준이 '우리' 란 단어를 일부러 작게 말했다.

"음."

"갈까?"

"으응. 갈래."

도준은 얼마 지나지 않아 도착한 대리 운전기사에게 키를 맡기고 셴과 함께 뒷좌석에 자리했다. 술기운 때문에 힘이 쪽 빠졌는지 알아서 어깨에 머리를 기대 온다. 그는 그런 그녀가 기특하다는 듯이 머리를 쓰다듬어 주었다.

그러고는 자신의 품 안으로 들어오도록 안아 주려는데 그 전에 그녀가 그의 품을 파고들었다. 그러더니 그의 허리를 꼬옥 껴안았다. 그가 품 안에 들어온 그녀의 작은 머리에 턱을 기대었다.

"진짜 미치겠다, 너."

그가 눈꺼풀을 닫으며 나지막하게 중얼거렸다. 품에 쏙 들어온 그녀를 안은 채 아무것도 할 수 없는 것은 세상을 살면서 겪어 온 그 어떤 것보다 힘든 고행이었다. 그는 애꿎은 그녀의 머리칼만 매만지며 집에 도착하기만을 기다렸다.

그들을 실은 차가 고층의 고급 아파트 입구로 들어섰다. 그는 그녀를 가볍게 부축하며 엘리베이터를 타고 자신의 집으로 향했다. 현관문을 열고 들어가자 신발장을 제외한 집 전체가 어둠 속에 갇혀 있었다.

"신도준."

그의 허리를 꽉 껴안은 그녀가 그의 이름을 불렀다.

"응?"

"너 마음에 안 들어."

그가 반사적으로 미소를 지었다. 두 달 전, 취했던 그녀를 데려다주던 날이 저절로 떠오른 탓이다.

"뭐가 마음에 안 들어?"

"……."

"또 입술이 마음에 안 들어?"

"아니이."

그녀가 고개를 들어 그와 눈을 맞췄다.

"나 애교 없어어."

"응?"

그녀의 뜬금없는 말에 그가 의아한지 표정을 옅게 찡그렸다. 하지만 곧 얼굴에 웃음기가 번졌다.

"네가 애교가 없다고?"

그는 설핏 잠이 오는지 흐릿해진 그녀의 눈가에 입을 맞추었다.

"여기."

그의 갑작스런 키스에 그녀가 눈을 감으며 코끝도 함께 찡그렸다.

귀엽게 솟은 코에도 입술을 가져갔다.

"여기도."

그는 간지럽다고 작게 항의하면서 오물거리는 그녀의 귀여운 입술을 자신의 입술로 건드리듯 살짝 부딪쳤다. 짧은 스침에도 촉 소리가 선명했다.

"또 여기도."

"……."

"아주 애교가 한가득인데."

그녀에게만 시선을 집중하고 있던 그는 이러다가 신발장 앞에서 밤을 샐 것 같다는 생각에 그녀의 신발을 벗기고 집 안으로 들어가려 했다. 하지만 갑작스럽게 자신의 입술을 훔치는 그녀 때문에 모든 동작을 멈췄다.

그녀의 촉촉한 입술이 그의 아랫입술을 머금고 놔주지 않았다. 술에 취한 건지 잠에 취한 건지 어찌 됐든 무의식에 가까워 보이는 그녀의 작은 행동에도 그는 머릿속과 가슴속이 동시에 터질 것 같은 감각에 이를 악물었다.

그녀를 집에 데려온 것은 순전히 내일 아침까지 계속 보고 싶은 욕심 때문이었다. 물론 그녀를 옆에 두면 미치도록 안고 싶을 것이 분명했다. 하지만 그녀가 술에 취해서 그와 관계를 맺고도 기억하지 못할지도 모른다는 불길한 두려움이 더 강해 오늘만큼은 무슨 일이 있어도 참겠다는 의지를 되새긴 상태였다. 그러나 변수를 생각하지 못한 자신이 어리석었다.

그녀는 이제 입술 사이로 그의 입술을 담은 것으로는 모자랐는지 앙증맞은 혀로 그의 입술 사이를 가르며 고양이처럼 핥아 댔다. 이런 그녀를 앞에 두고 정말로 자제하는 것이 가능하다면 그것이야말로 인간이 아닌 신이다.

그는 완벽한 인간이었으므로 그녀를 안은 채로 마루에 주저앉아 그녀를 강하게 안으며 입술을 부딪쳤다. 그는 자신의 입술을 유혹적으로 건드리고 있던 그녀의 혀를 제 혀로 말아 감쌌다. 그녀의 입안 깊숙이 침투하자 거친 공격에 놀란 그녀가 한숨에 가까운 신음을 삼켰다.

현관 센서등은 꺼진 지 오래였다. 두 사람의 숨이 간헐적으로 오가고 타액이 섞이고 각자의 온기가 서로를 타고 흘렀다. 그가 잠시 놔주자 그녀는 숨을 몰아쉬며 그의 어깨에 뺨을 묻었다.

"하아……"

그녀의 젖은 숨이 그의 목을 적셨다. 태어나서 이렇게 흥분된 감정을 느낀 적도, 그 감정에 이성을 잃을 거라고 직감한 적도 없었다. 하지만 터질 것 같은 감각에 이성이 마비된 경험은 이번이 처음은 아니었다.

두 달 전 처음으로 키스한 날, 집만 바뀌고 상황이나 장소, 시간은 거의 똑같거나 엇비슷했다. 그날, 도준은 감정에 져 버리고 미치기 직전의 충동에 휩싸여 술에 취해서 정신이 없는 센을 진심으로 안을 생각이었다. 그녀가 키스를 하는 도중에 잠들지만 않았다면.

자신의 가슴팍에 안겨 새근새근 잠이 든 그녀에게 화가 나면서도 그는 그녀를 안은 채로 가만히 있었다. 온 힘이 쏠려 모든 욕망으로 뒤덮인 중심은 이미 되돌릴 수 없는 상태였고 머릿속은 과부하로 터지기 일보 직전이었으며 심장은 속도를 낮추는 기능을 잊은 것처럼 빠르고 거세게 뛰었다.

11년 동안 깨닫지 못했던 자신이 너무도 바보같이 느껴질 정도로 그 순간, 그는 억지로 숨기고 가둬 두었던 모든 것을 깨달았다.

"이센."

그날의 기억처럼 자신의 어깨에 기대고 있는 그녀를 불렀다.

"사랑해."

앞으로는 몇 번이고 말하고 몇 번이고 들을 것이다. 더 이상은 숨기는 것이 불가능한 이 감정을 새기고 또 되새길 것이다.

부드러운 얼굴로 그녀를 안은 채, 그녀의 조그마한 등을 세세히 쓰다듬던 그가 갑작스럽게 인상을 굳혔다.

"이센. 너……."

"……."

"설마 술 취했을 때마다 이러는 건 아니지?"

"……."

"마음에 안 든다고 하고 입술 뺏고, 다른 남자한테도 그러는 건 아니지?"

현실이 아닌 상상인데도 머릿속이 새하얗게 타들어 갔다.

"아니라고 대답해."

"……."

"센아."

아무리 불러도 묵묵부답이다. 그가 고개를 돌려 자신의 어깨에 얼굴을 기댄 그녀를 보았다.

"너 자?"

평상시에는 거의 들을 수 없는 그의 사납고 거센 어조가 안타깝게 허공을 갈랐다. 정말 잠이 들었다. 이건 정말 못된 걸로도 부족하다.

무의식적인 그녀의 잔인함에 그는 한숨을 내쉬었다.

"그래. 차라리 자라."

"……."

"차라리 내가 아무것도 못 하게 자는 게 낫겠다."

그는 그렇게 말하면서도 울컥 화가 치솟았다. 이토록 평온하고 편안하게 잠에 빠져든 그녀와는 달리 자신은 아침까지 잠들 수 없다는 것을 확신했기 때문이다. 꺼진 센서등이 켜졌다. 그리고 그는 제 자신의 몸에 멋대로 켜진 스위치를 끄기 위해 그날 밤 많은 노력을 해야 했다.

"센아. 출근하자."

도준의 목소리가 그녀의 귓가에 닿았다.

퇴근도 아니고 출근?

그녀는 눈을 찡그리며 머리를 굴렸다. 많이 굴릴 필요도 없었다. 필름이라도 끊기면 좋을 텐데 아무리 마시고 단단히 취해도 그다음 날 모든 기억들은 잊혀지지 않고 머릿속에 안착되었다.

"도준아아."

"나 애교 없어어."

"아아니."

뇌를 거치기도 전에 정직한 입술이 자신을 향한 욕설을 머금었다. 저 빌어먹을 애교도 모자라서 그의 입술을 다시 한 번 유린했다.

도대체 어제 무슨 짓을 한 거야?

"센아. 머리 아파?"

커다란 손이 찌푸려진 그녀의 이마에 닿았다.

"아, 아, 안 아파."

"추워? 목소리가 떨리는데?"

이 날씨에 참 춥겠다. 알면서 저러는 거야, 뭐야? 눈을 감고 있으니 그가 놀리는 건지 감도 잡히지 않았다.

"너 감기 걸린 거 아니야?"

감기라니…….

말도 안 되는 소리다. 센은 태어나서 잔병치레한 적이 손에 꼽을 정도로 적었다. 물론 감기 바이러스는 그녀의 대단한 면역력에 맥도 못 추고 쓰러졌다. 한겨울에도 끄떡없는데 이런 여름날에 감기에 걸릴 리가 없었다.

그나저나 그녀는 그가 자신의 마음속을 간파하고 놀리는 줄 알았다. 하지만 그의 목소리가 평소보다 어둡고 걱정으로 가득한 것을 보니 그녀가 정말로 아픈 줄 알고 걱정하는 모양이었다.

"그게 아니라……."

"그게 아니면?"

여전히 그녀가 걱정되어 심란한 그가 집요하게 따라붙어 물었다. 그녀는 이불을 홱 뒤집어쓰며 소리쳤다.

"너한테 애교 부리고 키스한 거 부끄러워서 그러니까 그만 좀 물어!"

정말 여러 가지로 솔직한 입이 오늘도 정직하게 할 말을 다 했다. 그녀의 말에 그는 잠시 아무 말도, 어떤 동작도 없었다. 그리고 얼마 지나지 않아 이불에 감싸인 그녀를 그가 가슴에 담으며 세게 안았다.

"출근해야 되는데……."

그는 잠시 말을 멈췄다. 요 근래 그의 패턴을 파악한 결과 곧이어

어마어마한 발언이 그녀의 귀를 덮칠 것이다. 그녀는 그의 다음 말을 기다리며 마른침을 삼켰다. 도준은 그녀가 기대하는 것 이상의 발언을, 짙게 깔린 목소리로 말했다.

"너 잡아먹고 싶어."

먹고 싶다도 아니다. 잡아먹고 싶단다. '잡아먹고 싶다.'는 말은 '네 입술 맛있었거든.'을 제치고 단연 무시무시한 발언 1위에 등극했다. 그녀는 촉박한 아침 시간에 처음으로 감사했다.

체력 단련실에서 물품을 체크하던 그녀를 누군가가 뒤에서 안았다. 익숙한 체향. 그녀는 입술 끝을 살짝 올리는 것으로 반응을 끝냈다.

"이제 놀라지도 않네?"

"당연하지."

그녀는 애써 쿨하게 대꾸하며 체크리스트에 시선을 내렸다. 놀라지 않을 리가 없다. 둘이 있을 때마다 애무하듯 만지고 주무르는데 여전히 적응이 안 되고 긴장으로 몸이 얼었다. 자존심상 아무렇지 않은 척을 할 뿐이다. 그는 그녀를 안은 상태에서 자신이 사 준 운동복을 입은 그녀의 몸을 쓰다듬었다.

"착하네."

체육관에 못 다니게 할 기세로 입으라고 강요해 놓고 마치 그녀 스스로 선택해서 입었다는 듯이 착하다고 말하는 도준이 어이없었다. 그녀의 코웃음에도 그의 손이 멈추지 않고 운동복 티 안으로 들어왔다. 그가 그녀의 탄탄한 배를 부드럽게 쓸었다. 볼펜으로 종이를 끄적거리던 그녀의 손이 정지했다.

"나 너 만지고 싶어."

이미 만지고 있으면서 저 말을 하는 이유가 궁금하다. 배에 머물던 그의 손이 더 위를 향했다. 부드러운 손길에 점점 숨이 가빠졌다. 그녀는 제 몸을 그에게 맡기듯 그의 가슴 깊숙이 안겼다.

"더 많이."

그의 손을 뿌리쳐야 했지만 그러고 싶지 않았다. 다들 퇴근하고 체육관엔 그와 그녀, 단 두 사람밖에 남지 않았다고 생각하니 오히려 그의 손길에 더 집중이 되었다. 그녀는 짧고 뜨거운 한숨을 삼키며 말했다.

"……그럼 만져."

내숭이란 것은 애초부터 존재하지 않았지만 이렇게까지 솔직하고 싶은 것도 아니었다. 조금씩 그 앞에서 감추고 싶고 숨기고 싶은 수줍은 마음이 자꾸 생기는데 살아오기를 이렇게 살아와서인지 뜻대로 되지 않았다.

그녀는 다시 목구멍으로 집어넣고 싶은 후회되는 말인데 그는 그녀의 말에 기분이 좋아졌는지, 혹은 흥분했는지 숨결은 더 거칠어졌고 손길은 더 빨라졌다. 장소를 불문한 연인이 짧은 유희를 즐기려는데 체력 단련실 문이 덜컥 열렸다.

"누나! 내가 정리하는 거 도와줄 테니까 같이……."

지호의 목소리가 등 뒤로 들려왔다. 그의 몸에 가려져 그녀가 보이지 않았지만 지호는 알 수 있었다.

"지금, 이게, 도, 도대체 뭐 하는……?"

"그래서 진짜 둘이 사귄다고?"

시끄러운 술집 안에서 지호의 언성이 여지없이 높아졌다. 셴이 다른 쪽으로 시선을 주며 고개를 대충 끄덕였다.

"누나 정말 너무해."

"내가 뭘?"

"아무 사이도 아니라며!"

지호는 셴과 도준, 두 사람 중 아무도 술잔을 채워 주지 않자 스스로 술을 따라 연거푸 마셨다.

"야, 대회 나갈 놈이. 그만 마셔."

"대회 안 나가! 내가 누구 때문에 체육관 다녔는데!"

"설마 나 때문에 다녔다고 말하려는 건 아니지?"

"당연히 누나 때문에 다녔지! 나 이제 다 관둘 거야."

골치 아프다. 체육관의 유망주로 발돋움하고 있는 녀석이 갑자기 저 난리니. 그녀가 고개를 설레설레 저었다.

"내가 저 남자보다 못한 게 뭔데? 말해 줘. 말해 주면 포기할게."

"지호야."

"누나 저 사람 사랑하는 거 아니지? 그냥 만나는 거지?"

바로 옆에 앉은 도준을 흘끗 바라보자 표정 없는 얼굴로 자리하고 있다. 어쩐지 화난 것보다 더 무서웠다.

"말해 줘, 얼른. 안 그러면 나 진짜 체육관 관둘 거야."

녀석의 어리광 섞인 말투가 슬슬 짜증스러운 감정을 일깨우기 시작했다. 셴의 표정이 점점 일그러지는 것을 확인하지 못한 지호는 계속 말을 이었다.

"그리고 관장님한테도 다 말할 거야. 누나랑 저 사람이랑 그렇고 그런 사이인 거……."

지호는 그 말을 하면서 도준을 노려보았다. 도준은 '말해 준다면 나야 고맙지.' 하는 얼굴로 여유롭게 웃었다.

빌어먹을······. 모든 게 뜻대로 되지 않자 다시 거세게 불길이 일어난 지호가 언성을 키웠다.

"그리고! 관장님한테 그것도 말할 거야. 누나 본사에서 잘렸다고! 싫지? 관장님 무섭지? 그러니까 왜 나는 안 되는 건지 말이라도······."

"아, 진짜! 너 젖비린내 나서 싫다고!"

그녀의 목소리에 지호는 물론이고 시끄럽던 주변 테이블까지 침묵에 휩싸였다. 기껏해야 20대 중반으로 보이는 여자가 덩치가 산만한 남자에게 젖비린내 난다며 호통을 치는 모습이 꽤 볼만했다. 그녀는 참고 참느라 억눌린 화를 꺼내 놓았다.

"열 살이나 어린 게."

감히 아버지를 가지고 협박을 하다니.

지호의 말대로 아버지에게 사실이 알려질까 조급해진 그녀가 과격하게 소리를 지르자 지호는 금세 꿀 먹은 벙어리가 되었다.

내가 너무 심했나?

'젖비린내'라는 단어에 충격을 받은 아이처럼 흔들리는 눈동자로 자신을 바라보는 지호가 약간 안쓰러워지려 했다. 그녀가 마음이 약해져 지호를 달래려는데 도준의 목소리가 먼저였다.

"정말 다행이다."

그의 뜬금없는 말에 센과 지호의 시선이 그를 향했다.

"이센보다 늦게 태어났으면 얼마나 억울했겠어. 시작도 못 해 보는 건데."

도준이 정말 다행이라는 듯이 그녀를 향해 웃었지만 그것은 지호를 놀리는 것이기도 했다. 그가 곧바로 더블 펀치를 날렸다.

"십년감수했네."

열 살 어린 지호 앞에서.

"야, 신도준. 그만해."

잔인한 그의 공격에 지호는 순식간에 곤죽이 된 상태로 테이블에 머리를 박았다. 지호의 상태를 확인한 그녀는 어쩔 수 없이 레퍼리 스톱(Referee stop, 경기 중 경기자가 부상을 입어 경기를 속행할 수 없다고 레퍼리가 판단하였을 때 경기를 중지시키는 것)을 외쳐야 했다.

그리고 그가 생각했던 것보다 무지하게 유치하다는 사실을 깨달았다. 고개를 번쩍 들더니 파죽지세로 술을 마시는 지호를 그 누구도 말릴 수 없었다. 그녀는 술잔을 기울이는 지호의 손목 놀림이 멈추기만을 기다렸다.

"누나 진짜 나쁘다."

"야."

"그날 기억나? 내가 포장마차에서 술 마시면서 고백했던 날."

지호의 말에 도준의 얼굴이 삽시간에 차가워졌다.

"기억나. 왜?"

"차라리 그날 지금 말한 것처럼 거절해 주지. 그럼 이렇게 아프진 않았을 텐데."

호호에게 이르겠다고 스포츠맨답지 않게 비겁한 말을 했던 지호가 얄미워서 '이별 노래라도 쓰지 그래?' 하고 톡 쏴 주고 싶었지만 정말로 우울함이 가득 차서 중얼거리는 그를 보자 차마 농담도 나오지 않았다.

술잔을 손에서 놓지 않고 있던 지호가 어느 순간 풀썩 테이블에 고개를 박고 쓰러졌다. 그녀는 지호의 휴대폰을 찾아 전화번호부를 대충 뒤적여 친한 친구로 보이는 사람에게 전화를 걸었다.

곧 20대 초반으로 보이는 남자가 찾아와 지호를 부축했다. 그녀는 친구의 어깨에 기대어 사라지는 지호를 잠시 안쓰럽게 보다가 도준에게 시선을 돌렸다. 화가 난 것 같은 어두운 눈빛이 그녀를 아까부터 지켜보고 있었다.

그를 따라 술집을 나온 그녀는 그의 눈치를 살폈다. 도통 왜 화가 났는지 감이 잡히지 않았다. 결국 답답해진 그녀가 그에게 물었다.

"너 화났어?"

"화났어."

"왜?"

"그 자식이랑 언제 같이 술 마셨어?"

"어? 아아. 너 중국 출장 갔던 때일걸, 아마?"

그의 눈빛이 시리게 변했다.

"왜 나한테 말 안 했어?"

"걔랑 술 마신 걸?"

"저 어린놈이 너한테 고백했다며. 나도 없었을 때."

"뭐야. 그거 때문에 화났어? 거절도 할 것 없이 저 날 연주네도……."

도둑 든 날이라 도둑 때려잡으러 갔었다는 소리를 하려다가 가까스로 입을 막았다. 여우 피하려다가 호랑이 만난다고, 아직도 가끔씩 다시는 그러지 말라고 상기시키고 치를 떠는 그에게 저 소릴 했다간 그의 반응이 감당되지 않을 게 분명했다.

"아무튼 난 열 살이나 어린 놈 전혀 감흥 없어. 신경 쓰지 마."

그녀가 자신의 집이 있는 3층으로 올라가기 위해 계단을 올랐다. 그가 그녀의 뒤를 따라왔다.

"열 살이나 어린 놈 아니면 감흥 있어?"

"말이 왜 또 그리로 가?"

"불안해."

"뭐가?"

"난 너밖에 안 보이는데, 넌 아무리 봐도 나밖에 안 보이는 걸로는 보이지 않으니까."

계단을 올라가던 그녀의 걸음이 멈추고 그 또한 제자리에 섰다. 그녀가 뒤를 돌았다. 그가 한 계단 아래에 있었지만 자신의 키가 그보다 더 낮았다.

그렇게 생각하고 있을 줄은 몰랐다. 그리고 왜인지는 알 수 없지만 그가 불안해하는 것이 싫었다. 그녀는 그가 표현하면 표현할수록 그의 사랑을 느끼고, 편안하면서도 설레는 마음으로 가득해지는 것을 느꼈다. 자신의 어정쩡한 표현에 그가 불안해한다면 알려 주고 싶었다. 안심시켜 주고 싶다는 마음이 강하게 일었다.

"나도 너 아니면 아무한테도 감흥 없어."

그의 눈빛이 순식간에 깊고 어둡게 변했다. 그가 흔들림 없이 자신을 보는 것을 느끼며 그녀가 다시 입을 열었다.

"내가 널 사랑하는 게 좋고 네가 날 사랑해 주는 게 좋아."

자신이 이런 말을 할 수 있는 사람이라고 생각해 본 적 없었다. 그녀가 부끄러우면서도 당당하게 웃었다.

"내가 얼마나 단순한 지 잊었어? 나도 너밖에 안 보여."

지독히도 당연한 감정을 입술로 되뇌었다.

"널 많이 사랑하니까……."

고개를 위로 들어 그의 입술에 자신을 포갰다. 단순히 입술을 대고 있는 것뿐이었다. 하지만 닿은 부분에서 가볍고 빠른 전류가 서로의 몸을 타고 흘렀다. 그녀가 입술을 떼고 말했다.

"잘 가."

그가 그녀의 손목을 붙잡았다.

"자고 갈까?"

셴은 피식 웃으며 그의 손목을 장난스럽게 뿌리쳤다. 계단에서 벗어나 아파트 복도로 향하는 그녀는 기분 좋게 쿵쾅쿵쾅 뛰는 심장 소리를 온몸으로 느꼈다. 그에게 먼저 키스를 한 게 벌써 네 번째다. 제 요망한 행동에 고개를 저으면서도 웃음이 터져 나왔다.

그녀는 도어록을 해제시키고 집 안으로 들어왔다. 문을 닫고 신발을 벗으려는데 다시 한 번 여섯 개의 버튼 소리가 청명하게 들렸다.

신도준.

그가 쉽게 가지 않을 거라는 것쯤은 예상하고 있었다. 또다시 그와 장난스러운 실랑이가 시작될 거라는 예감이 들었지만 귀찮다기보다는 즐거운 마음이 드는 것을 보니 그를 사랑하긴 하는 모양이다.

둔탁한 소리를 내며 현관문이 열렸다. 그녀는 바로 앞에 선 그를 향해 못 말린다는 듯이 웃었지만 곧 그녀의 여유로웠던 미소가 포르르 지워졌다. 그의 얼굴엔 단 하나의 장난기도 보이지 않았다. 그가 단호하게 문을 닫고 짙어진 눈으로 그녀를 응시했다.

"도준아?"

그가 그녀의 몸을 밀어 벽에 가두었다.

"이센."

"어?"

"착각하고 있는 것 같아서 설명하는데, 방금 내가 한 말……."

침을 넘기는 그녀의 목이 긴장으로 가볍게 떨렸다.

"허락을 구하는 게 아니었어."

그리고 그는 허락 없이 그녀의 입술을 전부 삼켰다.

Round 10

견뎌야 하는 여자와
참지 못하는 남자

그는 그녀의 몸을 거칠게 끌어안고 입술을 내리눌렀다. 차가운 입술이 빨려 들어갈 듯 부드럽게 젖어 있었다. 그 촉촉하고 연한 감촉은 언제나 그의 이성을 마비시키고 본능을 이길 수 없게 만든다. 단한 번의 예외도 없다. 이센과 닿는 순간 그를 지배하는 것은 결코 그가 아니다.

두 사람을 제외하고 아무도 없는 공간 속에서 주저하는 마음도 머뭇거릴 시간도 없었다. 밀어붙이는 그의 거세고 강한 힘에 놀랐던 것도 잠시, 센은 이내 도준의 목을 끌어안고 나긋하게 호응했다. 맞닿은 입술이 조급하게 움직였다. 목적은 오로지 서로를 더 깊게 탐하는 것…….

그는 벽에 밀친 그녀의 허리를 팔로 강하게 조이며 그녀의 입술에서 퍼지는 모든 숨을 빼앗아 마셨다. 숨조차 달큰한 이 여자를 오늘 가질 것이다. 그녀를 안은 그의 손에 독점욕으로 가득한 힘이 서렸다.

　도준과 벽을 사이에 두고 오도 가도 못하는 위치에서 센이 제대로 숨을 쉬기 위해서, 절대 놔주지 않는 그를 피해 잠시 얼굴을 옆으로 틀었다. 하지만 그것조차 용납할 수 없다는 듯 그는 뜨겁고 강한 열망이 깃든 손길로 그녀의 턱을 고정시켜 더 거칠게 입술을 빼앗아 삼켰다.

　윗입술과 아랫입술이 서로에게 달라붙듯 전부 밀착되는 동시에 그의 혀가 거침없이 그녀의 안을 침범했다. 멋대로 침입한 것도 모자라 당연하다는 듯이 곳곳을 유영하고 그녀의 혀를 빨아들였다. 둘의 혀가 만나는 그 좁은 공간 안에서 떨어지기 위해 움직여도 그녀는 다시 그에게 결속되고 희롱당했다. 입안 가득히 누구의 것인지도 구분이 안 가는 것들이 고이고 또 스몄다.

　그녀는 그의 이런 모습이 당황스러웠다. 이렇게 공격적이고 거칠게 다그치는 키스는 그와 어울리지 않는다고 생각했다. 하지만 오랫동안 참아 온 마음을 터트리고 있다는 것을 알기에 거부하고 싶지 않았다. 오히려 그가 자신에게 얼마나 간절한 마음을 갖고 있는지 느껴져 그녀는 벅찬 마음에 그를 더 꽉 껴안았다.

　"이센."

　입술이 완전히 떨어진 것도 아니었다. 서로의 숨이 엉킬 정도로 가깝게 얼굴을 마주하고 있었다. 그리고 그보다 더 가깝게 맞닿은 입술 사이로 그가 그녀의 이름을 발음했다. 11년 전부터 항상 부르던 대로 그녀를 불렀다. 낮게 젖은 목소리가 자신의 이름을 부르자 기분 좋은 떨림과 함께 옅은 소름이 돋았다.

"갖고 싶어."

그가 입술을 움직이면서 자연스럽게 그녀의 입술을 내리눌렀다. 키스하기 전에도 분명 촉촉했을 그녀의 입술이 그로 인해 더 완벽하게 젖어 있었다. 끈끈하게 섞인 타액들이 기분 나쁘기는커녕 달콤하고 맛있었다.

그녀의 심장 소리가 문제가 있는 사람처럼 무섭게 쿵쿵 뛰었다. 갖고 싶다고 말하는 그의 깊게 깔린 목소리가 심장을 거세게 요동치게 만든다. 어떤 남자를 만났을 때도 이렇게 가슴이 터질 것처럼 뛴 적이 없었다.

그가 잠시 입술을 뗐다. 가까웠던 얼굴이 멀어지면서 그가 그녀의 눈을 마주했다. 시리게 어두워진 눈이 오롯이 그녀만을 향했다.

"갖고 싶어, 너."

알고 있다. 이 말 또한 허락을 구하는 것이 아니다. 눈에는 '갖고 싶다' 가 아닌 '갖겠다' 는 의지만이 가득 차 있다. 그저 '갖고 싶다' 고 말했을 때의 그녀의 얼굴을 보고 싶어 하는 눈이다. 그녀가 그의 얼굴로 다가가 그의 아랫입술을 머금고 살며시 깨물었다. 그녀의 도발적인 행동에 그는 굳게 다문 잇새로 뜨거운 한숨을 내쉬었다.

짧게 닿았던 입술이 떨어졌다. 그녀는 규칙적이라고 보기 힘든 약간 빠른 호흡을 내쉬고 있었다. 그리고 그녀는 그가 가장 듣고 싶어 하는 말을, 자신이 지금 가장 하고 싶은 말을 속삭였다.

"……가져, 그럼."

말을 다 끝내기도 전에 그녀의 몸이 위로 솟았다. 그가 그녀를 번쩍 안아 들고 눈앞에 보이는 침대로 향했다. 그의 큰 걸음으로 성큼성큼 몇 걸음 가지 않아 아담한 싱글 침대에 도달했다.

그가 품 안에 담긴 그녀를 내려놓자 매트리스가 가볍게 출렁였다. 동시에 그가 그녀의 위로 몸을 겹쳤다. 가볍지 않은 그의 몸이 그녀를 내리눌렀다. 다시 입을 축이듯 그녀의 혀를 찾아 끌어당겼다. 타액이 얼기설기 섞이고 촉촉하고 뜨거운 입술이 맞닿았다 떨어지는 소리가 끈적끈적하게 이어졌다.

키스에 집중하는 것 같으면서도 그의 손은 쉴 틈 없이 그녀의 몸을 더듬었다. 옷 위로 그녀의 가슴을 주무르던 그의 손이 어느새 그녀의 티셔츠 밑으로 사라졌다. 도자기처럼 빚어진 듯한 단단하면서도 납작한 배가 느껴졌다. 그의 크고도 긴 손이 그녀가 손가락 하나하나 전부 느낄 수 있도록 천천히 그리고 부드럽게 아랫배를 쓰다듬었다.

그녀는 그의 손이 닿는 곳에 온 신경이 집중되었다. 그가 만지는 모든 곳이 델 것처럼 달아올랐다. 배를 쓰다듬던 그는 손을 위로 올렸다. 티셔츠 밑 또 다른 천으로 가려진 크게 부풀어 오른 가슴을 손에 맞추듯 잡았다. 모양을 확인하듯 힘주지 않고 쓸다가 방심하는 것 같으면 손 안 가득히 움켜쥐기도 했다.

얇은 천 사이로도 느껴질 정도로 단단히 솟은 정점을 그가 엄지로 강하게 누르자 그녀는 감았던 눈에 힘을 꽉 주었다. 그의 단단한 가슴과 맞닿아 둥근 모양이 짓눌리고 찌부러졌을 때도 전류가 통하는 짜릿한 감각에 흥분으로 몸을 떨었었는데 이렇게 직접 만져 주는 것은 상상 그 이상이었다. 아랫배에서 화끈거릴 정도로 저릿함이 느껴졌다.

그가 굳게 감겨져 있는 그녀의 눈에 입술을 가져갔다. 감겨 있던 눈이 살며시 열렸다.

"도준아. 나……."

가슴을 가린 채 가로막고 있는 방해물 하나 없이 그의 손을 느낄 수 있다면 어떤 기분일지 알고 싶다. 내숭 같은 걸 떨지도 못하지만 얌전 빼고 있을 여유도 없었다. 그녀는 그의 손길을 온전히 느끼고 싶어 견딜 수 없었다.

"그렇게 말고……."

"어떻게?"

"제대로, 진짜로…… 만져 줘."

은은하고 나긋나긋한 음성은 누구에게도 들리지 않을 정도로 희미하고 작았지만 그의 귓가에 정확히 내려앉았다. 입술처럼 가득 젖은 그녀의 여린 목소리에 그의 숨이 더 거칠어졌다.

그녀의 솔직함은 늘 그를 미치게 만들었다. 도도하고 사나운 눈빛으로 모두를 바라보던 녀석이 이 순간 입술을 파르르 떨며 애원하는 말투를 쓰자 그의 피가 혈관을 타고 뜨겁게 끓어올랐다.

언제나 자신감 넘치고 도전적인 눈매가 미치도록 매력적이라고 생각했는데 이런 갭은 상상조차 하지 못했다. 그 관능적이고 에로틱한 간극에 정신적인 흥분이 터질 듯 밀려와 머리가 아찔했다. 그는 그녀의 이런 얼굴을, 이런 모습을 그만이 볼 수 있다는 것을 아로새겼다. 그것만으로도 엄청난 전율이 등을 빠르게 타고 흘렀다.

그는 그녀의 티셔츠를 위로 끌어 올리고 거침없이 브래지어를 젖혔다. 호흡하면서 위아래로 들썩거리는 새하얗고 둥근 가슴이 눈앞에 나타났다. 그는 잠시 아무것도 하지 않고 눈을 고정시켰다. 잔인할 정도로 그녀의 몸은 아름다웠다.

크게 부풀어 오른 가슴과 그 가운데 돋은 유실을 바라보며 잠시 숨을 멈춘 그가 결국 보는 것만으로는 참을 수 없었는지 손을 움직였다. 그의 큰 손이 한껏 예민해진 그것을 움켜잡았다.

손에 힘을 줬다 빼며 주무르는 손길에 젖가슴의 모양이 보기 좋게 일그러졌다. 찰흙도 아니고 밀가루 반죽과도 거리가 멀다. 그녀의 탄탄했던 배와는 전혀 다르다. 보드랍고 말랑말랑하다. 태어나서 처음 느끼는 촉감이 신기한 아이처럼 그가 몇 번이고 그녀의 가슴을 터트릴 것처럼 잡고 짓눌렀다.

"하아아……."

"아파?"

아파서 내는 신음이 아니라는 것을 알면서도 일부러 건네는 야릇할 만치 짓궂은 질문이었다. 평소처럼 차분하고 여유로운 목소리에서 변함이 없었다면 얄밉고 창피해서 대꾸를 안 했을 테지만 깊게 잠긴 음성에서 자신보다 더한 조급함이 느껴져 그녀는 순순히 고개를 저었다.

"그러면?"

딱딱하게 굳어져 가만 놔두어도 아픈 동글동글한 유두를 그가 손가락으로 살살 돌리며 끝까지 그녀에게 대답을 요구했다. 다홍빛에서 붉은빛으로 변한 입술을 꼭 깨물던 그녀의 입술이 작게 벌어졌다.

"흐읏, 좋아……."

아픈 게 아니라 좋아서 그랬다고 말하는 그녀를 보며 그가 엷게 웃었다.

"좋아?"

"으응……."

솔직하게 좋다고 말해 주는 네가 나는 정말 미치도록, 말로 표현하기도 벅찰 만큼, 가슴이 쓰라리고 아플 정도로 좋다고……. 그는 심장을 가득 채우는 말을 삼켜 나중으로 미뤘다. 곧 세상이 끝날 것처럼 마음이 급박했다.

손가락을 정점에 딱 맞대고 평평하게 만들어 주겠다는 듯이 세게 눌렀다. 그녀가 몸을 떨었다. 그는 이제 입술을 내렸다. 하얗고 둥글게 솟은 가슴을 입안에 담았다. 부드럽고 포근하게 입안 가득 들어찼다.

그는 마음껏 손으로 주무르고 이겨 대어 아직 얼얼한 곳을 다시 입으로 괴롭히기 시작했다. 그녀는 그의 뜨거운 입술이 닿는 곳마다 옅은 통증과 함께 동반되는 전율을 느꼈다.

아이스크림을 먹을 때조차 이렇게 핥아 먹진 않을 것이 분명한 그가 붉게 뻗은 혀를 내밀어 그녀의 부푼 가슴을 핥고 또 핥았다. 그녀는 자신의 가슴을 탐하는 그의 혀가 불길처럼 뜨거워 따끔하면서도 도저히 밀어낼 수 없을 만큼의 흥분을 만끽했다. 그의 혀가 앙증맞은 유두를 살살 돌리면서 괴롭혔다.

밀려드는 쾌감에 다리를 오므려서 허벅지를 꽉 붙이고 마찰시키듯 문질렀다. 그녀가 할 수 있는 것은 그것뿐이었다. 그녀의 온몸을 타고 흐르는 흥분을 완벽하게 해결해 줄 사람은 그녀 자신이 아닌 그였다. 다리 사이가 점점 열기와 습기로 가득 차며 더 뜨거워지고 있었다. 그녀 혼자 감당하기 힘들었다. 본능적으로 그가 필요하다고 느꼈다.

그녀가 허벅지를 가만히 못 놔두고 움직이자 바로 위에 얹어진 그의 하체가 느껴졌다. 맨 처음 키스할 때부터 아랫배를 열심히 찌르던 것이 아까보다 훨씬 더 거대해졌다는 것을 깨달았다.

바지 위로 느껴지는 그의 남성은 세상 어떤 것보다 딱딱하고 단단해진 채로 그녀의 몸을 향해 크게 부피를 늘렸다. 아직 형체도 보지 못해서 정확한 크기를 가늠할 수 없는데 촉감으로 느껴지는 것만으로도 그의 몸이 상상 이상으로 크다는 것을 알 수 있었다. 기대되면서도 두려운 복잡한 심경이 그녀를 덮쳤다.

그녀의 꽉 붙여진 가랑이 사이로 그의 손이 들어왔다. 갑작스러운 침입에 부끄러워진 그녀가 다리에 힘을 줬다. 그는 그녀를 달래듯 아주 부드럽고 천천히 위아래로 음모가 있을 부분을 세심하게 손으로 쓸었다.

다리를 모은 힘이 서서히 풀어졌다. 그가 그녀의 사타구니 깊숙한 곳으로 손을 내렸다. 그녀의 허벅지 안이 떨리는 만큼 그도 흥분으로 손이 옅게 떨렸다. 이미 화염으로 가득한 곳이 그의 손에 들어찼다.

느릿하게 손을 움직여 문지르자 얇지 않은 천이 점차 젖어 들며 그의 손바닥까지 축축하게 만들었다. 그녀가 움찔거리며 울먹임에 가까운 신음을 흘렸다. 남자의 손이 한 번도 닿지 않았던 은밀한 곳을 침범당했다는 생각에 두려움을 느끼면서도 그의 부드러운 손길에 정신이 아찔했다.

정성스럽게 아래를 애무하던 그가 더 깊게 그녀를 느끼기 위해 그녀의 바지 단추를 풀었다. 성급하고 단정치 못한 손길이 지퍼를 내리고 짧은 팬츠를 확 당겨 발밑으로 벗었다. 끈적끈적한 액체로 그녀의 속옷이 폭 젖어서 그녀의 몸과 피부처럼 찰싹 달라붙어 있었다.

다리를 힘주어 끌어 모으고 있던 탓에 미끈미끈한 애액과 함께 사타구니가 번질번질 윤기로 가득했다. 다시 다리를 모아 붙이면 찰싹 찰싹 하고 에로틱한 마찰음이 들릴 것 같았다. 그가 젖은 음모가 있는 위에서부터 손가락을 움직이자 미끄럽게 아래로 타고 내려갔다.

"으응…… 도준아……."

"하, 센아. 너…… 엄청 젖었어."

도준이 거친 숨을 토하며 들리지 않을 만큼 낮아진 목소리로 말했다. 그녀가 그로 인해서 차고 넘치게 젖어 들어 있었다. 아직 그녀 안에 몸을 묻지도 않았는데 그것 자체로도 엄청난 쾌감이 그를 덮치고 삼켰다.

센이 부끄러워하면서도 조그맣게 고개를 끄덕였다.

"왜?"

또다시 심술맞고 짓궂은 물음. 그녀가 이것만큼은 대답할 수 없다는 듯 입술 끝을 꼭 깨물고 그를 보았다. 속이 싸르르 울릴 만큼 사랑스러운 모습에 그가 참지 못하고 그녀의 입술을 혀로 핥았다.

"센아. 왜 젖었어?"

"너 때문에……."

이젠 부끄러움보다 본능이 먼저였다. 그가 어서 더 깊은 곳을 마음대로 강하게 만져 주길 바랐다. 하지만 그러면서도 축축하게 젖은 속옷 위로 느껴지는 생경한 감각에 그녀는 침대 시트를 움켜쥐었다.

"나 때문에 왜?"

"하아아…… 네가 그렇게 만져 주니까……."

볼록하게 부푼 언덕을 부드럽게 쓰다듬던 그가 손가락을 밑으로 내렸다. 가장 젖어서 끈적거리는 곳으로 손가락을 집어넣자 얇은 천이 가로막고 있는데도 쑥 들어갔다. 가볍게 손가락 마디를 집어넣고 돌리자 그녀가 자지러지듯 신음을 쏟았다.

곧이어 손가락이 아닌 혀가 그녀의 입구를 파고들었다. 그의 혀가 얇은 천 위에서 아래를 스치고 핥는 느낌이 오히려 더 강렬하게 닿았다. 그녀가 거부하듯 허리를 비틀자 그가 손으로 그녀의 허리를 단단히 옥죄었다. 그리고 계속해서 혀로 사이를 가르고 굴곡진 곳을 쓸고 미끈한 물이 잔뜩 고여 있을 부분을 핥아 마셨다.

수치심도 이길 만큼 강한 쾌감이 전신을 타고 흘렀다. 아랫배가 홧홧하게 조여들고 허벅지가 뻐근해졌다. 전류라도 흐른 것처럼 발가락 끝이 찌릿하고 점차 머릿속이 새하얘졌다. 안 그래도 스스로 겁이 날 정도로 뜨거운 여성에 그의 뜨거운 입술이 맞닿자 정신이 어지러웠다. 그녀는 이미 풀려서 흐릿해진 눈으로 연신 그의 이름을 속삭였다.

가장 궁금하고 소유하고 싶었던 그녀의 가장 은밀한 곳을 입술로 느끼면서 계속해서 자신의 이름을 불러 주는 그녀의 나른한 목소리를 듣는 것은 고통에 가까운 쾌감이었다. 제 기능을 할 수 있을지 걱정될 정도로 강하게 뛰는 심장이 뻐근해지고 모든 욕망과 힘이 뭉쳐진 중심은 터지기 일보 직전의 통증까지 느껴졌다. 분명한 통증이지만 계속 느끼고 싶은 중독될 것 같은 통증이었다.

더 이상은 참지 못한다.

그가 상체를 일으켜 벨트 버클을 거칠게 풀었다. 단숨에 옷을 벗어 내리고 그녀의 몸 위로 누웠다. 그와 그녀의 몸이 겹쳐졌다. 그가 그녀와 시선을 마주한 채로 손을 내려 그녀의 팬티를 아래로 잡아당겼다.

"도준아……."

센이 도준의 힘줄이 불거진 팔을 붙잡았다. 하지만 그는 아랑곳 않고 팬티를 끝까지 내려 밑으로 던졌다.

이미 그의 하체와 그녀의 하체가 맞물렸다. 그는 일부러 위로 치켜세워진 남성을 손으로 잡아 내려 그녀의 가랑이 사이에 집어넣었다. 그녀의 아랫배를 묵직하게 누르고 있던 크고 길고 딱딱한 그의 몸이 그녀의 사타구니 속으로 모습을 숨겼다. 애액이 넘쳐흐르는 곳에 크고 단단한 기둥 부분이 닿았다.

순간 그녀의 몸이 바들바들 떨렸다. 커다랗고 딱딱하기만 한 것이 아니었다. 자신의 여성만큼 혹은 그보다 더 뜨겁게 살아 있었다. 그녀는 본능적으로 허벅지를 오므려 그의 것을 감쌌다. 그는 그녀의 허벅지 조임에 황홀한 듯 잠시 눈을 감았다.

그녀는 그 모습에 더 힘을 주어 그의 남성을 허벅지로 짓눌렀다. 그가 옅은 한숨을 내뱉었다.

모든 걸 처음 느끼는 이 순간 가장 신기하고 야릇한 감각을 느꼈다. 분명 얕게 허벅지를 움직였을 때 표면으로 느껴지는 살갗은 부드러웠는데 조금 힘을 주자 근육보다 단단한 것 같은 기둥이 자리하고 있었다.

그녀가 다시 한 번 그의 팔을 당겼다. 이미 욕망으로 어두워진 눈이 그녀를 재촉했다. 그녀는 젖은 입술을 열었다.

"무서워."

"무서워?"

"……아플 거 같아."

연주의 말이 센의 머릿속을 다시 한 번 헤집어 놓았다.

살이 찢어지는 느낌이라던데…….

그녀가 입술을 꽉 붙이고 그를 보았다. 두려움으로 겁을 먹은 눈동자에서 평소의 당당한 모습은 전혀 찾을 수 없었다. 그래서 더 사랑스럽고 황홀했다.

그가 그녀의 입구에 자신의 굵은 남성 끝을 맞췄다. 매끄럽고 하얀 어깨가 움찔거리며 살살 떨렸다. 그는 그녀의 둥근 어깨에 자잘한 키스를 새기듯 퍼부으며 천천히 기둥 끝을 안으로 집어넣었다.

"아아……."

그녀가 낯선 침입자를 경계하듯 입구를 바싹 조였다. 그럼에도 그는 삽입을 멈추지 않았다. 그는 그녀의 겨드랑이 사이에 손을 집어넣고 힘을 풀어 주기 위해 살며시 흔들며 주물렀다. 그녀가 그의 손을 잡으며 손길을 느끼는 듯 눈을 감고 입술을 벌렸다. 그는 목에서 어깨로 떨어지는 여성스러운 곡선에도 입술을 새겨 넣었다.

"센아…… 힘 빼."

그녀가 천천히, 조금씩 힘을 풀었다. 아주 얕게 침입한 그녀의 뜨겁고 깊은 속은 미끈한 액체가 흘러넘쳐 흥건했지만 너무도 좁았다. 게다가 그런 그녀에게 그의 것은 감당하기 힘들 만큼 거대했다. 아무리 조심스럽게, 천천히 넣어 봤자 아픈 것은 똑같을 것 같았다. 그가 걱정된다는 듯 송글송글 땀이 맺힌 그녀의 이마를 손으로 쓸었다.

"센아."

"하아…… 으응?"

"조금만 참아."

말을 끝낸 그는 그녀의 등을 강인한 팔로 휘감아 끌어당기며 동시에 자신의 중심을 그녀의 안으로 깊숙이 찔러 넣었다.

"아……!"

저돌적이고 강한 힘에 의해 뜨거운 동굴 속으로 그가 거침없이 들어가 모습을 감췄다. 그녀는 엄청난 크기의 이물감이 가득 들어찬 것을 온몸으로 느끼며 숨을 헐떡였다. 비워져 있던 그녀의 여성이 그의 남성으로 조금의 빈틈도 없이 채워졌다.

아플 거라고 지레짐작하며 몸을 사리고 있던 그녀는 의아해서 세게 감았던 눈을 떴다. 그가 하반신에 처음 진입할 때 아릿했던 것을 제외하면 나름 견딜 수 있는 통증에 오히려 더 당황스러워졌다.

연주 얘가 오버한 거 아냐? 아니면 내가 비정상인 거야?

다른 남자의 물건을 실물로 본 적은 없어서 확신할 수는 없지만 아무리 봐도 그의 크기는 남다르고 비범했다. 다리 사이로 느껴졌던 그의 중심이 들어오는 행위는 아무리 처음이 아니더라도 아플 것 같다는 생각까지 들었다. 그는 만족하지 못했는지 아직 밖에 남은 뿌리 끝까지 그녀의 안으로 밀어 넣었다.

"아, 도준아……! 그만……."

더 들어갔다간 터져 버릴지도 모른다. 두려움에 그녀가 그의 어깨를 붙잡으며 애원했지만 그는 끝내 전부를 그녀의 속에 묻었다.

그녀가 평소와 다르게 여성스러워지고 나긋나긋해지는 것과 반대로 평상시 부드럽고 차분하던 그는 침대 위에선 거칠고 난폭했다. 낮에는 그녀의 모든 말에 귀 기울여 주더니 여기서는 들은 체도 않고 온통 마음대로다.

그녀의 안에 온몸을 묻었다는 흥분과 실제로 느껴지는 감각에 그는 잠시 뜨거운 숨을 몰아쉬고 이내 균형 잡힌 탄탄한 허리를 움직이기 시작했다. 정갈했던 몸짓도 침착했던 숨소리도 어디에 주었는지 사라진 지 오래였다. 성난 사람처럼 그가 강하게 밀어붙이듯 전진했다.

가득 채워졌던 곳이 비워진다는 찰나의 생각이 뇌를 다 스치기도 전에 뜨거운 기둥이 밀려와 비었던 안에 다시 들어찼다. 똑같이 허리를 앞으로 넣었다 빼는 단순한 동작일 뿐인데 빠르게 들어차는 매 순간 온도도 촉감도 전율의 크기도 모두 제각각이었다.

분명한 건 그의 남성의 움직임이 점점 빨라질수록, 그녀의 안을 메우는 동작이 더 커질수록 그녀의 몸은 더 뜨거워지고 희열은 더 거세졌다. 그녀는 정사의 쾌락으로 정신을 잃을지도 모른다고 느끼고 있었다. 그녀가 애타게 그를 불렀다.

"도준아, 너무 빨라⋯⋯."

"이센."

"조금만⋯⋯ 천천히⋯⋯."

그녀의 감기는 음성에 그는 이를 악물었다. 그러면서도 사타구니가 꼭 붙을 정도로 넣었다가 모든 걸 비우듯 기둥 끝만 남기고 빠져나오는 야릇하면서도 충만한 행위를 멈추지 않았다. 오히려 빠르다고 칭얼거리는 그녀를 골려 주는 것처럼 왕복운동이 속도를 더하며 계속되었다.

그녀는 아까부터 침대 위에서 그녀가 던지는 작은 한마디 한마디가 그에게 얼마나 강한 위력과 영향력을 끼치는지 알지 못하는 것 같았다. 그만해 달라고 말 하면 오히려 더 거칠게 몸을 묻고 싶다는 욕망이 폭발하는 것도 전혀 모른다. 평소엔 한없이 아껴 주고 보듬어 주고 싶었던 마음이 이 고혹적인 여체를 만끽하는 순간 더없이 사나워지고 괴롭혀 주고 싶은 못된 피가 되어 들끓는다는 것 역시 모를 것이다.

빡빡하게 조이는 통로를 그가 거침없이 관통했다. 딱 벌어진 어깨에 근육이 잡히고 바위처럼 단단한 가슴에 맑은 땀이 맺혔다. 그의 가슴을 매만지던 그녀가 손을 등 뒤로 가져가 그를 세게 껴안았다.

그는 그녀의 행동에 몸을 낮춰 역시 그녀의 등 사이로 팔을 집어넣었다. 숨도 쉴 수 없을 만큼 강하게 그녀의 몸을 자신의 가슴속에 담았다. 열기가 느껴지는 땀이 서린 그의 등을 작고 여린 손이 천천히 쓰다듬었다. 그의 크고 아름다운 등 근육이 그녀의 손에서 모습을 드러냈다.

안으면 안을수록 그의 딱딱하게 굳은 가슴의 모양은 변함이 없는데 말랑말랑한 그녀의 젖가슴은 그에 의해 짓눌리고 모양을 잃어 찌그러졌다. 곤두선 유두가 아프게 서로를 스치며 갈구했다. 이것 또한 분명 또렷하고 짜릿한 감각인데 아까부터 멈추지 않고 부딪치는 하체의 감각과는 비교할 수 없었다.

하나는 끊임없이 자애롭게 받아 주고 다른 하나는 앞으로 나아가는 것 외엔 어떤 역할도 입력되지 않은 물건처럼 무섭게 들어가고 또 들어갔다. 가장 은밀한 곳을 오가면서 끈적끈적하게 찰박거리는 선정적인 기음이 사라지지 않았다.

복싱으로 단련되어 다른 여자들보다 몇 배는 강한 체력을 자부하는 그녀조차 저릿한 통증을 수반한 쾌락과 멈출 줄 모르는 그의 기세에 거의 정신을 잃기 직전이었다. 태어나서 처음 느끼는 정욕이 온몸을 채워 에너지가 한순간에 소진되는 기분이었다.

이미 쾌감의 최대치에 도달한 그녀의 뒤를 이어 그도 자신의 몸을 그녀의 안에 가득 채우며 절정에 올랐다.

"하아, 하아아……."

고르지 못한 숨을 쉬는 그녀의 흩뿌려진 머리칼을 그가 정성스럽게 넘겨 주었다. 머리카락을 귀 뒤로 정리해 주자 상기되어 발그레해진 뺨이 모습을 드러냈다. 귀엽게 느껴져야 할 보드라운 살결이 겨우 잠재운 욕망을 다시 한 번 일깨우기 시작한다.

"센아…… 센아……."

그는 발갛게 달아오른 그녀의 뺨에 키스를 퍼부으며 몇 번이고 그녀의 이름을 부르고 또 불렀다. 신음과 한숨이 섞인, 그녀의 불규칙했던 숨소리가 다시 제자리로 돌아올 기미를 보이자 그는 그것을 기다렸던 사람처럼 혹은 그 무엇도 기다릴 수 없는 남자처럼 그녀의 몸에 또다시 올라탔다.

눈을 뜨고 싶지 않았다. 술에 취해 도준에게 몹쓸 애교를 부리고 그의 입술을 훔쳤던 그날보다 정확히 100배는 더 곤욕스러웠다.

잠을 별로 자지도 못했지만 한두 시간 동안 잠에 들었다가 의식이 깨어난 순간 그녀는 밀려드는 자괴감에 몸까지 떨려 왔다. 지호를 달래는 술자리에서 술을 그렇게 많이 마신 것도 아니었다. 현관 앞에서 그와 키스한 순간부터 온전한 정신이었다. 그런데.

"제대로, 진짜로…… 만져 줘."

"아, 도준아……! 그만……."

"너무 빨라……."

미쳤던 게 분명하다. 소주 한 잔에 맛이 갔거나, 그가 자신을 현관에서 침대로 옮기는 사이에 온전한 정신을 바닥에 데굴데굴 떨어트렸거나, 집에 숨어 있던 에로배우 출신의 귀신이 자신에게 빙의됐다거나!

아무튼 어젯밤부터 오늘 새벽까지 제정신이 아니었다는 것만은 분명하다. 제정신으로 그렇게 색기 흐르는 신음을 뱉고 교태 가득한 앙탈을 부리는 것은 불가능하다. 그녀는 자꾸 귓가에 머물러 떨어질 생각을 안 하는 제 자신의 요염한 신음 소리 때문에 머리가 터져 버릴 것 같았다.

혹시 이게 내 제2의 인격인가?

그럴 리가 없다. 이렇게 여성스럽고 정염 가득한 야한 인격이 31년 동안 자신의 안에 감춰져 있었을 리가 없다.

도대체 신도준 저 녀석은 나한테 무슨 짓을 한 거야?

그녀가 울컥한 마음에 눈을 뜨고 옆자리를 노려보았다.

"허어."

센이 숨을 들이켰다. 팔을 기대어 손으로 얼굴을 받친 채 자신에게 시선을 고정하고 있는 도준의 모습이 보였다.

"깼어?"

그가 부드럽게 웃었다.

"어? 어어."

그녀가 그의 눈길을 피하며 대답을 얼버무렸다.

"이센."

"으응?"

"나 봐."

단호한 목소리에 그녀가 시선을 천천히 올려 그를 보았다. 그 역시 그녀와 마찬가지로 제2의 인격을 가졌는지도 모른다. 어제 그녀의 애원에도 불구하고 더 난폭하고 강렬하게 욕망을 채우고 쏟아붓던 남자가 지금은 창문 밖에서 쏟아지는 햇살처럼 따스하게 미소를 짓고 있다.

그녀가 아무리 투정을 부리면서 사정해도 그는 오로지 자신의 욕심대로 밤이 새도록 그녀를 가졌다. 하지만 원망스럽기는커녕 그에게 안긴 것이 벅차면서도 수줍었다. 제 자신이 하는 생각에 그녀가 인상을 찌푸렸다.

아, 제정신을 돌려받고 싶다.

"우리 센이. 아직도 아파?"

그가 아기를 달래듯 그녀를 가슴팍에 안으며 조용히 물어 왔다.

결국 밤이 끝나 가는 마지막에 다다라서는 그녀는 그에게 아프다고 칭얼거리며 울먹이기에 이르렀다. 그는 물으면서 몇 시간 전, 두 뺨이 발갛게 달아올라 울먹이던 그녀의 모습을 떠올리는지 눈이 열망으로 어둡게 변했다. 반대로 그녀는 그 순간을 떠올리자 그냥 딱 죽고 싶었다.

"……수치스러워."

"뭐?"

수치스럽다는 부정적인 말에 그가 인상을 찌푸렸다. 그녀는 베개에 얼굴을 묻고 소리 없는 비명을 내질렀다. 머리카락을 쓰다듬는 손길이 느껴졌다.

"센아. 넌 도대체……."

"……."

"왜 그렇게 예뻐?"

그는 수치스러움과 부끄러움이라는 끈으로 잔인하게 그녀의 목을 조일 생각인 것이 분명했다. 예쁘다, 예쁘다. 어린아이에게 해 주듯 다정한 말투에 진심이 가득 담긴 목소리였다. 그녀가 그의 부드러우면서도 거칠게 갈라지는 음성에 본능적으로 몸이 달아 눈을 질끈 감았다.

"도대체 어떻게 이렇게 예쁘고 사랑스러울 수 있지? 정말 신기하다."

끝까지 잔인하게 그녀의 숨통을 조인다.

"처음이라 아플까 봐 얼마나 많이 자제했는지 알아?"

자제했다고? 뭘?

"이센."

"……."

그녀는 묻고 싶었다.

"이제부턴 안 참아. 명심해."

어젯밤부터 오늘 아침까지 도대체 네가 뭘 참았다는 거야? 라고.

센은 십여 년간 고통스럽고 아플 것이라고 거의 세뇌하다시피 하고 있었던 첫 경험이 엄청난 쾌락을 안겨 준 것이 의아했다. 연주에게 그 질문을 하자 그녀는 간혹 첫 경험에서 고통을 느끼지 않는 여자도 있다고 말해 주었다.

그리고 연주는 센보다 신의 몰빵, 신도준의 능력 덕분이 아니냐고 지레짐작하며 감탄했다. 침대에서조차 전지전능했느냐고 묻는 연주에게 거짓말을 할 수 없는 회로로 이루어진 센의 두뇌는 결코 아니라고 부정할 수 없었다. 그렇다고 자랑하듯 떠벌릴 수도 없는 노릇이었다. 그는 밤일조차 '신'이었다, 라고.

센은 요즘 들어 봇물 터진다는 말의 의미를 되새기고 있었다. 그리고 어쩌면 그것을 조금 늦게 터트려야 했었다는 후회도 밀려왔다.

모든 감정이 드러나고 격하게 터져 버린 그날을 기점으로 그녀는 합리적이고 규칙적인 생활을 하는 것이 전혀 불가능했다. 다른 의미로 규칙적이긴 했다. 규칙적이고 끊임없이 계속되는 섹스가 그녀의 생활의 큰 일부를 차지했으니까.

그의 꼬임에 번번이 넘어가는 것은 그 누구도 아닌, 그녀의 잘못이었다. 저음으로 이루어진 부드러운 목소리와 그녀를 어르고 달래 이해시키는 지능적이고도 달콤한 말재주. 오늘만큼은 절대 눈뜨고 당하지 말자고 다짐하고 또 다짐해도 그녀는 매번 수긍하고 그가 내미는 마수에 손을 뻗었다.

"야. 오늘은 안 돼. 오늘은 진짜 빠지면 안 돼."

"왜?"

"왜긴! 아빠가 이상하게 생각하고 있다고. 도대체 체육관을 며칠을 빠진 거야? 난 맹장 수술한 날 이후로 이렇게 많이 운동을 쉰 적은 처음이야!"

"네가 무슨 운동을 쉬었어?"

이런. 그냥 입을 다물고 있는 게 훨씬 유리하다는 것을 뒤늦게 깨달았다. 그가 걸려들었다는 듯이 그녀의 허리를 안으며 재차 물었다.

"우린 매일 운동에 가까운 사랑을 나누고 있잖아."

복싱의 승부는 크게 휘두르는 강타가 아닌 툭툭 치는 잽에 달려 있다. 결정적인 한 방을 위해 조금씩 상대를 허물어트리는 것······.

그가 결정적인 한 방을 위해 촘촘한 그물망을 치기 시작했다.

"서로를 때리는 복싱보다 연인에게 더 어울리지. 안 그래?"

"으음······."

"게다가 이건 우리만 좋은 게 아니야. 우리가 나중에 결혼해서 아기를 가지려면 꼭 필요한 과정이잖아. 우리가 사랑을 나눠서 아기를 가지면 우리만 좋아? 부모님들도 기뻐하시고 더 나아가서는……."

녀석은 회사원의 재목도 정치인의 재목도 아니다. 녀석의 언변은 교주의 그것과 가까웠다. 점점 빨려드는 느낌에 그녀는 머리가 지끈 거렸다.

어쩌면 웬만한 교주보다 더 사람을 믿게 만들었다. 그녀는 너무도 당연하게 미래를 얘기하는 그의 신뢰감 가득한 목소리 때문에 전혀 생각도 안 해 본 결혼이라든지 아기라든지 하는 얘기를 예사로이 넘 겼다.

"그런데, 센아."

그가 어둡게 깔린 목소리로 그녀를 불렀다.

"싫어?"

모든 말을 압축해 '싫어?' 라고 묻는 그의 마지막 한 방에 그녀는 눈을 감았다. 아무도 들리지 않게 나직이 욕설을 중얼거리다가 결국 입을 열었다.

"……누가 싫대?"

그녀는 그저 정도를 좀 지키란 말을 하고 싶었을 뿐이다. 그녀의 솔직한 대답에 그가 기분 좋다는 듯 웃었다.

"그리고 우리 결혼하면……."

"잠깐! 아까도 뭔가 이상하다 싶었는데 결혼 얘기가 자꾸 왜 나 와?"

걸음을 걷던 그녀가 몸을 세우고 그를 보았다. 그는 당연한 얼굴 로 말했다.

"우리 잤잖아."

무언가를 떠올리게 하는 말투였다.

"잤으니까 결혼해야지."

그가 그녀에게 찾아와 '키스했으니까, 만나야지.' 라고 말했던 그 순간과 지금 현 상황이 정확히 겹쳐졌다.

조선시대에서 타임 슬립한 남자……

까맣게 잊고 있었다. 그녀가 놀라서 버럭 소리쳤다.

"넌 자면 무조건 결혼하니!"

그날, 그는 분명 '사귄 여자들하고는 다 키스를 했으니까 네 말에 그렇다고 대답해도 되지 않나?' 라고 말했었다.

이번엔 결혼이니 넘어갈 구멍은 어디에도 없……

"난 자면 무조건 결혼할 생각이었어."

"……뭐?"

"그리고 너랑 잤어."

저 말이 무엇을 내포하는 건지 모르지 않는다. 하지만 도저히 믿겨지지 않았다. 그녀가 당혹스러움에 인상을 찡그렸다.

"너, 너…… 여자 만났잖아!"

"여자 만나면 무조건 자야 돼?"

스스로 했던 질문의 패턴과 같아진 그의 물음에 당황한 그녀가 버벅거렸다.

"하지만 키스도 했다고……."

"키스하면 무조건 자야 되고?"

"그치만!"

"그리고 너에게 더 책임감을 안겨 주기 위해서 하는 말인데."

이제는 그의 입에서 무슨 말이 나올까 두려울 정도였다. 그녀가 침을 삼키며 그의 목소리를 얌전히 기다렸다.

"나 다른 여자하고 키스 안 했어."

"……뭐?"

"네가 술에 만취해서 뺏은 게 내 처음이라고. 죄책감 가질까 봐 잠시 거짓말했었어."

그녀는 둘 다 사랑을 나눈 게 서로가 처음인데 어째서 자신이 더 미안함과 책임감이 드는 것인지 알 수 없었다.

"난 모든 게 네가 처음인데……."

그것은 분명 '완벽하게' 처음이냐, 아니냐의 차이였다. 이런 것까지 믿겨지지 않는 그의 완벽함에 그녀는 입을 벌린 채 허공을 응시했다.

그가 그녀의 머리카락을 뜨거운 손길로 쓰다듬고 매만졌다.

"책임……질 거지?"

책임지라고 말하는 남자치고 눈빛이 상당히 날카로웠다.

"너 설마……."

"……."

"비겁하게 도망갈 생각은 아니지?"

부드럽고도 강압적인 물음에 그녀는 잠시 아무런 대답도 할 수 없었다.

아담한 원룸형인 센의 집에 놓여진, 역시 아담한 싱글 침대는 두 남녀가 멀찍이 떨어지기엔 너무도 좁았다. 완벽하게 발가벗은 두 사람은 애초부터 떨어질 생각도 없어 보였지만 좁은 침대를 빌미 삼아 도준이 센을 강하게 끌어안은 상태로 그녀의 정수리에 턱을 고정시켰다.

"불편해."

그녀의 툴툴거림에 그가 낮게 웃었다. 그는 킹사이즈의 넓은 침대가 있는 자신의 아파트보다 그녀의 집에서 사랑을 나누는 것을 더 선호했다. 그의 집에 있는 고급 침대와 달리 그녀의 집에 있는 것은 꽤 낡고 오래된 고물 침대였다.

그가 그녀의 안에 남성을 삽입하고 허리를 거세게 움직일 때마다 색스럽고 요란하게 삐걱삐걱거리는 침대 소음이 두 사람을 더욱더 자극시키는 데 한몫했다. 무엇보다 침대가 좁다는 것을 핑계 삼아 이렇게 아침이 되도록 꽉 끌어안고 있을 수 있는 것이 가장 큰 이유였다.

"주말 동안 하루 종일 이러고 있을 생각은 아니지?"

"뭐 하고 싶은 거 있어?"

"영화라도 보러 가자. 계속 집구석에 박혀 있으니까 답답해."

"좀비 게임이 하고 싶은 건 아니고?"

그녀는 그의 품에서 벗어나 자리에서 일어났다. 침대 옆 탁상에 놓여 있는 휴대폰을 확인했다.

[누나 미안해. —지호]

미안하다고?

간결하면서도 뜬금없는 지호의 문자였다. 그녀는 왠지 모를 불안감에 눈기와 코끝을 찡그렸다.

"뭔가 불길하네."

도준이 그녀의 앙증맞게 살짝 구겨진 코끝을 손으로 다정하게 내리눌렀다.

"응? 왜 그래?"

"아니야."

센은 고개를 저으며 말을 아꼈다. 요 근래 체육관을 너무 많이 빠졌다. 아버지가 분명 이상하게 생각하고도 남음이었다. 오늘 저녁엔 어떤 일이 있어도 출석을 해야겠다는 생각이 들었다.

"나 먼저 씻을게."

"센아."

그가 의미심장하게 그녀의 이름을 불렀다. 그녀는 또 그가 결혼이니, 책임이니 하는 소리를 늘어놓을까 봐 겁을 먹고 화장실로 달려갔다. 침대에 반 정도 누운 채로 벽에 등을 기댄 그가 웃으며 그녀의 뒷모습을 눈으로 좇았다.

샤워와 모든 준비를 마치고 그녀가 급히 걸음을 옮겼다. 요즘 말 끝마다 결혼 얘기를 꺼내는 도준 때문이었다. 이러다가 도준에게 결혼에 대해 세뇌라도 당할까 염려되어 집 안에 있는 그를 놔두고 먼저 현관문을 열었다.

"이센!"

"허어. 아, 아빠."

호호가 복도 끝에서 그녀의 이름을 호통치듯 부르면서 걸어오고 있었다.

"지호한테 다 들었다! 너!"

'누나 미안해.'의 전말이 금세 드러난 순간이었다. 아버지는 체육관에 발길이 끊긴 딸의 숨겨진 사연을 찾아내기 위해 그녀와 친분이 있는 지호를 닦달한 모양이었다. 그녀는 아버지가 뭘 다 들었는지, 정말 '다' 들었는지 조마조마했다.

"잘 다니고 있던 본사에서 왜 쫓겨나!"

들은 것은 저것뿐인가 보다. 이 상황 역시 썩 좋지 못했지만 그나마 불행 중 다행이라는 생각이 들었다. 어차피 본사에서 쫓겨난 일은 들킬 수밖에 없는 사실이었고 한 번은 겪을 일이었다.

다행히 아버지의 목소리는 엄청나게 우렁찼다. 그녀의 집 안에 들리고도 남을 것이다. 도준의 눈치가 등신이 아닌 이상 그는 지금 밖에서 일어난 상황을 알아챘을 것이다. 아버지의 확성기 같은 목청 덕분에 그가 상황을 눈치채고 집 밖으로 나오지 않을 테니 다행이었다. 무엇보다 그와 함께 집에서 나오지 않은 게 천운이었다.

"아빠, 일단 고정하시고 근처 카페로 모실……."

"네 집이 바로 앞에 있는데 무슨 카페야!"

"집이 많이 더러워요. 우선 엄마도 같이 들으셔야 하니까 아예 집으로 가요. 네?"

그녀가 화가 잔뜩 난 호호에게 사정했다. 그리고 그 순간, 열리지 않아야 할, 열려서는 안 되는 현관문이 열렸다. 센과 호호의 시선이 자동적으로 그곳으로 향했다.

"센아. 칫솔 다 떨어졌는……."

칫솔, 다 떨어졌다. 누가 듣기에도 의미심장한 말을 하면서 밖으로 나온 도준의 눈이 커졌다.

"관장님?"

눈치가 등신인 그녀는 지금 이 순간, 기적적으로 느낄 수 있었다.

녀석은 연기를 하고 있다.

도준은 예의 차분한 얼굴에서 너무 오버스럽지도 하지만 너무 약하지도 않게 놀랐다는 표정을 만들어 내어 지어 보였다. 호호는 넋이 나가서 그를 보다가 펀치라도 맞은 사람처럼 뒤로 잠시 비틀거렸다.

아무도 믿어 주지 않지만 실은 딸바보인 호호였다. 그는 아무리다 컸다지만 눈에 넣어도 안 아픈 딸이 외간 남자와 같이 한집에서 나오는 것을 보고 떡 벌어지는 입을 다물 수 없었다.

"너, 너 이 녀석……."

호호가 말까지 더듬으며 지금 상황에 정신을 못 차렸다. 조용하게 당황하고 있던 혹은 당황한 척을 하던 도준이 곧 침착하게 입을 열었다.

"이런 민망한 상황을 겪게 해 드려서 죄송합니다."

정신을 차린, 혹은 정신을 차린 척 연기한 그가 다시 차분하고 신뢰감 가득한 모습을 되찾았다. 그리고 그녀는 그가 지금 작정했다는 것을 알아차렸다.

그는 옆에 있는 그녀의 손을 꼭 잡았다. 호호와 마찬가지로 그녀 또한 정신이 저 멀리 날아갈 것 같았다. 지금 그의 작은 손짓 하나는 복싱 부녀의 정신을 쥐었다 폈다 하는 수준의 영향력을 끼치고 있었다.

그녀의 손을 잡은 그가 다시 호호와 눈을 맞췄다. 보통의 성인 남자들은 움찔하며 알아서 피하는 날카로운 눈을 응시한 채 도준이 입을 열었다.

"관장님, 아니……."

호호와 센은 그의 말을 기다리며 마른침을 꼴깍 삼켰다. 그는 극대화의 기술을 아주 잘 아는 사람처럼 말을 이었다.

"아버님."

'관장님, 아니 아버님.' 이란 호칭은 처음이라 면역이 없는 호호가 혼이 빠진 얼굴로 숨도 못 쉬고 제자리에 서 있었다. 그리고 센은 그의 직업을 반드시 바꿔 주고 싶었다. 회사원도, 정치인도, 교주도 아닌 배우를 하라고⋯⋯.

언젠가 꿈에서 꾸었던 육각형의 방, 여섯 개의 문 중 마지막 문이 쾅 하고 닫히는 소리가 다시 한 번 귓가에 들렸다. 그녀는 지금 이 순간, 도망갈 수 있는 마지막 퇴로까지 완벽하게 차단되었다는 것을 깨달았다.

Round 11

혼자이고 싶은 여자와
혼자였던 남자

"어떻게 결혼도 안 한 처녀 총각이 주말 아침에 한집에서 나와!"

몸을 가만있지 못하고 집 안을 계속 왔다 갔다 하던 호호가 돌연 멈춰 서서 버럭 소리를 질렀다. 벌을 받는 아이처럼 고개를 숙인 채, 소파에 꼿꼿하게 앉아 아버지의 호통을 듣는 센의 얼굴은 절망으로 얼룩졌다.

그녀는 자신의 옆에 앉아 있는 도준의 표정을 살폈다. 질타를 묵묵히 듣고 있는 그를 당장이라도 추궁하고 싶었다. 아버지의 우렁찬 목소리를 결코 못 들었을 리가 없다. 그런데 굳이 그렇게 아무것도 모르는 사람처럼 무방비하게, 그것도 칫솔 얘기를 던지며 나오는 건 그녀가 알아 온 그와는 전혀 어울리지 않는 행동이었다.

그녀가 여전히 의심스러운 눈초리를 거두지 못하고 있는데 그가 고개를 돌려 눈을 마주쳤다. 걱정하지 말라는 듯 안심시키는 파스텔

톤의 희미한 미소. 그 다정스러운 미소가 그녀는 오히려 무섭게 느껴지기 시작했다.

호호는 원래 온 목적 따위 새까맣게 잊은 지 오래였다. 그녀가 잘 다니던 회사에서 좌천당한 것도 모자라 그것을 사실대로 말하지 않은 것에 대해 크게 꾸짖을 생각으로 앞뒤 안 가리고 찾아왔건만 지금 중요한 상황은 그것이 아니었다.

방금 본 광경의 충격에서 여전히 깨어 나오지 못한 그가 소파에 나란히 앉은 두 남녀를 노려보았다. 그리고 절대 있어서는 안 될 가능성을 제기했다.

"설마 동거냐?"

그렇다고 대답하면 가만 안 두겠다는 얼굴이 센의 눈동자에 가득 담겼다. 사실 엄밀히 따지면 요즘 들어 같이 살고 있는 것이 맞긴 했다. 처음 관계를 맺은 날 이후로 잠시도 떨어져 있기 싫다고 주장하는 그 때문에 하루는 그녀의 집, 하루는 그의 집, 이렇게 서로의 집을 오가면서 밤을 보내 왔으니.

하지만 그래도 동거는 아니다. 동거와는 조금 다르다. 그녀는 양심에 조금 가책이 일었지만 살기 위해 대답했다.

"아니요! 절대! 동거라뇨? 아빠 절 어떻게 보시고……!"

최대한 억울하다는 듯이 오두방정을 떨어야 했다. 그래야만 아버지의 의심이 풀린다는 것을 알고 있었다. 그녀가 난리를 치며 부정하자 예상대로 아버지의 얼굴이 조금 누그러졌다. 물론 쏴 죽일 것 같은 눈빛을 누그러뜨려 봤자 험악한 인상은 그대로였다.

"자네가 대답해 보게. 정말 아닌가?"

갑자기 아버지의 표적이 도준으로 바뀌었다. 도준은 아버지의 질문에 멈칫하더니(혹은 멈칫하는 척을 하더니) 곧 입을 열었다.

"동거는…… 아닙니다. 아버님."

동거 '는' 아닙니다?

'는' 이라는 조사가 하나 들어갔을 뿐인데 정말 많은 것을 상상하게 만들었다. 게다가 당연하게 따라붙는 저 아버님 소리까지. 센이 빠르게 고개를 옆으로 돌려 도준을 노려보았다.

저 여우 같은 자식이 도대체 뭘 꾸미고 있는 거야?

호호의 눈빛에서 불길이 튀었다.

"이런 사이였는데 감히 둘이 짜고 거짓말을 해서 어른을 기만해!"

"아빠, 그건 기만이 아니라……."

"시끄러워! 아무 사이 아니라며? 아무 사이도 아닌 것들이 하, 하, 한집에서……!"

호호는 '한집' 이라는 단어를 꺼내기가 힘에 겨운 듯 몇 번씩 말을 더듬었다. 센이 당황하면 말을 더듬고 버퍼링에 걸리는 것은 유전인 듯싶었다. 그의 타오르는 눈빛이 센에게서 도준으로 옮겨졌다.

"자네, 내가 거짓말하는 인간을 얼마나 혐오하는지 알고 있나?"

"죄송합니다."

"필요 없네. 왜 사귀지 않는다고 거짓말했지? 내 딸 몇 번 가지고 놀다 버릴 생각이었나?"

"아빠! 뭘 가지고 놀고 버리고 이런 얘기를 하세요? 우리 서로 즐기면서 자유롭게 사귀고 헤어질 수 있는 어른이에요!"

이런 젠장…….

그녀가 아버지 앞이라 차마 읊조리지 못하고 속으로 짧은 욕을 삼켰다. 성인이라고 강조하기도 민망할 정도로 먹을 만큼 먹은 나이에 어른병 걸린 사춘기 커플들마냥 '우리 그냥 사랑하게 해 주세요.'를 외치고 있어야 하다니…….

복잡하고 귀찮은 것은 딱 질색인데, 상황이 가장 피곤한 쪽으로 돌아가려 하고 있었다. 센은 '몇 번 가지고 놀다 버릴 생각이냐?'는 아버지의 말에 항의하는 뜻에서 한 말이었다. 하지만 그녀의 잔인하 도록 철없는 말에 도준의 표정은 삽시간에 굳어졌다.

서로 즐기면서 자유롭게 사귀고 헤어진다.

어떤 이유에서건 저런 말을 꺼내는 것을 용납할 수 없었다. 도준 의 눈이 섬뜩할 정도로 서늘하게 빛났다가 곧 그것을 숨기듯 제 모 습을 찾았다.

"사귀고 헤어져? 둘이 아침 댓바람부터 한집에서 나와 놓고! 그, 그, 그게 무, 무슨 뜻인지……."

너희들이 더 잘 알잖아! 라고 소리치고 싶은 표정이었다. 하지만 이미 현관 앞에서 사랑하는 막내딸의 어퍼컷에 적지 않은 충격을 받 은 호호는 목에 뭐가 걸린 사람처럼 제대로 말을 잇지 못했다.

아버지는 고루할 정도로 고지식하고 보수적인 사람이다. 따라서 무슨 말을 하려는 것인지는 잘 알고 있다. 그녀가 낮은 한숨을 쉬었 다.

센이 기억하는 어린 시절 중 가장 오래된 기억은 여섯 살 무렵 모 르는 성인 남자에게 끌려갈 뻔했던 일이었다. 총총 걸어 다니는 것 을 좋아했던 그녀는 호호의 손을 잡고 넘쳐 나는 인파 속에서 축제 를 구경했다. 그리고 그가 잠시 방심한 사이에 혼자 쪼르르 다른 곳 으로 향했다.

아버지와 헤어졌던 그 잠시 동안 여리고 조그마한 센의 어깨를 붙잡는 커다랗고 둔탁한 손길이 있었다. 물론 얼마 지나지 않아 센을 막무가내로 데려가려 했던 남자는 이성을 잃은 호호에게 실신할 정도로 두드려 맞았다.

하지만 호호는 그날 이후로 잠을 잘 수 없을 정도로 극도의 불안감에 떨어야 했다. 하는 짓뿐만 아니라 외모 면에서도 막내딸은 자신의 눈에만이 아닌 만인이 탐낼 만큼 예쁘고 사랑스러운 아이였다.

뉴스에서 한창 떠들어 대는 아동범죄……. 제 입으로 거론하기조차 역겨운 기사 내용을 보면서 센이 그렇게 될 가능성도 있다는 상상만 해도 숨조차 쉴 수 없었다.

유치원에 보내 놓는 것조차 두려움이 되었고, 그날 이후로는 놀이터, 공원은커녕 마당으로도 혼자 내보내지 못했다. 팔짝팔짝 뛰어다니고 놀러 다니는 것을 좋아하는 아이는 갑자기 바뀐 상황에 못 견뎌했다.

모든 것에 적응하지 못하고 점점 말수가 적어지고 어두워지는 센을 보는 것은 이루 말할 수 없는 괴로움이었다. 악순환의 반복. 평생 딸아이를 끼고 살며 지켜 주는 것은 불가능하다는 것을 모르지 않았다. 하지만 그대로 놔두는 것은 피가 마를 정도로 불안했다.

이름을 놀린다고 울었던 사건과 맞물려 예쁜 옷만 입혀 주고 싶었던 딸에게 먼지 가득한 체육복을 입히기 시작한 것은 그때부터였다. 항상 곁에 있을 수 있다면 자신이 지켜 주면 그만이었지만 딸이 점점 커 가면서 같이 있는 시간보다 떨어져 있는 시간이 더욱더 늘어날 것을 예감하고 있었다. 그리고 그녀에게 무서울 정도로 엄격하게 훈련시킨 것은 그녀를 위한 것이기도 했지만 그 자신이 안심하기 위한 것이기도 했다.

가장 사랑하는 딸을 위험하다는 이유로 자유를 빼앗고 옭아매려는 스스로를 용납할 수 없었다. 그것을 인지하고 나서는 최대한 딸을 억누르지 않기 위해 노력했지만 무방비한 행동으로 가족을 놀라게 하는 그녀를 보면 여지없이 그날의 일이 떠올라 사납게 호통을 치면서 구속에 가까울 정도로 단속하곤 했다.

자립심을 키우고 자유롭게 살라고 입으로는 말하면서 실상은 속박하고 굴레를 씌웠다. 지금도 후회가 되는 일관성 없는 교육에도 불구하고 센은 착하고 곧게 잘 커 주었다. 하지만 어렸을 때의 잔상이 크게 남았는지 자유에 민감했고 구속하는 모든 것을 경계했다.

센이 고등학교 때 지나가는 말로 '성인이 되면 혼자 살고 싶다.' 라고 한 것이 뇌리에서 잊혀지지 않았다. 자신 때문에 은연중에 가족은 자유를 잃게 만드는 것이라고 생각했는지도 모른다.

실제로 그녀는 자신의 가족을 사랑했지만 스스로 또 다른 가족을 만드는 것은 거부 반응이 들었다. 호호는 지금부터라도 놔주고 풀어 주면 달라지겠지 싶었다. 하지만 그 생각에 맞춰 애를 썼는데도 10년이 지나도록 그녀는 여전히 혼자이고 싶어 했다. 어쩌면 일에 미쳐 사는 두 아들보다 센이 더 결혼시키기 힘든 자식일지도 몰랐다.

옛일을 떠올리니 후회로 입안이 썼다. 호호는 과거와 지금 현 상황이 맞물려질수록 이것이 기회라는 것을 깨달았다. 결혼을 끝내 하지 않겠다고 할까 노심초사하며 걱정하고 있었던 센이 결혼 적령기에 만나는 남자가 있다는 것은 사실 화를 낼 일이 아니었다.

물론 아직도 두 사람이 한집에서 나오는 잔상이 아른거려 머리가 지끈거렸지만 호호는 결코 이 결정적 순간을 놓쳐서는 안 된다고 생각했다. 그가 도준을 날카롭게 노려보았다.

"자유롭게 사귀다가 헤어질 건가?"

"저는……."

도준이 차분한 얼굴로 입을 열었다.

"가볍게 사귀는 게 아닙니다."

날카롭게 서로를 탐색하는 공격형 선수들 사이에서 매우 아이러니하게도 공격을 당한 것은 장외에 있는 센뿐이었다. 그녀가 도준의 입에서 무슨 말이 나올지 초조해하는 사이 그가 단호하게 말했다.

"센이 만나면서 헤어질 수 있다고 생각한 적 단 한 번도 없습니다."

호호는 도준의 속내를 파헤치기 위해 눈을 뚫을 것처럼 노려보았다. 도준은 단 1초도 그의 눈빛을 피하지 않았다. 도준의 말이 끝나자 호호가 현관 쪽으로 몸을 돌렸다. 호호는 뒤도 돌아보지 않은 채 입을 열었다.

"이센, 월요일에 집으로 데려와라. 가족회의 소집이다."

♣   ♣   ♣

야구 모자를 푹 눌러쓴 센이 강의실 문을 벌컥 열었다. 수업 시작 2분 전. 이미 학생들로 바글바글한 곳을 살피다가 가장 끝에 자리를 잡았다. 길게 붙어 있는 4인석 의자에 혼자 덩그러니 앉아 있는데 다시 문이 열리는 소리가 들렸다.

차분한 걸음 소리는 그녀의 의자 바로 옆의 의자에서 사라졌다. 그녀가 고개를 들어 옆을 보았다.

"신도준?"

의외의 얼굴을 맞닥뜨려서 놀란 그녀가 그의 이름을 불렀다. 도준도 고개를 옆으로 돌렸다.

"너도 이 수업 들어?"

"어? 어어."

"혼자?"

　혼자 듣냐고 묻는 그의 말에 그녀가 살짝 고개를 끄덕였다. 그가 반갑다는 듯이 미소를 지었다. 괜히 알은척했다 싶었다. 그녀가 시큰둥하게 대꾸했다.

"어린애들 달고 다니느니 혼자 다니는 게 편하니까."

　2년 만에 학교에 복학한 그녀는 후배들과 다니는 것보다는 혼자 수업을 듣는 것을 선호했다. 그게 편했고 자신에게 맞았다. 그는 그녀의 말에 옅게 웃으며 호응해 줬다. 그녀는 책상으로 고개를 돌리려다가 예의상 그에게 물었다.

"너는?"

"나도 마찬가지야."

"너도 마찬가지라고?"

　의외의 말에 그녀가 자신도 모르게 말을 덧붙였다.

"나도 혼자 다니는 게 편해."

"혼자가 편하다고? 네가?"

"왜? 이상해?"

"그거야 당연히 이상하지. 매일같이 사람들한테 둘러싸여 있으면서 무슨 혼……."

　대수롭지 않게 말을 이으려던 그녀는 잔잔하면서도 깊이 있는 그의 눈빛을 마주하자 어쩐지 말문이 막혀 입술이 떨어지지 않았다.

미동도 없는 고요한 눈에 빨려 들어갈 것 같아서 그녀는 먼저 시선을 피했다.

헛기침을 하며 괜히 가방 속을 뒤적이는데 근처에서 여대생들의 재잘거리는 목소리가 들려왔다.

"헐, 자리 없어. 어떡해?"

"그냥 둘 둘 떨어져서 앉을까?"

"안 돼! 소개팅에서 만난 썸남 얘기 들어 줘야지."

네 명의 여대생들이 곤란해하는 사이, 도준이 자리에서 일어났다.

"여기 앉으세요."

도준이 자신의 자리에서 일어나자 4인석의 자리가 텅 비워져 떨어질 수 없다고 외치던 네 명을 반겼다. 하지만 여대생들은 그 친절에 감사해하지 못하고 잠시 넋을 잃은 채 그를 보았다.

"이센. 옆으로 가."

"어?"

센은 꿍얼거리면서도 어쩔 수 없는 상황에 엉덩이를 옮겨 옆으로 자리했다. 그가 그녀의 옆에 털썩 앉았다. 그 장면을 확인한 여대생들의 얼굴이 흙빛으로 어두워졌다. 그리고 썸남 얘기를 꺼내며 무조건 넷이 같이 앉자고 우겨 댄 여자를 세 명의 친구들이 동시에 노려보았다.

그녀의 말만 아니었어도 이 중 두 명은 저 말도 안 되게 퍼펙트한 외면을 지닌 남자의 옆에 앉게 되는 기회를 얻었을 것이다. 세 친구들의 진심 어린 강렬한 찌림에도 불구하고 여자는 이미 소개팅 썸남은 머릿속에서 완벽하게 지워진 지 오래인 듯 도준에게 시선을 고정한 채로 더듬더듬 손으로 의자를 짚었다.

센은 앙증맞게 솟은 코를 작게 킁킁거렸다. 반사적으로 도준이 앉자마자 풍겨 오는 냄새를 맡기 위함이었다. 그가 숨을 쉴 때마다 시원하고 상쾌한 향이 코끝에 퍼졌다. 아무리 맡아도 향수 냄새는 아니었다. 남자 주제에 무지하게 좋은 살냄새를 풍기는 녀석 때문에 갑자기 어제 일이 떠올랐다.

재훈은 그녀가 유일하게 가장 오래 사귄 연인이었다. 항상 더 깊은 진도를 빼고 싶어 하던 재훈의 박력에 넘어가 주는 셈 치고 거의 도전하는 마음으로 그와 관계를 맺으려 했지만 일이 성사될 쯤에 변덕을 부린 그녀 때문에 재훈은 어제 활활 타듯 솟아나던 욕망의 불씨를 잠재우기 위해 피가 터지는 노력을 해야 했다.

재훈은 그날, 서늘한 땀 냄새를 풍겼었다. 그것도 그다지 불쾌하지 않은 냄새였지만 지금 옆에 있는 남자의 향기를 맡자 그의 가슴팍에 코를 묻고 싶을 정도로 기분이 좋아졌다. 옷을 입고 있는데도 이런 향을 풍기는데 모두 벗은 후에는 어떤 향이 날까, 하고 요망한 생각까지 치달은 그녀가 향기를 맡던 숨을 멈췄다.

냄새 페티쉬라도 있는 거야? 왜 이딴 생각을 해!

분명 어제 일을 치르지 못해 자신도 모르게 성욕이 억제되어서일 거라고 마음을 다스렸지만 역시 당황스러운 것은 어쩔 수 없었다. 사람들의 생각을 읽을 수 있는 남자가 주인공인 한 영화가 떠오르면서 만약에 그가 그런 능력자라면 창피해서 차라리 이 자리에서 코를 박고 죽겠다는 극단적인 마음까지 먹으며 그녀가 조심스럽게 그의 안색을 살폈다.

"응? 왜 그래?"

앞을 향해 있던 그가 고개를 돌려 그녀와 눈을 마주쳤다. 동시에 그녀가 쌀쌀맞을 정도로 재빠르게 고개를 홱 돌렸다.

"별로. 아무것도 아니야."

앞으로는 무조건 일찍 와서 앞자리에 앉아야지.

"뒤에 앉으니까 좀 어수선하네. 다음부터는 앞자리에 앉아야겠다."

"뭐!"

마치 독심술이라도 한 것 같은 그의 말에 그녀가 놀라서 소리를 질렀다. 그를 피해 앞자리에 앉겠다는 생각이 간파당했다면 설마 아까의 변태 같은 흑심도 엿본 것은 아닐까? 그녀가 SF적인 상상까지 가려는 스스로를 겨우 막으며 강의에 집중했다. 그래도 오리엔테이션이니 30분 안으로 끝난다는 것이 큰 위안이었다.

강단에 선 교수가 목소리를 높였다. 출석을 소리 높여 부르던 교수가 그녀의 이름을 불렀다.

"이센."

"네."

"이센? 이름이 이센인가?"

이제 저 물음은 기분 나쁘지도 않았다. 학창 시절에도 학기 초마다 받는 질문이었으므로 그녀는 아무렇지 않게 고개를 끄덕였다.

"네."

"특이한 이름이군. 자네……."

"네?"

"결혼은 언제 할 건가?"

"네에?"

교수의 뜬금없는 물음에 그녀는 황당한 얼굴을 하다가 아침에 뽑아 온 시간표에 눈을 두었다.

〈한국의 현대 가정과 결혼〉

그녀의 안색이 어두워졌다. 도대체 왜 이런 걸 들었을까? 수강 신청을 졸린 눈으로 대충 했더니 이런 끔찍한 일이 생겼다. 오늘 집에 가서 바로 변경해야겠다고 마음먹으며 그녀가 대답했다.

"안 할 건데요."

"안 한다? 독신주의인가?"

"독신주의라기보다는 그냥 혼자가 편해요."

교수는 그녀를 멀뚱히 보다가 그 옆에 있는 도준의 표정을 확인했다. 교수는 고개를 끄덕이다가 다시 출석을 부르기 시작했다. 겨우 넘어갔다고 생각한 그녀는 안도의 한숨을 내쉬었다. 출석을 모두 부른 교수는 갑자기 생각났다는 듯이 등을 돌려 센이 있는 곳을 가리켰다.

"이센 학생!"

"네?"

"옆에 있는 학생 이름은?"

"신도준입니다."

"자네는 결혼하고 싶은가?"

뜬금없어도 너무 뜬금없다. 그녀가 인상을 찌푸리고 있는데 잠시 생각하는 얼굴로 말이 없던 도준이 웃음을 띠우며 말했다.

"네. 결혼…… 하고 싶은데요."

강의실 안의 여학생들이 눈에 띄게 술렁거리기 시작했다. 그저 단순히 결혼하고 싶냐는 질문에 결혼하고 싶다고 대답했을 뿐인데도 마치 드라마의 남자 주인공이 여자 주인공에게 필살의 프러포즈를 했을 때 그것을 시청하는 여자들의 반응과 흡사했다. 도준의 말이 끝나자 교수가 센에게 시선을 돌렸다.

"이센 학생, 그렇다는데?"

"네? 교수님 아까부터 도대체⋯⋯."

"좀 잔인하지 않은가. 학생의 태도가."

"제 태도요?"

"결혼과 미래에 대해 이야기할 이 수업을 연인과 함께 들으면서 정작 본인은 독신주의라니! 심지어 자네 연인은 저렇게 결혼하고 싶은 마음을⋯⋯."

"교수님!"

그녀는 목이 턱 막히는 현상을 느낄 만큼 깜짝 놀랐다. 무례한 걸 알지만 상상의 나래를 펼치며 중얼거리는 교수의 말을 단호히 잘랐다.

"응?"

의아해하는 교수에게 그녀가 고개를 열심히 휘저었다. 너무 기가 막히고 놀라서 말도 제대로 나오지 않았다. 신도준과 자신을 연인으로 착각하다니⋯⋯. 앞으로 졸업 때까지 절대 듣지 말아야 할 블랙리스트 교수로 넣어야겠다.

"으응?"

푸근하고 푸짐한 얼굴의 교수가 눈을 동그랗게 뜨고 그녀의 행동을 따라하며 같이 고개를 저었다.

'아니에요!'

그녀가 차마 나오지 않는 목소리를 포기하고 입술로 아니라고 항변했다.

'아니야?'

그리고 그녀를 따라 하기로 작정한 사람처럼 교수가 말없이 아니냐고 되물었다. 그제야 그녀가 고개를 세게 끄덕였다. 그러자 교수는 짧게 고개를 끄덕이며 '아님 말고' 란 얼굴로 강의안을 설명하기 시작했다.

그녀는 제대로 오해를 풀어 주지 않는 교수를 원망스럽게 노려보다가 혼이 빠져나간 기분이 들어 등받이에 등을 기대며 눈을 감았다. 머지않아 차분하고 조용한 그의 목소리가 들렸다.

"우리……."

우리, 라니…….

그와 그녀는 '우리' 라는 말에 가두기에는 너무도 다른 존재다. 너무도 달라서 절대 익숙해지지 못할 서로에게 낯선 존재들.

"연인으로 보이나 봐."

눈을 감고 있어서 아무것도 보이지 않았지만 그가 앞이 아닌 자신 쪽으로 고개를 돌렸다는 것을 인지했다. 향이 강해졌다. 그가 있다는 것을 잊을 수 없게 만드는 그만의 냄새가 다시 한 번 코끝에 머물렀다.

센은 몸을 돌려 엎드리듯 침대에 누웠다. 침대 시트조차 도준의 냄새로 가득했다. 그녀가 기분 좋게 코를 킁킁거렸다.

"뭐하는 거야?"

웃음기 섞인 목소리가 바로 옆에서 들려왔다. 도준이 그녀를 보며 웃고 있었다. 새벽 내내 재우지 않은 탓에 한참 잠이 부족할 텐데 의식을 차리자마자 침대에 코를 박는 그녀의 행동이 우스우면서도 귀여웠다.

그녀가 엎드린 상태에서 고개만 옆으로 돌려 그를 보았다. 넓은 침대 안에서 그가 그녀의 허리를 팔로 옥죄듯 안아 그에게로 당겼다. 그리고 다른 손으로는 그녀의 머리칼을 넘겨 주었다.

"응? 뭐하는 거야?"

"냄새."

"냄새?"

"네 냄새 맡는데?"

장난스러우면서도 끈질기게 그녀에게 대답을 요구하던 그가 대답을 듣고 결국 웃음을 터트렸다.

"내 냄새?"

"응."

"그걸 왜 거기서 맡아? 내가 네 코앞에 있는데. 내 냄새는 나한테서 맡아야지."

그녀는 갑자기 멍해진 얼굴로 '생각해 보니까 그러네.' 하고 얼굴을 그의 넓은 가슴팍으로 가져갔다. 거침없이 그에게 안기듯 코를 가져간 바람에 그녀의 코도, 두 뺨도, 입술도 짓누르는 것처럼 그의 단단한 가슴에 닿았다. 물론 짓눌리는 것은 그녀 쪽이었다.

갑자기 돌진해 온 그녀 때문에 여유롭게 웃고 있던 그의 숨이 점차 거칠어졌다. 그녀의 정수리를 쓰다듬는 그의 손짓이 뜨거워지고 있었다.

"야. 냄새만 맡을 거야."

그녀가 당황해서 중얼거렸다. 하지만 이미 그의 손이 그녀의 허벅지 사이로 침범한 뒤였다.

"센아."

그가 그녀의 이름을 저렇게 낮은 목소리로 부를 때에는 두 가지의 경우가 존재했다. 굉장히 화가 났거나, 혹은 엄청나게 하고 싶거나. 물론 전자의 경우는 거의 없었고 후자의 상황은 하루에도 끊임없이 계속되었다.

"너, 너 제정신이야?"

아무리 요즘 눈을 뜨자마자 하고 눈을 감기 직전까지 하는 일이라지만 도가 지나치다는 생각을 지울 수 없었다. 그녀는 이제는 가만히 있어도 저릿저릿하기까지 한 자신의 아랫도리를 그에게서부터 지켜야 한다는 일념으로 요 근래 그의 손이 닿기만 해도 녹아내리는 몸을 추스르며 항의했다.

"너 나 죽일 셈이야?"

"하기 싫어?"

질문에 질문으로 대답하는 못된 녀석……

그가 그녀를 지그시 응시했다.

"아이씨……."

"싫어서 그래? 센아."

"에이씨, 안 싫어! 누가 싫대?"

그녀는 성질에 못 이겨 몸을 거칠게 일으켰다. 실오라기 하나 안 걸친 여체가 이불 속에서 나왔다.

"정도껏 좀 하란 뜻이지! 체력이 괴물도 아니고 어떻게 매번……!"

"아, 그럼 너 설마……."

그가 침대에서 상체를 일으켰다. 조각이라고 해도 무리가 아닌 완벽하게 깎은 듯한 상반신이 침대 위 창문에서 쏟아지는 햇살을 받으며 더욱 빛났다. 얇은 이불에 싸여 탄탄한 하체는 보이지 않았지만 이불 밑으로 불룩하게 솟아 있는 그의 일부를 확인한 그녀가 입을 떡 벌렸다. 그는 그녀를 보며 의미심장한 미소를 던졌다.

"벌써 지친 거야?"

"······."

"체력이 다 떨어졌어? 벌써?"

"······."

"난 아직 한참 남았는데."

그녀가 몸을 천천히 돌려 자신을 놀리는 데 항상 최선을 다하는 남자를 노려보았다. 도준이 달콤할 정도로 부드럽게 웃었다.

"이셴. 실망스러운데?"

승부욕을 자극하는 그 말에 제대로 자극받은 그녀는 침대에서 벗어났던 몸을 다시 돌렸다. 그리고 침대로 향해 덮치듯 그의 몸을 끌어안았다. 하지만 결국은 그의 품에 안긴 꼴이나 다름없었다.

그녀는 그의 얼굴을 손으로 고정하고 그의 입술에 진하게 키스했다. 떨어질 것 같지 않았던 입술이 부드럽게 떨어졌다.

"누가 지쳐?"

그녀의 고집스러운 눈매를 확인한 그가 짧게 웃더니 곧 몸의 위치를 뒤바꾸었다. 저번에 힘에게서 어깨너머로 배운 셴의 청개구리 심보를 제대로 건드린 모양이었다. 그에게 고마운 마음이 들었다.

물론 이럴 때조차도 발휘되는 그녀의 승부욕이 가장 고마웠다. 뒤로는 침대에, 앞으로는 그의 몸에 갇혀 버린 그녀가 그를 밀지 않게 노려보았다.

"그렇게 노려보지 마."

"……."

"나도 살살 하고 싶으니까."

그의 말뜻을 이해 못 한 그녀가 인상을 찌푸렸다. 그는 그녀의 눈가에 입을 맞췄다. 자신을 가장 미치게 하는 이센의 도전적인 눈매에.

도준이 손목에 힘을 줘 여유롭게 프라이팬을 흔들었다. 센은 식탁에 앉아 그의 뒷모습을 뾰로통한 얼굴로 보고 있었다.

"아직도 화났어?"

"내가 애야?"

그녀는 화가 안 났다고 말하면서도 표정은 불만으로 가득했다. 그는 등을 돌린 상태로도 그녀의 얼굴 표정이 떠올라 웃음이 나왔다.

"아, 근데 넌 걱정도 안 돼?"

"무슨 걱정?"

"내일 우리 집 가야 되잖아! 진짜 어떡하려고 그래?"

"뭘 어떡해. 너희 가족 만나서 인사하는 건 당연한 거 아니야?"

"당연?"

그녀는 곰곰이 생각하더니 그에게 물었다.

"근데 왜 넌 네 가족 얘기 안 해?"

"내 가족?"

"그래! 생각해 보니까 불공평하네. 넌 우리 가족에 대해 속속들이 알고 있잖아."

인상을 찌푸린 그녀가 조용히 꿍얼거렸다.

"우리 집 수저가 몇 벌인지도 아는 거 아니야?"

"너희 집 수저가 몇 벌인지까지는 몰라."

"흠, 흠."

조용히 혼잣말한다고 한 건데 다 들었나 보다.

"근데 알고 싶다."

그녀는 다시 꺼리는 주제로 넘어가려는 그의 말을 재빨리 막았다.

"그러니까 너희 집은 나 만나는 거 아시니? 넌 그런 거 왜 안 알려 주냐고."

"알고 싶어?"

"뭐?"

"이제야 그런 게 알고 싶어?"

무덤덤하지만 어쩐지 책망하는 말투였다.

"그, 그건……."

"우리 집도 갈래?"

"응?"

"너희 집 갔다가 우리 집 갈까? 인사드리러."

"뭐?"

혹 떼려다 혹 붙인다고, 딱 그 위기에 당도한 격이었다. 그녀는 식은땀을 흘리며 말없이 그저 하하하 웃었다. 듬직한 등을 보이며 조용히 요리를 하던 그가 뒤를 돌아 조금 차갑게 그녀를 보았다.

"알려 주기 싫어진다."

항상 도망갈 구멍을 마련하는 그녀가 불안하고 미웠다. 기분이 상한 그가 묵묵히 요리를 계속했다. 그녀는 그의 모습에 슬슬 눈치를 보기 시작했다.

"도준아. 화났어?"

"화났어."

그녀가 풀이 죽은 얼굴로 어린아이처럼 그의 안색을 살폈다. 그 모습에 결국 그가 한숨을 내쉬며 먼저 백기를 들었다.

"뭐가 궁금해? 다 알려 줄게."

그의 말에 그녀는 무엇을 묻고 싶은지 고민했다. 잠시 생각하다가 대학 시절 한창 떠들썩했던 소문을 하나 수면 위로 떠올렸다.

"너 재벌설이 있던데……."

"재벌설은 또 뭐야."

그가 기가 찬다는 듯 헛웃음을 지었다.

"아니야?"

"아니야. 실망했어?"

"실망은! 누굴 속물로 아니? 난 그저 동기 애들이 묻고 싶어도 묻지 못한 걸 대신 물어봐 주는 거야."

"왜 앞에서 제대로 물어보지도 못 하면서 그런 소문은 만들어 내는지."

"그걸 물어보는 것도 실례니까 그랬겠지. 난 당연히 물어볼 수 있지만……."

깔끔하게 완성된 요리가 예쁘게 담긴 접시를 식탁에 내려놓던 도준의 시선이 센에게 향했다.

"넌 당연히 물어볼 수 있다고?"

"난 네 애인이잖아."

스스로가 뻔뻔하게 느껴졌지만 그녀는 안면을 몰수하고 말했다.

그녀의 말에 잠시 굳어진 그가 곧 희미하게 웃었다.

"맞아. 이센은 전부 물어봐도 돼. 넌 내 애인이니까."

그녀는 여전히 모른다. 아무렇지 않게 툭 던지는 말 한마디가 자신을 벼랑 끝으로 내몰았다가도 참을 수 없을 만큼 행복하고 들뜨게 하고, 작은 숨 한 자락조차 얼마나 큰 파동을 일으키는지 전혀 모른다.

"재벌은 아닌데, 돈은 많아."

그가 식탁을 사이에 두고 그녀의 뺨을 쓰다듬었다.

"어때? 끌려?"

"끌리긴."

"시집올래?"

그녀가 헛기침을 하면서 포크를 들자 그가 손을 거두며 엷게 웃었다.

"또 궁금한 거."

"음, 너희 어머니 무서우시니?"

"시집 안 올 것처럼 튕기더니 그건 궁금해?"

그의 말에 머쓱해진 그녀가 혀로 입술을 축였다.

"아, 뭐. 그냥."

"우리 어머니 무서우신지 나는 잘 모르겠는데."

하긴, 그걸 그가 알 리가 없다. 저렇게 잘난 아들한테 무섭게 구는 엄마가 있을 리가 없으니까.

"어머니 안 계시거든."

유리컵을 잡으려던 그녀의 손이 허공에서 멈췄다. 그녀가 놀라서 그를 보았다.

"뭐?"

그가 아무렇지 않게 말을 이었다.

"아주 옛날에 돌아가셨어."

셴의 눈은 영화에 고정되어 있었지만 옆에서 그녀를 안은 채 목덜미에 키스를 퍼붓는 도준의 입술과 온몸을 만지고 주무르는 그의 손길 때문에 영화 내용에 전혀 집중할 수 없었다. 사실 그것보다 더 머릿속을 헤집어 놓는 것은 아까 늦은 아침을 먹으면서 그가 했던 말이었다.

그에게 어머니에 관한 이야기를 더 물어보고 싶었다. 하지만 상처일지도 모르는 것을 자신이 궁금하다는 이유로 물어볼 수는 없었다. 생각에 잠긴 그녀를 부드럽게 응시하던 그가 먼저 입을 열었다.

"왜?"

"어? 뭐, 뭐가?"

"또 뭐가 궁금하다는 얼굴이잖아."

그가 그녀의 뺨에 입을 맞추며 말했다.

"물어봐도 돼. 네가 물어보면 다 알려 준다니까."

"있잖아."

용기를 내서 그녀가 입을 열었다.

"어머니…… 언제 돌아가셨어?"

"나 태어나고 1년도 안 돼서."

물어보는 사람은 눈치를 보며 조심스럽게 질문하는데 대답하는 사람은 오히려 술술 아무렇지 않게 말했다. 그녀는 그의 대답에 얼굴이 굳어졌다.

1년도 안 돼서라니.

살면서 어머니의 정을 제대로 못 누리고 살아왔을 그를 생각하니 그녀는 왠지 눈물이 날 것 같아 그의 팔을 꼭 쥐었다. 더 이상 아무것도 묻지 못하겠다는 얼굴을 확인한 그는 엷게 웃으며 그녀를 세게 안았다.

"초등학교 때 친척들이 엄마 많이 보고 싶냐고 당연하게 묻는데 보고 싶지 않다고 대답했던 적이 있었어. 정말로 보고 싶지도, 그립지도 않았으니까. 어머니는 사진으로밖에 본 기억이 없어. 추억은커녕 기억조차 없어. 날 낳아 준 분이란 건 알지만 막연히 어머니란 이유로 무조건적으로 그리워지진 않았어."

그가 그녀의 정수리에 턱을 고정시켰다. 여전히 목소리는 흔들림이 없었고 평소와 같이 차분했다.

"그렇게 대답하니까 나보고 이상하다고 하더라. 감정이 없는 것도 아닌데 어떻게 엄마를 사랑하지 않을 수 있냐고. 지나치게 매정하고 냉정하다고. 그것도 다 어렸을 때부터 엄마가 없어서 내가 잘못된 거라고."

평소와 변함없이 침착한 그와는 다르게 그의 품에 갇힌 그녀의 몸이 조금씩 떨려 왔다. 눈가가 붉어지고 따가워졌다. 그녀는 울지 않기 위해 입술을 깨물었다.

"아마 그 말에 화가 났던 것 같아. 애정에 결핍된 정신이상자 취급을 하는 게 화가 나서 더 완벽하게 살려고 노력했어. 단 하나의 결점도 보이지 않겠다고."

그들의 말이 맞는다는 것을 증명해 주고 싶지 않아 지나치게 냉정한 본성을 숨기고 감췄다. 가족들이, 사람들이 원하고 선망하는 길을 착한 아이 흉내를 내며 걸었다. 스스로가 결핍되어 있다고는 생각하지 않았다. 태어나서 여태까지 단 한 번도 무언가를 욕심내 본 적도 없었으니까. 욕심내기 전에 이미 손에 닿는 곳에 모든 것이 있었고 원하는 것을 원해 보기도 전에 얻고 가졌다.

"외롭다고 생각해 본 적 없었어. 타인이 다가오는 것 자체가 불쾌하고 거슬렸어. 사람들하고 있는 것보다 혼자 있는 게 오히려 편하고 좋았으니까. 그런데……."

여전히 덤덤한 그를 대신하듯이 그녀가 그의 품에 얼굴을 묻고 방울방울 눈물을 떨구고 있었다.

"이젠 불가능해."

"……."

"도저히 견딜 수 없어. 혼자인 게."

"도준아."

"네가 없는 게……."

그가 그녀의 턱을 들어 시선을 마주했다.

"센아."

"……."

"키스해 줘."

그는 한 번도 이런 식으로 말한 적이 없었다. 그녀는 주저하지 않고 그의 입술에 다가갔다. 부드러운 입술이 닿는 순간, 가만히 키스해 달라고 말하던 그가 소파에 그녀를 거칠게 눕혔다. 그가 잠시 입술을 떼고 그녀와 시선을 마주했다. 그녀가 조용히 속삭였다.

"더 얘기해 줘."

"무슨 얘기?"

"네 얘기……."

그녀의 요구에 그가 살며시 웃었다.

"이런 재미없는 얘기, 계속 듣고 싶어?"

"듣고 싶어."

희미하게 지었던 미소가 사라진 그에게 그녀가 말했다.

"계속 들려줘. 전부……."

그가 유일하게 이런 말을 하며 속을 꺼내 보일 수 있는 상대가 자신뿐이라고 확신한 순간 자신은 다 들어줘야 할 의무가 있었다. 하지만 사실은 그를 위한 것보다 자신을 위한 욕심이 더 컸을지도 모른다.

"전부 알려 줘."

시간이 지날수록 그를 더 알고 싶어지는 욕심이었다. 그의 모든 것을 자신만이 알고 싶은 욕심. 그녀의 말에 그의 눈빛이 흔들렸다. 그리고 곧 그의 차가운 입술이 그녀에게 닿았다. 모든 것을 알려 주겠다는 듯이 그녀에게 자신을 새겼다.

도준의 차를 기다리는 센은 온 신경을 오늘 가족회의에만 집중한 채였다. 초조하게 입술을 깨물고 있는데 갑작스럽게 귓전을 때리는 소리에 놀란 그녀는 황급히 소리의 원인을 찾았다.

"여보세요."

─귀양살이는 할 만한가?

귀양살이라는 뜬금없는 말에 그녀가 잠시 수화기를 귀에서 떨어트려 이름을 확인했다.

"강 팀장님?"

―오랜만이지? 잘 지냈어?

"네. 뭐……."

그녀가 떨떠름한 얼굴로 대꾸하자 수화기 너머로 신이 난 목소리가 이야기보따리를 풀기 시작했다.

―최 부장님, 해고당한 거 알고 있어?

"해고요?"

귀찮게 생각했던 상대방이 꽤 들을 만한 정보를 알려 주자 솔깃한 그녀가 귀를 쫑긋 세웠다. 강 팀장도 그녀의 반응이 달라졌다는 것을 눈치챘는지 목소리 톤이 한층 더 올라가서 전화한 진짜 목적을 이야기했다.

"자, 잠깐만요!"

―어때? 거절할 수 없는 제안, 맞지?

센은 어리벙벙하게 눈을 깜박거리며 대답을 못 한 채 서 있었다. 그러는 동안, 도준의 차가 공장 앞에 들어섰다.

여유롭게 차에서 내린 도준이 그녀를 발견하고 환하게 웃었다. 그녀에게 다가간 그는 누구냐는 듯이 귀를 톡톡 가리켰다. 그녀는 아무것도 아니라는 듯 고개를 저으며 강 팀장에게 말했다.

"제가 지금 좀 바쁘고, 다시 전화 드릴게요."

그녀가 전화를 끊자마자 그가 물었다.

"무슨 전화야?"

"아무것도 아니야."

"아무것도 아니면 말해."

"진짜 아무것도 아니야. 그나저나 너! 만반의 준비 한 거지?"

"준비?"

"이건 그냥 좀비 게임 클리어 하는 수준이 아니야. 마왕, 마녀, 악마 소굴이 우리 집이라고."

제 얼굴에 침 뱉기 하는 것이나 다름없지만 거짓말을 못 하는 입은 사실을 술술 내뱉었다. 도준이 의아한 표정으로 물었다.

"너희 집 식구는 너희 큰오빠 빼고는 다 만나 뵈었는데 다들 좋으신 분들이던데……. 왜?"

"좋으신 분들이라니……."

그녀가 생각만 해도 곤욕스럽다는 듯이 중얼거리다가 말을 이었다.

"근데 우리 큰오빠는 못 만났나? 조심해. 큰오빠는 너랑 비슷한 종족이니까."

"비슷해?"

"이힘이 사나운 들짐승이라면 큰오빠는 여우야. 우리 집 브레인이자 유일한 여우."

그녀는 '힘보단 머리를 쓰는 스타일이지. 아, 여기서 힘은 물론 작은오빠가 아니라 파워를 뜻해. 아, 귀찮게 이름을 왜 저렇게 지어 놨대.' 하고 중얼거렸다.

생각해 보니 도준은 그녀의 오빠 둘을 적절히 합쳐 놓은 것 같았다. 첫째 오빠와는 머리 쓰는 치밀함, 남들을 말 한마디로도 지배하는 능력과 깔끔하고 점잖은 대외적인 모습이 비슷했다. 그리고 둘째 오빠와는 별로 교차점이 없어 보이지만 그녀는 잘 알고 있었다.

압도적인 승리자의 습성을 가진 두 사람은 얼굴, 성격, 분위기 모든 게 달랐지만 비슷한 냄새를 풍겼다. 그녀를 단번에 긴장시킬 만큼 위험한 향을…….

"나 여우 아닌데?"

"아니긴!"

"난 여우가 아니라 짐승이야."

그가 입술을 그녀의 귓가로 가져가 소곤거렸다.

"이센만 보면 미치는 짐승."

그의 능청 떠는 말에 그녀가 표정을 구기며 소리쳤다.

"그런 면이 여우같다는 거야!"

도준의 차를 타고 두 사람은 센의 집까지 당도했다. 차에서 내려 집 안으로 들어가려는데 뒤에서 다가온 커다란 손이 센의 머리에 닿았다.

"아!"

단정했던 머리카락에 단번에 헤집어지자 그녀는 불쾌함이 가득 담긴 얼굴로 뒤를 노려보았다.

"오빠!"

"우리 막내, 진짜 오랜만이다."

강한이 웃으며 반가움을 표했다.

"잘 있었어? 바빠 죽겠는데 네 예비 신랑감 찬성반대투표 때문에 꼭 오라고 아버지가 난리시더라."

강한이 말을 하면서 센의 옆에 있는 도준을 보았다. 도준이 예의 신뢰감 가득한 얼굴로 강한에게 인사하자 강한 또한 가식적일 만큼 깔끔한 미소로 대응했다. 그 모습에 그녀는 자신의 판단이 맞았다고 고개를 끄덕였다. 하지만 얼마 못 가 '예비 신랑감' 소리에 화를 벌컥 냈다.

"예비 신랑감은 무슨! 그런 거 아니야."

센이 다시 한 번 강력하게 부정했다. 세 사람은 인사를 마치고 집 안으로 들어갔다. 호호가 무서운 얼굴로 그들을 기다리고 있었다. 호호의 옆에 있던 선주는 센의 옆에 있는 도준을 발견하고 짧은 감탄을 내질렀다.

"어머, 세상에……."

"어제 뵙고 또 뵙네요, 어머님."

자연스럽게 어머님이란 호칭을 쓰는 그를 센이 어이없다는 듯이 바라보았다. 그리고 그 옆에 있던 강한은 호기심 가득한 표정으로 도준을 관찰했다.

"선보고 계속 만났던 거니?"

선주가 도준의 옆에 있는 센에게 눈짓하며 물었다. 선주의 목소리에는 약간의 당황스러움과 기쁨이 묻어 있었다. 그도 그럴 게 센은 선을 본 후, 잘 안 됐다는 뉘앙스를 흘려 놓았었다.

물론 자신의 딸도 좋은 조건의 신붓감이라고 믿어 의심치 않지만 조건이면 조건, 성격이면 성격 등 모든 것에서 완벽한 도준을 알았기에 되면 좋고 안 되면 어쩔 수 없고 하는 심정이었다.

기대하지 않았다면 거짓말이겠지만 센이 그날 일을 얼버무리는 것을 전화 통화로 들으며 눈물을 머금고 다른 신랑감을 물색하는 중이었다. 그런데 지난 주말, 본사에서 밀려난 딸의 소식을 듣고 노발대발하며 딸의 집에 찾아갔던 호호가 싱글벙글하며 집으로 온 것이 의아한 선주가 물었다.

"왜 그렇게 기분이 좋아요? 본사에서 쫓겨난 거 아니었대요?"

"여보, 지금 그게 중요한 게 아니야."

"네?"

"우리 센이가 결혼할 수 있을지도 몰라."

호호가 감격에 겨워 말을 제대로 이어 나가지 못했다. 센과 도준 앞에서는 나름의 포커페이스를 유지하는 것이 가능했으나 집에 도착하고 보니 날아갈 것처럼 기분이 들뜨는 것을 막을 수 없었다.

아직 진행된 것은 아무것도 없는데 그는 벌써 결혼식장에 입장한 아버지의 심정까지 느끼면서 상상의 나래를 펼쳤다.

"남자가 있어. 그 녀석이⋯⋯."

"네?"

선주는 진심으로 놀랐다. 도준과 잘 안 됐던 이유는 혹시 그 때문일까, 싶었다. 신랑감으로 점찍어 놓았던 도준이 못내 아쉬웠지만 인연이라는 게 사람 뜻대로 되는 것이 아니라는 것은 알고 있었다.

어련히 알아서 잘 데려오겠지 싶은 마음으로 차분하게 센의 상대를 기다리고 있었는데 센의 옆에 있는 남자가 도준이라는 것을 알게 되자 꿈에도 생각 못 했던 선물을 받은 아이처럼 기분이 좋아졌다.

"세상에. 세상에⋯⋯."

선주가 도준을 응시한 채로 계속해서 저 말만 중얼거렸다. 곧 정신을 차린 그녀가 도준을 제대로 반겨 주었다.

"도준 군. 너무 반가워요. 우리 센이랑 계속 연락했던 거예요?"

"잠깐. 여보, 그게 무슨 소리요."

"왜, 내가 저번에 말했잖아요. 센이한테 우리 도관에 있는 훤칠한 청년 소개시켜 준다고."

호호는 그녀의 말을 듣고 인상을 찌푸렸다. 센과 사귀면서 센과 선을 봤다는 소리인데⋯⋯. 아무리 생각해도 이해가 가지 않았던 호호가 도준을 날카로운 눈으로 노려보며 물었다.

"자네, 설마 우리 체육관 다니면서 아내 도관까지 다니고 있었던 건가?"

그 전까지도 호의적이진 않았지만 호호는 이제 더 날이 선 목소리로 변해 있었다. 호호의 물음에 도준이 진지한 얼굴로 대답했다.

"네. 그렇습니다."

"왜지? 내 딸한테 접근하기 위해?"

"아빠. 단어가 좀…… 접근이란 말은……."

"처음은 제가 일방적으로 따라다녔습니다."

센이 곤란하다는 듯 웅얼거리자 도준이 그녀의 말을 막고 단호하게 말했다. 그가 자신을 따라다녔다. 맞는 말이다. 하지만 그가 누군가를 따라다닌다는 말을 하는 것 자체가 위화감이 들 정도로 어울리지 않았다. 그 생각은 그녀만 하고 있었던 것이 아닌지, 그녀의 부모님과 강한이 의심스러운 눈초리를 보냈다.

먼저 선주는 손님을 너무 오래 세워 뒀다며 우호적인 티를 팍팍 내며 도준을 거실 소파로 인도했다. 모두 자리를 잡고 도준의 말에 집중했다. 그러나 그의 말이 끝나고 돌아온 부모님의 반응은 천지 차이였다.

"세상에……. 센이 때문에, 우리한테 잘 보이려고 그렇게까지 한 거예요?"

"말씀 못 드려서 죄송합니다. 센이가 부모님한테 아직 알리지 말자고 계속 부탁해서 어쩔 수 없었습니다."

남자 여우가 자신의 화술을 자랑하면서 은근히 그녀를 이 상황의 주범자로 몰아가고 있었다. 물론 그녀가 숨기자고 한 것은 사실이지만.

물론 도준으로선 이 난관을 극복하기 위한 어쩔 수 없는 방법이었다. 앞에 있는 두 분은 센의 부모님이고 자신에겐 아직까지 타인이다. 그녀와 결혼하기 위해선 절대적으로 허락을 받아야 하는 분들이었고 그 분들에게 자신의 부정적인 이미지를 주는 것보다는 차라리 친딸인 센의 잘못으로 확실히 어필하는 것이 최선이었다. 그의 뜻대로 선주가 잠시 찌릿한 시선을 센에게 보냈다.

"굳이 선을 본 것도 같은 뜻입니다. 제가 거절하면 어머님께서 센이에게 다른 남자를 소개시켜 줄 것 같아서 불안했습니다. 안 그래도 센이는 저희 관계를 숨기려고만 하는데……."

저희 관계…….

분명 이상한 말은 아닌데 굉장히 뭔가 있는 것처럼 들렸다.

센은 등 뒤로 식은땀을 흘리며 그를 보았다. 다분히 의도적으로 중요한 순간에서 말을 줄이는 그가 이제는 대단하게까지 느껴졌다. 어머니는 속였다는 사실 자체에 대해 약간 남아 있던 배신감조차 싹 지우고 도준을 친아들들보다 더한 애정 가득한 눈으로 바라보기 시작했다.

"얼마나 센이랑 결혼하고 싶었으면 그랬을까. 무슨 드라마 같다."

선주가 자연스럽게 말을 놓았다. 이미 그의 편이었다. 하지만 선주 옆의 호호는 여전히 표정을 풀지 않았다.

"그래서 나뿐만 아니라 내 아내한테까지 거짓말을 했단 소리군."

"이게 무슨 거짓말이에요?"

"거짓말이지! 감쪽같이 어른들을 농락했잖아."

센이 답답하다는 얼굴로 자리에서 일어났다. 성큼성큼 부엌으로 향한 그녀는 냉장고에서 물을 꺼내 벌컥벌컥 마셨다. 바로 보이는 거실로 시선을 두자 여전히 도준을 못마땅하게 보고 있는 아버지의 모습이 눈에 찼다.

"자네, 내가 가장 싫어하는 부류가 뭔지 아나? 자네처럼 뒤로 꼼수 부리는 부류일세."

"아빠! 그런 식으로 말씀하시면 안 되죠. 쟤가 무슨 꼼수를 부렸어요?"

센이 컵을 식탁에 깨지도록 세게 내려놓으며 소리쳤다. 호호는 딸의 반응에 신이 나서 더욱더 오버하며 도준을 몰아붙였다.

"결혼 같은 건 꿈도 꾸지 말게! 난 내 딸을 내가 맡길 만한 제대로 된 남자에게 시집보낼 거야. 자네 같은 사람 높이 못 쳐 줘."

유리잔을 부서지도록 잡고 있던 센이 호호의 말에 뚜벅뚜벅 거실로 다시 들어왔다. 센이 차가운 얼굴로 호호를 노려보았다.

"아버지 무슨 착각 하고 계세요?"

아버지란 말에 움찔한 호호가 그녀를 보았다.

"아버지가 호출하셔서 어쩔 수 없이 온 거예요. 제가 결혼 허락받으려고 여기 온 건 줄 아세요?"

"이센. 너, 인마. 아빠한테……."

"그리고 얘가 뭐가 어때서요? 얘 정도면 엄청 완벽하고 잘났거든요. 세상에 얘보다 완벽한 녀석이 어디 있다고 이런 취급을 하시고 반대를 하세요?"

조금만 더……. 조금만 더…….

호호가 속으로 외치며 고지가 보이는 것을 느꼈다. 센이 자신의 핸드백을 들며 싸늘하게 말했다.

"신도준, 일어나. 네가 왜 이런 소리 들으면서 여기 있어?"

응?

호호는 센에게서 기대했던 반응이 아직 나오지 않아 잔뜩 긴장하고 초조한 상태였다. 그런데 센은 도준을 데리고 자리를 뜨려 하고 있었다. 30분 내로 센의 가족들을 자신의 편으로 만들 수 있다고 확신하고 있었던 도준은 센이 갑작스럽게 방해 아닌 방해를 하려 하자 곤혹스러웠다.

선주가 두 사람을 지켜보며 흐릿하게 중얼거렸다.

"셋째, 너 어제 파리의 연인 보다 잤니?"

재벌가 식구들에게 천대받는 여자주인공을 데리고 나가는 재벌 2세 남자 주인공도 아니고……. 오버도 정도껏 하라는 소리나 다름없었다. 강한이 큭큭, 웃음을 참으며 선주에게 말했다.

"어머니, 너무 옛날 드라만데요."

선주는 꿍 소리를 내며 호호의 허리를 툭 쳤다. 상황이 이상한 쪽으로 돌아가고 있었다. 센이 화난 걸음을 몇 걸음 옮기다가 멈춰 섰다. 호호와 눈을 마주친 그녀가 단호하게 말했다.

"안 그래도 결혼 생각 없었지만 아버지 덕에 더 마음을 굳혔네요. 앞으로 절대 결혼 같은 거 안 할 테니까 이제 상관하지 마세요."

아버지가 도준에게 안 좋은 소리만을 계속하자 당사자보다 더 화가 난 센은 학창 시절 때도 안 하던 반항을 하는 것처럼 언성을 높였다. 그녀가 화를 가라앉히며 마지막 말을 전했다.

"당분간 집에 안 올 거니까 두 분, 건강 챙기시고 잘 지내고 계세요."

센은 다시 뒤를 돌아 현관 쪽을 향해 걸어갔다. 그녀가 나가는 것을 보던 도준도 자리에서 일어났다. 그녀가 절대 결혼을 하지 않겠다고 선언했던 그 순간부터 폭발할 것 같은 감정을 겨우 눌러 담으면서. 물론 앞에 있는 그녀의 부모님에게 정중하고 깍듯하게 인사하는 것은 잊지 않았다.

"곧 다시 찾아뵙겠습니다."

앞서 간 딸과는 전혀 다른 말을 한 그는 얼굴이 굳어진 채로 화난 걸음을 옮겼다. 얼이 빠진 호호가 두 사람이 나간 곳을 멍하니 응시했다. 강한이 웃음을 참지 못하고 결국 크게 터트렸다.

"아, 진짜 우리 막내는 감을 안 잃어. 개그감이 여전하네요. 두 시간 쪽잠 잘 수 있는 시간을 투자한 보람이 있었습니다. 아주 유익했어요."

강한이 개운하다는 듯이 웃었다. 호호는 피곤함이 싹 가신 얼굴로 어른을 놀리는 아들이 얄미워서 한 대 패 주고 싶었다.

"이, 이게 어떻게 된 거야. 분명 제대로 했는데. 힘이처럼 제대로……."

"아버지, 청개구리 심보 자극 뭐 이런 거였습니까? 센이 다루는 능력이 탁월한 전문가도 없는 상황에서 일을 벌이시면 안 되죠."

호호가 보기에도 도준은 센과 결혼하고 싶어 하는 반면, 센은 여전히 정착하고 싶은 마음이 없는 게 느껴졌다. 그래서 이렇게 강수를 둔 것이었다. 하라고 하면 하기 싫어하고, 하지 말라고 하면 더 하고 싶어 하는 막내였다.

둘째인 힘에게 매번 이런 식으로 당하기 일쑤인 것을 호호도 보아 왔기에 가장 중요한 순간인 지금, 이 방법을 써야 한다고 확신하고 있었다. 그런데 일이 잘못되어도 한참 잘못된 듯싶었다.

"이힘 이 자식은 어디 간 거야!"

호호가 속이 타들어 가는 심정으로 불안해하고 있는데도 선주는 차분하게 찻잔을 들어 우아하게 입술로 가져갔다. 강한이 자리에서 일어났다.

"시간이 없어서 저도 이만 가 보겠습니다. 아마 한참 못 올 겁니다. 건강히 계세요."

강한이 여전히 웃음기를 빼내지 못한 채로 자신의 부모님께 인사를 드리고 집 안을 빠져나왔다. 호호는 엄한 곳에 화가 나서 씩씩거렸다.

"이힘, 이 녀석은 가족회의 꼭 참석하라고 했거늘."

그때, 문자 수신음이 명랑하게 거실을 울렸다. 호호가 휴대폰 패턴을 풀고 액정을 바라보았다.

[다시 출국합니다. 이번엔 곧 오니까 걱정하지 마시고 건강하십시오.]

"이 자식이……."

호호가 덜덜 떨리는 손으로 그것을 보다가 선주에게 시선을 던졌다. 선주 역시 기가 찬 웃음을 터트리며 휴대폰을 보고 있었다.

"단체 문자야?"

"그런 것 같네요."

"보험 들란 문자도 이것보단 정성이 있겠어!"

호호가 거센 손놀림으로 빠르게 힘에게 전화를 걸었다. 하지만 이미 꺼져 있다는 응답만 들을 수 있었다.

"풍년인 줄 알았던 자식 농사, 아주 흉년이었어. 이 버르장머리 없는 것들. 유교 사상 없는 미국 애들도 이러진 않아."

호호가 다시 미국 애들 타령을 시작하려 하자 선주가 찻잔을 내려

놓고 자리에서 일어났다.

"그만하세요. 근본적으로 이게 누구 탓인지 모르겠어요?"

싸늘한 눈초리에 호호가 움찔했다. 냉정한 얼굴로 호호를 보던 선주는 안방으로 걸음을 옮기며 미소를 지었다. 여자의 직감으로, 곧 바라고 바라던 딸아이의 결혼을 볼 수 있을 거란 생각이 머릿속을 지배했다.

선주마저 안방으로 사라지고 호호는 거실에 처량하게 앉아 있었다. 부모의 건강만큼은 끔찍하게 생각하는 세 명의 불효자식들이 떠나 황량하기까지 한 넓은 거실이었다.

"너 이게 무슨 짓이야."

밖으로 나와 도준이 센을 돌려세우며 싸늘하게 물었다.

"어? 뭐가?"

"너 왜 거짓말해?"

"무슨 거짓말……."

그녀가 자신 없는 말투로 작게 중얼거렸다. 더 이상은 물러설 수 없었다. 그가 어둡게 깔린 눈을 빛내며 그녀를 몰아붙였다.

"너 결혼하기 싫어서 내 핑계 대고 도망친 거잖아."

"그런 거 아니야."

"아니야?"

얼음장처럼 차갑게 되묻는 도준에게 센이 조용히 부정했다.

"아니야."

"그럼 결혼해. 나랑."

"뭐?"

갑작스럽게 결혼을 이야기하면 그녀가 또다시 잽싸게 발을 뺄 것이라고 예상하고 있었다. 그랬기에 일부러 그녀가 자연스럽게, 천천히 생각해 나갈 수 있도록 눈치를 주고 조금씩 결혼에 대한 얘기를 꺼내고 있었다.

매일을 함께하고 싶은 마음을 누르며 인내하려 했는데, 이렇게 기가 막힌 짓을 할 줄은 그조차 예상치 못했다. 그녀의 부모님이 복병이라고 생각하고 계획을 세우고 있었지, 그녀가 문제 될 거라고는 생각하지 못했다.

"도대체 뭐가 문제야? 나하고 가볍게 사귀는 거고, 헤어지는 게 당연한 건가?"

"그런 거 아니야!"

"네가 아무렇지도 않게 그런 말을 꺼낼 때마다 내가 얼마나 돌아버릴 것 같은지 알고는 있어?"

변명을 하려던 센이 말을 멈췄다. 도준의 서늘한 눈이 그녀를 응시하고 있었다. 상처받았다고 말하는 듯한 눈을 차마 똑바로 쳐다볼 수 없었다. 그녀 자신도 모르게 낸 상처였다. 그녀가 입술을 깨물었다.

"도준아. 난……."

말을 시작해 놓고도 나오지 않는 목소리 때문에 말을 끝낼 수 없었다. 그에겐 아무것도 숨기고 싶지 않았지만 태어나서 그 누구에게도 깊은 속내를 얘기해 본 적 없던 탓에 익숙하지 않은 까닭이었다.

"결혼해 줘, 센아."

도준의 굳은 목소리가 들려왔다.

"필요하다느니, 같이 있고 싶다느니 그런 단순한 게 아니야."

그를 만나고 두근거림을 느끼고 좋아하는 감정을 깨닫고 이제는 사랑임을 인지하고 있었다. 가장 멀게만 생각했던 녀석이 어느 순간부터인지 알 수 없지만 이젠 자신과 가장 가까운 사람이란 것을 분명하게 느꼈다.

처음으로 느끼는 감정이었고 앞으로도 변하지 않을 거라고 확신할 정도로 커져만 가는 감정이었다. 그가 자신을 사랑하는 만큼은 아니더라도 그 근처까지는 왔다고 생각하고 있었다.

"센아. 나는."

"……."

"네가 아니면 안 돼."

그리고 그 깊이가 확연하게 드러난 순간, 그녀는 처음으로 그에게 미안했다.

Round 12

굴레에 갇힐 수 없는 여자와
자유를 줄 수 없는 남자

"생각할 시간을 줘."

한참을 망설이던 센의 대답이었다. 그녀의 대답에 화를 낼 거라고 예상했던 도준의 표정은 의외로 덤덤했다. 그는 낮게 고개를 끄덕였다. 그리고 더 이상 채근하지 않으며 그녀의 손을 잡았다. 그녀는 차갑게 닿는 손을 놓치지 않겠다는 듯이 꼭 쥐었다.

그것을 느꼈는지 그의 손에도 힘이 들어갔다. 놓고 싶지 않았다. 지금도, 앞으로도. 하지만 지금 그를 사랑한다는 이유로 서른이 넘도록 단 한 번도 생각해 본 적 없었던 결혼을 당연시하고 확신하는 것은 조금 다른 문제였다.

고등학교 때 아버지 앞에서 툭 내던지듯 뱉었던 '결혼 안 하겠다.'는 말은 진심이었다. 결혼에 대해 부정적인 것은 아니었지만 자신한테는 어울리지 않다고 여겼다. 누군가의 아내나 엄마가 된다는 것도 상상한 적 없었고 상상할 수 없었다.

어린 시절, 그 사건 이후로 과보호하던 아버지의 영향이 없었다고는 말할 수 없다. 속박에 대한 거부감은 다른 사람들의 배 이상이 되었고, 자신의 영역을 침범하는 것도 필요 이상으로 경계하며 몸서리쳤다.

남자들이 지켜 준다거나 보호해 준다고 하는 말을 하면 감동이 아닌 환멸을 느꼈다. 여태까지 사귀어 온 남자들에게도 모두 비슷한 맥락으로 헤어짐을 고했다. 가까운 존재가 되길 바라면서 관계를 시작해 놓고 정작 자신의 깊은 곳으로 다가오려고 하면 발부터 빼는 비겁한 짓의 반복이었다. 지금도 그 버릇이 남아 있는지도 모른다.

하지만 도준에게만큼은 그러고 싶지 않았다. 그가 자신에 대한 무서울 정도의 독점욕과 소유욕을 드러내도 단 한 번도 싫다고 생각한 적 없었다. 다른 남자에게서 느끼면 끔찍했던 것들이 그라는 이유로 가슴이 두근거리고 그의 마음을 확인하며 안심했다. 도망치고 싶은 마음은 어쩌면 처음부터 없었다.

"오늘은 각자 집에 있자."

센은 자신의 집 도어록을 해지시키며 입을 열었다. 진지하게 생각할 시간이 필요했다. 바로 옆에서 그녀의 행동을 지켜보던 도준은 대답이 없었다.

문이 열리고 그녀는 그에게 인사를 건네려 했다. 하지만 그가 갑작스럽게 그녀를 안으며 집 안으로 들어오는 바람에 모든 행동을 멈출 수밖에 없었다.

"도준아."

"싫어."

그가 아이처럼 고집스럽게 말하며 곧장 그녀의 입술을 찾았다. 그의 입술이 그녀의 안을 거침없이 파고들었다. 부딪침에 가깝게 입술을 문지르고 그의 혀가 숨도 못 쉴 정도로 그녀의 혀를 희롱하고 헤집었다. 그의 입술이 짧게 떨어졌다.

"센아. 사랑해."

열기 어린 목소리가 들렸다. 강렬한 키스에 숨을 헐떡대는 그녀에게 그가 계속해서 사랑한다고 고백했다.

"너는?"

간절하게 대답을 요구하는 눈빛과 마주했다. 불안하게 하고 싶지 않았다. 그에게 마음을 전한 그 순간도 그랬지만 그의 과거를 들은 후인 지금은 그가 자신의 마음이 불안해서 상처받는 것은 오히려 그녀에게 상처로 되돌아왔다. 그녀가 그의 품을 파고들며 허리를 세게 껴안았다.

"사랑해."

그의 가슴 속에서 그녀가 거의 울먹임에 가깝게 되뇌었다.

"사랑해. 도준아. 정말로 사랑해."

믿어 달라고, 불안해하지 말라고 소곤거리는 그녀에게 그가 다시 한 번 강렬하게 입을 맞췄다. 침대에 들어서서도 그는 단 한 순간도 그녀를 놔주지 않았다. 그의 감정을 대변하듯 평소보다 훨씬 더 조급하고 거칠었다.

어느새 그의 손이 그녀의 아래를 파고들었다. 조금 이른 감 있는 그의 행동에 그녀가 단단한 팔을 잡았지만 그는 단 한 번의 주저함도 없이 여성을 가리고 있는 이미 젖어 버린 얇은 천을 옆으로 제치고 그 속으로 들어갔다.

"아아……."

손가락이 부드럽게 속을 탐험한 것도 잠시였다. 그녀를 괴롭혀 주기로 작정한 것처럼 그의 긴 손가락은 속을 빠르게 뭉개며 전진하고 밖으로 빠져나오는 것을 반복했다. 찰박찰박 소리가 뷀 정도로 빠른 움직임에 그녀는 골반 속이 쪼그라드는 쾌감을 경험하며 작은 몸을 옅게 떨었다.

작은 쾌감 뒤에는 커다란 환희가 기다리고 있었다. 예고도 없이 그의 중심이 그녀의 안을 쳐들어왔다. 안을 침범하는 것의 크기가 너무도 확연하게 달라졌다. 바로 전이 희롱에 가까운 놀림이었다면 지금은 그녀를 통째로 삼켜 버릴 것 같은 관통이었다. 모든 신경을 꿰뚫는 감각에 그녀는 시트를 부여잡았던 손을 그의 목으로 가져갔다.

오늘 아침, 그녀의 온몸을 빠짐없이 샅샅이 핥고 빨아 주며 정성스럽게 애무했던 것과는 전혀 달랐다. 팽팽히 솟은 가슴을 가학적일 만큼 세게 손 안에 그러쥔 채 주물러 댔고 소담스러운 엉덩이를 일그러지도록 잡고 쥐었다 펴는 것을 반복했다. 무엇보다 그녀의 골반이 아플 정도로 강하게 허리를 움직이며 부딪쳤다.

그는 그녀의 매끈하고 부드러운 허벅지를 들어 올리며 안으로, 안으로 거침없이 빠져들었다. 근육으로 이루어져 단단하다 못해 딱딱한 몸이 그녀의 여린 속을 지배해 나갔다. 그는 화가 난 사람처럼 쉴 틈 없이 그녀를 가졌다. 그녀가 벅차하면 할수록 더 몰아붙이고 숨조차 제대로 쉴 수 없는 전율에 떨고 있으면 그보다 더한 희열을 선사했다.

아까 밖에서만 해도 덤덤한 얼굴로 아무렇지 않은 척했던 것이 전부 거짓이었다는 것을 몸으로 느끼게 하는 행위였다. 그녀는 모든 것을 쏟아붓고 자신의 어깨에 얼굴을 묻으며 숨을 몰아쉬는 그의 등을 쓰다듬었다.

"나도…… 나도 네가 아니면 안 돼, 도준아."

그녀의 작은 목소리가 그의 귀를, 온몸을 점령했다. 그가 그녀의 허리를 조이듯 세게 안았다.

"너랑 헤어질 수 있다고 생각한 적 없어. 단 한 번도."

그녀가 도망치는 것 같은 작은 움직임에 모든 게 부서질 것처럼 아팠다. 그리고 저 작은 한마디의 위력은 도대체 얼마만큼인지 상상도 안 갈 만큼 구원받은 기분까지 느끼게 했다. 그녀의 가벼운 숨소리조차 그의 모든 것을 지배하고 있었다.

"결혼 같은 거 생각해 본 적도 없고, 반드시 해야 되는 거라고 생각한 적이 없어서 그랬어. 그런데, 그런데 내가 만약 결혼을 한다면……."

여성스러운 곡선을 그리는 그녀의 목선에 부드럽고도 델 듯이 뜨거운 그의 입술이 닿았다. 그녀는 평소와 다르게 흐트러지고 어지럽혀진 그의 머리칼을 쓰다듬으며 말을 이었다.

"그 상대는 너 말고 그 누구도 없어."

그녀의 목소리가 사라졌다. 그리고 곧 그녀만을 알고 그녀만을 원하는 그의 전부가 그녀의 전부를 다시 한 번 채웠다.

"오랜만이지?"

강 팀장이 서글서글하게 웃으며 인사했지만 센의 시선은 바로 앞에 놓여진 서류에 꽂혀 있었다. 그녀의 반응에 그가 서운한 표정을 지었다.

"동아줄을 내려 주는 사람한테 반응이 좀 시원찮은 거 아니야?"

"이게 무슨 동아줄이라고……."

센이 투덜거리자 강 팀장이 엄하게 대꾸했다.

"앞으로는 다시 직속상관인데 자꾸 그럴 건가?"

"이거 확실시된 거예요?"

"그럼! 출세 코스에서 떨어진 자네한테는 이거 좋은 기회야. 최 부장이 잘린 덕에 내가 눈치 안 보고 추천한 거라고. 이번 프로젝트 잘 해서 입사 차석이 수석 따라잡아야 할 것 아냐."

그의 마지막 말에 그녀의 인상이 구겨졌다.

"따라잡고 말고 할 게 어디 있어요? 유치하게."

"속은 뒤집어지면서 뭘. 신 팀장 이번에 승진한다던데."

"……."

"뭐, 원래부터 그쪽은 탄탄대로지. 그런 부류는 앞으로도 어떤 방해물 없이 위로 치고 올라가는 거고, 나같이 가늘고 길게 살자 부류는 이 상태로 정체되어 있을 테고, 자네처럼 성질 못 죽이면 바로 떨거지 신세 되는 거고."

떨거지!

센이 강 팀장을 노려보자 그가 다시 사람 좋은 미소를 지으며 그녀를 회유하기 위해 입을 열었다.

"이번이 기회라니까! 딱 1년만 썩는다고 생각해. 썩는 것도 아니지. 케이프타운! 얼마나 좋아? 더군다나 이센 씨는 아프리카 사랑하잖아? 최 부장이랑 한판 했을 때 그만둔다고 하면서 오지로 여행이나 떠난다고 그……."

"저 결혼도 해야 하는데요."

"엥? 결혼을 한다고? 이센 씨가?"

별 외계어를 다 듣는다는 얼굴이다. 그녀의 인상이 찌푸려졌다.

"남자는 있고?"

"있으니까 결혼 생각을 하죠."

"1년 정도 떨어져 있으면 어때서. 미래 부인이 인성에서 잘나가기 위해서 그런 거면 남자 쪽도 이해해 줄걸? 결혼 적령기 남자들 생각 다 똑같아. 여자가 많이 벌어 주면 자존심 상하고 뭐고 없어. 그냥 감사한 거야."

"아무튼 생각 좀 해 볼게요."

"생각을 해 본다니?"

강 팀장이 의아해하며 되물었다. 그의 뜻을 눈치챈 센의 얼굴이 굳어졌다. 그가 입을 열었다.

"생각해 볼 거 없어. 이거 거절하면 인성에서 자네가 있을 곳은 사라지니까."

골머리가 썩을 지경이다. 센은 강 팀장이 오전에 찾아와 했던 말을 되뇌며 머릿속을 정리하고 있었다. 아무리 머리를 싸매도 정리되지 않았지만. 탈의실을 나오는 그녀는 체육관 사무실에서 나오는 도준과 맞닥뜨렸다.

"너 왜 거기서 나와?"

"응?"

그녀의 말을 들어 놓고도 그는 못 들은 척 웃으면서 짧게 되묻더니 가벼운 발걸음을 옮겼다. 사무실. 아버지가 있는 곳. 자신도 모르게 침을 삼킨 그녀는 왠지 방금 그의 계략으로 자신의 편이 모두 사라졌을지도 모른다는 위기의식이 일었다.

사무실이 다시 열리면서 호호가 신나게 콧노래를 부르며 나왔다. 센과 눈이 마주친 호호는 언제 그랬냐는 듯 엄한 얼굴로 문을 닫고 밖으로 나갔다. 그리고 그녀는 자신이 착각했다는 것을 깨달았다. 애초부터 자신의 편은 없었을지도 모른다. 고개를 휘휘 저은 그녀가 다시 걸음을 옮겼다.

지호는 샌드백을 한 번 치고 구석에 있는 두 사람을 노려보았다. 그리고 다시 펀치를 훅훅 내려치고 징글징글하게 애정행각을 서슴지 않고 있는 커플을 레이저가 나올 기세로 째렸다. 결국 참지 못하고 그가 소리를 내질렀다.

"좀 떨어져서 훈련 못 해!"

안 그래도 뭐만 하면 자신을 끌어안고 어리광을 부리는(그와 전혀 어울리지 않는 표현이지만) 도준 때문에 체육관에 남은 몇몇 사람들의 눈치를 보고 있었던 센이 그를 살짝 밀었다. 이제 가족들에게까지 교제 사실을 밝힌 탓인지 그는 그들이 사귄다는 사실을 전국 방방곡곡 광고하고 싶어 하는 것 같았다.

"아아. 떨어져."

그녀가 그에게 자그맣게 속삭였다. 모 영화의 여자 주인공은 '나도 어쩔 수 없는 여잔가 봐.' 하고 소리쳤더랬다. 그 영화와는 맞지 않은 상황이지만 요즘 그 대사에는 백번 공감하고 있었다.

자신도 어쩔 수 없는 여자였다. 사랑에 빠진 남자 앞에서 여성스럽고 예쁘게 보이고 싶은. 가끔은 침대에서뿐만 아니라 밖에서도 31년 간 전혀 쓰지 않았던 어리광 섞인 애교가 무의식적으로 나오곤 했다.

예전부터 그녀를 알아 온 사람이라면 턱이 빠지고 눈이 떨어질 만큼 기가 막히고 당황스러워할 광경임에 틀림없었다. 그가 다른 사람들이 보일 반응을 하면서 무안을 줬다면 물론 금세 접었을 행동이었다.

하지만 그런 행동을 할 때마다, 단번에 눈빛이 어두워지며 그녀를 잡아먹을 것 같이 보는 그 때문에 오히려 빈도수가 늘어 가고 있었다. 그녀는 동창회에서 다희가 했던 말이 떠올랐다.

애교 부리는 여자 좋아한다더니…….

당시에 들을 때는 약간 의심스러웠지만 결과적으로 다희의 말은 사실인 모양이었다. 그는 자신이 조금이라도 애교를 부리면 곧바로 반응하며 달려들었다. 다희가 했던 말 중에, 그가 사귄 세 명의 여성들은 모두 여성스러움의 극치에다가 사랑스러운 애교로 중무장한 미인이었다고 했다. 도준이 엑스 걸프렌드들의 애교에 녹아서 그녀들을 자신에게 해 주는 것처럼 똑같이 안아 주고 사랑해 줬을 거라고 생각하니 속이 뒤틀렸다.

지한테 애교 부려 줄 여자가 지구 반 바퀴를 돌고도 남을 텐데 왜 하필 애교 제로인 나를 만난대?

그녀가 솟아오르는 질투에 입술을 쏙 내밀었다. 앙증맞게 올라온 입술은 얼마 지나지도 못하고 도준의 입술에 내리눌러졌다. 그녀의 눈이 커졌다.

"사람들 보잖아!"

"아무도 안 봐."

둘러보니 다들 운동 삼매경에 빠져 있긴 했다. 얼이 빠져서 그들을 지켜보는 지호를 제외하고는.

"그래도!"

"왜 입술 내밀었어?"

"어어?"

"무슨 생각했어?"

그가 고집스럽게 물었다.

"생각은 자유야. 왜 이런 것까지 캐내려고 해?"

"알면 안 돼? 나 전부 알고 싶어, 센아."

그가 그녀의 귓가에 대고 나직하게 말했다. 평소와 다르게 우울한 빛이 스쳐 지나간 그녀가 걱정스러웠다. 그의 다정한 사정에 매번 지는 그녀가 결국 불만스러운 얼굴을 다시 드러냈다.

"너 애교 많은 여자 좋아한다며!"

"응?"

그가 의아해하며 되물었지만 전부 말하기는 역시 자존심이 상하는 그녀가 입을 꾹 다물었다. 물론 도준은 그 한마디에도 좋은 머리를 굴려 정확한 추론을 해냈다. 그가 빙긋 웃었다.

"질투했어?"

흠칫 놀란 그녀가 그와 눈을 피한 채 우물쭈물했다. 그 모습이 당장이라도 입을 진하게 맞추고 소유하고 싶을 만큼 사랑스러웠다.

"나 애교 있는 여자 안 좋아해. 싫어해."

그녀가 말도 안 된다는 듯이 그를 보았다. 그의 표정이 단호했다.

"난 애교 있는 이센 좋아해."

그 말에 그녀의 얼굴이 화르륵 달아올랐다. 항상 이런 패턴이다. 저런 낯간지러운 말을 아무렇지도 않게 잘도 한다.

그녀가 분홍빛으로 달아오르는 뺨을 숨기려고 고개를 숙이는데 얼이 빠진 상태에서 돌아온 지호가 링을 박차고 나오며 그들에게 다가왔다.

"지금 신성한 체육관에서 뭐 하는 짓이야?"

젖비린내 난다는 소리를 듣고도 센에게 아직 미련을 못 버린 순애보 복서가 복장이 터진다는 듯이 가슴을 탕탕 쳤다.

"이럴 거면 나가! 집에나 가라고!"

지호의 말에 센은 이제 그만하라고 도준을 진짜로 떠밀었다. 하지만 전혀 미동도 없는 그의 몸은 오히려 그녀를 더 강하게 안았다. 한순간에 그의 품에 갇힌 그녀가 눈만 깜박거렸다.

"센아. 진짜로 집에 가자."

"아, 안 되는데."

"가자. 어?"

두 사람이 서로를 안은 채 굳이 속삭이면서 말하는 등 묘하게 야한 짓을 다시 시작했다. 지호는 처음부터 상종을 하지 말았어야 했다고 속으로 중얼거리며 다시 샌드백이 있는 곳으로 향했다.

"도준아. 나 할 말 있는데……."

센은 요즘 벼르고 있던 말을 하기 위해 열리지 않을 것 같은 입을 열었다. 순간 전화벨 소리가 시끄럽게 울렸다. 좋게 말할 타이밍을 놓친 그녀가 짜증스럽게 휴대폰을 귀로 가져갔다.

"여보세요?"

상대방과 통화를 계속하던 센의 얼굴이 석고상처럼 굳어 갔다. 도준은 그녀가 이렇게까지 놀란 얼굴을 본 적이 없었다. 그가 그녀의 얼굴을 매만져 주며 통화가 끝나기를 기다렸다. 기계적인 대답과 함께 곧 통화를 마친 그녀가 휴대폰을 내려놓았다.

"센아. 무슨 일이야?"

"마, 말도 안 돼. 오, 오빠가…… 둘째 오빠가……."

그녀가 숨도 제대로 쉴 수 없다는 듯 목 언저리를 손으로 눌렀다. 그 모습에 그가 걱정 가득한 얼굴로 그녀의 목소리를 기다렸다. 곧이어 그녀가 여전히 믿을 수 없다는 표정으로 말했다.

"겨, 결혼한대."

센은 본가에 온 지 30분이 지났는데도 여전히 발을 제자리에 두지 못하고 거실을 서성이며 초조한 기색을 표했다. 거실 소파에서는 선주가 도준에게 반색을 하며 말을 건네고 있었다. 도준과 대화에 열중하고 있었던 선주는 전혀 마음을 가라앉히지 못하고 있는 딸의 행동이 거슬려 그녀에게 눈길을 주었다.

"가만히 좀 앉아 있어라."

"저, 전 역시 나가 있을게요."

"둘째가 결혼할 여자를 데려온다는데 왜 나가 있어?"

"나 거짓말 못 하는 거 아시잖아요! 양심선언이라도 해 버리면 어떡해요?"

"양심선언?"

"이힘의 실체요!"

평범한 여자의 마인드로 그 악마의 아내가 되겠다고 마음먹을 수 있다고는 상상할 수 없었다. 이힘이 사기 결혼을 하는 것이 분명했다.

아니지. 그 인간이 그런 귀찮은 짓을 하면서 결혼하려고 할 리는 없는데…….

그녀의 머릿속이 별의별 생각들로 터질 지경이었다.

"둘째가 결혼할 마음을 먹은 게 의외긴 하지만 그렇게 오두방정 떨 거니? 계속?"

"의외요? 이게 의외예요? 이건 기적이에요."

물론 센의 난리법석과 마찬가지로 선주의 심장도 거세게 뛰고 있었다. 하지만 도준의 앞에서 어미인 선주조차 센과 같은 반응을 보인다면 이상한 집안이라고 생각할지도 모른다. 그러니 절대 티를 낼 수는 없었다.

올해 한 명만이라도 결혼시킬 수 있다면 소원이 없겠다고 생각했던 게 몇 달 전 일인데, 벌써 두 명이나 골 지점 근처에 도달했다니 눈물이 다 날 것 같았다. 하지만 아직은 기쁨을 드러낼 수 없었다. 셋 중에서 결혼이 가장 불가능하다고 여겼던 힘의 결혼 상대자가 아직 도착하지 않았다. 얼굴을 봐야 꿈인지 생시인지 알 수 있을 것 같았다.

딩동.

오늘따라 더 맑게 느껴지는 초인종 소리가 거실을 메웠다. 거실을 오가던 센의 걸음이 우뚝 멈췄다. 선주는 숨을 멈췄고 덜덜 떨리는 손으로 물을 마시고 있던 호호는 손동작을 멈췄다.

"제가 열까요?"

세 사람 모두 움직일 수 없는 사람들마냥 굳어 있어서 도준이 입을 열었다. 그러자 약속이라도 한 것처럼 가족들은 현관으로 다가갔다.

문이 열리고 힘과 함께 사지육신 멀쩡한 여자가 들어왔다.

"세상에."

선주가 경이롭다는 듯이 중얼거렸다. 불안한 마음을 감추려 도준의 손을 꼭 잡고 있던 센의 눈도 자연스럽게 커졌다.

"서재영이라고 합니다."

힘의 보도국 후배라고 인사한 여자는 깔끔한 인상이 돋보이는 미인이었다. 수수하고 단아해 보이지만 시원스러운 눈매에는 고집이 담겨 있었다.

지금 이 믿기지 않는 상황으로 인해 거동이 잠시 불편해진 호호, 선주, 센과 전혀 아무렇지 않은 힘, 재영, 도준이 이미 차려진 식탁으로 모였다. 해사하게 웃으며 가족들에게 인사하는 그녀를 멍하니 보던 센은 시선을 힘에게 돌렸다.

여전히 한 대 때려 주고 싶을 정도로 무심하고 덤덤한 얼굴이었다. 그러나 식사를 하면서 재영이 힘에게 소곤거리며 무언가를 말하자 그는 피식 웃으며 그녀의 찰랑거리는 머리칼을 자연스럽게 매만져 주었다.

툭.

누군가가 숟가락을 떨어트렸다. 센과 그 광경을 함께 목격한 호호였다. 센은 물을 한 모금 마시고 혼잣말하듯 중얼거렸다.

"가보야. 가보."

들리지 않을 만큼 희미한 목소리였는데도 선주와 호호는 똑똑히 들었다. 그리고 수긍했다. 곧 센이 고개를 저었다.

"국보야. 국보로 지정해야 해."

선주와 호호가 센을 바라보다가 그 옆에 앉아 있는 남자를 보았다. 희소가치를 따졌을 때 가장 결혼이 불가능해 보였던 힘의 상대인 재영이 가보 1호라면, 아쉬운 차이로 도준은 가보 2호였다. 결코 놓쳐서는 안 되는. 선주와 호호가 결연하게 고개를 끄덕였다.

"진짜 대박이야. 그 악마가 이젠 전쟁터도 안 간대. 그분이 가지 말라고 해서. 믿어져? 국장이 한자리하라고 사정사정해도 눈 하나 깜짝 안 하고 무시하던 인간이 보도국에 이제 자리 잡고 일한다는데 정말 이건 기적이야."

센은 재영을 '그분'이라고 표현했다. 집에 불이 나면 가장 먼저 데리고 나와야 하는 보물 중에 보물이라고 설명하면서.

신이 나서 떠드는 그녀의 얼굴을 그가 대꾸 없이 멀뚱히 보았다.

"왜, 왜?"

"왜 그런 선택을 하신 거 같아?"

"그거야, 음……."

"평생을 약속할 만큼 상대를 사랑하니까."

목소리가 미묘하게 쌀쌀맞았다.

"여태까지 살아온 자신의 모습을 바꿔도 상관없을 만큼."

그녀가 한숨을 폭 쉬었다. 그의 프러포즈를 듣고 꽤 시간이 흘렀는데도 대답이 없는 그녀를 향한 서운함과 질타라는 것을 둔한 그녀조차 모를 수 없는 말이었다. 물론 이렇게 질질 끌려고 그런 것은 아니었다.

"도준아."

센에게 마실 것을 주기 위해 도준이 냉장고 쪽으로 다가갔다. 그의 뒷모습을 보며 그녀가 말했다.

"결혼하자."

그의 모든 행동이 멈췄다. 그가 천천히 몸을 돌려 조금 떨어져 있는 그녀를 보았다. 그녀의 얼굴은 장난기 하나 없이 진지했다.

"결혼하고 싶어. 나도 너랑 하고 싶어."

결혼하겠다는 말은 평생을 함께하겠다는 약속이었다. 페트병을 쥔 도준의 손에 어마어마한 힘이 들어갔다.

"다시 말해."

명령에 가까운 그의 목소리에도 그녀가 얌전하게 대답했다.

"너랑 결혼하고 싶어."

그는 눈을 감았다. 항상 이렇다. 그녀의 작은 말 한마디가 그의 모든 것을 송두리째 뒤흔든다. 그는 그녀의 대답에 여운을 느끼기 위해 감은 눈을 뜨지 않은 채로 잠시 그대로 있었다. 그리고 그녀의 목소리가 다시 한 번 들렸다.

"1년 후에."

1년 후?

그가 눈을 뜨고 그녀를 보았다. 그녀는 초조한 기색을 하고 있다가 어느새 그것을 지우고 당당하게 말했다.

"나 어디 좀 갔다 온 후에 하자."

그의 눈이 날카롭게 변했다. 그녀가 지금 하려는 말을 들으면 안 된다는 적색경보가 울리고 있었다. 그럼에도 그는 물었다.

"어디?"

그의 물음에 헛기침을 하던 그녀가 조그맣게 대답했다.

"……남아프리카공화국."

"하."

그가 기막힌 농담으로 치부하며 살짝 웃었다. 그가 너무 세게 쥐고 있었던 페트병을 식탁에 내려놓았다.

"1년 안 걸릴 수도 있어. 빠르면 6개월? 이번 프로젝트로 나도 다시 본사로……."

"이센."

도준이 센의 말을 잘랐다. 그가 그녀를 노려보고 있었다. 저런 눈빛은 단연 처음 보았다. 그녀가 긴장으로 마른 입을 다셨다.

"너, 미쳤어."

미쳤어? 라는 물음이 아니었다. 그는 진심으로 그녀에게 미쳤다는 정신 진단을 내려 주었다. 아무리 생각해도 도저히 그녀를 이해할 수 없었다.

"결혼하자니까? 갔다 와서. 6개월만 참으면 돼. 나도 다시 본사에서 같이 일하게 되면 좋잖아."

"너 지금 그걸 말이라고 해? 결혼해 줄 테니까 그거 먹고 떨어져라 하는 거야? 어딜 가겠다고? 너 제정신 아니야."

"신도준."

"한시라도 떨어져 있으면 불안해서 미쳐 버릴 것 같은데 어딜 가겠다는 거야?"

항상 차분함을 유지하던 그가 처음으로 언성을 높여 소리쳤다.

"이미 가는 걸로 결정 났어."

"그럼 그만둬."

"뭐?"

"회사 그만두라고."

당장이라도 뭔가를 부숴 버리고 싶은 위험한 눈이었다. 그걸 마주한 그녀도 서서히 화가 나는 것을 느꼈다.

"말이 되는 소리를 해."

"왜 말이 안 돼?"

그는 진심이었다. 서늘한 목소리가 그녀에게 닿았다.

"너 네가 한 말 기억 안 나?"

도준은 들을 가치도 없다는 듯 답답한 넥타이를 끌러 내릴 뿐이었다. 그런데도 그녀는 고집스럽게 말했다.

"내가 좌천 확정되고 회사 그만두려고 했을 때. 도망가지 말라고 했어, 너."

"지금 그거랑 이게 같아?"

"같아. 그날 이후로 이런 식으로 타의에 의해 회사를 그만두는 건 내 머릿속에 도망으로 인식됐어. 그리고 난, 절대 도망 안 가."

기회든, 좌천이든 도망갈 생각 따위 애초부터 없었다. 아무리 멍청할 정도로 고집스럽다 해도 31년을 살아오길 이렇게 살아왔다.

자신의 모든 걸 바꾼다 해도 절대 바꿀 수 없는 두 가지였다. 거짓말하지 않는 것. 그리고 도망가지 않는 것. 그게 무엇이라 해도.

"강 팀장 팀에 합류하기로 했어. 난 무조건 가."

그녀가 폭발하기 일보 직전인 그를 놔두고 현관으로 가서 신발을 신었다. 그 모습을 지켜보던 그에게 그녀는 가겠다고 말한 뒤 문을 열고 나갔다.

그녀가 나가고 피가 안 통할 정도로 주먹을 세게 쥐고 있던 도준은 양복 재킷을 잡아 휴대폰을 찾았다. 빠르게 패턴을 풀고 강 팀장의 번호를 찾은 도준은 전화를 걸었다. 그러는 동안 버튼 소리가 들리더니 닫혔던 문이 다시 빠르게 열렸다. 그를 가장 미치게 하는 고집스러운 눈매의 이센이었다.

"혹시나 해서 말하는데. 네가 뒤에서 공작 부린다 해도 난 간다니까. 그러니까 하려는 짓 올 스톱하는 게 좋을 거야."

비겁한 짓은 용서하지 않겠다는 목소리였다.

그녀가 제 말만 끝내고 다시 문을 쾅 닫고 밖으로 나왔다. 엘리베이터로 향하는 발걸음이 무거웠다. 어쩔 수 없는 한숨이 새어 나왔다.

"누군 떨어져 있으면 괜찮은 줄 알아?"

아무도 듣지 않는 말을 혼잣말하듯 했다. 마음이 편치 않았다. 하지만 이미 굳은 결심은 지워지지 않는다. 어느 면으로 봐도 맞는 선택이었다.

6개월을 잠시 떨어져 있으면 앞으로 그와 더 가까이에서 일할 기회를 얻는다. 누가 봐도 합당한 결정이다. 그렇게 자꾸 속으로 되뇌고 있었다. 하지만 도준의 얼굴이 떠오르자 모든 게 와르르 무너지는 기분이 드는 것은 어쩔 도리가 없었다.

식탁 의자에 앉은 도준의 손가락이 식탁을 규칙적으로 때렸다. 방법을 생각해야 한다. 방법을. 인생을 살면서 단 한 번도 제 뜻대로 일이 돌아가지 않은 적이 없었다. 인생은 항상 처음부터 조커를 손에 쥐고 하는 게임에 가까울 정도로 편하고 쉬웠다.

31년을 살면서 이렇게 뜻대로 안 되는 일은, 그의 뜻대로 안 되는 일 때문에 피가 마르고 심장이 타들어 가는 적은 말 그대로 처음이었다. 주먹을 쥐는 그의 팔이 얼마나 힘을 줬는지 핏대가 가득 섰다. 그가 고개를 들었다.

방법은 있다.

도준은 천천히 자신의 방 안으로 걸어 들어갔다. 침대 옆 협탁에 올려진 작은 상자를 보는 그의 눈이 날카롭게 빛났다. 종이상자에 가득 든 색색의 콘돔을 확인하는 그의 얼굴이 확고했다.

　애초부터 이센을 상대하면서 자신에게 클린 파이터를 바라는 것은 무리였다. 어떤 반칙을 써도 상관없다. 수단과 방법을 가리지 않고 그녀를 제 안에 가둬야만 자신이 살 수 있으니까.

Final Round

떠나는 여자와
붙잡지 않는 남자

"도준아……."

도준이 센의 깊은 곳을 샅샅이 핥아 마시며 혀를 그 속에 집어넣었다. 그녀의 들뜬 신음이 끊임없이 새어 나왔다. 그녀가 정신을 차릴 수 없을 정도로 속을 헤집어 놓던 그는 지체할 겨를이 없는 손길로 침대 옆 협탁에 있는 상자에 손을 넣었다. 콘돔을 집는 그의 움직임이 사납고 급했다. 그때, 그의 손을 그녀가 잡았다.

도준은 당장이라도 그녀의 안에 자신을 파묻고 싶은 감각에 그녀의 손을 떼어 내려 했지만 그녀가 다시 한 번 그를 잡았다. 그가 거친 숨을 몰아쉬며 그녀에게 으르렁거렸다.

"이센, 너 뭐하는……."

"이거…… 써."

여전히 색정적으로 들리는 숨소리를 멈추지 못하고 있었지만 그녀의 행동은 단호했다. 그녀는 침대 베개 밑에 놔두었던 자신이 사 온 콘돔을 손에 쥐더니 그에게 내밀었다. 명확하게 그를 못 믿는다는 뜻이나 다름없었다. 그가 헛웃음을 지었다.

"나 못 믿어?"

그의 시린 어조도 소용없었다. 그녀는 그의 정성스러운 애무에 이미 녹아 힘이 빠진 손으로 겨우 그것을 뜯으면서도 고집을 꺾지 않았다.

"내가 씌워 줄까……?"

아직 정염에서 벗어나지 못한 그녀의 목소리는 여전히 가늘게 떨렸다. 그의 눈썹이 꿈틀거렸다. 그녀가 제대로 마음먹었다는 것을 깨달았다. 정말로 녀석은 자신과 떨어져 있어도 살 수 있다는 뜻인 것 같아서 용서할 수 없었다. 분노가 극에 달하면서 흥분도 최고조에 달했다. 그가 뜻대로 되지 않는 그녀를 거칠게 안고 또 안았다.

"솔직히 너 반칙 쓰려고 했잖아. 안 그래?"

관계 후, 그녀의 행동에 화가 난 그의 눈치를 보던 그녀가 입을 열었다. 자신은 어쩔 수 없었다는 얼굴로 그의 허리를 안고 갖은 애교를 부리기 위해 노력하는 그녀가 미웠다. 아니, 아무리 미워하고 싶어도 미워지기는커녕 사랑스럽기만 해서 더 불안했다. 그는 항상 그녀에게 약자라는 것을 그녀도 서서히 눈치채 가는 모양이었다.

"이센. 너 진짜 잔인하다."

"미안해. 응? 6개월 금방이야. 진짜 금방 갔다 올게."

"하."

"전화도 자주 하고, 영상통화! 그것도 매일 하자. 어?"

"난 네가 곁에 없으면 제대로 살아갈 수가 없을 것 같은데 넌 전혀 안 그렇지?"

그가 그녀의 부드러운 머리칼을 다정하게 쓰다듬으며 허탈하게 물었다. 그녀가 억울하다는 듯이 고개를 저었다.

"내가 그랬잖아. 나도 너 아니면 안 된다고. 근데 이건 정말 어쩔 수 없잖아."

"어쩔 수 없다?"

"나 앞으로 십 년이고 이십 년이고 너랑 같이 일하고 싶어, 도준아. 어?"

그가 포기했다는 얼굴로 희미하게 웃었다. 그녀는 그 미소를 보자 왠지 텁텁한 기분이 들었다.

"알았어."

알았다고 대답한 그는 그녀의 이마에 입술을 새겼다.

"가게 해 줄게."

"정말?"

"그래. 그러니까 앞으로는 나 믿어. 저거 다 버릴 테니까."

그가 탁상에 놓인 종이상자를 가리키며 말했다. 일 처리를 다 해 놓았다는 걸 그도 인정한 셈이었다. 그가 인상을 찌푸렸다.

"도대체 콘돔은 어디서 샀어?"

"편의점에서……."

그가 굳은 얼굴로 그녀의 어깨를 꽉 잡았다.

"비겁한 짓 안 하니까 앞으론 너도 그러지 마."

"……."

"대답해. 이센."

"으응."

벗어 두었던 옷을 천천히 입은 그녀가 그의 눈치를 살폈다.

"어디 갈 건데?"

"마트."

"아, 필요한 물건들 사야 되지?"

비꼬려는 의도는 없어 보였지만 되레 찔린 그녀가 '혼자 가도 되는데.' 하고 중얼거렸다. 물론 말 같지도 않은 소리 다 듣겠다는 듯 그는 그 말을 가볍게 무시할 뿐이었다.

출국하기까지 이 주일도 채 남지 않게 되자 그는 남은 기간 동안이라도 그의 집에서 같이 살면서 모든 시간을 자신에게 달라고 요구했다. 물론 그녀도 바라는 바였다. 그가 화를 내면 전부 들어줄 생각이었다.

그가 자신을 안으려 하면 그 어떤 때보다 적극적으로 그에게 안겼다. 그는 변하지 않는다. 그리고 자신 또한 절대 변하지 않을 거라는 확신도 생겼다. 더 많은 날들을 위해 잠시를 희생하는 것은 그녀에겐 당연한 것이었다.

하지만 짧으면 6개월, 길면 1년이라는 시간 동안 그와 떨어져 있을 생각을 하면 가끔씩 울컥했다. 생각해 보면, 그가 군대에 가 있고 자신이 유학을 가 있었던 2년을 제외하면 그들은 그렇게 오래 서로를 못 보고 살아온 적이 없었다. 그랬기에 불안하기도 했지만 분명 그때처럼 잘 해낼 거라고 믿었다.

대형 마트에 들어선 두 사람은 그녀가 적어 온 리스트를 확인하며 쇼핑을 시작했다. 효율성을 위해 그녀는 카트를 끄는 그에게 필요한 것을 몇 개 가져오겠다고 말하고는 걸음을 옮겼다.

"아, 맞다."

필요한 것을 집어 도준에게 향하려던 센의 걸음이 수영복 매대 앞에서 멈췄다. 파격, 특가, 세일이란 단어들이 설치는 매대를 지켜보던 그녀는 그쪽으로 다가갔다. 원래 입던 수영복을 잃어버린 기억이 떠올랐기 때문이다.

그녀는 모든 운동을 잘했지만 특히 수영은 더 좋아하고 잘하는 편이었다. 고등학교 때는 선수 생활을 했던 적도 있었다. 그러고 보니 도준을 만난 후로 그와 노느라 바빠서 수영을 게을리했던 것을 인식했다.

고등학교 때처럼 연습하진 못해도 서른이 넘은 지금까지도 주말에는 수영장에서 오전 시간을 보내는 습관이 있었다. 케이프타운에서 수영을 즐길 일이 꽤 있을 것 같다고 판단한 그녀는 대충 즐겨 입는 디자인의 원피스 수영복을 집어 들었다. 심플하면서도 어두운 계열의 전혀 튀지 않는 수영복이었다.

그녀는 세일인데 잘됐다 싶어 비슷한 느낌의 수영복을 하나 더 집어 들려는데 싸한 손이 그녀의 손목을 잡았다.

"지금 뭘 사려는 거야?"

"보면 몰라? 수영복."

그녀의 정직한 대답에 그가 한숨을 쉬었다.

"안 돼."

"뭐가?"

"수영하지 말라고."

"너랑 사귀면 수영도 못 하는 거야?"

그녀가 얼이 빠지기 직전인 얼굴로 약간 언성을 높여 물었다.

"그런 뜻이 아니라 거기선 하지 마."

"거기선 하지 말라고? 여기선 해도 되고?"

"그래."

"그게 무슨……."

"우리나라에선 수영장 하나 빌려 줄게. 거기서 하면 돼."

그의 발언에 그녀가 입을 다물지 못하고 멀뚱히 그를 보았다.

수영장을 빌려 준다니…….

재벌이 아니라고 단언해 놓고 가끔씩 꺼내는 말들은 완전한 재벌 마인드를 담고 있었다. 농담으로 치부하고 허허 하고 웃자 그는 진심이라는 듯 인상을 구겼다.

"네 다 벗은 다리, 앞으론 아무한테도 안 보여 줄 거니까 협조해."

그와 연애를 하면서 알게 된 사실이 있었다. 그는 모든 게 뛰어나서 별명도 '신'이었지만, 그녀를 향한 집착도 말 그대로 신 급이었다. 그는 다른 남자가 그녀를 보는 것을 극도로 싫어했고, 그녀가 다른 남자를 그냥 쳐다보는 것조차 질투했다.

그녀 자신은 아무렇지 않게 생각하는 가벼운 노출이 있는 옷들은 갈기갈기 찢겨지지 않은 것만으로도 다행인 수준이었다. 그녀는 연애하면서도 이런데 결혼해서는 어떨까, 잠시 피곤한 미래가 그려져 고개를 설레설레 저었다.

그는 체육관에서 그녀가 몸을 드러내고 운동했던 것이 떠올라 다시금 화가 치솟았다. 다시는 그런 일은 없을 것이다. 그가 그녀의 손에 들린 수영복을 빼앗아서 매대에 던지듯 내려놓았다.

"가자."

그녀의 손을 잡고 데려가려던 그는 해도 해도 너무한다는 얼굴로 그를 노려보는 그녀와 마주했다. 요즘 자신이 잘못한 것이 있기에 웬만한 것은 다 제가 참고 넘어간다지만 이런 식으로 자신이 가장 좋아하는 운동까지 못 하게 하는 것은 정말 어이가 없었다. 그녀가 입술을 꾹 다물고 못마땅한 얼굴을 보였다.

"센아. 화났어?"

"……."

"그래도 안 되는 건 안 돼."

그는 단호하게 말하며 그녀의 머리를 쓰다듬었다.

"계산하고 있을게. 더 필요한 거 있으면 가져 와. 어?"

그의 말에 그녀가 마지못해 고개를 끄덕였다. 아이를 어르는 것처럼 그녀를 달래는데 성공한 그가 웃으며 계산대로 향했다. 그의 뒷모습을 지켜보던 그녀가 매대 뒤로 다가가 손으로 어름어름 물건을 찾았다.

포기하라고 해서 포기하면 이센이 아니지.

입술을 씰룩이며 그가 볼까 긴장되는 마음에 뒤를 더듬던 그녀는 그가 계산대로 향하다가 갑작스럽게 뒤를 돌자 너무 놀라서 대충 아무거나 집어 들고 매대에서 떨어졌다. 다시 그가 고개를 돌려 계산대로 향하고 그녀는 천천히 걸음을 옮겨 그가 가려는 계산대에서 가장 끝에 있는 계산대로 향했다.

아까 사려 했던 원피스 수영복보다 포장이 작은 것은 이제 알 바 아니었다. 항상 내재되어 있는 청개구리 심보가 가슴 가득히 올라오며 이것을 반드시 구매하겠다는 마음뿐이었다. 물론 뒷짐을 진 그녀의 손에 들린 것이 도준이 알면 화가 분노에 달할 정도로 야하고 파격적인 비키니 수영복이란 것은 그녀조차 모르는 일이었다.

체육관을 들어선 도준의 발걸음이 멈췄다. 근처에서 불만 섞인 얼굴로 서 있었던 지호가 도준에게 다가왔다.

"저 외국인, 누나한테 작업 거는 것 같죠?"

"……."

"누나 내일이면 떠나죠?"

지호의 서운한 기색이 역력한 투정을 들어 주고 있을 때가 아니었다. 복싱을 막 배우기 시작한 백인 남자가 귀찮을 정도로 센에게 이것저것 물어 가며 대화를 섞으려 하고 있었다. 회원에게는 웬만하면 친절하려고 노력하는 그녀는 더군다나 외국인에게 우리나라 복싱의 좋은 이미지를 심어 주기 위해 조금 귀찮은 것을 누르고 화사하게 웃으며 친절을 베풀었다.

그리고 그녀가 다른 남자에게 웃음을 보인 것을 발견한 도준의 표정이 더 어두워지는 것이 불가능할 정도로 빠르게 굳어졌다. 센이 외국인 남자와 장난을 치며 운동하고 있는 모습이 짜증났던 지호는 옆에 있는 도준의 분위기가 무서울 만큼 어두워지자 신나게 떠들던 말을 멈추고 얌전히 자신의 자리로 향했다.

도준이 화난 걸음을 옮겨 그녀에게 다가갔다.

"어? 도준아?"

그가 그녀의 팔목을 세게 움켜쥐고 밖으로 나가기 위해 성큼성큼 걸었다. 그에게 갑작스럽게 잡혀 나온 그녀가 의아한 얼굴로 그를 불렀다.

"야아. 왜 그래. 어?"

그는 그녀를 강제로 차에 태우고 집으로 향했다. 집에 도착할 때까지도 말이 없는 그가 이상해 그녀가 다시 한 번 그에게 말을 건넸다.

"도준아. 왜 그래?"

"너 뭐하자는 거야?"

동시에 화를 억누르는 목소리가 그녀에게 질타를 가했다.

"어?"

"이런 식으로 행동하면 내가 너 가게 놔둘 것 같아?"

그의 목소리가 싸늘하게 귓가에 내려앉았다. 잔뜩 화가 난 그는 깊은 한숨을 몰아쉬고는 그녀를 안았다. 그 상태로 몇 분 동안 호흡을 가다듬던 그가 몸을 떨어트려 그녀와 시선을 마주쳤다.

"보내 주는 대신 약속하고 가."

"약속?"

그가 그녀를 번쩍 안아 들고 침실로 향했다. 침대에 그녀를 눕힌 그가 그녀의 옷을 뜯어내듯 모조리 벗겼다. 내일이 출국일이었다. 그의 조급한 마음을 이해한 그녀가 그를 안아 주었다. 그를 안았지만 그의 넓은 품에 안기는 형국이나 다름없었다.

잠시 그녀의 체온을 느끼고 있던 그가 다시 움직이기 시작했다. 그녀의 온몸을 손으로 주무르고 입으로 핥고 맛보았다. 어느새 자르르하게 젖은 그녀의 속으로 그가 찾아 들어갔다.

"하아……."

"이센. 약속해."

그가 허리를 앞뒤로 움직이는 것을 멈추지 않으며 그녀에게 으르렁거렸다. 넓게 벌어진 그녀의 다리 속으로 그가 계속해서 몸을 집어넣었다. 그에 의해 자꾸만 튕겨지는 허리를 꼬며 그녀가 신음과 함께 대답했다.

"으응…… 도준아……."

"입국하자마자 나랑 결혼하겠다고."

그의 젖은 음성이 그녀의 대답을 채근했다.

"대답해."

그의 허리가 그녀를 못살게 구는 것처럼 치고 달아나고 다시 치고 달아나는 것을 반복했다. 그의 뜨겁고 거대한 기둥이 그녀의 안을 빠른 속도로 하염없이 채웠다가 빠져나갔다. 그녀가 대답을 제대로 하지 못하고 고개만 살랑살랑 끄덕이자 그는 끝까지 대답을 요구했다.

"그렇게 할게. 결혼……할게."

그의 고집에 그녀가 신음으로 뭉친 대답을 겨우 해 주었다. 대답을 들은 그가 그녀의 허리를 팔로 조이며 그녀의 입술을 삼켰다.

"사랑해. 센아."

떨어진 입술 사이로 그가 말했다. 그녀에게 또다시 대답을 요구하고 있었다. 그녀는 기꺼이 대답해 주었다.

"나도…… 사랑해, 도준아."

"다시."

"사랑해, 하아……."

믿을 수 없을 정도로 깊게 들어오는 그의 몸 때문에 그녀가 신음을 내질렀다. 그는 계속해서 사랑한다는 말을 요구했고 그녀는 몇 번이고 그 말을 그에게 주었다.

"사랑해……."

결국 말을 하면서 그녀는 울음을 터트렸다. 누구에게도 보여 주지 않은 눈물들이 그의 가슴에 스며들었다. 그녀에게 화를 내는 듯하는 그의 거친 행동 때문에 더 실감이 나기 시작했다. 내일이면 그를 볼 수 없다는 것이.

사랑한다는 말을 하면서 그녀가 멈춰지지 않는 눈물들을 떨궈 내자 그는 그것들을 다 입술로 마시면서도 갈증이 난 사람처럼 계속해서 그 말을 원했다. 그녀는 신음과 울음이 뒤섞여 제대로 알아듣지 못할 음성으로 그에게 사랑한다고 속삭였다.

그가 오늘만큼은 그 어떤 때보다 더 무자비하게 자신을 가질 거란 것을 모르지 않았다. 그녀는 그에게 몸을 맡기고 그가 만족할 수 있을 때까지 모든 것을 주겠다고 생각했다. 아침에 가까운 새벽이 되어서도 결코 놔주지 않던 그였지만 그녀가 바르르 떨며 지친 기색을 보이자 그녀의 젖은 몸을 그의 품 안으로 안아 주었다. 그녀가 자연히 감기는 눈을 뜰 생각도 못 하고 그의 품에 갇혀서 새근새근 잠에 빠져들었다.

센은 정신을 차리는 동시에 뻐근한 허리의 통증이 함께 느껴져 미간을 찌푸렸다. 그는 평소에도 잠자리에서만큼은 거칠고 강퍅했지만 어젯밤부터 오늘 새벽은 겪어 온 것 중 최고였다. 물론 그게 싫지 않고 좋으니 스스로 생각하기에도 참 짝을 잘 만났다. 그녀는 그의 넓은 침대에 자신만이 남아 있다는 것을 깨달았다.

의아함에 협탁을 손으로 더듬거려 휴대폰을 들었다.

[일이 있어서 먼저 나갈게.]

도준의 문자를 확인한 센은 어쩐지 서운한 마음이 들었다. 오늘이 마지막인데. 오늘 떠나면 적어도 6개월은 보지 못한다. 자신을 깨워서라도 인사하고 가지, 하고 안타까운 마음이 들었지만 곧 그런 생각을 하고 있는 스스로를 비웃었다. 그녀는 아직도 힘이 빠진 몸을 일으켜 샤워실로 향했다.

샤워부스 안에서 샤워기를 틀자 물줄기가 빠른 속도로 그녀의 몸에 쏟아졌다. 이곳에서도 그와 몇 번이고 뜨겁게 사랑을 나눈 기억이 있었다. 그 생각을 하자 몸에 적당한 열이 피어올랐다. 그녀는 피식 웃으며 몸을 모두 씻고 수건을 몸에 두른 상태로 밖으로 나왔다.

옷을 갈아입고 준비를 끝냈다. 냉장고로 가서 우유를 한 잔 따라 마시고 그녀는 들고 가려고 남겨 둔 하나의 짐을 챙겨 들고 집을 나왔다. 공항으로 향하면서 도준에게 전화를 할까 몇 번 망설이다가 그만두었다. 그가 왜 얼굴도 보지 않고 먼저 나갔는지 알 것 같았기 때문이다.

분명 지금 같이 있으면 헤어지기 싫어서 견딜 수 없을 것이다. 그렇게 다짐하고 노력해도 그의 목소리를 듣는 것만으로도 물거품이 될지도 모른다. 그녀는 케이프타운에 도착하자마자 제일 먼저 그에게 전화해야겠다고 생각하며 공항 안으로 들어갔다. 걸어가는 동안 속이 은근하게 메슥거렸다.

우유 마신 게 체했나? 그럴 리가 없는데…….

그녀가 속으로 의아해하면서 걸어가고 있는데 아주 낯익은 남자의 뒷모습이 눈에 들어왔다. 공항 의자에 멋들어지게 앉아서 책을 읽고 있는 남자를 보자 그녀의 얼굴에 어쩔 수 없는 미소가 새어 나왔다.

그럼 그렇지.

그가 배웅을 나왔다는 것을 알게 되니 웃음이 터지면서도 왠지 모르게 눈물이 나올 것 같았다. 그를 부르면 어제처럼 울음을 터트리며 못 볼 꼴을 보여 줄 것 같아 잠시 마음을 가다듬기 위해 노력하던 그녀는 갑작스럽게 인상을 찌푸렸다. 앉아 있는 그의 옆에 있는 캐리어를 발견했기 때문이었다.

뭐야? 저 짐은……?

그녀가 왠지 모를 요상한 기분에 몸을 떨고 있는데 마침 그가 옆을 돌아서 그녀를 발견했다.

"왔어?"

그가 여유롭고 부드럽게 웃으며 그녀를 반겼다. 마치 공항이 제 집 안방이라도 되는 듯하는 어조다. 기가 막힐 노릇이다.

"배웅 온 거야?"

"배웅?"

그가 되물으면서 캐리어를 끌고 다가왔다.

"그 짐은 내 거지?"

"이게 왜 네 거야? 아, 내 거는 다 네 거지. 그럼 이것도 네 거 맞아."

말장난 같은 그의 말에 두통이 일어날 것 같은 표정의 그녀가 물었다.

"그게 무슨 소리야?"

"강 팀장이 아니라 내가 맡기로 했거든. 이번 프로젝트 팀장."

"……뭐?"

얼음과 흡사하게 얼어 있는 센의 소녀 같은 뺨에 짧게 키스를 한 도준이 그녀의 귓가에 속삭였다.

"나 앞으로 네 직속상사야."

"……."

"좋지?"

능청을 떠는 말에 그녀가 결국 폭발했다.

"지금 무슨 소릴 하는 거야? 그게 가능한 일이야?"

"가능하니까 여기 있지."

"너 승진은? 어떻게 되는 건데?"

그가 당연한 얼굴로 대답했다.

"나중에 해도 돼."

승진도 때려치우고 자신과 가겠다고 이 프로젝트 팀을 선택했다는 소리였다. 말조차 제대로 나오지 않았다. 그녀가 더듬거리며 목소리를 쥐어짜 냈다.

"너, 너…… 그래도 돼? 넌 남자가 야망도 없어?"

"미안해서 그래? 괜찮아. 기회는 또 얼마든지 있어."

"그걸 지금 말이라고……."

"진짜 야망이 있냐 없냐를 묻는 거라면, 나 야망 같은 거 없어."

그가 부드러운 얼굴에 순수한 웃음을 만들어 내며 말했다. 오히려 그 모습이 더 위험해 보이는 것이 문제라면 문제였다. 야망이 있냐고 물은 제 자신이 바보였다.

신이 제대로 공들여서 집중 투자한 녀석은 낙서를 해도 로또가 당첨되고, 헛발질로 그 자리에서 석유를 터트릴 녀석이다. 안 봐도 탄탄대로일 그의 미래나 인생을 걱정하는 것만큼 쓸데없는 일은 없다.

"아니. 애초에 난 욕심이 없어. 딱 하나 빼고."

"……."

"말해 줄까?"

"아니."

얼마나 낯 뜨겁고 간지러운 말을 해 댈지는 안 봐도 비디오였다.

"회사에서 널 쉽게 보내 주디?"

"안 보내 주면 그만두려고 했어. 그만두고 너 따라가려고."

"진짜 미쳤어?"

그녀가 소리를 빽 지르자 그가 그녀를 진정시키기 위해 어깨를 어루만져 주었다.

"우린 얼마나 서로에게 미쳐 있으면 매번 이렇게 미쳤는지 안 미쳤는지를 확인할까?"

그는 확실하게 자신을 놀리고 있다. 그녀가 그를 야멸차게 노려보았다. 그는 그런 그녀를 보면서 낮게 웃었다.

"사실 내 뜻대로 될 거라고 확신하고 있었어. 그러니까 그렇게 보지 마."

"거짓말."

"평생을 남들이 걸으라고 하는 길만 착하게 걸어온 사람에게 주어지는 특혜 같은 거야."

이제 막 정도(正道)를 벗어난 남자는 홀가분해 보이면서 어울리지 않게 장난기 어린 모습이 개구지게 느껴지기도 했다.

"어른이 되어서도 착한 아이로 살아온 사람이 처음으로 한 부탁은 아무리 미친 소리여도 안 들어줄 수가 없는 그런 거. 안 들어줬다간 오히려 더 제대로 미칠 것 같아서 걱정되는 느낌이 있잖아, 나 같은 사람은. 안 그래?"

무슨 말을 하려는 건지 알 것 같았다. 이해도 조금 되는 것 같았다. 하지만 역시 상식 불가능의 일을 저지른 녀석을 추궁하지 않고는 버틸 수 없었다.

"근데 왜 속였어?"

"속여?"

"거짓말했잖아! 같이 가면 간다고 말을 해야지!"

그녀의 외침에도 그는 여유로웠다.

"이쪽이 더 널 즐겁게 해 줄 것 같아서. 그리고 잘 생각해 봐. 난 너에게 거짓말한 적은 없어."

"……."

"그렇지?"

할 말을 잃은 그녀를 두고 그는 그녀의 짐과 자신의 짐을 한쪽 손에 들고 다른 한 손을 뒤로 내밀었다. 그녀는 손을 잡지 않고 그를 노려보았다.

"내놔."

"뭘?"

"당장 등본이라도 떼 와!"

"응? 등본?"

"도대체 무슨 생각을 하고 사는 거야? 우리나라…… 아니 지구인 은 맞아? 이상해. 수상하다고!"

그녀의 말도 안 되는 심술에 그가 미소를 지었다.

"얼른 가자, 센아."

자신의 고집이 최고 고집인 줄 알았는데, 심지어 이제는 고집으로 도 그에게 밀리는 실정이었다. 그녀가 괜히 심통이 나서 그가 들고 있는 자신의 짐을 쏙 채 갔다. 하지만 곧바로 그의 손으로 다시 옮겨 갔다. 그는 비어 있는 손을 그녀에게 내밀었다.

"넌 이거 잡아."

그녀가 멀뚱히 있자 그가 웃으면서 그녀의 손을 꽉 잡았다. 그녀 는 그와 함께 걸으면서 헛웃음을 내뱉었다. 그가 부드럽게 그녀를 보며 물었다.

"화났어?"

"내가 왜 화가 나?"

"화난 거 같은데."

"안 났어! 그냥 내가 너무 한심해서 그래."

"한심하다고?"

"그래. 계란으로 바위 치기 정도가 아니었어. 지구의 중심인 녀석을 이기겠다고 발버둥 친 꼴이라니."

그 '녀석'이 자신을 뜻한다는 것을 눈치챈 도준이 엷게 웃었다. 그리고 그녀에게 말했다.

"내 중심은 넌데?"

"진짜 그렇게 낯간지러운 소리 좀 그만하랬지!"

두 뺨이 발그레해져 소리친 그녀가 우뚝 걸음을 멈추고 아랫배를 쓰다듬었다. 아까도 메슥거렸던 배가 다시 한 번 미세한 통증을 자아냈다. 여유로웠던 그의 표정이 순식간에 어둡게 변했다.

"아파?"

딱히 아픈 건 아니었다. 그런데 그때, 그녀의 머릿속에 잠시 월경일이 지났다는 사실이 스쳐 지나갔다. 태어나서 처음으로 느낀 여자로서의 직감이었다. 그러나 역시 곰에 가까운 감은 그 짧은 직감을 빠르게 보내 버렸다.

"아니, 괜찮아."

"괜찮긴 뭐가 괜찮아."

그녀는 웃음기가 싹 사라져서는 어서 병원으로 가자는 그를 만류해야 했다.

"이제 곧 비행기 타야 되는 시간인데 무슨 병원이야?"

"지금 시간이 문제야?"

이미 메슥거렸던 속은 다시 원위치를 찾았는데 그는 유난에 가깝게 병원으로 가야 한다고 고집을 부렸다. 그녀는 기가 막히면서도 어쩔 수 없는 그의 모습에 짧게 웃으며 그에게 들려 있는 자신의 짐을 빼앗았다.

"진짜 괜찮다니까! 그리고 왜 자꾸 내 짐을 네가 들어? 이게 아가씨 취급하고 있어."

그녀가 그 말을 끝으로 앞으로 먼저 나아갔다. 그를 뒤에 두고 걸어가는 그녀는 입가에 슬슬 미소가 걸리는 것을 감추기 힘들어지고 있었다.

완벽하고도 확실한 패배다. 신이 모든 걸 다 줬다는 녀석을 이기겠다고 생각한 것부터가 대단한 착오였다. 그는 결코 자신이 이길 수 있는 상대가 아니다. 그렇게 마음을 편히 먹은 순간, 절대 이길 수 없을 것 같던 상대에게서 승산이 보이기 시작했다. 그녀는 더 많이 사랑하는 쪽이 이기는 그와 자신만의 이 게임에서 반드시 이겨보이겠다는 기막힌 승부욕이 발동하는 것을 느꼈다.

이번엔 기필코 이길 것이다. 그녀는 그가 자신을 사랑하는 것보다 더 많이 그를 사랑해 주겠다고 다짐하며 걸어갔다. 얼마 지나지 않아 절대 방심할 수 없는 상대가 뒤에서부터 그녀를 기습적으로 안아 왔다. 그가 뒤에서 그녀에게 속삭였다.

"그런데 어제 했던 약속…… 잊지 않았지? 다시 돌아오자마자 나와 결혼하겠다고 했던 말."

이제 막 비슷한 선상에서 본 게임이 시작되었을 뿐이다.

에필로그

Round 1

미치게 하는 여자와
미치는 남자

"이게…… 도대체……."

남아프리카공화국에 온 지 일주일.

센은 풀지 않았던 마지막 짐을 이제야 정리하고 있었다. 가방 맨 아래에 깔려 있는, 아직 개봉도 안 된 수영복을 뜯어보던 그녀의 얼굴이 천천히 일그러졌다. 그녀는 집게손가락으로 입으라고 만들었다고는 생각하기 힘든 천 조각을 집어 들었다.

"이걸 입으라고 만든 거야?"

그녀가 들고 있는 검은색 비키니 수영복은 정말 야했다. 천 자체의 면적이 얼마 되지 않는다는 것도 한몫했지만 무엇보다 사이사이에 있는 망사가 가장 문제였다. 가릴 곳만 가려지고 그 부분을 제외한 사이사이에 망사가 끼어 있는 누가 봐도 몸매를 자랑하기 위한 용도의 비키니였다.

센이 한숨을 폭 쉬었다. 이 모든 게 그의 탓이다. 부드러움을 가장하면서도 강제성이 가득했던 도준의 수영복 입지 말란 말에 괜한 심술이 쌓여 보지도 않고 수영복을 산 게 원인이었다.

이게 다 신도준 때문이야.

억지란 걸 알면서도 그녀가 투덜거렸다. 여유로운 주말인 만큼 얼른 수영복을 챙겨서 호텔 수영장에서 제대로 몸을 풀어 줄 생각이었다. 하지만 이런 야한 비키니를 입어 본 적은 단 한 번도 없었다. 그녀는 짜증이 깃든 손길로 비키니를 덜 풀어진 짐 안에 도로 집어넣고 일어서려다가 다시 자리에 앉았다.

그녀가 다시 손바닥만 한 수영복을 손에 쥐었다. 이것도 입으라고 만들어 놓은 것일 텐데, 입지 않을 이유가 없다. 사실 안 입어서 그렇지 입으라고 던져 주면 못 입을 이유도 없었다. 고민한 이유는 오로지 신도준 때문이었다.

하지만 생각해 보니 그런 고민을 할 필요가 적어도 '지금은' 없었다. 그는 지금 한국에 있다. 본사 일 때문에 어제 다시 서울로 돌아간 그는 일주일 후에 다시 남아공에 돌아올 예정이었다.

그 말인즉슨, 일주일 정도는 이 옷 같지도 않은 옷을 입어도 아무도 그녀에게 뭐라고 할 사람이 없다는 뜻이 된다. 그러고 보니 생각하면 할수록 슬슬 기분이 나빠지는 것도 같았다. 그녀는 점점 그가 싫어하는 행동을 스스로 제어해 가고 있었다. 아주 능력 좋고 실력 좋은 조련사에게 길들여지고 있는 기분이었다.

단순함의 극치를 달리는 그녀는 약간의 반항심이 싹텄던 것에서 이제는 반드시 이 옷을 입고야 말겠다는 의지를 불태워 가기 시작했다. 그녀는 입고 있던 옷을 휙휙 벗었다. 실오라기 하나 안 걸친 여체에 위아래로 얇고 자그마한 천 조각이 덧입혀졌다.

전신 거울로 향한 센이 제 몸을 천천히 위아래로 훑어보았다. 나쁘지 않다. 또 이곳은 외국이었다. 웬만한 여자들은 다 비키니를 입고 있는데 혼자 원피스 수영복을 고집할 이유는 없었다. 오히려 그게 더 튈지도 모른다.

속으로 자기 방어를 철저히 한 그녀는 비키니를 입은 채로 그 위에 원피스를 걸쳤다. 다시 수영복을 벗고 옷을 입는 것도 귀찮아진 까닭이었다. 그녀는 방수 팩에 휴대폰과 세면도구 등을 챙겨 호텔 룸을 나섰다.

한눈에 봐도 부드러워 보이는 검은색 머리카락. 빨려 들어갈 것 같은 크고 새까만 눈동자. 섹시한 검은색 비키니. 그리고 머리카락, 눈동자, 수영복과 극단적으로 대조되는 새하얀 피부. 센의 옆을 지나친 외국인 남성이 다시 뒤를 돌아 그녀를 보며 장난스럽게 휘파람을 불었다.

나이를 잘 가늠할 수 없는 동양 여자였다. 얼굴은 어려 보였지만 무심하게 뜬 눈은 세련되면서도 고혹적이었다. 그녀가 수영장 내에 많은 외국 남자들의 시선을 끄는 가장 큰 이유는 무엇보다도 관능적이고 육감적인 몸매 때문이었다. 어려 보이는 얼굴과는 사뭇 대조되게 딱 봐도 운동으로 다져진 게 틀림없는 탱탱하고 탄탄한 몸매가 눈길을 확 잡아끌었다.

그가 없는 5일째. 일이 끝나고 2시간 넘게 수영을 하는 것이 요즘 그녀에게 가장 큰 오락이었다. 그녀는 방금 벗은 수영모를 탈탈 털며 젖은 몸으로 탈의실로 향했다. 탈의실 로커를 열던 그녀는 갑자기 울리는 휴대폰 소리에 깜짝 놀랐다.

"여보세요?"

—어디야?

"어? 어어. 그게…… 왜?"

그녀는 차마 거짓말을 할 수 없어서 뭉뚱그리듯 웅얼거렸다. 그녀의 시원찮은 대답에 잠시 말이 없던 그가 입을 열었다.

—설마 수영장은 아니지?

귀신이다. 눈치가 뭐가 이리 빠를까.

그녀가 괜한 헛기침을 했다.

"흠, 흠. 그게, 있잖아."

5일 전만 해도 그를 향한 이유 모를 반항심으로 전투적 의지를 불태웠지만 그의 낮아진 목소리를 들으니 슬슬 겁이 나는 것도 사실이었다.

—나 지금 호텔 거의 다 와 가. 방에서 보자.

화가 난 음성으로 단호하게 말한 그가 처음으로 먼저 전화를 뚝 끊었다.

일주일 후에 온다더니……. 아직 이틀이나 남았는데…….

저번 중국 출장 때도 그렇고 그는 일부러 그녀를 감시하기 위해 하루 이틀 일찍 오는 것일지도 모른다. 마치 불심검문이라도 받는 가게 주인의 심정이 된 그녀는 얼른 허겁지겁 대충 물기만 닦고 수영복을 입은 상태로 입고 온 원피스를 몸에 걸쳤다.

"난 네가 싫어하는 짓은 안 해. 지금도 앞으로도 그럴 거야. 왜? 네가 싫은 건 나도 싫으니까."

훈계를 하는 선생님과 잘못을 뉘우친 착한 아이.

도준과 센은 역할 분담이라도 한 듯 각자 맡은 역할에 충실하고 있었다. 자신의 잘못이 없다고 생각하는 그녀가 그의 말을 고분고분 들어 주는 이유는 못 이길 것 같은 화를 참느라 억눌린 목소리로 말하고 있는 그를 조금이라도 풀어 주기 위함이었다.

"센아. 난 다른 남자가 널 보는 게 세상에서 가장 싫어. 싫은 정도가 아니라 끔찍해."

"응. 그래. 미안하다니까. 난 그냥 순수하게 수영이 너무 하고 싶어서……."

"그냥도 아니고 몸에 딱 달라붙는 수영복에 맨다리, 허벅지까지 다 드러난 네 모습을 다른 사람이 본다고 생각하면 기분이 어떤지 알아? 널 본 그 남자들을 어떻게 해 주고 싶은지 알아? 다 말할까?"

"아니. 아니. 됐어."

그녀가 고개를 획획 저었다. 참 신기한 일이었다. 예전 남자 친구들은 조금만 간섭하려 들어도 거부반응을 보이며 밀어내고는 했었다. 그만큼 자유에 예민했는데 지금 그의 말, 행동들은 조금 피곤하기는 해도 거부반응도 없었고 짜증나지도 않았다. 그의 반응을 약간 즐기는 게 아닌가 스스로 의심스러울 정도였다.

"앞으로 또 이렇게 말 안 듣고 사람 속 새까맣게 태울 거야?"

"아니. 안 그래."

"믿어도 돼?"

이번엔 세차게 고개를 끄덕였다. 그녀를 짙은 눈으로 깊게 응시하던 그가 한숨을 몰아쉬었다. 곧 그가 그녀를 숨도 못 쉴 정도로 세게 안았다.

"예쁜데 미워 죽겠다."

"근데 왜 오늘 온 거야?"

"조금이라도 일찍 오려고 얼마나 노력했는데 내가 오늘 온 게 넌 싫어?"

"그게 아니라 그냥 궁금하다 이거지."

"5일 동안 못 보는데 너무 보고 싶어서 정신이 어떻게 될 것 같더라. 그래서 이센 옆에서 제대로 숨 좀 쉬려고 일찍 왔는데 더 숨 못 쉬게 만들고."

그가 어린 아이처럼 투정을 부렸다. 하지만 그녀의 귓가에 뜨거운 숨을 불어넣으며 속삭이는 그의 모습은 어린아이라기엔 너무 야했다. 5일 동안 열심히 참았다고 중얼거리며 그가 그녀의 가슴을 움켜잡았다. 가슴에 닿은 그의 악력이 너무도 강렬해서 그녀가 짧게 숨을 헐떡였다.

"벌 받아야 돼. 그렇지?"

"아아…… 싫어……."

제2의 인격.

그것 말고는 설명하기 힘든 순간이 다시 찾아왔다. 낮에는 부드럽게 매만져 주던 그가 지금은 거칠게 그녀의 몸을 손으로 훑고 쓸었다. 그리고 낮에는 그에게 큰소리를 떵떵 치며 활기참과 명랑함을 자랑하던 그녀는 그에게 안겨 있는 이 순간, 여린 체구가 들썩거릴 정도로 깊게 호흡하고 강하게 떨며 그의 손길을 받고 있을 뿐이었다.

그녀의 젖가슴을 쥐어짜듯이 움켜잡고 주무르던 그가 이내 못 참겠다는 듯이 손을 아래로 내려 그녀의 원피스 안으로 집어넣었다. 그는 그녀의 탄탄하면서도 부드러운 허벅지를 손으로 쓸다가 그녀의 중심부를 커다란 손바닥으로 덮었다. 그녀의 아래를 더듬던 그의 손이 점차 느려졌다.

"너……"

"으응?"

이미 눈이 풀려서 입술을 살짝 벌린 채, 그의 애무를 받던 그녀는 그가 손을 멈추자 의아하다는 듯이 고개를 살짝 기울였다. 그는 손에 닿았던 감촉이 속옷의 재질이 아니라는 것을 알았다. 그가 그녀의 원피스를 위로 올려 단번에 벗겨 버렸다.

"아……"

원피스를 벗었을 때 자신의 차림이 어떤지 생각난 그녀가 놀라서 몸을 가렸다. 그의 얼굴이 빠른 속도로, 무섭게 굳어졌다.

"너 이게 뭐야."

차갑고 낮게 깔린 목소리가 그녀의 등까지 서늘하게 만들었다. 그가 그녀를 무섭게 노려보았다. 아니, 정확히는 그녀가 입고 있는 옷 같지도 않은 옷을 노려보고 있었다. 망사가 곁들어진, 입어 봤자 소용이 없을 것 같은 비키니 수영복이었다.

머릿속이 뻐근할 정도로 강한 충격이 그를 덮쳤다. 당연히 원피스 수영복이라고 생각하고 있었다. 사실, 그것도 화가 나서 미치기 일보 직전이었다. 그런데 이건 차원이 달랐다. 하얀 배를 훤히 드러내고, 가슴골조차 여실히 보이는 말 같지도 않은 것을 입고 돌아다녔다. 제 앞에서만 보여 줘야 할 모습이었다. 그런 모습을 자신이 아닌 다른 남자도 보았다. 머릿속이 하얗게 정지되고, 심장이 분노로 가득 들어찼다.

"너 미쳤어?"

서늘하게 냉기가 도는 사나운 목소리가 그녀를 매섭게 질타했다. 아무 말 못 하고 입술만 달싹거리는 그녀를 보던 그가 손에 들고 있던 원피스를 거칠게 집어 던지며 결국 언성을 높였다.

"어떻게 이딴 걸 입고 밖에 나갈 생각을 해? 빌어먹을……."

빌어먹을.

인생을 살면서 처음으로 입 밖으로 꺼내 보는 말이었다. 탄탄대로에 모든 게 손에 쥐어진 지루할 정도로 쉽고 완벽한 인생을 살아온 그는 단 한 번도 빌어먹을 일이 없었으니 그 말을 쓸 일 또한 없었다. 결코 제 뜻대로 안 되는 사람, 세상에서 유일한 제 앞의 여자에 관한 일을 제외하면.

"너 나 피 말려 죽일 셈이야?"

"그게 있잖아. 진정해. 진정해. 일단."

"진정하게 생겼어? 이런 꼴로……. 하, 너 이 차림은 다 벗고 돌아다닌 거나 마찬가지야. 아니야?"

"수, 수영장이잖아. 다 이런 차림이잖아."

"그걸 말이라고 해?"

그녀의 저 모습을 남이 봤다고 생각하니 숨도 제대로 쉬어지지 않았다. 그녀는 강하게 밀려드는 분노에 떨며 거친 숨을 몰아쉬고 있는 그의 허리를 안았다.

"나도 이걸 살 생각은 없었어. 근데 네가 그날, 절대 수영복 입지 말란 말을 하니까 왠지 모르게 자극이 돼서 더 입어야겠다고 생각이……."

자신 있게 시작되었던 그녀의 목소리가 그의 얼굴 표정을 확인하며 점점 작게 줄어들었다.

"도준아. 잘못……."

그가 자신의 허리에 둘러진 그녀의 팔을 풀었다. 그는 그녀를 놔두고 단호한 걸음을 옮겼다. 제어할 수 없을 정도로 분노가 들끓는 지금, 그녀와 있어서는 안 된다고 마지막 남은 이성이 그를 움직이게 했다. 지금 그녀와 있으면 분명 화풀이하듯 그녀를 안으며 분노를 모조리 그녀에게 쏟아 낼 것만 같았다.

그녀는 그가 등을 보이자 덜컥 겁이 났다. 그가 그녀의 손길을 밀어낸 것도 처음이고, 그녀를 놔두고 뒷모습을 보이는 것도 처음 있는 일이었다. 믿어지지 않았다. 달싹거리는 입술이 벌벌 떨렸다. 밀려드는 불안감에 머리가 어지러웠다. 눈에 물기가 점차 차오르는 그녀가 희미한 목소리로 그를 불렀다.

"도준……."

그를 따라나서려던 그녀는 그의 이름을 끝까지 부르지 못하고 휘청거렸다. 털썩 소리와 함께 그녀가 바닥에 쓰러졌다.

호텔 방을 나갈 생각이었던 그는 뒤에서 들려오는 소리에 멈춰 섰다. 뒤를 돌아본 그는 정신을 잃고 쓰러져 있는 그녀를 발견했다.

"센아."

그는 형언할 수 없는 공포로 떨어지지 않는 입술을 겨우 열어 그녀를 불렀다. 그의 머릿속이 더는 어떤 생각도 할 수 없을 정도로 딱딱하게 굳었다. 그녀를 볼 때마다 강하게 뛰고 그녀를 생각할 때마다 저릿한 통증을 주던 심장은 처음부터 그에게 없었던 것처럼 겁이 날 만큼 고요하게 멈췄다.

병원?

센은 코에 닿는 특유의 냄새를 느끼며 무거워서 잘 뜨이지 않는 눈꺼풀을 겨우 위로 올려 열었다. 눈을 떴을 때, 가장 처음에 보인 것은 그녀의 볼을 끊임없이 쓰다듬으며 걱정스럽다 못해 참담한 표정인 그의 모습이었다.

"센아. 정신이 들어?"

아까 화낼 때와 다른 평소의 다정한 그의 목소리였다. 화가 풀렸나 보다. 몸이 떨릴 만큼 걱정했던 그녀는 깊은 안도와 함께 눈물을 글썽거렸다.

"얼마나 무서웠는지 알아?"

"센아."

그가 울먹거리는 그녀를 제 품에 안았다. 아까는 그녀가 먼저 허리를 껴안았는데도 거칠게 풀어내더니 이제는 다시 평소처럼 안아 주고 등을 부드럽게 쓸어 준다. 안심이 되는 동시에 힘이 맥없이 풀렸다.

이 자식이 누구 조련하는 것도 아니고…….

그녀는 창피해서 꾹 눌러 참고 있던 눈물을 결국 터트리며 그의 가슴을 주먹으로 때리기 시작했다.

"나 진짜 깜짝 놀랐단 말이야. 갑자기 그렇게 나가고…….”

"미안해."

그가 그녀를 더 꽉 안으며 그녀의 이마에 입술을 눌렀다. 이마에 닿는 부드러운 그의 입술에 그녀가 조금씩 진정하며 울음을 그쳐 가고 있었다.

몇 분 지나지 않아, 그녀는 슬슬 창피함에 몸서리가 쳐지기 일보 직전이었다. 아까부터 지금까지 모든 게 그녀답지 않았다. 아무리 그가 화가 나서 등을 보인 것이 불안했다지만 제 자신이 이렇게까지 할 줄은 몰랐다. 타인 앞에서 이렇게 엉엉 소리 내어 우는 것도 난생처음이었다.

운 것도 창피했지만, 무엇보다 믿기지 않는 것은 건강한 걸로는 둘째가라면 서러운 자신이 쓰러졌다는 사실이었다. 그녀 스스로 생각해도 천생 여자나 할 법한 행동들이었다. 울고 애원하고 쓰러지기까지. 그녀가 슬슬 평소의 감정을 회복하며 자존심이 상한 얼굴로 그에게 물었다.

"나 왜 쓰러진 거래?"

그가 품에 안고 있던 그녀를 잠깐 떨어트려 눈을 마주했다. 그녀는 민망함에 입술을 삐죽였다.

"센아."

"응?"

"우리 다시 서울로 돌아가야 돼."

"엥? 뭔 소리야."

뜬금없는 그의 말에 이해가 가지 않아 그녀가 인상을 찌푸렸다. 그가 그녀의 귓가로 입술을 가져갔다.

"우리, 아기 가졌어."

"……뭐, 뭐?"

갑자기 숨이 턱 막힌 그녀가 헛기침을 하며 되물었다.

"그것도 둘이나."

도대체 녀석은 무슨 말을 하고 있는 걸까? 아기를 가졌다, 그것도 둘이다. 저게 무슨 소리일까?

"자, 잠깐……."

"하, 센아. 이제야 살 것 같다. 너 깨어나니까 숨이 편하게 쉬어져. 나 아직도 심장이 떨려서 우리 아기 소식에 제대로 기뻐할 수가 없어."

"우리 아기……."

신도준과 이센의 아기.

"나 임신……했다고?"

그는 대답 대신 그녀를 더, 더, 더 세게 끌어안을 뿐이었다. 두 사람은 굳은 결심으로 남아공에 온 것이 무색하고 민망스러울 정도로 2주 만에 다시 서울로 돌아가야 했다. 그리고 두 사람은 남아공에 오기 전부터 그들이 둘이 아닌 넷이었다는 것을 알게 되었다.

Round 2

연인의 가족과 가족이 된 연인

공항을 빠져나오고 있는 센의 얼굴은 여전히 얼떨떨했고 도준은 싱글벙글한 미소가 나타나려는 것을 애써 감추고 있었다. 배려랍시고 그러는 그가 더 얄미웠다. 그녀는 조용히 그를 책망했다.

"아무리 생각해도 이상해. 도대체 어떻게 된 거야?"

"뭐가?"

"어떻게 임신이 됐냐고! 피임 완벽하게 해 왔는데……."

"그러게."

격양된 그녀와는 달리 호응하는 그의 말투는 참 평화롭고 너그러웠다. 그녀는 그를 노려보았다.

"너…… 반칙 쓴 거지?"

"내가?"

"그래! 안 그러면 어떻게 이래?"

"센아. 원래 피임엔 백 퍼센트란 없어. 콘돔도 피임 확률을 보니까……."

"아, 됐어! 그만해. 알았으니까."

그가 반칙을 쓰지 않았다는 건 사실 누구보다 그녀가 가장 잘 알고 있었다. 피임은 정확히 이루어졌다. 그리고 그와 그녀가 딱 한 번, 피임을 안 한 적이 있었다. 처음 서로를 안던 날. 두 사람은 서로가 처음이었으니 갑자기 성사되었던 첫날 밤에 그걸 신경 쓸 여력이 없었다.

임신 시기를 따져 보니 그날과 맞아떨어졌다. 첫 경험에 임신. 센은 그 사실이 믿겨지지 않아 발버둥을 치는 중이었다.

아무리 모든 게 완벽하다는 '신'이라지만……

그녀는 다시 가늘어진 눈을 뜨고 그를 흘겼다.

"너 정말 처음이었던 거 맞아?"

도준이 억울하다는 듯이 입술을 살짝 말았다. 물론 눈동자에는 여유로운 장난기가 가득했다.

"날 의심하는 거야?"

"안 그럼 이게 정말 가능한 일이라고? 어떻게…… 이런 말도 안 되는……."

"센아. 자꾸 말도 안 되는 일이라고 하지 마. 가능한 일이기 때문에 네 배 속에 우리 아기가 있는 거잖아, 지금."

이번엔 상황이 역전되었다. 도준은 센을 책망하듯 부드럽게 꾸짖으면서 그녀의 머리를 쓰다듬었다.

"아기가 우리 얘기 들으면 속상해하겠다. 자기를 원하지 않았다고 생각하면서 슬퍼할 거야. 안 그래?"

"그, 그건……."

그의 말에 그녀가 꼬리를 내렸다. 아기는 엄마의 감정과 기분을 함께 느낀다는데, 그의 말을 들으니 아기에게 점점 미안해지는 마음이 강하게 일었기 때문이다. 강아지처럼 축 처진 그녀의 얼굴을 확인한 그가 그녀에게 가볍게 입술을 맞췄다.

"야아. 여기 밖이야!"

두 사람은 도준이 부른 차를 기다리고 있는 중이었다. 사람들이 꽤 지나다니는 곳에서 자꾸 스킨십을 하는 그를 밀어내지 못하고 있었지만, 짧은 순간이었지만 쪽 소리 나게 뽀뽀까지 하니 그녀는 민망해서 얼굴을 똑바로 들 수가 없었다. 두 뺨이 발그레해져 발밑만 보고 있는 그녀에게 그가 말했다.

"뭐, 어때. 연인이 키스하는 게 무슨 죄라고."

"그래도……."

"아니지. 이제 예비부부다. 그렇지?"

도준이 부드럽게 웃으며 했던 말을 고쳤다. 그의 말에 그녀는 잠시 멍한 얼굴로 조그맣게 중얼거렸다.

"예비부부……."

"이센이랑 평생 같이 살 생각 하니까……."

낯간지러운 발언이 나올 타이밍이다. 그녀는 그의 말을 막는 것을 포기하고 얌전히 있는 것을 택했다.

"미치겠다. 좋아서."

여전히 적응이 안 되지만 말이다.

"하아……. 그래."

"센아. 넌?"

"나도 좋아. 좋아서 미치겠다."

성의 없는 대답에도 도준은 개의치 않고 센을 꽉 끌어안았다. 곧이어 기다리고 있던 차가 두 사람 앞에 멈춰 섰다. 그가 그녀를 말 그대로 애지중지하며 차 뒷좌석에 태우고 그 자신도 올라탔다.

그녀는 바로 옆에 앉아서 그녀를 꼭 안은 채, 그녀의 머리를 부드럽게 쓸어 주는 그에게 물었다.

"우리 지금 어디 가는 거야?"

"우리 집."

"그래? 근데 왜 차까지 불렀어? 도련님인 거 티 내니? 아무튼 도착하면 깨워 줘. 나 오늘 네 집에서 자고 갈래. 너무 피곤해서 부모님 집은 내일 아침에……."

사실 너무 피곤하다는 건 거짓말이었다. 여성스럽다 못해 여리고 연약한 외모지만 남자들과 힘으로 대적해도 이길 만큼 체력이 좋은 그녀는 피곤함을 잘 느끼지 않는 편이었다. 육체적으로 그녀를 막다른 길까지 몰아넣는 그는 물론 예외지만.

아무리 눈치가 없고 둔해도 지금 그가 작정했다는 것을 모를 수는 없었다. 그가 우리나라 땅을 다시 밟은 지금 이 순간부터 얼마나 불도저처럼 결혼을 추진할 것인지는 불 보듯 뻔한 일이었다. 아마 연애하자고 달려들 때보다 더하면 더했지, 못 하진 않을 것이다.

그녀는 피곤하다는 것을 핑계로 부모님들을 만나러 가는 것을 하루라도 미루고 싶은 마음이었다. 제 부모님에게 임신 사실을 고해야 하는 것도 민망했지만 그것보다는 그의 아버지를 만나야 한다는 게 가장 긴장되고 걱정되었다.

그녀의 마음을 아는 것인지 모르는 것인지, 그는 제 가슴팍에 기대어 얼굴을 묻고 있는 그녀의 정수리에 턱을 기댄 채 입을 열었다.

"내 집에서 자고 가는 건 선택이 아니라 필수인데."

"그래. 오늘은 좀 쉬고……."

"그런데 네가 약간 착각하고 있는 것 같아서 정확히 말해 줘야겠다. 지금 가는 곳은 내 집이 아니라 우리 아버지 집이야."

"뭐?"

"입국하기 전에 부모님들께 연락 드렸어."

너무 놀란 그녀가 그의 품에서 빠져나오기 위해 갖은 애를 썼다. 그가 힘을 풀고 그녀를 놔주자 그녀가 허리를 곧게 하고 그를 똑바로 쳐다보았다.

"무, 무슨 소리야?"

"임신 얘기는 따로 안 하고 우선 찾아뵙겠다고 말씀 드렸어. 우리 아버지 얼른 뵙고 장인어른, 장모님한테 가서 허락받고……."

임신 얘기를 따로 안 해도 갑자기 입국해서 찾아뵙겠단 말부터 했는데 직감적으로 다들 눈치채고도 남음이다. 그녀가 그의 말을 끊었다.

"잠깐만! 나 옷도 이런데 무슨……."

크게 요란한 차림새도 아니었지만 그렇다고 예비 시아버님을 처음 뵙는 자리에 입고 있을 만한 옷이라기엔 너무 편하고 캐주얼하다. 그녀는 긴 비행 때문에 약간 구겨진 제 옷들을 손으로 펴는 부질없는 짓을 하며 그를 원망스럽게 보았다.

"왜? 예쁜데."

그가 무슨 문제냐는 듯 어깨를 으쓱했다.

"진짜 너무 빠르잖아!"

"너 약속 기억 안 나?"

"약속?"

"다시 돌아오자마자 바로 나와 결혼하기로 했던 거."

"그건……."

"이 정도면 꽤 여유로운 진행이야."

경기할 때나 찾아오는 긴장감이 그녀의 몸을 감쌌다. 그의 아버지에게 잘 보이고 싶은 욕심과 잘 보여야 한다는 부담감이 서서히 밀려오고 있었다.

그의 집에 다 와 갈수록 그녀의 긴장은 배로 가중되었다. 차가 부드럽게 멈추고 두 사람은 차에서 내렸다. 그녀는 바로 앞에 웅장하게 위엄을 떨치고 있는 거대한 저택을 공포 가득한 눈으로 바라보았다.

"겁먹지 마. 센아."

"……응."

초인종을 누르고 잠시 기다린 후, 대문이 열리자 그는 그녀의 손을 잡고 정성스럽게 꾸며진 정원을 지나 넓은 마당으로 걸음을 옮겼다. 저택의 현관에 다다를 때쯤 문 앞에서 두 사람을 기다리고 있는 중년의 남성이 보였다. 그녀의 눈이 동그랗게 커졌다.

그의 아버지다.

그녀는 확신했다. 오십 대 중후반의 나이라고 도준에게 들어 알고 있는데 실제 나이에서 거의 열 살은 젊어 보이는 중년 남성은 훤칠한 미남이었다. 이쪽 신씨 집안 유전인지 세련되고 귀티가 흐르는 그는 지금도 멋있었지만 한창 젊었을 때는 얼마나 더 빼어났을지 저절로 상상하게 만들었다.

"어서 와요."

그녀가 꾸벅 허리를 숙였다. 도준의 아버지, 신석재가 웃으며 그녀를 반겼다.

"들어갑시다."

응접실로 들어간 세 사람은 자리에 앉았다. 석재는 센에게만 몰두해 있는 게 눈에 훤히 보이는 아들과 잔뜩 얼어 있는 예비 며느리를 흐뭇한 눈으로 응시했다.

"몸은 괜찮고?"

"아, 네. 전혀 괜찮습니다."

한껏 긴장한 센은 자신이 어법에 맞지도 않는 말을 하고 있다는 것조차 의식하지 못하고 있었다. 그런 그녀가 귀여워서 어쩔 줄 모르겠는지 도준이 고개를 숙여 입매에 흐르는 미소를 감추려고 노력했다.

"긴장할 필요 없어요."

"말 놓으세요. 아, 아버님."

그녀는 태어나서 단 한 번도 누군가에게 이렇게 얌전한 척을 하며 내숭을 떨어 본 적이 없었다. 스스로도 전혀 적응이 되지 않는다.

석재가 고개를 끄덕이며 물었다.

"몸 건강히 잘 챙겨야 한다. 알겠지?"

"네? 아, 네!"

잠시 놀랐던 그녀가 금세 수긍했다. 눈치가 귀신인 신도준의 아버지인데, 갑자기 입국한 이유를 눈치채지 못하셨을 리가 없었다.

"사실 너무 의외라 처음엔 내가 생각하는 그런 게 맞나 싶었단다. 저 지독한 완벽주의자 녀석이 속도위반이라니, 어쩐지 믿기지가 않아서."

센은 잠시 도준을 보았다. 그녀를 향해 부드럽게 웃고 있는 그의 모습을 확인한 그녀는 속도위반조차 그의 완벽함을 나타내는 많은 증거 중 하나가 되었다는 것을 혼자만 알고 있을 뿐이었다.

"초기라서 그런 건가. 배가 전혀 안 부른 것 같구나."

"네. 아, 근데 쌍둥이예요."

"쌍둥이? 허허. 아주 복덩이가 따로 없구나."

부드럽게 말을 받아 주는 석재 덕에 점차 불안이 해소된 그녀는 싹싹하게 말을 하며 여성스럽게 호호호 웃었다. 이씨 집안 금기 웃음소리인 '호호' 웃음을 써 가면서까지 예비 시아버지에게 잘 보이고 싶은 마음이었다.

아버지와 센의 대화를 미소를 띠고 지켜보고 있던 도준의 얼굴에 시간이 지날수록 점점 불만이 서렸다. 자신에게보다 더 다정하게 말하고, 상냥하게 웃는 그녀의 모습이 마음에 들지 않았다.

그녀가 그의 아버지에게 잘 보이고 싶어서라는 것은 알지만 그에게는 잘 보여 주지 않는 모습이었다. 그는 친아버지에게까지 질투가 나는 것이 스스로도 기가 막혔지만 그렇다고 멈춰지지는 않았다.

"이제 가 보겠습니다. 센아, 가자."

"어? 벌써?"

"어머님, 아버님 뵈러 가야지."

그가 지체해서는 안 된다는 듯 벌써 자리에서 일어났다. 아버지에게 깍듯하게 인사를 하고 먼저 나가는 그의 모습을 그녀가 의아하게 바라보았다. 그의 성격을 볼 때, 그는 살갑고 다정한 아들일 줄 알았다. 그런데 아까 석재를 만났을 때부터 인사를 드리고 나가는 모습까지 어쩐지 무뚝뚝하고 서늘한 말투와 행동이 놀라울 수밖에 없었다.

그가 나간 응접실에서 그녀의 속내를 대략 눈치챘는지 석재가 소곤거리듯 말했다.

"저 녀석은 날 싫어해."

"네? 그게 무슨……?"

"도준이 엄마가 죽고 저 녀석이 철이 들 만한 나이가 지나도록 난 아들에게 관심 한 번 안 주고 내 일, 내 감정에만 바빴거든."

석재의 말을 들어 주던 그녀의 눈에 도준을 향한 안타까움이 서렸다. 석재가 쓰게 웃음을 보였다.

"어미 정만 모르고 큰 게 아니라, 부모 정을 하나도 모르고 컸어. 내가 내 감정 추스르고 도준이를 보려 했을 때는 이미 많이 늦어 있더구나. 녀석은 내 보살핌이 필요 없을 정도로 커 있었고, 도움을 바라기는커녕 가족이 아닌 남을 보는 것처럼 벽을 쳤어. 물론 저 녀석은 제 스스로 티 안 나게 잘 연기했다고 생각했겠지만……. 아무리 형편없어도 내가 저를 낳은 부모인데 모를 수 있을 리가 없지."

도준의 어린 시절, 친척들에게 부모 정을 모르고 자라 애정 결핍에 유별나게 차갑고 정이 없다는 소리를 들었다는 것을 알고 있었다. 하지만 그때도 석재는 아내를 잃은 슬픔에 젖어 도준을 돌아볼 여력이 없었다.

그리고 차갑고 냉랭했지만 적어도 그런 모습을 솔직하게 드러내던 아들이 그날을 기점으로 모든 걸 숨기고 착하고 바른 아이를 연기하기 시작했다는 것을 깨달은 것은 한참 뒤였다.

이미 손도 쓸 수 없는 상황에 제 잘못을 한탄하며 세월을 보내 오던 석재에게 갑자기 걸려 온 도준의 전화는 희망과 기대를 부풀게 하기 충분했다. 여자도 만나지 않고 일에만 몰두하며 살고 있다고 알고 있었는데, 그런 도준이 사랑하는 여자가 있고 그 여자가 홀몸이 아니라는 뉘앙스를 던지며 결혼 허락을 요구할 때는 무섭게 철이 들고 다 컸다고 생각했던 아들이 귀엽고 우스워서 전화를 끊고 한참을 웃을 수밖에 없었다.

"센아!"

그녀가 나오지 않자 멀리서 도준이 그녀를 불렀다. 이 집에서 나가고 싶어 안달이 난 사람처럼 구는 그 때문에 석재가 씁쓸하게 웃었다.

"싫어하는 거 분명하지?"

"아, 아니에요!"

뭔가 근거를 대면서 아니라고 부정하고 싶었지만 딱히 그가 아버지에 대한 애정을 드러낸 적은 없다는 사실을 깨달았다. 머릿속을 데굴데굴 굴리며 생각 중인 것이 뻔히 보이는 그녀를 보며 석재가 부드럽게 미소를 지었다.

"괜찮아. 이젠 냉랭한 아들 녀석 대신 우리 예쁜 며느리가 시아버지랑 저녁도 같이 먹고 데이트도 해 줄 거잖아. 안 그런가?"

분위기를 풀어 주기 위해 장난기를 얹은 석재의 목소리에 센이 환하게 웃으며 고개를 연신 끄덕였다.

"네! 아버님."

이제 아버님 소리는 자연스럽다 못해 자동으로 나온다. 활짝 웃는 센의 모습이 누가 보아도 사랑스러웠다. 제 자신만 알며 살아갈 것 같았던 아들이 푹 빠진 것이 이상하지 않았다. 석재가 딸 같은 그녀의 머리를 쓰다듬어 주었다.

그때, 하도 그녀가 나오지 않아 다시 응접실 문을 열고 들어온 도준의 표정이 싸하게 굳어졌다. 그는 날카로운 얼굴을 유지한 채 두 사람에게 다가왔다. 센의 머리에 올려져 있던 석재의 손을 잡아 내린 그가 그녀의 손을 잡고 나왔다.

"아버님, 그럼 다음에 데이트 꼭 해요."

그녀가 뒤를 돌아 웃으며 말했다.

그녀를 이끌고 빠르게 밖으로 나온 그가 그녀를 향해 불만 어린 시선을 주었다.

"무슨 데이트?"

"어? 아아, 데이트하기로 했어. 아버님이랑."

"언제."

"앞으로 시간 날 때마다."

그가 인상을 찌푸리며 고개를 저었다.

"안 돼."

"뭐가 안 돼?"

"아버지 만나는 거."

석재에겐 아닐 거라고 기운을 북돋아 주려고 노력했지만 이런 반응을 보니, 도준은 확실히 아버지를 싫어하는 것 같았다. 그렇다고 그를 책망할 수도 없었다. 어린 시절, 부모님의 사랑을 못 받고 컸을 그가 안쓰러웠다.

"도준아. 아버님이……."

"머리는 왜 만지신 거야?"

그가 기분 나쁘다는 듯 그녀의 머리를 제 손으로 다시 쓰다듬었다.

"도준아, 너무 그렇게 아버님한테……."

"나만 만질 수 있는데."

그와 그의 아버지의 골을 어설프게나마 메워 주고 싶은 마음에, 말을 이으려던 그녀는 그의 입에서 나온 믿을 수 없을 정도로 유치한 말에 잠시 생각이 굳어지는 것을 느꼈다. 그녀가 되물었다.

"……뭐?"

"데이트하지 마. 나랑만 해야 하는 거잖아. 센아. 나 그런 거 싫어."

그녀도 스스로 한 솔직 한다고 자부했지만 그도 그녀 못지않게 솔직한 남자였다. 그녀는 잠시 머리가 띵하게 아파 왔다.

"자, 잠깐만."

"너 아까도 나한테는 그렇게 웃어 준 적 없으면서 아버지한테만 자꾸……."

"잠깐만!"

그녀가 재빨리 그의 말을 막았다. 정리가 필요했다.

"그럼 너 기분 나쁜 티 내면서 빨리 가자고 한 건……?"

"네가 자꾸 난 보지도 않고 아버지한테만 집중하니까 질투 났어."

"아……."

"아버지랑 데이트 안 할 거지? 센아."

이런 미친.

센은 석재의 오해를 풀어 줘야 하는가에 대해 깊게 고민했다. 아들이 자신이 싫어서 집을 일찍 나서려 한다고 믿고 있는 석재에게 '사실 아버님의 아드님은 당신께 질투가 나서 자리에서 일찍 일어난 거라고 합니다.' 라고 말한다면 어떤 반응을 보이실지 상상도 가지 않았다. 센이 고개를 설레설레 저으며 그를 향해 엄지를 추켜세웠다.

"진짜 넌 갑이다."

"내가 왜 갑이야? 나 을이야. 갑은 너고."

이렇게 갑보다 더 당당하고 고귀한 을은 태어나서 처음 보았다. 을 같은 갑인 그녀는 차에 오르기 전에 그의 가슴에 얼굴을 잠시 묻었다. 그의 아버지를 만난다는 생각에 붙잡고 있던 긴장이 그 덕분에 스르르 풀리면서 기운이 다 빠졌다.

반대로 그는 밖에서 스킨십 하는 것을 꺼리는 그녀가 스스로 제품에 안겨 오자 기분이 좋아졌는지 입매를 늘렸다.

소파에 앉아 있는 호호는 무서운 눈을 풀지 않고 있고, 선주는 입가를 두 손으로 막으며 터져 나오는 환호를 참아 냈다.

"싸, 쌍둥이? 어머나, 세상에."

선주는 너무 놀라서 굳어 있는 호호의 팔을 몇 번 흔들었다. 그러자 얼음처럼 굳어 있던 몸에서 드디어 깨어났는지 호호가 말을 더듬었다.

"저, 저, 정말이냐?"

"네에."

아기를 가진 것은 축복받아 마땅한 일이었지만, 결혼도 안 한 처녀 총각의 속도위반이었다. 센은 선주와 호호가 도준을 대단하다는 얼굴로 훑어보는 것을 깨닫고 민망함에 고개를 푹 숙였다.

"식장을 빨리 잡아야겠네. 셋째야, 아직 배는 안 불러 오지?"

"음, 아직은 그런 거 같아요."

"도준 군 아버님하고 얼른 상견례 하고 날 잡고, 이거저거 상의도

해야겠다."

센을 뺀 나머지 사람들이 결혼에 관한 척척박사들처럼 빠르고 정확하게 할 일을 세우고 결정을 내렸다.

"오늘은 이 정도로 하세요."

센이 피곤한 기색을 일부러 나타내며 말했다. 그러자 그녀의 부모님과 도준이 고개를 끄덕였다. 부모님께 인사를 드린 도준이 그녀의 손을 잡고 일으켰다. 그녀도 그를 따라가려고 하는데 호호가 눈을 부라렸다.

"이센. 어디 가냐?"

"네? 저요? 저야 당연히……."

"너 오피스텔 집도 빼고 출국했었잖아. 그럼 이제 네 집은 여기지!"

아무리 임신했다지만, 결혼도 안 한 남녀가 무슨 동거야?

호호가 작게, 하지만 모두가 들을 수 있게 중얼거렸다. 호호는 도준에게 딸과 결혼해 준다는 고마움과 딸을 뺏어 간다는 것에 대한 질투가 복합된 감정을 느꼈다. 그래서 일부러 부리는 심술이었다.

호호의 심술에 그와 그녀가 눈에 띄게 당황했다. 결혼 얘기가 오가지 않던 때에는 서로의 집을 오가며 항상 밤을 같이 보냈는데 결혼이 확정된 순간부터 밤에 서로를 껴안아 주며 온기를 나눌 수 없게 되다니. 한시라도 떨어져 있기 싫어 결혼하려던 두 사람에겐 아이러니한 일이 아닐 수 없었다.

센은 그와 처음 사랑을 나눈 이후부터 남아공에서까지 며칠을 제외하고는 거의 떨어진 적이 없었다는 것을 깨달았다. 그녀가 약간 불안이 담긴 눈으로 그를 보았다. 그녀의 부모님 앞이라 겨우 표정

관리를 하고 있었지만 그의 눈빛은 감출 수도 없이 처참하게 일그러져 가고 있었다.

연인의 속이 까맣게 타들어 가는 것도 모르고, 호호와 선주는 인자한 미소로 도준을 배웅했다.

도준이 가고, 센은 곧바로 제 방으로 올라왔다. 당연히 그의 집으로 갈 생각을 하고 있었다. 당연하게 생각하고 있었기에 더 우울했다. 침대에 누워 입술을 내밀고 있는데 전화가 울렸다.

그일 것이다. 확신한 그녀가 입꼬리가 올라가는 것을 막지 않으며 발신자를 확인하지도 않고 전화를 받았다.

"여보세요? 신도준?"

―보고 싶다.

역시 그녀보다 한술 더 뜨는 을이었다.

"아직 시간도 얼마 안 지난 거 같은데……."

―보고 싶어서 어떻게 참지?

사실 그녀 또한 매일 붙어 있었던 그와 당분간 떨어져 있어야 한다고 생각하니 마음이 착잡하긴 했다. 그녀가 푹 꺼지는 한숨을 수화기에 흘렸다.

"어쩔 수 없지, 뭐."

―센아. 뭐 먹고 싶은 거 있어? 이런 거 다 내가 챙겨 줘야 되는데.

도준은 거의 한 백만 년은 못 만나는 사람처럼 굴고 있었다. 그녀도 그와 함께 있고 싶었지만 슬슬 좀 오버가 아닌가 하는 생각이 들지 않을 수 없었다.

"우리 내일도 보거든?"

─내일이 아니라 오늘 보고 싶으니까 그러지.

그는 집에 도착해 차를 세운 후 그녀에게 곧바로 전화를 건 모양이었는지, 수화기 너머로 현관문 도어록 비밀번호를 누르는 소리가 들렸다. 자꾸 보고 싶다 타령을 하며 차분한 목소리와 어울리지 않게 투정을 부리는 그에게 그녀가 갑자기 의심스럽다는 듯이 물었다.

"너 그거 못 해서 이렇게 징징거리는 거지?"

─그거?

눈치도 신인 도준이 '그거'가 뜻하는 바를 못 알아들었을 리가 없다. 알면서도 일부러 '그거?'라고 순진한 척 되묻는다. 그녀가 우물쭈물 입을 열었다.

"그, 그거 말야. 그거! 매일 하는 거!"

─아아.

그의 옅은 웃음소리가 들려왔다.

─우리가 앞으로 매일 해야 하는 그거 말하는 거야, 센아?

매일…….

매일이란 단어가 공포스럽게 들려오고 있었다.

"불순하긴. 너 그거 때문에 같이 있고 싶은 거지? 흥. 의사 선생님 말씀 기억 못 해? 앞으로 당분간은 안 된다고 했잖아."

─그게 왜 불순한 거야, 센아?

그의 음성이 세뇌를 시작하려는 목소리로 미묘하게 변했다.

─우리가 나누는 사랑이 얼마나 순수하고 아름다운데, 불순하다니……. 정말로 그렇게 생각하고 있었어?

"그, 그게 아니라……."

매번 큰소리를 땅땅 치며 시작하지만, 마지막쯤엔 항상 기어들어

가는 목소리가 되어 변명을 하게 만든다. 새삼 그의 능력에 감탄했다.

―그리고 센아.

"어…… 어?"

―꼭 정석이 아니더라도 다른 길은 얼마든지 있어.

"그게 무슨 뜻이야? 갑자기 웬 정석?"

그의 말을 알아듣지 못한 그녀가 인상을 찌푸리며 되물었다. 그가 차분하고도 평화로운 목소리로 말을 계속했다.

―다른 방법은 무수히 찾을 수 있다는 소리야. 너랑 내가 함께 있기만 한다면 말이야. 무슨 소리인지 아직 이해 못 했지? 아, 지금도 아예 방법이 없는 건 아닌데……. 센아, 네가…….

그는 듣기 좋은 음성으로, 마치 시집을 읽어 주는 것처럼 편안하고 차분하게 그만의 음담패설을 시작했다. 그의 정갈하고도 음탕한 말들에 얼굴이 발갛게 달아오른 그녀는 몸에 달라붙는 열기 때문에 쌀쌀한 날씨인데도 창문을 열어야 했다.

남아공에서 서울로 되돌아온 후, 센의 부모님과 도준의 거침없는 추진력으로 3주 만에 완벽하게 결혼식을 치를 수 있었다. '연인'에서 '부부'라는 이름으로 관계가 바뀐 두 사람의 달콤 살벌한 신혼 생활이 계속되고 있었다.

센은 제 몸에 깊이 박혔다가 빠져나가기를 반복하는 그의 움직임에 아릿한 신음을 멈추지 못했다. 그의 허리가 점점 더 빠르게 움직여 그녀의 안을 오갔다. 그녀는 그의 몸을 제 안으로 감싸면서 그에게 꿰뚫리는 기분을 동시에 만끽했다. 정신이 아득해졌다. 그녀가 그의 어깨를 꽉 껴안으며 온몸을 떨었다. 머지않아 그 또한 그녀 안에 모든 것을 쏟아 냈다.

"하, 센아."

센의 가슴에 얼굴을 묻고 숨을 고르게 쉴 때까지 기다리던 도준이 상체를 일으켜 센의 젖은 이마를 만지며 달라붙은 머리카락들을 쓸어 넘겨 주었다. 아직도 불규칙한 숨을 내쉬는 그녀가 감고 있던 눈을 옅게 떴다.

"도준아……."

"예쁘다."

아직 정염에서 완전히 헤어 나오지 못해 상기된 두 뺨과 가늘게 뜬 눈이 못 이기게 사랑스러웠다. 그가 그녀의 뺨을 유리를 다루듯 조심스럽게 어루만졌다. 그리고 그녀의 어깨를 감싸 안고 그녀의 얼굴에 자잘한 키스를 퍼부었다. 그의 패턴을 아는 그녀는 움찔하며 얼굴을 그의 반대 방향으로 돌렸다.

"나 이제 못 해."

체력으로라도 이겨 보이겠다고 투지를 불태우던 것도 옛날 일이 되었다. 그를 체력으로 이기겠다고 생각한 것이 얼마나 어리석은 일인지를 시간이 지날수록 뼈저리게 깨달아 가고 있었다.

그녀의 쇄골에 입을 맞추던 그가 입술이 닿은 상태로 웃었다. 그 때문에 그녀의 가슴 부근이 작게 떨렸다.

"센이 곧 있으면 엄마 되네."

그는 옆에 누워 둥글게 부풀어 오른 그녀의 배를 부드럽게 만졌다.

"넌 아빠가 되고."

"좋다. 그렇지?"

아직 예정일이 꽤 남았는데 그는 요즘 들어 더 아기 얘기를 자주 하며 커다란 기대감을 드러내고는 했다.

"그렇게 좋아?"

"응. 시간이 지날수록 점점 실감이 나서 그런가. 널 꼭 닮은 아이들이 세상 밖에 나오는 거잖아. 너 말고 사랑하게 될 수 있는 존재가 있을 줄은 몰랐는데."

그의 말이 왠지 부끄럽고 간질거려서 입술을 말던 그녀가 갑자기 떠오른 생각에 고개를 위로 들어 그와 눈을 마주했다.

"이름!"

"응? 이름이 왜?"

"아기들 이름은 무조건 평범하게 지어야 돼. 평범한 게 최고 좋은 거야!"

센이 이것만큼은 양보할 수 없다는 얼굴로 눈을 빛냈다. 그녀의 머리를 쓰다듬어 주던 도준이 의아하다는 듯 물었다.

"왜 그렇게 평범한 이름에 집착해? 특이한 게 더 좋지."

"너 내가 이름 때문에 얼마나 고생했는지 알면 그런 말 못 해."

"센이란 이름이 왜? 세상에서 제일 예쁘고 귀여운 이름인데. 그리고 나 아이들 이름으로 생각해 놓은 거 있어."

"나도 있어!"

그녀는 절대 물러서지 않을 것 같은 표정이었다. 그가 웃으며 고개를 저었다.

"좋아. 센아, 그럼 이렇게 하자. 아들 이름은 네가, 딸 이름은 내가 정하는 거야. 어때?"

"음······."

"나도 우리 아이 이름 지어 주고 싶어."

하긴······. '내' 아이가 아닌, '우리' 아이인데 그에게 이름을 지어 줄 자격을 내 마음대로 박탈할 수는 없었다.

그녀는 눈을 가늘게 뜨며 그를 보았다.

"왜?"

"이상한 이름은 절대 안 된다?"

"당연하지. 우리 딸 이름인데."

왠지 저 말이 더 불안하게 들렸지만 그녀는 마지못해 고개를 끄덕였다. 다시 얼굴을 그의 가슴에 묻은 그녀가 작게 중얼거렸다.

"넌 모든 걸 잘하는 신이니까 육아도 잘 해낼 수 있지? 난 너만 믿는다?"

임신한 이후로 열심히 공부하고는 있지만 성격부터가 털털한 데다가 섬세하지 못해서 아이를, 그것도 한 번에 두 명을 잘 키울 수 있을지 벌써 걱정이 되었다.

"당연하지. 대신 약속해야 돼."

"무슨?"

"아기들보다 날 더 좋아해 줘야 돼."

그의 진지한 얼굴에 그녀가 픽 웃었다.

"바보야. 유치하게 누굴 더 좋아하고가 어디 있어? 둘 다, 아니 셋 다 똑같이 좋아야 맞는 거지."

"나 이젠 애정결핍이야."

그가 그녀를 끌어안았다. 열기 섞인 땀들은 이미 증발되고 서늘해진 헐벗은 두 몸이 부드럽게 맞닿았다. 그녀는 그의 품에 갇혀 고개를 설레설레 젓다가 입을 열었다.

"그래. 아기들보다 네가 조금, 아주 미세하게 조금 더 좋아. 됐지?"

"앞으로도?"

"응. 앞으로도."

그는 그녀의 대답이 만족스럽다는 듯이 기분 좋게 웃었다.

호화로운 인테리어의 1인실 병실. 커다란 침대에 환자복을 입고 누운 센과 그런 그녀를 안은 채 함께 누워 있는 그의 모습이 병실에 있는 그 무엇보다 자연스러웠다.

"아직도 너 진통하던 날 생각하면 몸에 피가 마르는 것 같아."

그녀의 등에 닿은 그의 손에 저절로 힘이 들어갔다. 그의 말에 고개를 끄덕이던 그녀는 자신을 끌어안는 그의 팔과는 다르게 자꾸만 자신을 밖으로 밀어내는 그의 하체 일부분 때문에 곤란한 얼굴이 되었다.

"너 커졌어."

"어쩔 수 없어. 자연 현상이야."

"자연 현상이라니. 그게 뭐야."

그녀가 포르르 바람 빠지는 웃음소리를 내었다.

똑똑.

병실 침대와 멀찍이 떨어진 문에서 노크 소리가 들렸지만 서로의 상태에 집중한 두 사람은 들을 수 없었다.

잠깐의 정적 후 조심스럽게 문이 열렸다. 호호와 선주, 그리고 석재가 인자하고도 환한 미소를 입가에서 내쫓지 못한 얼굴로 들어오고 있었다.

"하고 싶다."

멈칫.

목적어도 없이 달랑 '하고 싶다.' 는 말뿐이었는데도 번개와도 같은 속도로 도준의 말을 이해한 어른들이 침대로 향하기 전 거실에서 걸음을 멈췄다.

"안 돼."

"나도 알아. 참을 수 있어."

"입에 침이나 바르고 그런 거짓말을 해."

센이 입을 삐죽이며 말했다. 벌써 도준의 큰 손이 그녀의 부푼 가슴으로 향해 있었다. 그녀의 말에 그는 그녀의 입술을 제 혀로 핥았다. 부드럽고 촉촉한 감촉에 놀란 그녀가 큰 눈을 깜박거렸다.

"너…… 뭐야? 갑자기."

"네가 하라는 대로 했는데?"

"너 진짜!"

그는 이번에는 짧게 핥는 것이 아닌, 그녀의 입술 속까지 파고들어 제 혀를 집어넣었다. 약이 올라서 그를 피하는 그녀의 혀를 애무하듯 혀로 쓸었다. 끈질기게 놔주지 않고 그녀를 맛보던 그가 입술을 떼자 그녀가 발갛게 변한 뺨을 빛내며 숨을 몰아쉬었다. 그가 촉소리 나게 그녀의 입술을 입술로 눌렀다.

"아, 맛있다."

적당히 다홍빛으로 물들었던 얼굴이 점점 진하게 달아올랐다. 그녀는 입을 꾹 다물고 침대 이불 속으로 온몸을 숨겼다. 그는 침대에 앉은 상태로 이불을 둘둘 말아 몸을 감싸고 누운 그녀를 보며 웃었다.

"센아. 부끄러워하는 거야?"

잠시 아무 말이 없던 그녀는 다시 한 번 그가 그녀를 부르자 얼굴도 보지 않고 이불 속에서 언성을 높였다.

"그럼 안 부끄러워? 맛있다는 말에 안 부끄러우면 그게 사람이야? 음식이지!"

그녀의 말에 그가 소리 내어 웃으며 이불로 둘둘 말아진 그녀를 안았다.

"이센 귀여워서 미치겠다."

난 네 그 낯간지러운 말들 때문에 미치고 돌아 버리겠다. 그녀가 붉어진 얼굴로 어쩔 줄 몰라 하며 그를 귀엽게 노려보았다.

"그렇게 보지 마. 못 참겠어."

"바, 바보야. 참아."

"센아."

"응?"

그녀가 고개를 위로 해 그를 보았다. 그윽한 시선이 그녀만을 향해 있었다. 그 범상치 않은 눈빛에 그녀는 침을 꼴깍 삼켰다.

"우리 임신 초에 하던 거 할까?"

"임신 초?"

"기억 안 나?"

그의 말에 그녀의 얼굴이 삽시간에 달아올랐다.

"아아, 싫어."

"왜."

"여기 병원이야!"

"센아."

"아아, 안 되는데······."

호호와 선주, 석재는 아주 조용히 병실 밖으로 나왔다. 두 사람의 모습은 보지 못하고 목소리만 들었을 뿐이지만 민망함은 적지 않았다. 어색한 상황에 석재가 허허 웃으며 입을 열었다.

"우리 아이들이 아주 건강하네요."

침묵이 안타까워 내던진 말이었다. 방금 겪은 일이 황당하긴 해도 곧 웃어넘기는 석재와는 달리 딸바보 호호의 표정은 암울 그 자체였다. 선주가 석재의 말에 어색한 웃음으로 호응하고 센과 도준이 오피스텔에서 함께 나온 것을 목격했던 날만큼 충격 받은 얼굴을 한 호호의 팔을 잡아끌었다.

"정했어?"

"응. 너도?"

그녀의 물음에 그가 고개를 끄덕였다. 그녀가 먼저 종이에 한자를 쓰며 생각해 놓은 이름을 말해 주었다.

"신이현."

"이현?"

"괜찮지? 부르기도 좋고, 뜻도 좋아."

"음."

"너는 뭐라고 지었는데?"

그녀의 물음에 그가 미소를 지었다.

"맞춰서 지은 것도 아닌데 가운데 글자가 똑같다."

"정말? 뭔데?"

"롬."

"뭐?"

"신이롬."

신이롬.

도준이 지은 이름을 중얼거리던 센은 고개를 갸우뚱했다.

"이롬…… 이롬. 예쁘긴 한데 조금 특이한 감이 없지 않아 있어서……. 더 평범하면서 예쁜 이름은 없니?"

"왜. 얼마나 예쁜 이름이야? 이롬. 뜻은 더 좋아."

"뜻?"

"신도준의 신, 이센의 이, 그리고 자유로움의 로움을 줄여서 롬. 신도준과 이센의 자유로움을 닮은 아이."

"음……."

"어때?"

좀 더 평범한 이름을 원했지만 그의 말을 들으니 롬이란 이름이 귀에 쏙쏙 박히긴 했다. 점점 그가 지은 이름이 마음에 들기 시작한 그녀가 마지못한 척하며 고개를 끄덕였다.

"괜찮네."

"센아."

"왜?"

"롬. 해 봐."

그가 짙은 눈으로 그녀를 응시하며 말했다. 그녀가 고개를 기울이며 입술을 내밀어 발음했다.

"롬?"

촉.

그녀가 입술을 모아 '롬'을 발음한 순간, 그가 작게 오므려진 그녀의 입술에 짧게 키스했다. 갑작스런 입맞춤에 깜짝 놀란 그녀가 웅얼거렸다.

"너 뭐하는 거야?"

"센아. 너, 오 발음할 때 입술이 엄청 귀엽게 모아지는 거 알아? 그래서 도준아, 할 때도 엄청 귀여워."

그래서 네가 내 이름 그렇게 부를 때마다 못 참겠어.

그가 그녀를 끌어안으며 귓가에 은근하게 속삭였다. 어벙벙한 얼굴로 입술을 달싹이던 그녀가 멍한 정신에서 가까스로 깨어났다.

"너 설마……."

롬. 오 발음이 들어가 있다. 입술이 모아진다.

센의 인상이 점차 굳어졌다.

"설마 그딴 이유 때문에 애 이름을 그렇게 지은 건 아니지?"

"그딴 이유라니? 뜻 말해 줬잖아."

그의 속내가 검어 보였다. 그녀는 단호히 고개를 저었다.

"안 돼. 이름 다시 지어."

"아들 신이현. 딸 신이롬. 끝났어. 아주 좋은 이름들이야."

"야! 신도……."

오 발음을 해선 안 된다는 걸 잊었다. 그의 이름을 다 부르기도 전에 그가 그녀의 입술을 다시 머금었다. 금세 입술을 떨어트린 그가 아쉽다는 듯 그녀의 머리를 부비적거리다가 서류를 들고 일어섰다.

"출생신고 하고 올게!"

"잠깐 기다려!"

"남편 올 때까지 얌전히 있어야 돼?"

도준이 걸음을 옮겨 병실을 빠져나갔다. 여전히 멍한 얼굴인 센은 그가 나가고도 한참을 가만히 있다가 아주 희미한 목소리로 중얼거렸다.

"저 녀석…… 진짜 미쳤어."

Round 3

쿨한 유딩들과
뜨거운 직딩 부부

"롬이. 아, 해."

"아."

센은 이롬이 벌린 조그마한 입 속에 방금 한 반찬들을 넣어 주며 차례차례 시식시켰다. 입술을 꾹 다물고 앙증맞은 턱을 계속 움직이던 이롬이 고개를 끄덕였다.

"좋은데."

여섯 살짜리가 엄마가 한 음식에 '맛있는데.' 도 아니고 '좋은데.' 라고 표현하는 것이 썩 흔한 광경은 아니었다.

"쿨한데?"

센이 황당한 얼굴로 이롬을 보았다. 이현의 앞자리에 알아서 앉은 이롬이 센을 보며 고개를 기울였다.

"엄마. 쿨한 게 뭐야?"

"시원한 거야."

"내가 왜 시원해?"

"응. 엄마 바쁘니까 조금 이따가 말해 줄게."

센이 부엌에서 이제는 꽤 자연스럽고 능숙해진 손길로 요리를 마쳐 가고 있었다. 이롬이 그녀의 뒷모습만 눈으로 졸졸 좇으며 입을 열었다.

"형준이가 계속 나보고 바보라고 놀렸어."

"우리 롬이가 왜 바보야?"

"몰라. 계속 바보, 멍청이, 똥개라고 놀려."

이롬은 억울하다기보다는 사실을 전하는 목소리로 말했지만, 센은 하나밖에 없는 딸이 바보, 멍청이도 모자라 똥개 소리까지 들었다는 것에 슬슬 화가 나기 시작했다.

"그걸 가만 놔뒀니?"

"응?"

"나 바보, 멍청이, 똥개 아니야. 정확히 말해 줘야지."

"아……."

"또 형준이가 놀리면 바보 아니라고 꼭 말해. 가만히 있으면 정말 바보인 거야."

"가만히는 안 있었어."

"그럼?"

이롬은 잠시 주저하다가 입을 열었다.

"자꾸 바보라고 놀리길래, 넌……."

삐삐삐—

센은 잠시 멍해졌다. 텔레비전 채널을 틀어놓은 것도 아닌데 이롬이 하는 말에 효과음이 덧붙여졌다. 이름은 엄마가 놀라서 굳어 있는 것도 모르고 아무렇지 않은 얼굴로 숟가락으로 밥을 가득 퍼서 조그마한 입술 속으로 욱여넣었다. 금세 다람쥐같이 커다랗게 부푼 볼이 귀엽게 움직였다. 그래서 더 이름이 방금 한 말을 믿을 수 없었다.

막 욕실에서 씻고 나와 평상시보다 섹시함과 정갈함이 더 돋보이는 도준도 이름의 발언을 들었는지 놀란 얼굴로 눈을 깜박거리며 식당으로 들어왔다. 그는 이름이 앉은 자리 옆에 무릎을 굽히고 앉아 딸과 시선을 맞추었다.

"룸아. 너 그런 말 어디서 배웠어?"

"유치원에서 애들이 다 쓰는데?"

"그런 말 쓰면 안 돼."

"왜?"

"나쁜 말이니까."

"왜 나쁜 말이야?"

이름의 '왜' 공격이 시작되었다. 센이 요즘 가장 골치 아파하는 것이기도 했다. 하지만 도준은 짜증 한 번 내지 않고 룸이 궁금하다고 묻는 것을 하나하나 정성스럽게 대답해 주었다.

그는 이름에게 짜증을 내려야 낼 수가 없었다. 사진으로만 볼 수 있었던 센의 어린 시절 외모를 똑 닮은 이름을 볼 때마다 흐뭇한 마음에 절로 웃음만 나왔다. 이미 지나간 과거라 볼 수 없는 센의 어린 시절이 알고 싶어 두고두고 아쉬웠는데, 그것을 조금이나마 보상받는 기분까지 들었다.

"아, 그렇구나."

"이제 알겠지?"

"응."

"아빠가 친절하게 알려 줬으니까 롬이, 아빠한테 뽀뽀해 줘."

"싫어."

"왜?"

"아빠가 뽀뽀하고 싶은 거면서 왜 나한테 하라고 해?"

도준이 입가에 미소를 머금었다. 애교 하나 없는 저 쉽지 않은 성격까지 그녀를 똑 닮아서 더욱 사랑스러웠다. 이롬이 숟가락을 입에 물며 웅얼거렸다.

"아빠가 해."

사람을 들었다 놓는 어린 꼬마 마녀. 그가 인형 같이 투명한 이롬의 볼에 쪽 소리가 나게 뽀뽀했다. 보통의 어린 여자아이들처럼 까르르 웃으며 넘어가지도 않고 그저 반찬을 포크로 찍는 데에 열중하고 있다.

머지않아 다시 이롬의 질문 공격이 시작되었다. 도준이 이롬의 옆에 앉아 쏟아지는 질문들을 모두 받아 주고 있는 동안, 센은 이현의 옆에 앉았다.

"현이 오늘 병원 가야 돼. 감기 기운 있어."

그녀의 말에 그가 걱정스러운 얼굴로 이현의 이마에 손을 가져갔다.

"현아. 아파?"

"조금요."

이롬이 포크를 문 채 질문했다.

"그럼 오빠 오늘 유치원 안 가?"

"응."

이롬은 부럽다는 듯 입술을 쭉 내밀었다.

아침에만 해도 열이 꽤 나서 걱정스러웠던 이현은 점심이 되자 보통 때처럼 쌩쌩해졌다. 그래도 혹시 몰라 저녁이 되기 직전의 오후에 병원에 들른 참이었다. 이현의 손을 잡고 소아과를 나오면서 센이 재차 물었다.

"정말 별로 안 아파?"

"응."

"희한하네."

"그러게요."

마치 아주 말수 적은 어른과 같이 있는 기분이었다.

애들 성격이 다 왜…….

고개를 설레설레 젓던 센은 갑자기 떠오른 생각에 눈을 빛냈다.

"맛있는 거 먹고 집에 들어갈까?"

"응. 좋아."

"뭐 먹을까? 음……."

고민하고 있는 와중에 그녀의 핸드백에서 전화벨이 요란하게 울렸다. 휴대폰을 집어 든 그녀가 발신자를 확인하고 환하게 웃었다.

"아버님!"

—아가. 잘 지냈니?

석재의 데이트 요청이었다. 그녀는 기쁘게 받아들이며 이현과 함께 석재를 기다렸다.

"아버지랑?"

─응. 이롬이랑 같이 오면 돼.

"현이 아픈 건?"

─거짓말처럼 나았어.

"다행이다. 알겠어."

센과 전화를 끊은 도준은 유치원에서 데리고 온 이롬을 차에 태우고 운전석에 올라탔다. 이롬의 요청에 동요를 틀어 주고 운전하고 있는데 아이가 그를 불렀다.

"아빠."

"응. 롬이, 왜?"

"아빠는 엄마바보 맞지?"

마침 신호가 걸려 차를 세운 그가 옆에 앉은 이롬을 바라보았다.

"엄마바보?"

"우리 반 애들이 자기네 아빠는 딸바보, 아들바보라고 그러는 거야. 엄마한테 딸바보가 뭐냐고 물어보니까 딸을 엄청 쫓아다니면서 좋아하고 이뻐하는 거래. 그래서 내가 엄마한테 그럼 아빠는 엄마바보라고 했어."

이롬의 말에 그는 피식 웃으며 물었다.

"그러니까 엄마가 뭐라고 해?"

"갑자기 눈을 무섭게 뜨더니, 네 아빠는 엄마를 쫓아다니면서 좋아하는 게 아니라 엄마를 바보 만드는 사람이래."

갑자기 울컥해서 딸에게 열변을 토했을 그녀의 모습이 그려졌다. 도준이 웃으며 중얼거렸다.

"귀여워."

이롬의 대답이 들리지 않았다.

"엄마 너무 귀엽다. 그치? 롬아."

"몰라."

"롬이는 어떻게 생각하는데? 아빠는 엄마를 쫓아다니는 바보야? 아니면 엄마를 바보 만드는 거야?"

도준의 장난기 어린 질문에 열심히 고민하며 곰곰이 생각하던 이롬이 곧 정답을 말해 주었다.

"몰라. 그냥 엄마, 아빠 둘 다 바보 같아."

이롬의 말에 그가 소리 내어 웃었다.

"그래. 정답이다. 우리 롬이, 똑똑하다."

"아빠. 바보라고 하는데 좋아?"

이롬은 웃고 있는 아빠를 이해가 안 간다는 듯이 쳐다보았다.

"왔구나."

이롬의 손을 잡고 레스토랑을 들어오는 도준의 모습이 보였다. 도준은 석재에게 인사하고 남은 자리에 이롬을 앉히고 그 자신도 앉았다.

"우리 현이 진짜 쌩쌩하네?"

레스토랑에서 책을 붙잡고 독서 삼매경 중인 이현을 보고 도준이 못 말린다는 듯 웃으며 말했다. 이현은 대답 대신 고개를 끄덕거렸다.

"그래. 휴가 내고 이번에도 섬에 갔다 온다고?"

"네."

석재의 물음에 도준이 부드럽게 웃으며 긍정했다. 반대로 센의 얼굴은 지옥 훈련을 받으러 가는 사람마냥 칠흑같이 어두워졌다. 결혼 1년 차 때부터 시작된 두 사람의 휴가. 말만 휴가지, 체력 훈련이나 다름없었다.

"센아. 올해도 기대된다. 그치?"

"어? 어어."

기억을 회상하는 두 사람의 표정은 극과 극이었다. 석재가 의아한 얼굴로 물었다.

"항상 궁금했던 건데, 왜 항상 7월 3일, 4일, 5일 이 날짜에 휴가를 맞추는 거니? 결혼 기념일도 아니고."

"우리 집 가장 큰 명절이에요."

책에만 눈길을 주던 이현이 혼잣말하듯 중얼거렸다.

"응?"

"3일이 엄마가 아빠한테 뽀뽀한 날. 4일이 아빠가 엄마한테 사귀자고 프러포즈한 날. 5일이 엄마가 아빠한테 사귀자고 떼쓴 날이에요."

도대체 저 말을, 누구에게, 언제 들은 거야?

이현의 침착한 대꾸에 센의 얼굴이 경악으로 일그러졌다. 센이 시아버지 보기가 민망해 도준을 노려봤지만 그도 정말 영문을 모르겠다는 듯이 어깨를 으쓱했다.

그 와중에 이롬이 이현에게 이의를 제기했다.

"순서가 바뀌었어, 오빠. 사귀자고 하고 뽀뽀하는 거야. 난 준수랑 사귀기로 한 다음에 뽀뽀했는데."

"아니야. 뽀뽀하고 사귀었어. 엄마랑 아빠는."

점점 조숙해지는 아이들을 석재와 센이 심란한 얼굴로 바라보았다. 두 꼬마 아이의 언쟁을 막은 것은 당연히 도준이었다.

"현아, 롬아. 엄마랑 아빠는 뽀뽀하고 사귄 게 맞아."

삐리릭.

비밀번호를 길게 누르고 문을 연 도준은 희미하게 들려오는 물소리를 들었다. 입가에 저절로 미소가 번졌다. 그는 서류가방을 내려놓고 정장 재킷을 벗었다.

욕실로 다가가자 살짝 열린 문틈으로 이롬과 이현을 열심히 씻기고 있는 센이 보였다. 그의 눈빛이 안개처럼 짙어졌다. 씻기기 마무리 단계였는지 커다란 수건 안에 이현과 이롬이 돌돌돌 말려졌다.

쿨하고 덤덤했던 아이들도 돌돌 말려지는 것이 기분이 좋은지 까르르 웃으며 장난을 쳤다. 두 아이의 물기를 수건으로 세세히 닦아 주고 있는 그녀는 반대로 물기로 가득했다. 집에서 속옷 입는 것을 안 좋아하는 그녀답게 위에는 얇은 민소매티만 걸치고 아래는 속옷에 가까운 짧은 반바지 차림이었다. 그마저도 아이들을 씻기느라 잔뜩 젖어 몸에 감기듯 착 달라붙어 있었다.

"언제 왔어?"

"아빠다."

"아빠."

센이 도준을 발견하고 눈이 커졌다. 수건으로 장난을 치던 이현과 이롬도 아빠를 부르며 반겼다.

도준은 센을 도와 아이에게 옷을 입혔다.

"엄마 옷 갈아입어야 돼서 아빠가 책 읽어 준대."

센은 두 아이에게 쪽 소리 나게 뽀뽀를 해 주고 도준에게 뒤를 맡기며 안방으로 들어왔다. 흥건하게 젖어 몸에 달라붙은 옷이 잘 떨어지지 않았다. 그녀가 옷을 벗기 위해 낑낑거리는 동안 시간이 얼마 지나지도 않았는데 그가 들어왔다.

아이들이 이렇게 일찍 잠에 들 리가 없었다. 그녀는 그가 다시 나갈 거라고 예상하며 민소매티를 벗을 생각이었지만 뒤에서 그가 그녀를 안았다.

"뭐야?"

그는 젖어서 얇은 천이 딱 달라붙은 그녀의 유두를 검지로 쓸었다. 이미 약간의 한기로 솟아올라 있는 정점이 그를 반기며 더 딱딱해졌다.

"우리 센이, 감기 걸리겠다. 얼른 벗자."

"애들은?"

"애들이 동생 갖고 싶대."

"뭐?"

그녀가 기가 막히다는 듯 되물었다.

"갓난아기 동생 갖고 싶다고 어떻게 하면 생기냐고 물어봐서 엄마랑 아빠가 안방에 있는 시간이 길면 길수록 동생이 생길 확률이 늘어난다고 대답해 줬어. 그러니까 얼른 안방으로 들어가라고 떠밀던데?"

"미쳤어, 정말. 나 절대 못 낳아."

"알아. 하지만 아이들이 저렇게 간절한데, 시늉이라도 해야 하잖아."

그의 능글맞은 발언에 그녀의 턱이 벌어졌다.

"시늉이 아니라 진짜 할 거잖아!"

그녀가 언성을 높였다. 그리고 그는 여우가 아닌 늑대 같은 눈빛으로 맛있는 사냥감에게 돌진했다.

퇴근하기 위해 걸음을 옮기던 도준은 회사로 다시 들어오고 있는 센을 발견했다. 그녀가 어깨를 으쓱했다.

"나 오늘 야근이야."

그녀의 말에 그는 마음에 안 든다는 듯 인상을 썼다.

"현이랑 롬이 혼자서 씻길 수 있지? 일찍 재우고……."

"벌써 며칠째야?"

날이 선 목소리가 두 사람 외에 아무도 없는 복도를 채웠다. 그가 짜증스러운 만큼 그녀도 마찬가지였다.

"그럼 어떡해? 일이…… 신도준?"

도준이 센의 팔목을 잡고 어디론가 향했다. 그의 강한 힘에 이끌려 가던 그녀는 그가 복도 가장 안쪽 작은 회의실로 들어가려 하자 고개를 기울였다.

"회의실에는 왜?"

그녀를 안으로 들인 그가 회의실 문을 닫았다.

달칵.

문이 잠기는 소리가 어두운 회의실 안을 덮쳤다. 그녀가 설마 하는 얼굴로 천천히 뒤를 돌아보았다. 커다란 창문을 통해 내비치는 달빛이 없었다면 아무것도 보이지 않았을지도 모르는 어두운 곳이었다. 그가 넥타이를 끌러 내리며 그녀를 응시했다. 이미 짙게 깔린 눈동자가 그가 무슨 생각을 하고 있는지를 전부 말하고 있었다.

"도, 도준아?"

"센아."

"여긴 회사야."

"나 못 참겠어."

"참아! 회사라고, 회사! 제정신이야? 우리 나이가 몇인데 이런……. 들키면 얼마나 개망신……."

그녀가 당황해서 언성을 높이는데 그가 그녀의 어깨를 움켜쥐고 벽으로 몰아세웠다. 그의 눈은 진심이었다. 진심으로 이곳에서 일을 치를 생각이다. 그에게 포위당한 그녀가 눈을 깜박이며 떠들던 입술을 꾹 다물었다.

그가 그녀의 입술을 제 입술로 덮었다. 웬일인지 오늘은 부드럽게 포개졌다고 생각하고 있는데 아니나 다를까 역시나 그의 입술 놀림이 점점 뜨겁고 격해졌다. 입술이 강렬하게 부딪히며 물기가 가득한 소리가 허공을 갈랐다. 그녀는 이성적으로 이러면 안 된다고 생각하면서도 점점 그의 페이스에 말려들고 있었다. 그녀가 그의 허리를 꼭 붙잡았다.

"안 돼. 나…… 너무 불안해."

이미 와이셔츠 아래에 고이 숨겨져 있는 그녀의 가슴을 주무르고 있는 그에게 항의해 보았지만 소용없었다. 물론 항의랍시고 나온 희미한 목소리에 에로틱할 정도로 뜨거운 숨이 가득한 것도 한몫했다.

그는 조급한 손길로 그녀의 정장 와이셔츠 단추를 풀기 시작했다. 이미 때는 늦었다. 그녀도 한숨을 쉬며 아래부터 단추를 풀어 그를 도왔다. 그는 와이셔츠를 양옆으로 펼치고 이너웨어를 한꺼번에 위로 올렸다. 아이를 낳고 더욱 풍만해진 새하얀 젖가슴이 그의 눈앞에 펼쳐졌다.

그는 주저 않고 입술을 그녀의 가슴으로 가져갔다. 그가 그녀의 허리를 붙잡고 봉긋한 가슴을 아이처럼 세차게 빨자 그녀가 자지러지게 신음했다. 대부분 퇴근한 늦은 시간에, 아무리 문도 잠갔다지만 장소가 장소인 만큼 심장은 여전히 불안하게 뛰었다. 그리고 그녀는 긴장으로 빠르게 뛰는 심장만큼 자신의 아랫도리도 평소보다 더 빠르게 젖어 가고 있다는 것을 느꼈다.

그도 마찬가지였는지 벌써 그의 손이 정장 스커트 안으로 쑥 밀려 들어왔다. 뜨겁게 달아오른 허벅지 사이로 손을 집어넣은 그가 그녀의 중심부를 살살 쓰다듬었다. 축축함이 가득한 팬티가 그의 손바닥과 끈적끈적하게 마찰을 일으키며 달라붙었다. 그리고 그는 손 안에 가득 느껴지는 홧홧한 열기에 어둡게 핀 미소를 지으며 그녀의 입술 사이를 다시 한 번 파고들었다.

그녀가 그의 공격적인 키스에 정신이 없는 사이, 그는 그녀의 팬티를 무릎 밑까지 단번에 끌어 내렸다. 가장 은밀한 곳을 감싸고 있던 천이 갑작스럽게 밑으로 내려가며 사라지자 아래에 느껴지는 허전함과 서늘함에 그녀가 몸을 옅게 떨었다.

그는 그녀의 도톰한 엉덩이를 손에 가득 차게 주무르면서 그녀의 몸을 그에게로 바싹 당겨 서로의 아랫도리를 마찰시켰다. 앞에서는 딱딱한 그의 남성이 그녀의 몸을 짓누를 것처럼 팽창해 있고, 뒤에서는 그의 손이 스커트 안으로 들어와서 그녀의 맨 엉덩이를 움켜쥐고 놔줄 줄을 몰랐다.

"하아……. 도준아."

그녀의 교태 섞인 호흡을 들으며 그는 그녀의 팬티를 아예 벗겨 버렸다. 곧이어 그가 벨트 버클을 풀었다. 단숨에 아래를 드러낸 그가 그녀의 스커트를 위로 들춰 올렸다. 서로 은밀한 부위를 드러낸 두 사람의 뜨거운 호흡이 엉켰다. 그가 자신의 남성을 손으로 꽉 잡고 그녀의 동굴을 찾았다. 입구에 기둥 끝을 가져가 누르고 그녀의 끈적끈적한 물기를 머금기 위해 슬슬 원을 그리며 비볐다.

달뜬 호흡과 함께 기대감으로 떨던 그녀가 그의 목을 끌어안았다. 그는 그녀의 허리를 들어 한 팔로 고정시키고 다른 손으로는 그녀의 다리 한쪽을 잡고 더 옆으로 벌렸다. 동시에 그의 분신이 그녀의 속으로 거세게 침입해 왔다.

그녀를 안아 든 상태로 그가 허리를 움직이기 시작했다. 벽에 등을 기댄 그녀는 그를 껴안은 채 그의 어깨에 얼굴을 묻고 신음을 흘렸다.

그의 몸이 터지도록 그녀에게 가 박혔다. 한참을 왕복운동을 거세게 하던 그가 부르르 떨며 그녀에게 모든 것을 쏟아 냈다. 그녀의 안이 그의 욕망의 분신들로 하얗게 채워졌다. 그녀는 100미터 달리기를 한 사람처럼 숨을 몰아쉬었다.

그녀가 호흡을 가다듬는 것을 잠시 기다려 주던 그는 중심을 연결하고 그녀를 안은 상태로 회의실 크고 긴 테이블에 그녀를 눕혔다. 한 번의 절정을 겪고 눈동자가 풀린 그녀는 희미한 초점을 그에게 맞추었다.

"나 이제 가야 되는데……."

"보내 주기 싫은데."

시간이 얼마나 지났다고 그녀의 안에서 다시 한 번 크게 부풀어 오르는 그의 몸을 느낀 그녀가 경악했다.

"너 미쳤어?"

그가 장난스럽게 웃었다.

"미쳤지."

장난스러운 미소였지만 달빛이 비춰 주는 작게 땀이 맺힌 그의 모습은 아주 위험하고 야해 보였다. 그가 그윽한 눈으로 그녀를 응시했다.

"이센한테 단단히."

이길 수 없다.

결코 그에게 이길 수 없다.

전의를 상실한 센은 이 외설적이고도 우스운 상황에 결국 웃음을 터트렸다. 그리고 대외적으로는 젠틀함의 대명사인 그녀의 남편은 낮의 가면을 벗고 밤의 얼굴을 솔직하게 드러내고 있었다. 짙게 깔린 그의 눈빛이 말했다. 세상에서 가장 맛있는 여자를 밤새도록 맛보고 싶다고.

다시 한 번, 두 사람의 격렬한 운동이 시작되었다.

—The end

작가 후기

정이준(데카라비)입니다. 〈낯익은 남자와의 낯선 연애〉를 끝까지 읽어 주신 독자님, 작가 후기부터 읽으시는 독자님(저는 작가 후기부터 읽는 타입입니다) 모두 반갑습니다.

사실 제 이야기를 하는 것은 익숙하지가 않습니다. 그래서 미니홈피도, 블로그도, SNS도 하지 않아요. 남의 이야기다 생각하고 머릿속에서 상상한 것들은 즐겁게 쓰곤 하는데 어쩐지 제 이야기를 하라고 판(?)을 깔아 주시니 몇 줄 쓰는 것도 버겁습니다.

첫 완결작이자 첫 책이었던 〈최고의 결혼〉 때는 이런 성격 때문에 후기를 쓰지 않았습니다. 편집자님은 오글거려서 후기를 안 쓰겠다고 하는 작가는 제가 처음이라고 폭소하셨는데, 첫 책이 나오고 시간이 지날수록 후기를 안 쓴 게 내내 아쉽더군요. 나중에 제가 제 책을 읽을 때, 이걸 쓸 때 나는 어떤 기분이었나? 하는 것을 어렴풋이

나마 기억하고 싶고 글을 읽어 주시는 독자님들도 느끼실 수 있도록 짧게나마 쓸걸, 하고요.

저는 상상하는 것을 참 좋아합니다. 기억력은 안쓰러울 정도로 안 좋지만. 어렸을 때부터 그랬던 것 같습니다. 책을 읽고 그 책의 이야기, 주인공들의 감정, 그들의 미래를 상상하고 그리면서 즐거워합니다.

그러다가 문득 제가 읽고 싶은, 그러나 아직 글로 나오지 않은 이야기가 떠올랐을 때 글을 쓰기 시작했습니다. 제가 읽으려고 글을 쓴 것이죠. 하지만 두 번째 글에 ─The End─ 라는 문구를 쓰면서 슬슬 욕심이 솟아오릅니다. 저만 읽고 싶은 글이 아닌, 다른 사람들도 읽고 싶은 글을 쓰고 싶어집니다.

신이 몰빵한 남자, 도준이와 그런 그의 사랑을 몰빵으로 받는 센의 이야기, 〈낯익은 남자와의 낯선 연애〉는 즐겁게 읽고 싶어서 쓴 글입니다. 주인공들은 고민 걱정 하나 없는 대단한(?) 애들이고, 나쁜 조연도 없고, 큰 갈등도 없죠. 그래도 소설인데 이렇게 갈등이 없어도 되나? 싶을 정도로 물렁물렁한 이야기라 사실 조금 걱정도 됩니다.

책으로 처음 만나 뵙는 분들과 연재 때 읽어 주시고 응원해 주셨던 분들, 모두 정말 감사드립니다. 저는 어쩌면 쓰는 것보다 읽는 것을 더 좋아하는 사람인데, 글을 쓰면서 글을 읽어 주시는 분들이 있다는 게 얼마나 감사한 일인지를 항상 깨닫게 됩니다. 재미가 있든 없든 부족한 글을 읽어 주시는 것을 보면서 앞으로는 꼭 더 나은 글, 읽고 싶은 글을 '쓰고 싶다',고 다짐합니다.

윗줄에서 제 이야기를 하는 것은 쑥스럽다는 식으로 써 놓았는데,

수다쟁이 특성상 일단 쓰기 시작하니 더 많이 쓰고 싶어지네요. 저는 친한 사람들 앞에서만 수다스러워지는데 지금 이 정체 모를 후기를 읽어 주시는 분과 급속도로 친해지고 교감하고 있다고 느껴서일지도 모릅니다. 이제 적당히 하라는 신호를 느꼈으니 마치겠습니다.

언제나 좋은 일만 가득하시고 건강하시길 바랍니다. 저는 글로 쓰지 않으면 머릿속에서 빠져나갈 생각을 안 하는 스토리들을 빼내러 오늘도 글을 쓸 예정입니다. 후기를 마치며, 이 글을 읽고 계시는 독자님들과 다음 글에서 또 만나고 싶은 욕심을 가져 봅니다.

—정이준

낯익은 남자와의 낯선 연애

초판 3쇄 찍음 2016년 2월 1일
초판 3쇄 펴냄 2016년 2월 5일

지은이 | 정이준
펴낸이 | 정 필
펴낸곳 | (주)뿔미디어

출판등록 | 2002년 9월 11일 (제1081-1-132호)
주소 | 경기도 부천시 원미구 소향로 17, 303(두성프라자)
전화 | 032)651-6513 / 팩스 | 032)651-6094
E-mail | dahyangs@naver.com
블로그 | http://blog.naver.com/dahyangs
홈페이지 | http://bbulmedia.com

값 9,000원
ISBN 978-89-6775-942-1 03810